KB274705

AI 시대의 문학

송 기 한

지식과교양

머리말

요즘 유행의 첨단을 걷는 AI의 사전적 정의는 다음과 같다. "AI는 인간의 지능이 가지는 인식, 판단, 추론, 학습, 문제 해결 따위의 기능을 갖춘 컴퓨터 시스템"이다. 말하자면 인간을 비롯한 유기체들만이 할 수 있다고 생각되었던 지능의 작용들이 기계에서도 가능하다는 것이 AI의 요체인 것이다.

유기체들만의 고유한 특성이라 할 수 있는 신체 조직들은 기계라든가 가공의 사물로 대치하는 일들이 오래전부터 시도되었고, 질병의 치료나 인간의 생명을 연장하는 데 있어서도 그것은 유효한 대체물로 인식되어 왔다. 그러한 까닭에 기계가 유기체의 조직을 대신하는 일들은 지극히 자연스러운 일이고 또 당연한 것으로 받아들여져 왔다.

신체 조직을 대신한 기계의 등장은 인간과 기계 사이에 놓인 아득한 경계, 결코 넘나들 수 없다고 생각되었던 경계들이 자연스럽게 무너진 것인데, 이런 현상은 예술의 관점에서 이해하게 되면 흔히 포스트모던의 영역의 한 의장으로도 자연스럽게 읽히게 된다. 가령, 근대 초기 인간과 기계의 결합을 묘파한 피카소의 그림이 그러하고, 또 기계인간인 터미네이터가 나오는 영화의 등장이 그러했는데, 이는 포스트모던의 효시랄까 유행의 한 장면으로 수용되어 왔다. 뿐만 아니라 전통적인 무협영화에 공상과학 소설에서나 나올 법한 기법들이 결합된 홍콩의 영화들, 가령 〈동방불패〉라든가 〈신용문객잔〉, 〈백발마녀전〉 등도 이 영역에 속하는 경우였다. 이 소품들은 굳건한 경계란 결코 영원한 것도 아니고, 그만의 고유한 영역으로 남아있는 것도 아님을 증명하기에 충분한 것이었다.

인체의 장기가 넓은 범위에서 보면 기능적 역할을 하는 장치라는 것, 다시 말하면 그것이 창조와는 무관한 영역이라는 측면에서 보면, 그러한 기능을 대신할 수 있는 장치가 등장하고 실제로 유용하게 쓰일 수 있다는 것은 결코 상상 속에서나 가능한 경우는 아니라고 할 수 있다. 하지만 기능적인 국면이 아니라 창조적인 국면에서 보면, 기계에 의한 대체라는 것이 가능할까라는 의구심이 드는 것은 사실이다. 인간의 장기처럼 사유의 영역을 인공물로 대신하는 것이 가능한 일이라고 생각할 수 있는 것일까라는 의문은 쉽게 지워지는 것이 아니기 때문이다. 그래서 실제의 영역에서는 불가능하고 상상의 영역에서만 가능한 것은 아닐까라고 생각하는 것은 당연하다고 할 수 있다. 실제로 이같은 상상이 전혀 불가능한 것이 아님을 보여준 사례가 있는데, 바로 영국의 앨런 튜링(Alan Turing)의 새로운 패러다임의 제시였다. 그는 1950년대초 "기계가 생각할 수 있을까?"라는 질문을 던졌는데, 이런 의문은 현대 AI의 기초를 마련하는 중요한 물음 가운데 하나가 되었다. 그는 이 의문의 끝자락에서 컴퓨터가 인간처럼 지능적인 대화를 할 수 있는지 평가하는 방법으로 튜링 테스트를 제안한 바 있거니와 이는 AI 연구의 출발점이 되었던 것이다.

그후 AI는 눈부신 발전을 거듭했고, 인간의 지능에 버금가는 수준, 곧 인간의 인지 능력과 마주할 수 있는 수준에까지 오르게 되었다. 그 한 사례가 된 것이 바둑 프로그램인 알파고의 등장이었고, 그것과 한국의 프로기사 이세돌과의 대국이었다. 여기서 알파고는 5전 3선승제에서 초기 세 판을 연속 승리함으로써(결과는 4승 1패로 알파고 승리) 인공 지능의 영역이 인간의 사유 체계를 초월할 수 있음을 알려주었다.

그렇다면, 최후의 승리자는 AI이고, 인간이 이 AI를 이기는 것은 불가능한 일이 되는 것인가. 물론 운동 경기처럼 순위를 따지고, 그 경쟁에서 1등을 했다고 해서 승리했다라고 말하는 것은 쉬운 일이 아니다. 인간에게도 지능의 우열이 있는 것처럼, AI도 프로그램의 집적도나 지식의 집적도에 따라 판단이나 그 우열이 분명 존재할 수 있기 때문이다.

알파고는 바둑이라는 기능적인 게임과 이를 유용하는 인지 능력이 결합된 형태로 등장한 프로그램이다. 물론 이러한 단면은 알파고와 대국한 인간에게도 동일하게 적용될 수 있는 부분이기도 하다. 그런데 이 대국에 임한 이세돌 9단의 소감이 알파고를 비롯한 AI의 본질을 일정 부분 알 수 있게 했다는 점에서 그 소득으로 비춰졌다. 말하자면 인간과 달리 그것이 갖고 있는 한계를 알게 해준 것이다. 그는 대국이 끝난 뒤 다음과 같이 말했는데, "우선 알파고는 백보다 흑을 힘들어했고, 두 번째는 자기가 생각하지 못했던 수가 나오면 버그 형태로 몇 수를 앞서 진행했다"고 하면서, "알파고는 생각을 못했을 경우 대처 능력이 일정 부분 떨어진다."라고 지적한 것이다. 그러니까 사유의 능력를 발휘할 때, 경우에 따라서 인간에 비해 뒤처진다는 것인데, 이는 곧 기능적 역할에 우선점을 두고 있는 기계의 한계를 보여준 것이 아닌가 한다. 이 대국을 주도한 데미스 허사비스 CEO도 "신경망은 스스로 바둑을 두며 학습하도록 돼 있기 때문에 지식의 공백이 있을 수 밖에 없다"고 하며 알파고의 한계를 알게 되는 계기가 되었다고 보았고, 그것이 이번 대결의 큰 성과 가운데 하나로 꼽았다.

물론 이 대국은 호기심의 차원에서 이루어진 측면이 매우 크다. AI가 지능이 있되 인간처럼 창의성을 발휘할 수 있는 것인가, 그리고 그것이 존재한다면 인간의 창의적 능력을 뛰어넘을 수 있는 것인가에 대한 궁금증이 바로 그러하다. 이런 궁금점은 어느 정도 해소되기는 했지만 또 여전히 해소되지 않은 채 남아 있는 부분이 있음을 확인시켜주는 계기가 되기도 했다.

지금 이곳의 현실은 AI가 유행하는 현상을 넘어 그것이 세기의 패러다임을 새롭게 만들어내고 있다. 과거 석기 시대, 철기 시대와 같은 패러다임이 한 세기, 혹은 여러 세기를 구획했다면 지금은 그러한 패러다임과 견주어도 전혀 어색하지 않은, 가히 AI 시대라해도 무방할 만큼 크고 높게 지금이 AI 시대임을 각인시키고 있는 것이다.

그래서 이를 뒷받침하는 기업들의 매출이 확대되고 주가는 계속 폭등하고 있다. 미국의 엔비디아라든가 한국의 삼성전자, SK하이닉스, 그리고 대만의 TSMC와 같은 반도체 회사들의 전성시대가 열리고 있는 것이다. 반도체 회사들이 팽창하는 것은 AI의 기초가 되는 기억(memory)들을 어떻게 집적시켜서 얼마나 많은 정보와 지식을 담아내느냐에 따라 이들 기업의 성패, 그리고 AI의 성패가 달려 있기 때문이다. 그러니 발전이 분명 담보되어야 하는 것이다.

AI의 기능과 그 역할, 그리고 사회적 영향은 자신들의 영토를 넓히면서 계속 확장되고 있다. 특히 미지의 영역에 대한 정보 소개와 전달, 그리고 그러한 지식 정보가 인간에게 주는 효과랄까 영향력은 거의 절대적인 수준에까지 이르고 있다. 그런데 그러한 AI의 파급력 가운데 우리를 가장 당혹스럽게 하는 분야가 있다. 바로 창의력의 절대 지존에 놓여 있는 예술 분야이다. 다른 분야에도 마찬가지이겠지만, 특히 예술에 관한 분야에서만큼은 인간만의 고유한 영역으로 받아들여졌기 때문이다. 물론 그러한 고유성을 뒷받침하고 있었던 것이 예술이란 반드시 창의성이 전제되어야 하고, 그러한 창의성이란 오직 인간만의 고유한 영역으로 인식되어 왔기에 그러한데, AI가 그러한 예술 분야에 적극적, 창의적으로 참여할 수 있다는 사실이 이런 당혹성을 만들어낸 주요 근거가 되었던 것이다. 인간과 기계 사이에 넘기 어려운 경계, 그 최후의 보루가 무너지기 시작한 것이다.

AI가 창의성의 대명사인 예술에 침투한다는 것은 여러 문제점을 남기게 된다. 그 하나가 복제성이다. 이는 분명 창의성의 상대적인 자리에 놓여 있는 것이긴 하나 그것의 기능적 역할은 누구나 시인이나 소설가를 만들게끔 해주는 계기가 된다. 이런 복제성은 근대 초기 벤야민이 말한 복제 가능한 시대의 예술과는 전연 다른 차원에 놓인 문제이다. 그 둘사이의 차이점이란 이런 것이다. 우선, 벤야민이 말한 복제 가능성이란 기계가 주체가 되어 동일한 작품들을 똑같이 생산한다는 점, 그리고 AI의 복제성은 기계가 주체가 된다는 점에서는 동일하다. 하지만 AI가 생산한 복제품은 그 자신의 소유가 아니라 인간 자신으로 확산되어 나타난다는 점에서 차이가 있다. 말하자면 새로운 형태의 복제가능성의 시대가 열리게 되는 것이다.

복제 예술은 대량 생산이라는 상품성을 진작시킨다는 점에서 자본주의 시대에 긍정적 요인으로 기능해왔지만, 소속이나 주체를 동반하는 복제는 상품성이라는 긍정적 효과와는 거리가 먼 것이 사실이다. 말하자면 저작권이라는 새로운 형태의 문제를 유발시키기 때문이다. 이는 이전 시기의 예술 형태를 완전히 뒤집는 결과를 초래하게 된다. 가령, 후기 구조주의자들이 말한, 작품 생산에서의 저자의 죽음이 아니라 저자의 새로운 탄생이라는 패러다임을 만들어내는 것이다.

그리고 두 번째는 이렇게 형성된 저작권의 범위 문제이다. 바보가 아닌 이상에 AI가 만든 작품을 그대로 자신들의 창작품이라고 기계적으로 내미는 예술가는 없을 것이다. AI가 생산한 작품에 작가적 창의력을 일정 부분 개입시킴으로써 기왕의 기성품보다는 좀더 진전된 형태의 작품이 탄생하게 된다. 물론 작가가 기왕에 발표된 작품에 일정 부분 개작을 하는 일은 비일비재하게 벌어지는 일이다. 많은 문인들이 발표했을 때의 작품과 책으로 출판했을 때의 작품이 상호 다른 것은 일상화된 일이다. 이런 개작행위란 발표 당시 작가의 세계관이 변화했거나 혹은 작품성의 진전을 위해서 대부분 시도되게 된다. 그런데 이 개작의 과정은 동일한 작가가 자신의 작품을 바꾸는 것이기에 새삼 저작권의 문제가 제기될 필요가 없다. 하지만 AI가 만든 작품의 원형을 특정 작가가 일정 부분 개작해서 발표했을 경우 과연 어느 수준까지 작가에게 저작권을 인정해줄 것인가의 문제는 새롭게 환기되게 된다. 여기서 윤리성의 문제는 피할 수 없는 문제가 된다.

그리고 세 번째는 AI가 만드는 창의성의 한계이다. 이는 일정 부분 알파고의 대국에서도 밝혀진바 있지만, 집적된 정보가 내는 정서와 인간의 생리가 발산하는 정보의 차이가 낳을 수 있는 격차 문제이다. 어느 특정 개인이 함유하는 정서의 진폭은 언어의 조형을 새롭게 만들고, 궁극에는 이전의 언어 속에서는 결코 볼 수 없는 새로운 형태의 정서적 언어를 탄생시키게 된다. 그런데 다양한 신경 조직과 세포가 만들어내는 인간의 정서적 진폭을 지식의 기계적 집적체인 AI가 감당할 수 있을 것인가. 만약 그것이 가능하다면 지능의 집적체 뿐만 아니라 정서의 집적체라는 새로운 형태의 AI가 요구되는 것은 아닐까.

인간의 생리적 수준과 기계의 기능적 수준은 미래를 향한 동일한 출발선에 서 있다. 누가 앞서 나갈지는 선뜻 말하기 어려운 경우이다. 그것은 인간마다 갖고 있는 여러 정서적 편차가 있는 것처럼, AI의 기능적 능력이랄까 한계 또한 매우 다양할 수 있기 때문이다. AI는 인간에게 많은 정보를 전달해주지만, 그러한 전달 속에서 그것은 인간에게 여러 새로운 문제를 계속 부각시키게 될 것이다. 그 가운데 대표적인 것이 창의성에 바탕을 둔 정서적 편차에 관한 부분일 것이고, 또 AI와 인간 사이에 형성되는, 혹은 AI가 만든 것을 토대로 제기되는, 인간들 사이의 저작권 문제, 곧 윤리적 문제일 것이다. AI 시대는 그런 윤리적 태도를 계속 인간들에게 던질 것이고, 인간들은 그러한 질문에 계속 성실히 답변할 의무를 요구받을 것이다.

송 기 한

| 차례 |

4부

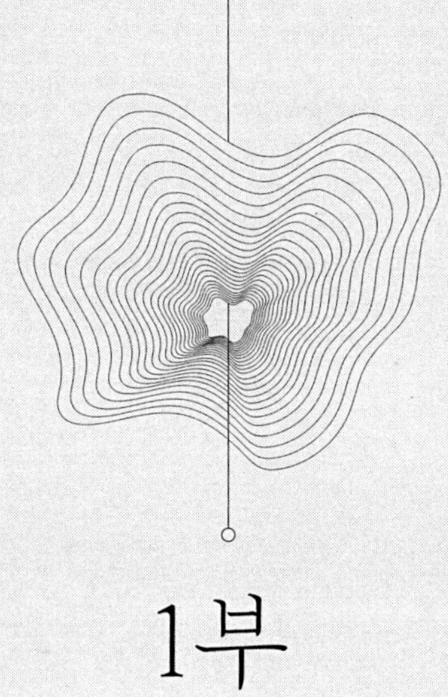

1부

AI 시대의 예술의 기능

시와 과학, 보다 정확하게는 시적 언어와 과학적 언어는 대립적인 것으로 흔히 인식되어 왔다. 이 관계를 처음 표명한 집단은 잘 알려진 대로 러시아 형식주의자들이다. 이들은 시적 언어가 갖는 고유성을 설명하기 위해 소위 과학적 언어라는 것을 제시한 바 있다. 이 언어는 의미를 정확하게 전달하는 것이 목적이기 때문에 예술에서 흔히 요구되는 여러 수사적 의장을 도입하지 않는다. 그래서 이 언어를 일상적 언어, 혹은 실용적 언어라고 부르기도 한다.

반면 시적 언어는 메시지를 전달하는 것이 주된 목적이 아니기 때문에 언어에 일정한 왜곡을 가해서 독자에게 의미의 혼돈을 일으키게 만든다. 형식주의자들은 이를 '낯설게 하기'라고 불렀거니와 시적 언어의 성공 여부는 이 효과가 어떻게 제대로 구현되었는가를 보고 판단했다. 말하자면 과학적 언어에 일정한 폭력, 왜곡, 뒤틀림을 가해서 독자로 하여금 의미의 해독을 방해할수록 시적 언어가 성공했다고 보는 것이다.

예술과 일상 사이에 놓인 이런 언어적 관계를 한층 발전시킨 것이 미국의 신비평이다. 이를 대표하는 비평가였던 리차즈는 『시와 과학』에서 이들 언어 사이의 관계망에 속에 말하는 주체의 심리적 측면을 부가시켜서 언어란 인간이 주재하는 것임을 더욱 분명히 밝힌 바 있다.

여기서 알 수 있는 것처럼, 언어의 차원으로 한정시킬 경우 시와 과학 사이에는 서로 넘나들 수 없는 벽이 존재해왔다. 시적인 것은 과학의 영역으로부터 벗어날수록 보다 높은 예술성을 확보한 것으로 이해되어 온 것이다.

그런데 시와 과학이 평행선을 이루며 서로 합일하지 않는 것이 예술의 미덕이었지만, 요즈음은 이 관계가 전복되면서 새로운 패러다임을 만드는 것이 대세가 되었다. 누구나 인정하고 있는 것처럼 지금은 AI시대이다. AI란 인공지능의 시대이다. AI 시대는 20세기 초 러시아 형식주의들이 시와 과학에 대해 의문을 품었던 것에 대해 우리에게 다시금 묻도록 요구하고 있다. 그 결과 시적인 것과 과학적인 것이 어떻게 결합되고 구분될 수 있는지의 과제가 우리 앞에 놓여 있는 것이다. 물론 시적인 언어와 과학적 언어의 관계에서 AI 시대가 원하는 것과 형식주의자들이 원했던 것에는 분명한 차이가 있다. 형식주의자들은 과학적인 것을 되도록 멀리 해야 한다고 했고, 거기서부터 벗어날수록 예술이 성공한다고 보았다. 하지만 AI는 시적인 것과 과학적인 것의 구분을 애써 구분하려 하지 않는다. 겹쳐질 수 없는 평행선이 아니라 가까운 미래에, 아니면 조금 앞선 시기나 공간에서 이 둘은 겹쳐지기를 바라고 있다고 보는 편이 옳을 것이다.

AI는 예술에 대한 새로운 패러다임을 요구하고 있다. AI란 인공지능이라고 했거니와 그것의 능력과 발전 가능성에 대한 논의들은 계속 진행중이다. AI의 활용에는 장점도 있고, 단점도 있다. 장점이란 포괄성과 다양성에서 찾을 수 있지만 고유성에 있어서는 한발 뒤처지는 것이 사실이다. 그것은 인간과의 관계에서 어느 정도 구별된다. 인간에게는 흔히 특기라는 것이 있다. 이것은 어느 한 가지 방면에서 뛰어나다고 하는 것, 곧 재능과 관련된다. 반면 그 반대의 상황도 얼마든지 존재하다. 흔히 "~치"라고 불리는 무능함의 상태가 바로 그러하다. 가령, "길치"라는 말이 있는데, 이는 길을 찾는 데 있어서 재능이 없다는 뜻이 된다. 그리고 자주 쓰이는 말은 아니지만 "문학치"라는 말도 가능할 것이다. "길치"와 대비해보면, 문학에 대해서는 전혀 재능도 감수성도 없는 것이 이 말의 함의가 될 것이다. 그런데, AI에는 이런 "~치"의 존재를 거의 허용하지 않는다. 거기에는 온갖 정보들이 담겨져 있고, 이로부터 여러 문제점에 대한 해법 등이 나올 수 있는 것이기에 "어느 정도"의 수준은 펼쳐보일 수 있기 때문이다.

단점 또한 분명히 있다. 그것은 상대방이 갖고 있는 장점과 불가분의 관계를 갖고 있는데, 인간에게 특기가 있다면 AI에는 분명한 특기가 존재하지 않는 사실과 관련된다. 그렇기에 뚜렷한 재능이나 특기가 있는 사람에 대해 AI가 이를 뛰어넘기는 어려운 측면이 있다.

AI는 지금 사회의 많은 부분에서 새로운 인식성과 환경을 만들어내고 있다. 특히 정보에 대해 상대적으로 낙후된 존재들에게 그것은 거의 혁명적인 역할을 수행해내고 있다. 궁금한 점이나 풀어야할 난제들이 있을 때마다 AI의 기능과 잠재성을 이들은 적극적으로 활용한다. 그런 면에서 지식에 약한 사람들은 더 이상 자신의 무지를 탓할 필요가 없다. 어쩌면 필요 이상의 공부를 하지 않아도 되는 세상을 맞이하고 있는지도 모른다. 그러니 지식의 저장고인 책이 서점에 잠들어 있고, 출판사의 기계를 멈추어버리게 만든다.

이는 비단 일상의 차원에서 그치는 문제는 아니다. 사회 여러 부면에 광범위하게 영향을 끼치고 있는데, 가령 지성의 본당인 학교에서도 AI는 마력을 발휘하고 있기 때문이다. 일부 학교의 이야기이기는 하지만, 수업 시간에 내준 시험 문제를 학생들은 AI를 통해서 푼다고 했다. 이는 명백한 부정 행위이지만, AI는 이것이 부정 행위인지 아닌지에 대해 판단할 능력이 없거니와 굳이 알 필요조차도 없다. 이제 학교에서는 지식을 위한 답보다는 AI를 통한 부정행위를 어떻게 하면 효율적으로 감시할까를 고민해야 하는 시대가 되었다.

그런데 AI의 이러한 기능적 국면은 예술 분야에서도 결코 작지 않은 문제점을 남기고 있고, 그것은 앞으로도 계속 문학계의 화두로 떠오를 것으로 보인다. 예술이란, 그리고 거기에 쓰인 언어들은 과학적 차원으로부터 멀어질수록 성공한 것이라고 했다. 전달의 언어가 아니라 표현의 언어, 일상적 언어가 아니라 정서적 언어가 예술의 성공 여부를 결정해왔기 때문이다. 하지만 서로 떨어져 만나기 힘든, 오작교를 사이에 두고 대치해있던 시적인 것과 과학적인 것은 이제 하나의 강물로 합쳐지려고 한다. 멀게만 인식되었던 과학과 예술의 영역이 비로소 하나의 장으로 모이게 된 것이다. 이를 가능케 한 것은 바로 AI의 기능적 국면이다. AI는 분명 과학의 영역이라는 점에서 형식주의자들이 말한 과학적 언어와 비슷한 국면을 갖고 있다. 그런데 예술로부터 분리되어 있었던 것처럼 보이던 과학인데 이제 그것의 한 단면인 AI로부터 예술이 탄생하고 아이러니컬한 상황이 만들어지고 것이다. "가을을 소재로 시를 한편 써 달라", "삼각관계를 바탕으로 한 연애 소설" 한편을 창작해달라고 하면 AI는 아무 주저 없이 한편의 서정시를, 한편의 연애 소설을 만들어내고 있는 것이다.

AI는 근대 예술의 한 특징이었던 복제 문화가 다시 한번 환기되고 있다. 마치 벤야민의 「기술 복제시대의 예술작품」에서 말했던 일들이 지금 이곳의 현실에서 일어나고 있는데, 기술 복제가 아니라 예술 복제의 시대가 탄생하고 있는 것이다. 벤야민이 살았던 근대 초기가 기술 복제의 시대였다면, AI는 예술 복제의 시대이기 때문이다. 이를 두고 현대 너머의 세계, 곧 초현대의 시대라고 부르면 어떨까.

AI 시대를 여는 징후들은 이미 예견되어 온 터이다. 그 하나가 구글 문화의 전파이고, 그것의 기능중 하나인 번역이다. 이 번역기는 언어를 입력하면, 원하는 언어로 금방 바꾸어준다. 한 언어에 해박한 지식을 갖고 있던 번역가가 몇날 며칠을 끙끙대고 했었던 일을 이제 구글 번역기는 단 몇 분만에, 아니 몇 초만에 원하는 결과를 만들어내는 것이다. 이 과정에서 인간이 할 일이란 지극히 제한되어 있다. 번역 결과물을, 다시 말하면 기계가 하지 못한 것을 일부 윤문 하면 되기 때문이다.

AI가 만든 창작물도 구글 번역기가 하던 역할의 연장선에 놓여 있다. AI간 만들어낸 창작물을 인간이 자신만의 언어로 윤문하거나 정서적 언어로 포장하면 새로운 창작물이 완성되기 때문이다. 형식주의자들이 그토록 경계해마지 않았던 과학적 언어와 시적 언어, 곧 과학과 시의 결합이 이루어지는 순간이다. 언어의 미를 가꾸는 차원은 아니지만, 어떻든 AI라는 과학과 인간의 상상력이 새로운 예술품 하나를 지상에 내놓은 것이다.

그러면 이렇게 탄생한 예술품을 하나의 고유한 창작물로 인정할 수 있는 것인가. 그러기에는 여러 난점이 놓여 있는 것이 사실이다. 이미 많은 사람들이 지적한 것처럼, 저작권의 문제가 그 하나이다. 여기서의 저작권이란 이중적 함의를 갖는다. 하나는 AI의 것인가 하는 것이고, 다른 하나는 AI가 만들어낸 창작물을 고친 사람의 것인가 하는 문제이다. 그리고 예술을 복제한 AI가 다른 사람에게도 동일한 창작물을 전달했을 개연성과, 거기서 발생하는 저작권의 문제 또한 엄밀히 상존한다. 여러 방면에서 저작권의 문제가 발생할 소지가 있는 것이다. 이럴 경우는 AI는 이 쟁점에서 한걸음 뒤로 물러서 있는 것처럼 보인다. 그것은 주체가 아니거니와 오직 창작물을 개선한 사람들 사이에서만 형성되는 저작권 문제가 발생할 수 있기 때문이다.

AI는 창작이 무엇인지, 그리고 저작권이 무엇인지 하는 문제를 예술계에 심각한 표정으로 던지고 있다. 과학과 예술이란 결코 하나의 지점으로 모아질 수 없다는 형식주의자들의 경고가 무색하게 지금 AI는 기술에 의한 예술 복제를 만들어내고 있는 것이다. 기계는 패턴에서 자유롭지 않고, 인간은 상상력으로부터 자유롭지 않다. 패턴으로 나아갈 때, 창의성과 저작권은 소멸될 것이고, 상상력으로 나아갈 때, 창의성과 저작권는 새롭게 탄생할 것이다.

예술의 복제는 이제 시대의 대세가 되었다. 과학과 예술의 영역은 그 경계가 소멸되어 가고 있다. 경계를 만들어낸 것이 근대 예술의 특징이고 보면, 경계를 넘어서고자 하는 AI의 예술적 기능을 두고 포스트 모던의 한 자락이라고 보아도 무방할 것이다. 이런 면에서 기계의 영역, 곧 과학의 영역과 예술의 영역 사이에 놓인 강을 넘나들게 하는 AI는 또 다른 탈현대를 알리는 인식성이라 할 수 있다. 이를 구분하여 초현대라고 부르는 것은 어떨까. 기술 복제가 아니라 예술 복제는 분명 새로운 시대의 패러다임이기 때문이다.

(『시와과학 매거진』, 2025.)

친일 문학은 그 시효를 다했는가

지금 우리 사회는 뜬끔없는 건국절 논란을 하고 있다. 1948년 8월 15일이 대한민국 정부가 공식 출범한 날, 곧 건국일이라는 것이다. 그런데 이런 주장은 1919년 3.1운동과, 그 운동의 결과로 만들어진 상해 임시정부가 건국일이라는 기왕의 보편화된 관념을 뒤집는 일이다. 뿐만 아니라 한 단계 더 나아가 일제 강점기 우리 국민의 국적이 일본이었다는 주장까지 나오고 있다. 이미 역사적 평가가 내려지고 또 공인되어 오던 관념이 다시 바뀌어버리는 이런 현상은 도대체 왜 일어나는 것일까. 이 논란은 실상 정치적인 문제나 이념적인 차원에서만 그치는 것이 아니라 사회 전반에까지 영향을 끼치고 있기에 결코 가볍게 넘어갈 문제는 아니라고 본다.

먼저 이와 관련된 헌법의 경우를 살펴 보자. 지금까지 우리나라는 여러 번에 걸쳐서 헌법이 개정되었고, 그에 따라 몇 차례의 '공화국'이 성립되었다. '공화국'이라는 말이 권위적이고 딱딱한 느낌을 준다면, '공화정'이라 불러도 무방할 듯 싶다. 어떻든 헌법이 개정되면서 그 헌법 정신이 표방하는 정체성에 따라 정부의 구성 형태는 조금씩 달라져 왔지만, 그럼에도 한 가지 변하지 않은 정신이랄까 기념비적인 조건이 있었는데, 그것은 3.1운동과 상해 임시정부의 정통성을 헌법에서 언제나 계승하고 있다는 사실이다. 그만큼 여러 차례에 걸친 헌법 개정에도 불구하고 임시정부의 권위랄까 정통성은 부정되지 않고 있었던 것이다.

그런데, 1948년 8월 15일을 건국절이라고 부른다면, 우리가 만든 헌법과 거기에 내포된 정신은 부정되고 만다. 그렇다면 건국절을 주장하는 이들은 받아들여질 가능성이 없는 이런 억지 모험을 왜 감행하는 것일까. 그 이유는 여러 측면이 있을 수 있는데 가장 설득력있는 것 가운데 하나는 해방 이후 척결되지 않은 친일파들 때문일 것이다. 잘 알려진 대로 일제 36년 동안 제국주의 일본에 빌붙어서 민족이야 어떻게 되든 말든, 조국이야 어떻게 되든 말든 자신만 잘 살면 그만이라고 생각한 부류들이 친일파들이다. 이들은 해방이 되어서는 과거의 죄에 상당하는 처벌을 받았어야 했다. 하지만 불행히도 역사는 그러하지 못했다. 어느 누구도 친일의 죄로 처벌 받은 사람이 없었기 때문이다. 물론 이들에 대한 단죄의 시도가 전혀 없었던 것은 아니다. 이들을 처벌하기 위해 1949년 반민특위가 만들어졌다. 하지만 이 특위에 의해 처벌 받은 사람은 아무도 없었거니와 궁극에는 반민특위조차 처벌받아야 할 사람들에 의해 해산되는 아이러니컬한 상황을 맞이하고 말았다. 말하자면 당시 국민들의 눈높이를 맞추기 위한, 아니 은근슬쩍 피하기 위한 요식 행위에 불과했던 것이 이 단체의 활동이었다. 이런 포오즈라도 취하지 않는다면, 이승만 정권의 정통성이란 결코 성립될 수 없었을 것이라는 위기의식이 반영된 결과였다.

인간은 누구나 실수를 할 수 있고, 또 죄도 지을 수 있다. 그런데 문제는 자신들이 행한 과거의 행위에 대해 죄값을 치를 줄 알아야 하고, 또 반성할 줄 알아야 한다는 사실이다. 그렇지 않고 오직 살아나야 하겠다는 일념, 그러기 위해서 과거에 자신이 저질렀던 행위에 대해 정당성을 부여하겠다는 생각만이 압도하게 된다면, 보편적 기준이란 말은 성립하기 어렵게 된다. 이를 가장 잘 대변해주는 사례가 바로 미꾸라지처럼 살아남은 친일파들이었다.

이들이 살아남으려는 논리는 비교적 간단했다. 과거 자신이 저지른 죄를 감추기 위해서는 이에 상응하는, 아니 이를 넘어서는 악의 축을 만들면 그만이었기 때문이다. 그렇게 되면, 자신의 죄과는 덮어지고, 이를 넘어서는 새로운 윤리적 기준이 만들어질 수 있었다. 이 과정에서 친일파들에게 좋은 먹잇감이 된 것이 바로 좌파, 사회주의, 공산주의에 대한 혐오 논리였다.

우리 민족이 사회주의 사상을 싫어하게 된 역사도 따지고 보면 뿌리가 꽤나 깊다. 해방 직후라든가 한국 전쟁을 거치면서 갑자기 생겨난 것이 아니기 때문이다. 그 기원은 일제 강점기부터이며, 독립군의 활동과 정비례하면서 이루어졌다. 독립 투쟁이 강렬하면 할수록 좌익에 대한 일제의 혐오 사상이 연결되면서 발전되어 왔기 때문이다. 잘 알려진 대로 독립운동은 1930년대를 기점으로 커다란 전환점을 맞이하게 된다. 1920년대 독립운동을 이끌었던 세력들은 주로 민족주의 계통이었다. 가령, 봉오동의 독립전쟁을 이끌었던 홍범도라든가, 청산리 전투의 김좌진, 이범석 등이 이 부류에 속했다. 하지만 1930년대 들어 이들의 활동은 와해되거나 현저히 위축되기 시작했다. 그것은 그들의 존재가 일제에 의해 적나라하게 노출되었기 때문이다. 타격해야 할 목표가 드러났으니 그들의 활동이 위축될 수밖에 없었던 것이다. 그런데 이 자리를 대신해서 들어온 세력이 김일성을 비롯한 항일 동북연군들, 곧 좌파진영이었다. 그러니까 1930년대부터는 좌파에 의해서 독립운동이 이끌려진 것이다. 민족주의 계열의 독립운동 세력을 제거한 일제로서는 이들의 존재가 눈의 가시와도 같았을 것이다. 그래서 이들의 존재를 희석시키기 위해 조선 민중들을 이와 분리시키는 작업을 시도해 왔다. 그 일환으로 제기된 것이 좌파 혐오 사상을 유포하는 일이었다. 『한국 전쟁의 기원』을 쓴 커밍스도 1930년대 이후 펼쳐지기 시작한 이 운동을 예리하게 짚어낸 바 있는데, 실상 이런 근거는 커밍스의 저술에서만 등장하는 것이 아니다. 초기 계몽주의자였다가 친일분자로 들어선 윤치호의 일기에서도 이 부분이 잘 드러나는 까닭이다. 윤치호는 상하이 홍구 공원 의거를 주도한 윤봉길의 독립투쟁을 "철없는 공산주의자의 분별없는 행동"으로 자신의 일기에 적고 있었거니와 이런 판단이야말로 이 시기 독립운동을 보는 일제와 친일파들의 사유를 잘 읽어낼 수 있는 대목이라 할 수 있다.

이런 감각은 해방 직후에도 그대로 이어지고 있었는데, 그 대립축 역시 친일파와 사회주의자의 구도로 유도, 진행되었다. 이런 대결 구도를 만들어가는 의도는 지극히 뻔한 것이었다. 친일파들이 저지른 과거의 죄를 덮으려는 시도의 일환이었기 때문이다. 그 상징적인 사건이 김구의 암살이었다. 친일파들에게는 남북 통일 정부가 만들어지거나 김구가 집권하는 것은 그들의 생존에 직결되는 문제였기에 그를 제거할 수밖에 없었던 것이다.

건국절을 말하고자 하는 의도 역시 이런 맥락에서 찾아진다. 사회주의 세력과 싸워 국가를 세웠다는 것, 그것이야말로 친일파들에게는 자신의 죄를 감추는 일이었고, 또 국가 건설이라는 성스러운 일에 동참했다는 사실을 알리기 위한 좋은 윤리적 기준이 되었던 것이다. 그런 숭고함이야말로 친일파들의 죄과를 덮고도 남는 충분한 가치가 있는 것으로 생각하지 않았을까.

광복이 된 지 어언 79년이 넘어서고 있고, 대한민국 정부가 들어선 지도 76년의 세월이 경과하고 있다. 그런데도 좌파와 친일파 사이에 형성된 대결 구도는 여전히 사라지지 않은 채 계속 수면 위로 떠오르고 있다. 역사의 전면에 등장한 친일의 물결이 사회의 여러 지대로 계속 스며들어가고 있는 것이다.

이런 현상은 문학 분야라고 해서 예외가 아니다. 물론 지금 현 시점에서 과거처럼, 친일을 노골적으로 드러내는 문학 행위를 하는 것은 불가능한 일이 될 것이다. 현실이 용납할 수 없을 뿐더러 설사 가능하다고 하더라도 독자들은 이런 문학에 관심을 기울이지도 않을 것이다. 오직 뉴라이트들만의 주머니 속에서 드문드문 자신들의 세뇌용이나 눈요깃거리로만 그 생명력을 유지할 수 있을 것으로 추측되기 때문이다.

문제는 친일을 위한 문학 행위가 현재 진행형으로 남아 있다는 것이 아니라 과거에 있었던 문학 행위들에 대한 해석의 차원에서 비롯된다는 점이다. 여기에는 두 가지 사안이 고려될 수 있을 것으로 보이는데, 하나는 직접적으로 친일을 한 문학에 대한 옹호 행위이다. 친일 문학이 가장 많이 양산되던 때는 1940년대 전후이다. 이때는 암흑기라고 불리우거니와 이 시기의 작품들은 내용 뿐만 아니라 언어 자체도 일본어로 쓰여진 것이 대부분이다. 이들 문학의 존재성은 너무 뻔한 것이어서 여기에 새로운 해석을 하는 것은 의미없는 일이다. 다만 그것을 수면 위로 떠올리면서 소극적이나마 의미를 부여하고자 하는 행위는 경계되어야 할 것이다. 친일 문학에 대한 재평가를 통해서 나름의 그럴듯한 정당한 근거를 찾아내는 것이 불가능한 일은 아니기 때문이다. 하지만 그 본질이 변하는 것은 아니기에 여기서 이전과 다른 새로운 의미를 찾거나 의의를 부여하는 작업은 결코 쉬운 일이 아닐 것이다.

그리고 다른 하나는 과거의 작품들에 대한 해석의 문제이다. 이것은 일제 강점기에 활동했던 시인들의 작품들을 시대적 국면에 맞게 새롭게 해석하는 일과 관련이 되는데, 이는 뚜렷하게 친일을 표명한 문학을 이해하는 것과는 전혀 다른 차원에 놓이는 문제이다. 그만큼 해석의 결과에 따라 기존에 평가된 문학적 의의와는 다른 결론에 이를 수 있는 위험성이 놓여 있는 까닭이다. 뉴라이트라는 그룹들이 제기하는 역사에 대한 자의적 해석들이 문학에서 그대로 재현될 가능성도 여기서 일어난다. 친일 문학을 경계하고 새로운 민족 문학을 수립해야 할 근거 또한 여기서 찾아진다.

이런 사례로 들 수 있는 시인 가운데 하나가 윤동주이다. 일제 강점기를 대표하는 저항 문인으로 이육사와 윤동주를 거명하는 것에 대해서 문학계나 독자들이 이의를 제기하는 경우는 것의 없을 것으로 판단된다. 물론 일제 강점기에 만들어진 문학 행위에서 어떤 저항성의 문맥을 읽어내는 것은 비단 이 두 시인만의 경우에 한정되는 것은 아니다. 표면적인 의미에서 뿐만 아니라, 내용적인 의미로 들어가더라도 일제 강점기에 활동한 문인들을 저항의 반열에 올려놓는 일은 대부분의 시인에게서 가능하기 때문이다. 어느 문인도 일제 강점기의 불의를 받아들이고, 이를 작품 속에 반영한 작가는 없을 것이다. 물론 노골적으로 친일의 색채를 드러낸 작가들이 여기서 제외됨은 물론이다.

환경과 문학 사이에 놓인 관계에서 볼 때, 윤동주의 시에 대한 평가는 평행선을 그어온 것이 사실이다. 그의 문학에 저항성이 있는가 혹은 그렇지 않은가에 대한 시비도 있었고, 그의 시에 노출된 서정의 폭이 제한적인 것인가 혹은 보편적인 것인가에 대한 논의도 있어 왔다. 해석은 누구나 자유롭게 할 수 있는 것이고, 또 그러한 해석의 방법과 결과가 다양하다는 것은 서정시의 영역에서는 얼마든지 가능하다. 이런 이해는 문학이 갖는 고유한 의장을 고려하게 되면, 적극적으로 수용되어야 마땅하리라고 본다. 그런데 문제는 서정의 폭을 다양화하는 과정에서 제기되는 불온한 의도에 있을 것이다. 여기에 담긴 부당한 정치적인 의도는 경계해야 마땅하리라고 본다.

윤동주는 살아있을 때에는 거의 무명에 가까운 존재였다. 그가 생존했을 때 발표한 시란 몇편 안 되거니와 발표된 것도 대부분은 동시에 가까운 시편들이었다. 반면, 그의 주옥같은 시편들은 대부분 그의 사후에 발표된 것들이다. 저항 시인이 되기 위해서는 살아있을 때 작품을 발표해야 하고, 또 작품에는 저항이란 문맥이 뚜렷이 읽혀져야 비로소 저항시의 반열에 올려놓을 수 있다고 몇몇 이들은 주장한 바 있다. 하지만 이들의 논지가 설득력을 얻기는 쉽지 않아 보인다. 어쩌면 문학에 대한 기본적인 소양조차 모르는 경우가 대부분이기 때문이다. 잘 알려진 대로 문학은, 아니 서정시는 은유와 상징을 비롯한 감춤의 미학으로 구성된 장르이다. 되도록 자신의 사유를 감추고, 그 의도를 언어의 이면에 숨기게 되는 장르적 특성을 갖고 있는 것이다. 특히 작가의 의도가 객관적 상황과 충돌하는 것이면 더욱 노골적으로 언어 속에 자신의 사유를 은폐하려 든다. 일제 강점기란 검열이 존재하는 시기이고, 만약 작가의 의도가 계급 모순이나 민족 모순과 관련된 것이면, 이때의 발표 매체에 등장하기 어려웠다. 이를 알기에 저항적 반열에 놓인 작가라면, 가급적 검열의 눈을 우회하거나 피하고자 했다.

이런 감각은 윤동주에게도 예외가 아니었다. 비록 그는 자신의 작품들을 매체에 적극적으로 발표하지 않았지만, 시대에 대한 자신의 사유를 되도록 많이 담아내고자 했다. 표면적인 맥락이 아니라 사유를 은폐시키는 의장을 통해서 말이다. 뿐만 아니라 살아있을 때, 저항시를 쓰지 않았기에 그가 저항시인이 될 수 없다는 논리도 성립하기 어렵다. 일제 강점기는 요즈음처럼 신문이나 잡지가 많았던 시기도 아니었다. 게다가 일제가 풀어놓은 감시의 눈초리도 피하기 어려웠다. 말하자면 자유롭게 작품을 발표할 수 있는 환경이 제대로 마련되지 않은 것이다. 발표를 안 한 것이 아니라 못 한 것인데 이를 두고 발표라는 현장, 혹은 매체에 집착하는 일은 어불성설이다. 지금의 감각으로 과거를 이해하는 일만큼이나 어리석은 일도 없을 것이다.

두 번째 사례는 윤동주 시에서 전해지는 이른바 감동의 문제이다. 윤동주의 시를 읽으면 독자들은 어떤 생각을 하게 될까. 기독교적인 정서를 떠올리게 될까, 아니면 시대에 고민하는 청년의 이미지를 떠올리게 될까. 1930년대 말과 1940년대의 시대적 지성을 읽어내려고 할까. 윤동주 시를 기독교적 정서에 보다 많이 기울어진 것으로 이해하게 되면, 그의 시에 내포된 보편성은 넓게 확장된다. 뿐만 아니라 존재론적 한계를 읊은 시로 이해해도 마찬가지의 결론을 얻게 된다. 반면 시대적 문맥에 기대어 윤동주 시를 감상하게 되면, 저항성을 삭제하려 한 사람들의 말처럼, 협소한 영역에 갇히는 상황이 오기도 한다. 그렇다면, 이런 상황은 어떤 경우에 발생하게 되고 그 시적 효과는 무엇일까 고민해볼 필요성이 제기된다. 윤동주가 기독교적인 감각에 기대어 쓴 시는 손에 꼽을 정도로 적다. 「태초의 아침」이나 「또 태초의 아침」, 그리고 유명한 「십자가」 정도가 기독교적 정서를 다룬 시이다. 그리고 존재론에 기대어 서정화한 작품으로는 「자화상」 등을 비롯한 몇몇이 있다. 그 가운데 「자화상」을 예로 들어 이 작품에 깃들어 있는 존재론적 의미와 시대적 맥락의 의미의 장을 함께 추적해 들어가 보자.

산모퉁이를 돌아 논가 외딴 우물을 홀로 찾아가선 가만히 들여다봅니다.

우물 속에는 달이 밝고 구름이 흐르고 하늘이 펼치고 파아란 바람이 불고 가을이 있읍니다.

그리고 한 사나이가 있읍니다.
어쩐지 그 사나이가 미워져 돌아갑니다.

돌아가다 생각하니 그 사나이가 가엾어집니다.
도로 가 들여다보니 사나이는 그대로 있읍니다.

다시 그 사나이가 미워져 돌아갑니다.
돌아가다 생각하니 그 사나이가 그리워집니다.

우물 속에는 달이 밝고 구름이 흐르고 하늘이 펼치고 파아란 바람이 불고 가을이 있고 추억처럼 사나이가 있읍니다.

「자화상」 전문

이 작품을 해석할 수 있는 갈래는 여러 가지이다. 하나는 존재론적 관점에서 응시하는 방법인데, 먼저 작품의 배경부터 살펴보자. 작품에 제시된 공간은 산모퉁이이고, 논가에 있는 외딴 우물이다. 우물을 매개로 존재론적 국면이 만들어지는데, 실상 우물은 거울 같은 역할을 하는, 매우 투명한 물체라는 점에서 시적 소재로 자주 등장한다. 이런 감각은 「자화상」에서도 동일하게 서정화된다. 우물 속에 비춰진 자아와 우물 밖의 자아가 만들어지는 까닭이다. 그런데 이 둘 사이의 관계는 화해불가능한 처지에 놓여 있다. 우물 안의 사나이가 미워 돌아가는가 하면, 그가 다시 그리워 되돌아오기도 하는데 이 과정은 한 번으로 그치지 않고 계속 반복된다. 그리하여 둘 사이는 하나로 될 수 없는 영원한 평행선에 놓이게 된다. 이상적 자아와 현실적 자아, 의식과 무의식이란 결코 합일될 수 있는 것이 아님을 담고 있는, 철학적 보편성을 구현하고 있는 것이다.

이 작품은 이보다 앞선 시기에 쓰여진 이상의 「거울」과 비교된다. 거울을 매개로 현실적 자아와 이상적 자아가 대결하는 형국에 놓여 있는 것이 「거울」인데, 이런 대결 구도가 윤동주의 「자화상」에서도 그대로 펼쳐지고 있는 것이다. 의식과 무의식의 분열, 그리고 그러한 분열이 결코 합일될 수 없다는 것, 그것이 「거울」의 주제이다. 이는 존재가 갖고 있는 근원적 한계를 말한 것이거니와 프로이트나 라깡이 말한 자아의 분열상과 꼭 닮아 있는 것이다.

그리고 이 작품은 정신분석학적 관점이 아니라 시대적 맥락과 결부시켜 이해하는 것도 가능하다. 이 시기를 살았던 모든 시인들이 그러하듯 서정적 자아 역시 식민지라는 현실에서 결코 자유로운 존재가 아니다. 하지만 서정적 자아가 이 현실 속에서 무엇을 해야 하는지 뚜렷이 감각되거나 알지 못한다. 그렇다고 해서 식민지 현실을 용인하는 자세를 갖는 것도 아니다. 서정적 자아의 괴로움은 이런 현실에서 비롯되었을 터이고, 그러한 현실에 대해 무능력하게 바라보고 있어야만 하는 자아가 결코 용서되지 않았을 것이다. 그렇기에 우물 밖의 자아는 우물 안의 본질적 자아를 응시하는 것이 두렵고 싫었을 것으로 이해된다. 만약 우물 밖의 자아와 우물 안의 자아가 일체화된 관계, 그리하여 현실에 대한 강력한 저항을 추동할 수 있는 상황에 놓여 있는 것이라면, 이들의 관계는 파탄되지 않았을 것이다.

「자화상」은 이처럼 크게 두 가지 의미 분석이 가능한 시이다. 현실을 배제하는 이해, 곧 정신분석적 관점에서 이해하는 방법과 현실을 내포해서 이해하는 방법, 곧 문학사회적으로 이해하는 방법이다. 전자는 보편의 정서를, 후자는 이보다 좁은 정서를 대변한다. 보편이라고 해서 감정의 진폭이 큰 것이라고는 할 수 없다. 실상 이런 감각은 식민지라는 현실이 대입될 때 보다 큰 감동으로 독자에게 환기되지 않는 까닭이다. 이런 사례는 기독교 의식을 대변한 「십자가」의 경우에도 동일하게 적용할 수 있는 부분이다.

> 쫓아오든 햇빛인데
> 지금 敎會堂 꼭대기
> 十字架에 걸리었읍니다.
>
> 尖塔이 저렇게도 높은데
> 어떻게 올라갈 수 있을까요.
>
> 鍾소리도 들려오지 않는데
> 휘파람이나 불며 서성거리다가,
>
> 괴로웠든 사나이,
> 幸福한 예수 · 그리스도에게
> 처럼

十字架가 許諾된다면

목아지를 드리우고
꽃처럼 피어나는 피를
어두어가는 하늘 밑에
조용히 흘리겠읍니다
「십자가」 전문

이 작품은 기독교적 내용을 서정화한, 윤동주의 여러 시 가운데 비교
적 우수한 경우에 속한다. 「자화상」과 마찬가지로 「십자가」도 두 가지 관
점에서 이해할 수 있다. 하나는 기독교의 영역에서, 다른 하나는 시대적
상황이라는 맥락에서이다. 전자는 보편의 정서에 기댄 것이고, 후자는
특수의 영역에 기댄 것이다. 「자화상」과 마찬가지로 윤동주의 시가 보편
의 정서에 기댄 것이라고 한다면, 이 시가 주는 감동이 상당히 반감되는
것은 어쩔 수 없는 일이다.

「십자가」는 예수의 삶과 자신의 삶을 비교한 것이다. 예수에게 십자가
가 허용된 것처럼, 자신에게도 십자가를 허용할 수 있다는 뜻이다. 예수
가 십자가에 몸을 맡긴 것은 인류에 대한 고귀한 희생 정신 없이는 불가
능한 일이었다. 그런 일을 윤동주 자신도 수행하고 싶다는 뜻을 피력한
것인데, 이는 윤동주의 희생 정신이 실로 대단한 것임을 알 수 있는 대목
이다. 그런데 이 시를 이런 음역에서만 이해한다면, 새로운 문제가 생겨
난다. 예수는 하나님의 아들로서 그럴 자격을 부여받았고, 또 그의 십자
가가 인류의 죄를 대속한 행위로서 커다란 가치가 있는 것이지만, 도대
체 윤동주는 무슨 자격으로 십자가를 질 것이며, 인류의 어떤 죄를 대속

하고자 이런 행위를 한단 말인가. 말하자면 지극히 평범할 수밖에 없는 신분의 윤동주가 예수와 같은 행위를 한다는 것은 적절하지 않거니와 그러한 행위가 독자들에게 진한 감정을 주는 것도 아니라는 의미이다. 윤동주의 시를 이렇게 보편적인 맥락에서 이해하게 되면, 그 감동이 반감되면서 다른 한편으로는 전혀 이상한 차원의 논리로 비약될 수 있는 여지를 남겨 두게 된다.

「십자가」가 보편적 정서에서가 아니라 시대적 맥락에서 이해하게 되면, 전연 새로운 정서가 환기되면서 독자에게 잔잔한 감동의 너울이 울려퍼지도록 만들어준다. 지금 윤동주 앞에 놓인 것은 식민지 현실이다. 대부분의 조선인이 그런 것처럼, 윤동주 자신도 이 상황을 극복하거나 초월하고자 하는 의지를 갖고 있다. 하지만 이런 일이 마음을 굳게 먹는다고 해서 이루어질 성질의 것은 아니다. 뿐만 아니라 스스로 몸을 던진다고 해서 해결될 수 있는 일도 아니다. 서정적 자아가 고민하는 부분도 여기에 있다. 예수는 한 번의 희생으로 말미암아 인류의 죄를 대속하는 인류사적 의의를 만들어 낼 수 있었다. 하지만 윤동주의 상황은 예수의 경우와 매우 다르다. 만약 예수처럼 윤동주가 자신을 희생해서 조국이 독립될 수 있다면, 윤동주는 기꺼이 자신의 몸을 희생시켰을 것이다. 하지만 자신이 희생한다고 해서 조국이 독립되는 것은 아니거니와 그것은 궁극에는 헛된 죽음이 될 개연성이 높은 상황이 된다. 그래서 그의 고민이 생겨난 것이고, "휘파람을 불면서 서성였던 것"도 이와 깊은 관련이 있을 것이다. 뿐만 아니라 "처럼"을 행 구분함으로써 예수의 입장과 자신의 입장이 결코 같을 수 없음을 애써 강조하기까지 했다. 여기서 알 수 있는 것처럼 시대적 맥락을 이 시에 개입시키지 않으면 「십자가」가 우리에게 주는 정서의 진폭은 진하게 울려퍼지지 않는다.

물론 보편의 정서로 윤동주 시를 이해하는 것이 잘못되었다는 뜻은 아니다. 문학 원론적인 입장에서 보아도 문학은, 특히 서정시는 의미의 다양성을 내포하는 것이기에 하나의 관점으로 해석된다고 볼 수 없기 때문이다. 부채살처럼 다양하게 뻗어나가는 의미의 축제가 벌어지는 곳, 그것이 서정시의 무대이다.

문제는 이런 것에 놓여 있는 것이 아니다. 항일이라든가 시대적 배경을 제외하고 그의 시를 이해하려는 태도이다. 여기에는 분명 저의가 깔려 있을 것이다. 윤동주의 시를 저항성이라는 맥락에서 이해할 때, 그 내포가 무척 협소한 것이라고 하면서, 보편성을 강조하는 태도를 우리는 주의깊게 보아야 하고 경계해야 한다. 이런 해석은 1940년대의 암흑기처럼 또 다른 친일 문학을 만들어낼 개연성이 무척 큰 경우이기 때문이다. 이는 마치 1948년 8월 15일이 건국절이라고 하면서 숭고하고 고귀한 가치로 남아 있어야 할 독립 투쟁을 부정하는 것과 동일한 상황일 수 있다. 윤동주의 시에서 저항성의 맥락을 부정하는 일이야말로 어불성설인 건국절을 내우세우는 것과 똑같은 행위가 아닐까.

청산하지 못한 친일의 역사가 오랜 숙주 기간을 거쳐 다시 되살아나려 하고 있다. 반성없는 죄는 반드시 물어야 한다. 그렇지 않으면, 이 불행한 역사의 오점들은 계속 수면 위로 떠오르려고 할 것이다. 기회만 된다면, 자신들이 저지른 과거의 오류들에 정당성을 부여하려고 말이다. 윤동주 시를 비롯한 일제 강점기의 문인들의 작품에서 저항이라든가 항일을 정서를 지우려는 행위를 경계하는 것도 이런 저간의 사정 때문이다. 광복 이후 80년 가까운 세월이 지난 이 즈음에 또다시 친일의 잔재와 싸워야 하는 이유가 바로 여기에 있다고 할 수 있다.

(『연경문학』, 2024.)

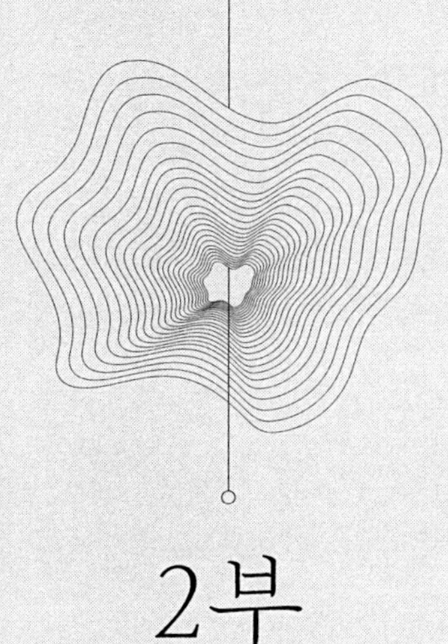

2부

치킨 게임을 건너는 보편적 사랑
– 정애영의 시

정애영의 시들은 엑조티시즘적인 경향이 짙게 풍겨나온다. 이 기법이 유행하게 된 것은 시의 근대성을 확보하기 위한 초기 시인들의 노력에서 부터이다. 외국어를 여과없이 제시함으로써 시의 세련성을 확보하기 위한 시적 전략이었던 것이다. 그러니 막연한 근대 풍경을 제시한다든가 지적 자랑을 위한 수단 이상이 되지 못하는 한계를 낳았다. 제시된 담론에서 심오한 시니피에를 찾을 수 없었고, 그저 시의 세련성이나 신기한 단면을 제시하는 수준에서 그쳤다.

정애영 시인의 신작시들이 외래어를 즐겨 사용한다는 점에서 보면 근대 초기 시인들이 펼쳐보였던 엑조티시즘적인 수법과 어느 정도 닮아 있다. 아니 아주 오랜 과거에 수행된 수법들이 지금 여기에서 다시금 재현되고 있다니 이 무슨 퇴행이란 말인가. 그런 측면에서 이 시대에 이런 수법이란 시에 있어서의 근대성 확보가 아니라 오히려 낡은 수법으로 비춰질 수가 있다. 하지만 재현된 담론을 꼼꼼히 살펴보게 되면, 이 시인이 사용하는 엑조티시즘의 수법에는 과거의 그것과는 다른 경향들을 발견하게 된다. 무엇보다 구별되는 점은 시인의 작품들에서 드러나는 엑조티시즘이 시니피에를 꼼꼼히 제시하고 있다는 사실이다. 그러니까 막연한 근대 풍경을 보여주던 초기 시인들의 엑조티시즘과 달리 보다 심오한 현대성의 의미를 담아내고 있는 것이다. 시의 제목인 '플래시백'이나 '브레인포그', 'dust in the wind' 등의 담론들에는 시니피앙의 차원에서 머무는 것이 아니라 현대성의 고유한 음역을 담아내는 시니피에가 주렁주렁 달려있는 것이다. 가령, 「플래시백」은 단어의 사전적 의미인 "사건의 긴박감을 위해 장면을 순간적으로 전환하는 기법"이라는 의미를 넘어서 현대성의 한 가운데 던져진 서정적 자아의 내적 혼란 상태가 담겨져 있는 것이다.

어떻든 근대 초기의 시인들이 보여주었던, 단어 차원의 엑조티시즘이 시의 현대성을 확보해가는 한 가지 수법이라면, 정애영 시인은 일단 현대의 예민한 감수성과 분리하기 어려운 결합성, 그러한 환경들과의 친연성을 끈끈하게 보여주는 경우이다. 시인의 시들에는 담론 차원의 수평적 의미론적 지평을 넘어서 보다 심오한 시니피에가 담겨져 있다고 했거니와 시인은 현대성의 이원적 사유 체계 속에 갇힌 지상의 온갖 것들이 갖는 부조리한 단면들에 대해서도 예리하게 포착해내고 있다.

근대가 가져온 부조리한 국면은 인간과 자연의 분리라는 이원적 사고 태도이다. 그것이 자연과 인간이 화해할 수 없는 거리를 만든 형이상학적인 근거이다. 반면 근대 이전의 화해된 세계, 곧 자연과 인간이 하나라는 사유가 이 사유의 반대편에 자리한 일원론의 세계이다. 근대의 부정적인 단면들에 대해 진단하고 그 초월의 방향이 무엇인가를 고민할 때, 치유의 대안으로 제시된 담론이란 대개 일원론에 대한 그리움의 세계였다. 그러니까 자연과 인간의 정합적 합일에 대해 가열차게 꿈꾸어온 정서의 표백이었던 것이다. 이 과정에서 풍요로운 숲이나 아름다운 전원 등이 제시되었고, 인간은 그러한 자연 세계의 일부에 지나지 않는다는, '인간 자신에 대한 겸손'이라는 윤리 문제가 동시에 환기되기도 했다.

자연에 대한 긍정적 가치를 인식한다는 점에서 보면, 정애영의 시들도 기왕의 일원론과 크게 다를 것은 없어 보인다. 하지만 이는 어디까지나 피상적인 차원의 관찰일 뿐, 시인의 시들을 꼼꼼히 살펴보게 되면, 이전의 경우와는 다른 사례들이 표명되고 있음을 알게 된다. 우선, 정애영의 시들은 일원론을 향한 꿈이나 향수가 매우 구체적이라는 점이다. 그러한 구체성 가운데 우리의 주목을 끄는 것은 동물들의 생존권에 대한 비극적 제시이다.

고양이 발이 굴러간다
고양이 손이 굴러간다
고양이 내장이 굴러간다
고양이 눈이 덜컹덜컹 삐거덕 거린다
짓이겨진 울음소리를 삼킨 바퀴들이 공포를 굴린다
검은 아스팔트
죽음을 얇게 펼쳐 단숨에 삼키는 하이웨이
아무도 죽지 않은 거대한 장례 행렬이다.

길모퉁이 작살나무에 쪼그리고 앉은 조문객들
일그러진 얼굴로 서로의 표정을 들여다보며
떠도는 영혼들의 안부를 묻는다

가죽만 남아 사라진 몸을 부르는 소리

정오의 햇살이 듣는다

피 묻은 길을 끌고 절뚝이며
세상 밖으로 사라지는 고양이 한 마리
「dust in the wind」 전문

이 작품의 제목은 문면 그대로 이해하게 되면 '바람 속의 먼지' 정도가 된다. 따라서 무엇이 '바람 속의 먼지'라는 상징을 만들었는가가 중요한데, 그 해답은 작품을 읽어보면 대번에 알 수 있는 것처럼, '로드킬을 당한 고양이'의 비극적인 삶이다.

이 비극적인 사건은 비참한 것인데, 그 모습이란 "발이 굴러가고, 손이 굴러가고, 내장이 굴러가고, 눈이 덜컹덜컹 삐거덕 거릴" 정도로 끔찍하게 구현되고 있다. 고양이의 죽음은 문명이, 그 결과물인 기계가, 곧 자동차에 의한 것이다. 근대가 인간에게 준 혜택과 달리 고양이와 같은 자연물에겐 어떠한 은혜도 없다. 오직 인간에게만 유효할 뿐이다. 여기서 인간과 자연의 분리라는, 근대의 끔찍한 이원론이 나오게 된다.

문명은 인간에게 유익한 반면, 자연에게는 가혹한 형벌이다. 따라서 문명이 심화될수록 자연에게는, 고양이에게는 재앙으로 다가오게 된다. 「dust in the wind」에서 고양이의 죽음에 대해 인간에 의한 어떤 심정적 차원의 감성이 드러나지 않는다. 고양이의 죽음을 애도하는 것은 다른 자연물일 뿐이다. 인간은, 혹은 문명은 고양이의 죽음이라는 장례에서도 철저하게 배제되어 있는 것이다. 고양이는 신이 부여한, 생리적인 생명의 영토를 인간에 의해 이렇게 처참하게 잃어버린 존재이다.

시인의 작품에 나타난 문명 사회의 비극성은 매우 구체적이라는 데 그 특징적 단면이 있다. 시인은 자연과 같은 거대 서사를 쉽게 말하지 않거니와 시인의 시들이 사실적이고, 교훈적으로 다가오는 것은 이런 구체성이 있기 때문이다. 고양이의 죽음을 통해 근대 문명의 폐해를 고발한 시인은 그 기원의 샘이 무엇인지에 대해서도 깊이있게 천착한다. 시인이 이번에 발표한 산문에 이런 면들이 직정적으로 나타나 있음을 보게 된다.

현대 사회 의학 발전의 이면에는 수많은 동물들의 희생과 고통이 숨겨져 있다.

실험에 사용되는 동물들은 태어남과 동시에 도구로 전락하고 작은 철창 안에 갇혀 살며 고통스런 실험에 반복적으로 노출되다 폐기 되거나 안락사 당한다.(중략)

동물은 살아있는 생명이며 감정을 인간과 교감한다.

기쁨이나 슬픔 두려움의 감정을 느끼며 상처받고, 심리적 고통을 느낀다.

거대한 먹이사슬의 최상위 포식자인 인간은 여러 가지 형태로 동물의 생명을 취해서 먹고 편의를 위해 동물을 이용하며 살지만, 그들이 살아있는 동안 고통받지 않길 바라는 마음이다(「검은 개는 어디로 갔을까」).

인간은 자연과 결코 화해되지 않는 싸움, "대립되는 상황에서 서로 양보하지 않는 극단적인 싸움", 곧 치킨 게임을 한다. 양보 하지 않는 싸움이라고 했지만, 궁극에는 일방적인 싸움이라고 해도 무방하다. 자연이 인간에게 도전하는 일이란 매우 드문 일이기 때문이다. 실상 이런 싸움의 결과가 무엇을 의미하는지는 굳이 설명하지 않아도 된다. 근대 초기 그것은 전지구를 휩쓸었던 양육강식의 논리를 만들어냈거니와 제국주의의 팽창은 약자들을 피지배와 굴욕의 상태에 놓이게 했다.

그런데, 근대의 이원론이 만든 이런 비극적 상황들은 머나먼 과거의 이야기가 아니라는 데 문제의 심각성이 놓여 있다. 지구촌에서 벌어지는 온갖 분쟁과 전쟁들, 특정 국가, 아니 대부분의 국가에서 존재하고 있는 힘없는 자들에게 가해지는 온갖 폭력들은 이 치킨 게임이 만들어낸 비극적 상황과 무관한 것이 아니기 때문이다.

그리고 이 게임은 인간들 사이에서만 존재하는 것이 아니다. 인간이라는 존재의 고유성을 더욱 공고히 하기 위해 이들은 또다른 희생을 계속 요구하는 까닭이다. 그러한 인간의 욕망을 위해 무고한 동물들은 끊임없이 희생된다. 이들은 항변할 수 없는 약자이다. 그들도 신이 부여한 고귀한 생명체이기에 감정이 있고, 정서가 있으며, 경우에 따라서는 인간과 교감할 줄 아는 능력을 갖고 있기도 하다. 이는 수평의 관계망을 형성하는 것이지만 인간은 이를 오직 수직의 관계로만 인식한다.

시인은 인간과 동물 사이에 존재하는 이런 관계가 갖는 한계를 통해서 인간들 사이에 내재하는 또 다른 지배 관계를 경고하고자 했을 것이다. 승자 독식, 양육 강식이라는 치킨 게임이 궁극에는 우리의 생존 조건을 위협하고 있다고 보기 때문이다.

그는 낮은 포복으로 온다.

바닥에 엎드린 외눈박이 물고기, 멍하니 한 곳을 응시하다가
뱀처럼 배를 깔고 스멀스멀 기어다니다가
독 묻은 혀를 날름 거리다가
쥐새끼처럼 빠르게 갉아댄다. 그가 지나간 자리마다 어둠이 담긴 터널이
하나씩 생기고 바람이 공명통을 만든다.
그는 날마다 집을 조금씩 갉아 먹는다.

마룻장을 뜯어먹고, 문설주를 뜯어먹고, 서까래를 뜯어 먹는다.
그가 뚱뚱해질수록 집은 골다공증 환자처럼 휘청이며 폐허가 된다.
잘게 찢겨진 바람이 깃발처럼 펄럭이고
잘 익은 계절 하나가 파과로 말없이 떨어진다

「파과(破果)의 계절」 전문

치킨 게임의 결과란 무엇일까. 하나의 승리란 결국 궁극적인 승리, 최후의 승리가 되는 것일까. 그리고 자신들의 결핍된 욕망을 채우기 위해 타자들의 생존 조건을 파괴해도 되는 것일까. 시인은 근대가 저질러온 이 양육강식이라는 승자 독식주의를 경계한다. "독 묻은 혀를 날름거리는 외눈박이 물고기가 쥐새끼처럼 빠르게 갉아댄" 행위 다음에는 "어둠이 담긴 터널이 하나씩 생기고 바람이 공명통을 만들기"에, 다시 말하면 타자의 생활 영토의 파괴란 궁극에는 자신의 생활 영토도 파괴하는 것으로 이해하기 때문이다. 그의 이색적인 내용의 시, 형태시인 「라스트 마일」이 말하는 부분도 이와 깊은 관련이 있다.

붉은 등
포장된 주검 위에 바코드라벨 등급 A++
전생의 기억을 호출하며
빈혈을 일으키는 부드러운 선홍빛
쇠창살을 핥으며 써 내려간 유서를 읽는다

좁은 통로에 즐비한 죽음의 긴 행렬
가파른 호흡과 요동치는 심장
절벽 앞 허공에 다리가 걸리고 따뜻한 피에

휘청거리는 몸이 젖는다.

U턴할 곳이 없다
차가운 벽에 이마를 찧으며 돌아갈 길을 찾지만
되돌릴 수 없는 몸
은밀히 길을 끊고, 제 앞에 길을 내는 건
강자만이 가진 우아한 특권
폭력의 방식이다

철커덕- 철문이 열리자
극도의 공포가 빠르게 죽음을 삼킨다.
절벽으로 목을 꺾어 분분히 날리는 血花
날 선 울음소리, 바닥을 뒹구는 검은 눈동자
꽃 이 진 다.
꽃
　　이
진
　　다.

「라스트 마일」전문

　이 작품을 지배하는 것 역시 타협할 수 없는 상황이 만들어내는 극단적인 게임, 곧 치킨 게임이다. 강자와 약자는 "U턴할 곳이 없는 막다른 골목"에서 만난다. "차가운 벽에 이마를 찧으며 돌아갈 길을 찾지만/되돌릴 수 없는 몸"이 되어 있기 때문이다. 그런데 여기서 그나마 탈출할 수 있는 공간을 만들 수 있는 존재는 오직 강자 뿐이다. "은밀히 길을 끊고, 제 앞에 길을 개는 건" 약자의 몫이 아니기 때문이다.

치킨 게임이라고는 하지만 이미 승부는 정해져 있다. 약자에게는 "강자만이 가진 우아한 특권/폭력의 방식이"있는 까닭이다. 강자에 의해서 피해를 약자의 모습은 「dust in the wind」 못지 않게 끔찍하고 충격적이다. 그러한 모습이 마지막 연의 형태적, 사실적으로 묘사된 점에서 확인된다.

근대의 이원적 사유 체계가 가져온 비극적 상황이 무엇인지를 시인은 고발한다. 그리고 그러한 결과를 동물 생태학적 환경을 통해서 사실적으로 제시하고 있다는 점에서 이 시인만의 고유성이 놓여 있다. 자연과 인간 사이에 놓인 이원론의 한계와 비극을 추체험적으로 제시하지 않고 이를 즉자적으로 제시함으로써 서정의 구체성을 확보하고 있는 것이다. 그런데 시인은 그러한 이원론을 자아와 타자 사이의 거리라든가 비극, 공포를 통해서만 제시하고 있는 것은 아니다. 시인의 서정성이 확장되는 지점은 바로 여기서 시작된다. 그는 자아 내부의 거리를 통해서도 이를 환기하고 있기 때문이다.

손가락이 가려워요

삼킨 말들이
가슴에 박제되는 동안
물어뜯은 손톱 밑으로 붉은 꽃잎이 떨어져
퇴적되는 동안
불안을 잠재우려 온종일 주문을 외우는 동안

안개 속으로 길을 잃은 생각들이 갈 곳을 몰라
머릿속을 뒤적거리고

못이 박힌 몸에
못 박힌 혀의 견고한 표정들

혀가 구를 때마다 소리가 나요

소리를 낸다는 것은 살아 있다는 신호
상한 말들이 부풀어 물집을 짓죠
물의 집

물-집이 허물어 질까 봐 날마다 가슴이 두근 거려요
어린애처럼
먼 곳 물집을 피해 돌아서 갈까요

혀에 감긴 낱말들이 저마다 자라나서
뿌리 박힌 어둠
뼈에 갇힌 어둠이 되지요

혓바닥을 헤집으면 붉은 꽃이 지고
골똘히 골몰하느라 심장박동이 빨라지고

심장을 건너 반송되온 수취인 불명의 우편물이 쌓이고
새벽 2시에 켜지는 불면의 신호등

혀에 밟힌 부비트랩이 터지네요

「브레인 포그」 전문

강자에 의한 승리를 최후의 승리라고 말하는 것이 가능할까. 만약 그러하다면 양육강식의 논리는 정당화될 수도 있을 것이다. 하지만 그러한 일이 일반화되어 있는 것인가. 지나온 역사의 시간을 되돌아보면, 인간은 지구에서 마지막 최고의 승리자로 비춰진다. 이를 가능케 한 것이 직립보행의 덕을 보았다는 설, 손을 사용할 수 있었다는 설, 지능이 뛰어나서 그러했다는 설 등이 있다. 어느 정도 정합성이 있는 이야기일 것이다. 하지만 역사에서 승리자가 되었다고 해서 행복이 정비례해서 뒤따라온 것이라고 믿는 것은 어리석은 일이 아닐 수 없다. 만약 그러했다면 더 나은 삶의 조건을 문제삼는 근대성에 대해서 그 수많은 고민의 담론들은 던져지지 않았을 것이다. 근대의 조건이 무엇인가를 묻는 질문들이 계속 던져지는 것을 보면, 근대의 이원론적 사유구조는 무언가 한계를 드러낸 것이 분명해보인다.

실제로 근대성의 구조 속에 편입된 인간들은 계속 불안한 상태, 공포의식에 사로잡혀 있는 현실을 맞이하게 되었다. 이는 곧 근대의 이원론과 그 결과로 빚어진 양육강식의 논리가 개선될 수 없는 장벽에 가로막혀 있음을 말해주게 된다.

「브레인 포그」는 지금 여기에 살고있는 사람들의 현존이 무엇인가를 묻고 있다. '브레인 포그'란 "머리 속이 안개긴 것처럼 맑지 않은 상태"를 의미하는데, 실상 모호하다는 것은 불투명성이고, 이 감수성은 전진하는 사고가 막힐 때 일어나는 정서이다. 그렇다면 도대체 무엇이 인간의 힘찬 전진을 막고 모호한 상태로 머물게 했다는 말인가.

앞으로 전진하거나 개선될 수 없는 상황은 인간을 불안하게 만든다. 그 불안의 이면에 도사린 것은 근대 이전의 시기로 국한한다면 인간의 영혼을 아름답게 감싸고 있던 영원의 상실과 불가분의 관계에 놓여 있다. 영원이 사라졌다는 것은 인간이 순간에 놓여 있다는 것이고, 순간이야말로 나아갈 방향성의 상실과 밀접한 관련이 있을 것이다.

지금 서정적 자아는 자아에게 엄습해들어오는 불안을 잠재우기 위해 "온종일 주문을 외우"게 된다. 그가 이 의식에 몰입되는 것은 "안개 속으로 길을 잃은 생각들이 갈 곳을 몰라/머릿속을 뒤적거리고" 있기 때문이다. 그런데 더욱 공포스러운 것은 그러한 생각들이 탈출구를 찾지 못하고 계속 머물며 잠재되어 있다는 사실이다. 신체 밖으로 나가서 말의 억압을 해소하려하지만 그리 간단한 일이 아님을 알게 된다. "손가락이 가려운 것"은 탈출을 향한 가련한 몸짓일 것이고, 계속 축적되게 되면 '부피트랩' 처럼 일순간에 터져 나오는 까닭이다. 이렇듯 현대 사회에서 불안은 결코 한순간에 끝나지 않는다. 그렇기에 서정적 자아에게 친숙한 아버지의 퇴근 소리조차 "기억을 벌목하는 도끼 소리"로 들리거니와 궁극에는 "엘리베이터가 무섭다"(「플래시백」)는 자기 고백에 이르게 되는 것이다.

근대의 이원론에 근거한 양육강식과 지금 이곳의 현존을 불안으로 인식하는 시인의 정서는 반진화론에 가까운 사유의 표백이다. 근대가 무엇인지를 묻는 것은 거대 서사가 무엇인지를 탐색하는 것과 동일한 것이라 할 수 있는데, 이런 류의 시들이 관념적이고 추상적인 차원에 머무는 것은 당연한 일일 것이다. 그럼에도 시인의 작품들은 이런 거대 영역으로부터 어느 정도 비껴서 있다. 그것은 시인의 시들이 막연한 추상에서 만들어지는 것이 아니라 일상의 구체적인 영역에서 직조되고 있기 때문이다. 시인은 고양이의 억울한 죽음에서 양육강식의 폭거를, 미래의 전망이 사라진 자리에서 순간이라는 칼날 위에 서 있는 자아의 위험을 인식함으로서 근대가 던진 의혹을 풀어나간다. 이런 구체성, 사실성이 이 시인만의 고유한 근대성이며, 시사적 의의라고 할 수 있다.

(『예술가』, 2025 겨울)

자아를 찾아가는 서정의 묶음들
– 양소은의 시세계

한때 우리 시단에는 포스트모더니즘이라는 것이 유행한 적이 있었다. 유행이란 한순간에 흐름 속에 자리매김 되는 것이어서 시간의 한계를 갖는 것이 일반적이다. 이런 맥락에서 보면 작은 자아를 탐색했던 포스트모더니즘은 지금 시점에 이르러 그 유효성이 사라졌다고 해도 과언이 아니다. 하지만 현실은 전혀 그렇지가 않다. 자아에 대한 모색의 시들은 그 이후에도 끊임없이 창작되고 있는 까닭이다. 하기사 서정시가 일인칭 고백의 장르이고, 시인 자신에게 속삭이는, 엘리어트의 논법에 따르면 제1의 목소리를 주된 특성으로 하는 까닭에 이런 흐름들이 계속되고 있는 것은 지극히 자연스러운 현상이라 할 수 있을 것이다.

양소은의 신작시 3편과 근작시 6편 또한 이런 맥락에서 예외가 아니다. 우선, 시인의 시들에 곧바로 접근하는 것은 쉬운 일이 아닌데, 짧은 서정 양식을 거부하고 산문 지향적인 속성을 지니고 있다는 점, 그리고 이런 양식에서 흔히 발견할 수 있는 비압축적 의장을 거의 발견할 수 없다는 점 때문이다. 말하자면 산문이긴 하되 서정 양식을 가능케 하는 여러 의장들이 포기되지 않고 있는 것이다. 그런 까닭에 시인의 시들은 보다 세밀한 독법을 요구하게 된다.

시인이 구사하는 의장 가운데 가장 대표적인 것은 아마도 의식의 흐름 수법일 것이다. 이는 다른 말로 하면, 무의식의 전능과도 같은 것이다. 하지만 시인이 이런 수법을 구사한다고 해서 시인의 시들을 포스트 모던 기법에 충실한 시형식이라고 말하는 것은 옳지 않다. 그의 시들은 자아를 모색하고 이에 대해 어떤 고유성이나 정체성을 확보하려 한다는 점에서는 포스트 모던의 정신을 수용하고 있지만, 기법에서조차 이 양식을 전면적으로 수용하고 있는 것은 아니기 때문이다.

시인은 기의가 사상된 기표들의 연쇄에 대해서는 전혀 관심이 없다. 그러니까 의미가 완전히 사상되는 일은 없게 된다. 하지만 자아를 탐색하고, 그것의 정체성이 무엇인지에 대해서는 쉽게 결론을 내리지 못한다. 하나의 자아는 정지되지 않고 또 다른 자아를 향해 계속 부유한다. 이런 맥락에서 그의 시들은 자아의 연쇄 구조라고 설명하는 것도 가능하지 않을까 한다. 어떻든 이런 특성들이 그의 시의 본질에 접근하는 데 있어 어려움을 주는 요소로 기능한다.

이번에 발표된 신작시를 비롯한 근작시, 그리고 산문을 꼼꼼히 읽어 보면, 그의 문학 정신이 추구하는 세계가 무엇인지 이해하게 된다. 바로 "내가 나를 찾아 그림자로 떠도는. 묶음의 서정"(「기억의 수심」)을 표백하는 시인의 시정신을 마주할 수 있는 까닭이다.

그렇다면 시인이 추구하는 자아란 무엇인가. 그리고 그 자아는 어떤 모양으로 그만의 고유한 정체성을 갖고 있는 것일까. 「궁리」에서 시인의 그 첫 번째 모험이 시작된다.

언제 봐도 초면인 듯 오늘도 끈질기게 다가오는 여자, 알아들을 수 없는
표정에 돌아서는 머리카락이 엉켜든다

여자의 얼굴 속 내 몸 어디쯤 닫혀있는 기억을 밀었다 당긴다 오늘은 어
디에서 빠져나갈까 가늠해 본다

숲으로 들어선다 나무들이 옆트임으로 하늘에 뿌리내리는, 해마다 더
크게 가지를 뻗으면 세상이 어두워지겠지 겹벚꽃 나무에서 흔들리는 바
람이 혼자서 목젖을 떤다

내겐 매일매일 숨바꼭질이야, 좁혀지지 않는 여자와의 거리에서 잠시
아찔한 계단을 더듬거린다

점점 희미해질 때까지 비문 같은 여자의 웃음과 무심코 흥얼거리는 표정
으로 말을 끼워 맞추다가 몸에 붙어 떨어지지 않는 더듬이가 돌을 걷어찬
다

눈망울에 바스락, 말이 출출한 한 사람의 표정이 얹힌다

적막해서, 겹벚꽃은 폭죽이고 개나리는 새라고 부르자 까맣게 날개는
허공을 타고 꽃은 바람을 불러와 웃음이 말의 문법이 되는

몇 갈림길에서 여자 이름을 이리저리 돌려보며 퍼즐을 맞추다가 우리
사이를 가로지르는 지나치고 지나가도 들키고 싶지 않은 날이다
「궁리」전문

이 작품에는 두 명의 인물이 등장한다. 하나는 서정적 자아이고, 다른 하나는 '여자'이다. 자아와 여자의 관계는 도플갱어적인 것일 수도 있고, 이상 식으로 말하는 본질적 자아와 이상적 자아일 수도 있다. 하지만 이들과는 다른 분명한 차이 또한 내재한다. 서정적 자아의 의식과 무의식 사이에서 빚어지는 갈등의 관계가 아니라는 점이 그 하나이고, 하나의 사물로 구체화된 현상 속에서의 갈등 관계라는 점이 다른 하나이다. 아니 둘 사이의 갈등이라기보다는 자아가 추구해야할 대상이라고 하는 편이 옳을지도 모른다.

자아는 우선, 그가 상상 속에서 구현한 '여자'를 통해서 자신을 확인하고자 한다. 그러기 위해서 그녀와의 간극 좁히기, 혹은 넓히기를 시도한다. 하지만 이를 조율할 명확한 해법이 딱히 존재하는 것은 아니다. 갈등과 방황은 여기서 시작된다. 그리하여 '숲'으로 들어가기도, 온갖 자연물들에 은유적 의미를 부여하기도 한다. 그것은 마치 퍼즐게임처럼 계속 숨박꼭질의 형상을 만들기도 한다.

하지만 이런 나와 그녀 사이의 퍼즐은 결코 맞춰지지 않는다. 아니 맞출 수가 없는 퍼즐, 영원한 평행선인지도 모른다. 그것이 그녀와 자아와의 관계망이다. 만약 퍼즐이 맞게 된다면 "내가 나를 찾아 그림자로 떠도는, 묶음의 서정"들은 더 이상 진행될 수 없을 것이다.

아침인데 저녁 같은
꽃잎들이 아직 기지개를 켜지 못하고
무기력한 문장들이다

그때도 비가 내렸지

토요일에 출발 때문일까
돌아오는 날도 토요일이어서인가
석 달이나 떠나 있었는데
담배 연기가 뒤엉킨 원고지 같다

불안을 꼬옥 안아주던 버지니아 해가
인천의 흐린 하늘로 옮겨온,
왼쪽으로 돌면 목련 나무 아래
너를 기다리던 일기장이다

꽃의 화려함과 빗방울의 은밀함
사이
후두둑, 통증들이 눈꺼풀을 들어 올린다

기억이 손끝을 지나면, 인천의 토요일을 무심코
버지니아의 토요일이라 부를 수 있을까

그림자 밟고 또 그림자, 젖은 창문처럼
시집 한 권의 축축한 목소리들

행간 따라 흘러내리다가 한참을 망설이다가
어제의 산문을 어둠 삼아 저물 줄 알았는데
여전히, 저쪽과 이쪽에 나란히 서 있네

내가 나를 찾아
누군가의 그림자로 떠돌다가 글씨 하나를 지웠더니

환몽의 발자국이 내 몸을 둥글게 감아놓는다

「토요일이 가진 것」 전문

토요일이란 일상적인 관점에서 보면, 이완의 시간 혹은 휴식의 시간이다. 그렇기에 이런 시간성은 다양한 상상력의 모험을 하기에 더 좋은 조건을 제공해주게 된다. 실제로 서정적 자아는 「궁리」보다 더 많은 상상력을 여기서 펼쳐보이는 모험을 하게된다. 시간과 공간을 압축하는가 하면, 밝음과 어둠과 같은 대립적 관계를 언뜻언뜻 떠오르는 이미지들의 중첩 속에 상상력의 끈을 들이대기도 한다.

그러한 과정을 통해서 궁극에는 "시집 한권의 축축한 목소리들"을 만들어낸다. 하지만 결과물이 있다고 해도 자아의 정체성이 확보되지 않은 것처럼 이 시집 또한 완결된 것은 아니다. 그것은 그저 '축축한 목소리들'에 불과한 것이기 때문이다. "마르지 않고 축축하다는 것"이야말로 자아를 향한 그의 발걸음이 계속 현재진행형인 상태에 놓여 있음을 말해준다.

그럼에도 자아는 좌절하지 않는다. 서정적 자아의 음성, 곧 목소리가 만들어내는 행간을 계속 더듬는 까닭이다. 따라서 "내가 나를 찾아/누군가의 그림자로 떠도는 일"은 계속 시도되고 있을 뿐이다. 그것은 마치 거대한 바다 속에서 어떤 정착점을 찾기 위해 "지느러미"를 드리우는 일과도 같고(「완벽한 여름」), 자신에게 한때 스쳐지나갔던 반려견의 "흔들리는 것들"(「흔들리는 것들은」)에 대한 집착과도 같은 것으로 구현된다. 이런 행위야말로 자아의 대치물, 혹은 은유에 대한 가열찬 모색일 것이다.

시인이 펼쳐보이는 상상력은 그 진폭이 크고 넓게 울려퍼진다. 그럼에도 그의 상상력이 뿌리를 내리는 곳, 안주할 곳은 찾아내기가 쉽지 않다.

만약 자아를 찾기 위해 모험이 정지되는 순간이란 "나를 찾아 그림자로 떠도는 묶음의 서정"들은 더 이상 만들어질 수 없는 경지, 서정의 항로가 멈춰지기 때문이다. 그는 주체를 만들어가는 시인이기에, 자아에 대한 탐색의 정지란 있을 수가 없다.

    랜턴 불빛이 풀었다 당겼다
    어둠이 감길수록

    깊은 곳에서부터 젖어 드는
    낚싯대 방울 소리

    섬보다 고독한 고요 속으로
    남자는 바다에 어깨를 기댄다

    지구의 반대편을 건너면 짙은 초록의 그늘이 있을까

    삼십 년 전 한 사람과 기울어지던
    밤에서 밤으로

    밀려든 날들이 지느러미를 펴고 파도를 물면
    낚싯대를 담그고 기다리는

    먼 수평선 불빛이
    출렁, 출렁, 방울 소리

깊은 수심을 들춰내듯 당긴
빈 바늘에 오래전 기억을 꿴다

섬과 섬 사이로 떠도는
남자 곁의 검은 시간

바닥없는 바닥으로
줄을 던질 때 깊숙이 새겨지는 파문은

뒤를 돌아보는 사람의
찢어지고 부서진 살과 뼈마디는 아니었을까

행성과 행성 사이
물 묻은 얼굴

랜턴 불빛 안으로 발걸음 깊어질 때
겨울 안부인 양 눈송이가 굵어진다

「겨울 바다 낚시」 전문

    자아가 어떤 것인지에 대한 궁금증으로 시작된 서정적 자아의 행보는 시간에 대한 여행뿐만 아니라 공간에 대한 여행을 통해서도 이루어진다. 이를 대표하는 시가 「겨울 바다 낚시」이다. 이 작품에는 「궁리」와 달리 남자라는 인물이 등장한다. 하지만 남자라든가 여자와 같은 성별이 중요한 것은 아니다. 자아를 찾기 위한 도정에서 서정적 자아에게 다가오는 모든 것들은 동일한 가치로 다가오는 까닭이다.

이 작품을 이끌어가는 가는 기본 토대는 '바다 낚시'와 '빈 바늘'이다. 전자가 공간의 여행과 관련이 있는 것이라면, 후자는 시간의 여행과 관련된다. 지금 서정적 자아는 두 여행을 통해서 자아 속에 접근해 들어가고자 한다. 그런데 이 두 여행 속에서 우리의 주목을 끄는 것은 후자이다. '빈 바늘'은 '오래된 기억'을 낚아올리는 역할을 하는 까닭이다. 기억이란 시간의 파노라마이고, 지금껏 자아를 확정하기 위한 서정적 자아의 역사이기도 하다. 서정적 자아는 그 지나온 시간의 역사 속에서 형성된 자아의 은유들에 대해 더듬어 들어가고자 하는 것이다.

그러나 아쉽게도 '빈 바늘'에 걸려드는 것에는 어떤 긍정성도 담보되지 않는다. 그것은 "섬과 섬 사이로 떠도는/남자 곁의 검은 시간"이거나 "뒤를 돌아보는 사람의/찢어지고 부서진 살과 뼈마디"에 불과하기 때문이다.

"자기가 누군인지 말할 수 있는 자는 누군인가"라는 테제가 우리에게, 혹은 우리 사회에 던져진 지는 이미 오래되었다. 그리고 그러한 질문을 더욱 심도있게 만든 것은 포스트 모던의 사유였다. 그런 면에서 이 사조의 뿌리는 깊고 넓은 것이고, 지금도 여전히 유효성을 갖고 있다 양소은 시인이 던지는 질문은 실상 이 토대로부터 자유로운 것이 아니다. 그래서 시인은 자신을 찾기 위해 유형무형의 형상들을 붙들어매 두려고 했다. 이를 위해 시인은 자아의 정체성을 확보하기 위해 상상력의 모험을 과감하게 시도했다. 그러나 그 모험을 통해서 자신이 알고자 하는 퍼즐을 완벽하게 맞출 수 있는 조합을 찾아내지는 못하게 된다. 만약 그 퍼즐이 완성되었다고 한다면, 자신만의 고유한 서정의 묶음이라든가 '너를 기다리던 일기장'(「토요일이 가진 것」)은 더 이상 만들어질 수 없었을 것이다. 그럼에도 시인은 앞으로도 자신에게 부합하는 자아의 퍼즐맞추기를 멈추지 않을 것이다. 그러한 도정이란 자신이 감당해야만 하는, 아니 모든 시인이나 인간들이 갖고 있는 숙명이기 때문이다.

(『예술가』, 2025 가을)

시인 역시 이 의무에 대해 윤리적 책임의식을 갖고 있다. 시작 노트에서 말한 것처럼, "우리는 행복하게 살 권리가 있다. 욕망에 갇히지 않기 위해 스스로를 다스려야 한다."고 보기 때문이다.

지정된 버스를 놓치면서
굵은 올 하나가 터졌다
등 대면 따뜻하고 단단했던 그 올
다시 기댈 수가 없어서
과체중을 주체하지 못하고
방마다 올을 구속했다

홀로 빨간불이 켜진 채
올올 기도하지 못하고

터진 올을 다른 색으로 바꿀까도 생각했다

나란히 걸을 또 다른 길이 생길지도 모르니까

섬섬閃閃 60수는 중앙선을 비켜
짜깁기한 자본주의는

깃털처럼 걸어갈
욕망의 이합離合이다

「12게이지 나의 니트」 전문

인간이 욕망의 유혹으로부터 벗어나는 일이 가능한 일일까. 물론 이에 대해 가능하다고 생각하는 사람도 있고, 그렇지 않다고 생각하는 사람도 있을 것이다. 이는 종교의 영역에서도 흔히 던져지는 질문 가운데 하나이다. 기독교는 결코 불가능하다고 보는 것이고, 불교는 자신의 수양에 의해서 어느 정도 가능하다고 본다. 정신분석학 역시 기독교와 마찬가지로 욕망으로부터 벗아나는 일은 결코 가능하지 않다고 본다. 하지만 여기서 중요한 것은 그것으로부터 완전히 벗어날 수 있는가 혹은 없는가의 문제가 아니다. 가능하면, 그리고 최소한도의 노예 상태라는 구속으로부터 어떻게 하면 좀 자유로울 수 있는가의 문제이기 때문이다.

지금 서정적 자아도 이런 문제의식의 한 가운데에 서 있다. 이리저리 생각을 굴리는 것 자체가 그러한 노력의 한 표백이거니와 이를 위해서 자아가 이 작품에서 무엇보다 관심을 두고 있는 것은 '자본주의'라는 삶의 방식이다. 자본주의라는 체제를 한두 마디로 정의하는 일은 불가능하다. 이를 규정하는 방식은 매우 다양해서 한두 갈래로 개념화하는 것은 불가능하기 때문이다. 그럼에도 서정적 자아는 그것의 메커니즘을 과감하게 정리하고자 하거니와 이를 "깃털처럼 걸어갈/욕망의 이합이다"라고 이해한다. 이 체제는 상품할 수 있는 것이라면, 어떤 식으로든 짜깁기해서라도 그 정당성을 보증받고 싶어한다. 상품구매자의 욕망을 사로잡아서 상품을 어떻게 하든 많이 팔면 그만이기 때문이다.

여기서의 욕망은 정형화되는 것이 아니다. 그래서 그것은 '깃털'처럼 가벼운 것이다. 그래야만 자유로운 변신이 가능하기 때문이다. 그러한 변신은 하나의 고정된 정형만을 고집하지 않아도 된다. 여러 형태가 가능할 수 있고, 또 휘황찬란한 모양새를 취해야 한다, 그래야만 상품구매자들을 욕망의 노예로 만들 수가 있다. 서정적 자아가 자본주의 사회를

"욕망의 이합"이라고 한 것도 이 때문이다.

시인은 이렇게 욕망이 사라진 자리를 확보하기 위해, 존재 완성을 위한 길을 내기 위해 시쓰기를 시도한다. 그렇다면 욕망이 없는 시쓰기와, 그리고 그러한 시를 가능케 하는 언어란 어떤 모양새를 취할 때 이루어지는 것일까. 근대성의 관점에서 볼 때, 언어란 욕망의 때가 가득 긴 상태이다. 욕망으로부터 해방되기 위해서는 이 언어를 둘러싸고 있는 욕망의 흔적을 지워버려야 한다. 시인이 자신의 시어를 순수하게 다스리려고 하는 것은 이와 밀접한 관련이 있다.

다음 파란불에는 어떤 영감靈感을 받을까? 문득 나선 오후가 생소할 때도 있지만 혼자 나설 때, 시詩는 무례하지 않게 온다 불쑥불쑥 채찍을 하기도 한다 자연과 타자는 새로운 세계를 마주할 기회다 문학적 형식보다는 철저히 인간으로서 나를 만나는 길이기도 하다 언어는 구절구절 비포장도로를 뛰어와 얼기설기 나의 규칙을 지우며 뭉클하다 달빛 한 조각의 담론으로 건너는 서투른 몸치다 망망대해를 떠돌다 내개 오는 밀서密書, 노동의 긴 갈래로 출구는 고독하다 구멍 난 스웨트를 편식하는 파도는 육화肉化된 내 그늘 한 칸의 고백일지도 모르겠다

「육화된 고백」 전문

지금 서정적 자아는 신호등 앞에 서 있다. 신호는 빨간불이 아니라 파란불이다. 이는 관습적으로 볼 때 가도 좋다는 신호이다. 시인의 시쓰기를 알리는 상징이 되는 것이다. 그런데, 그 출발의 자리에서 서정적 자아는 잠시 고민에 빠진다. 서정의 담론을 완성하기 위해 자아가 받아야 할 영감이 무엇인지에 대해 묻고 있기 때문이다. 하지만 시인의 작시법에 의하면 여기서 어떤 영감을 받을까하고 고민할 필요는 없어 보인다. 그

고민이란 것이 자아가 그토록 배제하고픈 욕망의 또 다른 이름이 될 수도 있기 때문이다.

이런 관점에서 보면, 시인의 시쓰기는 모더니즘적 글쓰기, 특히 포스트 모더니즘적인 글쓰기에 가까워보인다. 욕망이 거세된 언어로 시인의 정서가 즉자적으로 틈입해들어가는 까닭이다. 이 언어는 다른 사유를 담아낼 어떤 의장도 없거니와 시인의 표현대로라면, "구절구절 비포장도로를 뛰어와 얼기설기 나의 규칙을 지우며 뭉클해"지는 언어이다. 뿐만 아니라 "한 조각의 담론으로 건너는 서투른 몸치"의 언어이기도 하며, "망망대해를 떠돌다 내게 오는 밀서(密書)"의 언어이기도 하다. 말하자면 이 언어에는 어떤 장식도, 어떤 욕망의 흔적도 담고 있지 않은, 순수한 언어이다. 어쩌면 김춘수가 말한 개념화되기 이전의 언어, 어떤 개념이라도 달라붙을 수 있는 언어, 그래서 상당히 위험한 처지에 놓인 언어에 가까운 것처럼 보이기도 한다.

언어에 관념이나 사상, 의식을 배제한다면, 다시 말해 욕망의 흔적을 제거한다면, 그 언어에는 어떤 것이 남아 있을까. 본질일까 아니면 의미가 사상된 풍경일까. 그런데 시인은 이 두 가지 언어 형식 가운데 어떤 것도 쉽사리 포기하려 들지 않는다. 그 언어에 욕망이 거세된 것이라면, 어떤 것이든 수용할 태세를 갖추고 있기 때문이다. 전자의 흔적을 담고 있는 시가 「육화된 고백」이라면, 후자를 대표하는 시는 아마도 「풍경도(風磬圖)」일 것이다.

이
모습은
처마 끝 마임

빗물과 바람으로

언어의 장벽을 깨는

인적 없는 날의 풍경도

아무도 초대하지 않은 모퉁이

돌아온 새들의 지점은 우리들의 같은 옆, 벚꽃아래 미담과

미간을 평정하는 겹겹 믿음을

인연의 옷깃으로 꿰매어

뿔과 뿔 사이 바람

의 윤곽으로 짠

청아한 마임

허락된

이

인연이 인연에게

정적을 깬다

「풍경도」 전문

이 작품에는 두 가지 풍경이 아무런 매개없이 펼쳐져 있다. 하나는 절간에서 흔히 볼 수 있는 '풍경' 그 자체이고, 다른 하나는 그러한 '풍경'을 그려내고 있는 '풍경도'라는 그림이다. 시인은 이러한 면을 드러내기 위해 형태시적 접근을 시도하기도 한다. 그 결과 이 두 가지 그림에는 모두 사람의 그림자가 말끔히 지워져 있다. '풍경'은 바람이 부는 것에 따라 이리저리 흔들리며 소리를 내고, 그것으로 자신의 존재성을 드러낸다. 시인의 표현대로 "빗물과 바람으로" 소리를 내는 것이다. 여기서 중요한 것은 이 '빗물과 바람'이 자연의 소리이고, 그것에 의해 '풍경'은 자신의 존

재성을 알린다. 그렇기에 그 울림은 언어 이전의 세계이다. 시의 표현대로 '언어의 장벽을 깨'는 것으로 자신의 존재를 드러내고 있다.

그리고 언어 너머의 세계로 윤곽을 만들어가는 풍경은 "뿔과 뿔 사이 바람/의 윤곽으로 짠/청아한 마임"을 펼쳐보이기도 한다. '마임'이란 표정과 몸짓으로만 내용을 전달하는 연극인데, 풍경은 그러한 '마임'의 연극처럼 스스로의 힘에 의해서, 곧 어떤 인위적인 것의 도움을 받지 않고 스스로의 존재성을 구현하고 있는 것이다.

풍경이 흔들리는 모습과 소리, 그리고 그러한 장면을 거리화한 채 응시하는 것은 인위적인 의도와 개입을 통해서는 결코 성립할 수 없는 세계이다. 욕망으로부터 벗어나는 일, 그리하여 행복하게 살 권리를 추구하는 세계는 '풍경도' 같은 세상을 만들고 또, 여기에 기투하는 삶이 되어야 한다. 그렇지 못하면, 욕망의 노예가 되어 실패와 좌절이라는 세속적 질서로부터 벗어나지 못할 것이다.

시인은 『참새는 어디로 갈까』 이후 욕망이 무화된 공간을 꿈꾸어 왔다. 그러한 삶이 가능한 세계야말로 진정 인간다운 삶의 가치가 실현되는 사회임을 알고 있기에 그러한 것이다. 「강가(Ganga)아이」에서 펼쳐지는 자연 그대로의 모습을 경외하는 것이나 「꽃잎으로 해가 길어졌다」에서 '말하는 것'들에 대한 반담론을 제시한 것은 모두 이와 깊은 관련이 있을 것이다.

찰나에
툭
던진
그 말이 서러워

빗장을 걸었다
붉게

함박눈 내리던 날
파도의 건반이 된
동백꽃 그녀

환한 꽃잎 속에
아껴둔 말
연주한다

그자그자……

네가 보고 싶어

부산행 기차를 탄다
　　　「해운대 동백꽃」 전문

　욕망을 배제하는 시인의 노력은 관념적 말의 차원에서만 한정되는 것은 아니다. 그러니까 말은 사유의 표백에서만 깔끔한 정결을 요구하고, 그럴 경우 자신의 작품이 갖는 완결성, 인식의 완결성이 도달되었다고 믿지 않는다. 그것은 세속에까지 서정의 그림자를 짙게 드리우고 있는 까닭이다. 그의 시들이 이런 일상성에 뿌리를 내릴 때, 비로소 시인의 작품의 한 자락을 구성하고 있는 관념지향적인 창작 방법에서 벗어날 수 있게 된다.

「해운대 동백꽃」은 언어의 순수성을 지향하는 시인의 사유가 일상성에도 깊이 뿌리내리고 있음을 일러주는 시이다. 이 작품에서의 언어는 '욕망의 말타기'에서 비교적 자유스러운 것처럼 보인다. "찰나에/툭/던진/그 말이 서러워"에서 말해주는 것처럼, 여기서의 언어는 타인에게 주는 상처로 비춰진다. 하지만 타인에게 상처를 주는 언어 또한 이 말하는 주체의 욕망과 무관한 것이 아니다. 욕망은 일상에서도 거친 혀를 내밀고 타자에게 언어적 폭력을 가한다. 어떻든 타인의 정서에 흠결을 남기는 이 언어는 타인에게는 상처이거니와 서로의 소통을 방해하는 '빗장'으로 기능하기도 한다. 이는 아름다운 조화, 평화로운 공존을 위협하는 반담론이며, 상호간의 경계를 만드는 언어이다. 이러한 언어가 팽창할 때, 건강한 사회나 존재의 전일적 완성이 이루어지기는 어려울 것이다.

그러한 까닭에 이 구분의 언어, 절벽의 언어는 아름다운 공존을 위해 그 경계가 무너져야 한다. 서정적 자아는 그러한 목적으로 나아가는 도정을 자연의 언어에 기대려 한다. "환한 꽃잎 속에/아껴둔 말"이 바로 그러하다. 그 꽃 잎 속의 언어를 연주하면서 욕망에 기댄 언어들, 상처를 준 언어들을 초월하려 드는 것이다. 이 도정을 통해 그 목적은 얼핏 이루어졌고, 그래서 서정적 자아는 "찰나에/툭/던진" 언어의 주체를 찾아 나서게 된다. 이를 가능케 한 언어가 "그자그자"이다. 이 언어는 "꽃 잎의 언어 연주"를 통해서 맑고 깨끗하게 씻긴 언어이다. 그래서 상처를 후벼내는 언어와는 거리가 있는, 욕망이 거세된 언어이다.

박이영의 시들은 언어의 미학에 있다. 시인은 그 미학적 완성도를 위해 언어 속에 감긴 욕망의 때를 과감하게 벗겨내려든다. 서정적 자아가 이렇게 하는 것은 자본주의의 물화된 욕망으로부터 스스로를, 혹은 사회를 지켜내기 위함이다. 휘황찬란하게 쏟아져 나오는 상품들에 대해 숫구

치는 욕망을 제어하지 못하면, 자아의 행복이라든가 존재의 완성, 궁극
에는 사회의 유토피아는 결코 달성될 수 없는 것임을 알기 때문이다. 그
래서 시인은 과거에서 현재에 이르기까지, 아니 다가올 미래에 있어서도
욕망에 물든 언어들의 때를 과감하게, 그리고 계속 벗겨낼 것이다.

(『예술가』, 2025 여름)

유기적 조화에 대한 복원의 상상력
―이재무의 시

이재무의 시들이 전하고자 하는 메시지는 분명하다. 그렇기에 그의 시를 읽게 되면 시인이 작품에서 말하고자 하는 의도가 무엇인지 쉽게 알아차리게 된다. 시인은 자신의 작품에 복잡한 시적 의장을 남발하거나 의미를 생산해내는 통사에 대해 이리저리 휘젓는 모험을 하지 않는다. 대개 이런 작업들이 시를 난해하게 만드는 것은 잘 알려진 일이다. 그리고 그런 실험적 국면들이 좋은 시의 구성 요건이라고 받아들여져 왔다. 하지만 이재무는 그런 기존의 통념들에 대해 과감한 도전장을 내민다.

시가 어렵고, 그리하여 독자의 문해력을 시험한다고 해서 좋은 시라고 말할 수 없거니와 또한 쉽게 해독된다고 해서 좋은 시가 되는 것도 아니다. 독자에게 메시지가 분명하게 전달되면서도 그 의미가 서정의 큰 진폭을 울려준다면 좋은 시라 할 만하다.

이재무의 시들은 쉽고 그리고 편하게 읽히면서도 그 서정의 깊이가 결코 만만치가 않다. 이재무는 전달하고자 하는 담론에 분명한 은유와 사회적 음역을 폭넓게 담아서 이를 독자에게 전달할 줄 아는 시인이다. 그러한 까닭에 그의 시를 읽게 되면 서정의 카타르시스뿐만 아니라 현재의 일상성에 대해서도 깊이 있는 환기를 가져오게끔 만든다. 그의 시를 읽고 나면 갑갑하고 막혀있던, 응어리진 정서들이 일거에 해소되는 느낌을 받게 되는 것은 이와 밀접한 관련이 있다고 할 수 있다. 일찍이 우리 시사에서 이런 경우의 시는 소월의 경우에서 확인할 수 있는 부분이다. 그의 시들은 독자에게 쉽게 다가오면서도 서정의 품격은 가늠하기 어려울 정도의 깊이로 짜여져 있다. 이는 그 자신만의 서정과 일상성의 깊이가 만들어낸 조화의 미학이 있었기에 가능했다.

이재무의 시가 추구하는 전략적 주제들은 유기적 조화 감각, 곧 통합적 상상력에 대한 그리움의 정서들이다. 그런데 이런 주제 의식에만 시선을 고정하게 되면, 그의 시들은 지극히 뻔한 낭만적 정서에 갇혀 있는 것처럼 보이게 한다. 하지만, 이 전략적 주제를 향한 그의 행보에 주목하게 되면, 시인이 만들어내는 담론의 저변에는 치열한 갈등과 싸움의 현장이 켜켜이 녹아있음을 알게 된다. 통합이라든가 조화를 부정하는 것들에 대한 항전들이 그 배음을 형성하고 있는 것이다. 그리고 그러한 싸움이 깊이있는 카타르시스 효과를 가져오게 하는 것은 그것이 궁극에는 우리들의 삶의 문제와 결코 분리될 수 있는 것이 아니기 때문이다.

물의 흐름을 막는
냇가나 강가에 박힌 돌을 들어내면
흐르는 물이 와서
빈자리를 채운다.
물의 혀들이 구석구석 살갑게 다녀가고
오래지 않아 상처는 아물어
더 이상 난 자리의 표가 나지 않는다.

우리의 오늘과 내일도
이와 같을 것을 나는 믿는다.

강가에 머무르는 동안
쉼 없이 물살이 다녀갔다.
대개는 잔잔한 날이었으나
더러는 소용돌이치며 고함치고 우는
물살의 세월도 있었다.
그런 날은 나도 아프고 너도 아팠다.
「계엄정국」 전문

계엄이란 통상 두 가지 경로에서 이루어진다. 사회 질서가 현저히 위협받을 때, 혹은 통치자가 자신의 욕망을 확장시켜 권력을 보장받고자 할 때이다. 전자는 보편의 가치와 연결될 수 있다는 점에서 어느 정도 합리성을 갖고 있지만, 후자는 그러한 가치와는 무관한 경우이다. 하지만 생태적 조화라든가 그것이 갖고 있는 복원력을 신뢰하게 된다면, 계엄에 대한 이 두 가지 전제는 마땅히 설 자리조차 잃어버리게 된다.

시인은 계엄과 같은 폭력이 정당화될 수 없음을 자연의 복원력, 곧 스스로 치유할 수 있는 자연의 힘에 빗대어 항변한다. 그러한 단면을 시인은 이 작품의 1연에서 제시하고 있는데, 가령 '물의 흐름을 막는' 것이 '냇가나 강가에 박힌 돌'이고, 만약 그것을 '들어 내게' 되면, 흐르는 물이 빈자리를 채워서 궁극에는 "더 이상 난 자리의 표가 나지 않는" 수준에 이른다는 것이다. 이것은 순리이고 이법이다. 그렇기에 어떤 부조리한 일상성도 결코 인위적인 힘에 의해 훼손될 수 없다고 이해한다. 그러한 가치를 '나'는 믿거니와 또한 그것은 항구적인 속성이기도 하다는 것이다.

"우리의 오늘과 내일도" 믿고 있기 때문이다.

　하지만 이런 조화나 순리에 대해 '나' 이외의 세력들, 혹은 '나'의 사유에 동조하는 한정된 '우리'와 그 결을 달리하는 세력들은 이 법칙에 대해 거슬러 올라가려 한다. 이른바 자연스러운 '현상 변경'이 아니라 인위적인 '현상 변경'을 통해서 말이다. 이럴 경우 '나'와 '우리'가 생각하는 합리적 가치 체계란 여지없이 무너질 것이다. 이는 보편적 가치를 지탱하고자 하는 '우리'들의 기대치를 무너뜨리는 행위로 연결될 수밖에 없다. 그 행위의 결과가 어떤 것인지는 굳이 묻지 않아도 된다. 집단에 공포를 안겨주고, 그에 저항하는 세력들을 폭력으로 제압할 것이기 때문이다.

　　천적을 불러들일 수 있어
　　여간해서는 울지 않는 토끼가 운다면
　　목숨이 위태로운 지경에 놓였기 때문이다.

　　산소 결핍에 민감한 토끼를
　　잠수함에 넣어 다니는 것은
　　심해에서의 산소를 측정하기 위해서이다.

　　토끼들이 운다.
　　홀로 울고
　　떼 지어 운다.

　　목숨이 위태롭다 울고
　　산소가 부족하다 운다.

전국방방곡곡 토끼들이 울고 있다.

「토끼들이 운다」 전문

'토끼'는 부당한 힘 앞에 좌절하는 연약한 존재이다. 폭력에 마땅히 저항할 만한 힘을 갖추고 있지 못한 탓이다. 그래서 주체적 능동력을 상실한 존재가 된다. 거친 바람이 불어 올 때, 이를 온 몸에 느낄 뿐, 거기에 맞서지 못하는 것이다. 이는 김수영의 「풀」과 대비된다. 바람이 불 때, 바람보다 먼저 눕고, 또 바람보다 먼저 일어나는 역동적, 능동적인 풀과는 거리가 먼 것이다.

토끼는 오직 위험만을 본능적으로 감지하고, 이를 육체로 반응하고 있을 뿐이다. 그런데 이 반응은 단지 생물학적 본능 속에 갇혀있는 것이라고는 할 수 없을 것이다. 거기에는 어떤 분명한 힘이 느껴진다. 그 다음을 예비할 수 있는 역동적 힘들이 '울음' 속에 내재해 있기 때문이다. 그러니까 '울음' 뒤에는 은폐된 '저항'이나 '응전'의 여울이 휘돌아치고 있다고 보는 것이다. 그러한 믿음이 있기에 '토끼'는 마음껏 울 수 있는 것이다. 이 '울음'이 연약하고 그저 수동적으로만 느껴지지 않는 것은 이 때문이다.

가난이 죽이려 하였으나 죽지 않았다.

칼이 죽이려 하였으나 죽지 않았다.

불의하고 부정한 법이 죽이려 하였으나

그는 죽지 않았다.

맞을수록 단단한 쇠가 되었다.

그를 죽이려는 사람들에게

그는 위험하고 무서운 사람이 되었다.
「위험한 사람」 전문

「토끼들이 운다」에서 '토끼'에게 주어지는 폭력은 여기서 그치는 것이
아니라 다양한 형태로 확산된다. 집단뿐만 아니라 그 집단을 대변하거나
대항할 수 있는 주체에게도 동일한 폭력, 선택적인 폭력이 가해질 수 있
기 때문이다. 이를 대표하는 시가 「위험한 사람」이다. 제목이 '위험한 사
람'이기에 이 사람은 분명 보편적 가치의 건너 편에 있는 존재처럼 보인
다. 하지만 이는 그 반대의 경우이기에 아이러니의 의장으로 설명될 수
있는 부분이 있다. 어쩌면 보편적 가치를 지키고자 하는 사람일 터이기
에 그러한데, 실상 그 가치를 훼손하려는 측에서 보면 그는 위험한 사람
임이 분명하기 때문이다. 따라서 그가 존재하는 한, 그 상대편에 있는 존
재들에게는 당연히 위협적인 존재가 될 수밖에 없는 것이다.

그래서 사전 예방 차원에서 이 사람은 제거의 대상이 되어야만 한다.
그리하여 '가난'과 '칼', 그리고 '불의하고 부정한 법' 등이 그를 계속 죽이
려 한 것이다. 하지만 그는 죽지 않았거니와 그 과정에서 '단단한 쇠'가
됨으로써 "그를 죽이려는 사람들에게/위험하고 무서운 사람"으로 거듭
존재론적인 변신을 하게 된다. 그가 죽지 않았다는 것은 '칼'과 '불의하고
부정한 법'에 저촉되지 않았다는 것, 궁극에는 죄가 없다는 뜻이 된다. 처
벌되지 않았다는 것은 마땅한 죄가 없다는 점에서 그러한데, 이런 감각
은 시인이 이번 신작시집에서 표명하고자 한 복원의 상상력과 분리하기

어려운 것이라는 점에서 의미가 있다. 짓누르고, 그리하여 무너뜨리고자 했지만, 그는 오뚝이처럼 일어나 다시 제자리에 돌아오고 있다. 이는 일종의 복원의 상상력인데, 원 위치로 돌아갈 수 있다는 것이야말로 조화라든가 유기적 감성이 애초부터 이 '위험한 사람'에게 내재해 있다는 의미로 읽힐 수 있는 대목이라 할 수 있다.

훼손된 일상에 대해, 그것이 다시 되돌아 올 수 있다는 복원력을 시인은 믿는다. 하지만 시인은 그러한 복원이 자연의 질서에 의해서만 가능한 것이라고는 믿지 않는다. 그것은 그러한 질서를 훼손하는 것들에 대한 인위적인 저항을 통해서도 가능하다고 믿기 때문이다. 그 본보기가 되는 작품이 「친구에게」이다.

나는 내가 두려워진다.
세상 불의와 싸우는 동안
얼굴이 일그러지고 마음이 사금파리처럼
날카롭게 벼려지고 있다는 것이.
나는 내가 무서워진다.
사악한 무리와 대적하는 동안
사람에 대한 불신이 깊어지고
온갖 회의와 의심으로
영혼이 잠식되어 가고 있다는 것이.
나는 내가 두렵고 무서워진다.
의견이 맞지 않은
오십 년 우정이 내 곁을 떠나는 것이.
화면 밖으로 뛰쳐나와
고함치며 때리고 부수며

활개 치는 좀비들
미래에의 불안으로 잠을 설치는
날이 늘어가고
우울이 심연처럼 깊어간다.
적과 싸우는 동안
적을 닮아가는 내가
나는 무섭고 두려워진다.

「친구에게」 전문

시인은 여기서 자신이 "세상 불의와 싸운다"거나 "사악한 무리와 대적하"는 존재라고 했다. 그는 "적과 싸운다"고 분명 말하고 있기에 절대 조화의 세계나 완벽한 유기적 세계를 향한 도정이 스스로 치유되는 자연 복원력에만 기대고 있는 것이 아님을 알 수 있다.

시인은 맞서야 할 적이 있고 또 분명히 알고 있기에 이를 무너뜨리기 위해 전진해나간다. 그것이 이재무 시가 갖고 있는 건강함, 곧 서정의 역동성일 것이다. 그런데 이번 신작시에서는 이런 감각과 더불어 이전의 작품 세계와 구분되는 면이 있기에 주목을 요한다. 바로 서정적 자아에 대한 내성의 포오즈이다. 이런 감각은 「친구에게」서도 발견되거니와 「그들은 모르고 있다」에서 보다 확연히 드러나게 된다.

그해 겨울 초입 46년 만에 찾아온 가뭄이 아니었다면
우리는 호수의 수심과 바닥의 정체를 몰랐을 것이다.
가뭄이 지속되자 하나 둘씩 풍경들이 호수를 빠져나가고
마침내 바닥이 드러나기 시작했다.
바닥에는 그동안 일렁이는 물결이 감춰온 온갖 오물들이

뒤엉켜 악취를 풍기고 있었다.

고스란히 드러난 호수의 민낯을 보고 사람들은 경악하였다.

하지만 그들은 모르고 있었다.

호수를 오염시켜온 이들이 바로 자신이었다는 것을.

「그들은 모르고 있다」 전문

이재무의 시들의 특징적 단면은 전진하는 데 있다. 그의 작품들은 주로 미래의 시간 의식 속에 있기에 이 틀에서 서정적 자아는 앞으로 계속 전진할 수 있었다. 그의 시들에서 힘찬 에네르기가 느껴지고 밝은 전망의 빛이 늘상 비춰지고 있었던 것은 이 때문이다. 전진하는 힘에 기대는 까닭에 내성과 같은 소극적 담론들은 그의 시에서 잘 드러나지 않는 것이다. 내성이란 현재의 시간 속에 머무는 일이 많고, 경우에 따라서는 과거의 시간 의식 속에 갇히기도 한다. 이 때문에 앞으로 나가면서 사회에 대해 거친 발언을 하고, 건강한 사회를 위해서 불온한 현재에 대해 현상 변경을 강력히 요구했던 시인의 작품들에서 안으로 향하는 시선을 찾아보는 것은 매우 어려운 일이었다.

그런데 밖으로, 혹은 미래로 향하던 시선들이 이제 내부로 방향을 틀기 시작한 것이다. 「친구에게」에서 불온한 세력이나 환경에 대해 저항의 몸짓을 펼쳐보이면서도 "나는 내가 무서워진다"라거나 "나는 무섭고 두려워진다"는 감각은 내성을 떠나서는 설명하기 어려운 부분이기 때문이다. 그러한 정서들이 분명한 모습을 갖추고 나타난 것이 「그들은 모르고 있다」이다.

'가뭄'은 우리들의 실체가 무엇인지 알게 해준 매개이다. 호수의 바닥은 우리들의 실체가 무엇인지를 극명하게 보여주는 은유이다. 거기에는

"온갖 오물들이 뒤엉켜 악취"를 풍기는 공간이 존재하고 있었다. 이는 단지 물리적인 차원에 그치는 것이기도 하지만, 우리 주변을 둘러싸고 있었던 불온한 것들의 실체일 수도 있다. 그러니까 현재의 불온성이란 궁극에는 우리들이 만든 것이라는 사실이다. 그런데 이를 만든 주체는 그것이 자신들의 행위였는지 전혀 모르고 있었다고 이해한다. "호수를 오염시켜온 이들이 바로 자신이었다"는 사실에 대해서는 전연 무지했다는 것이다.

'자신'을 반성적 차원에서 발견한다는 것, "나는 내가 무섭고 두려워진다"는 것은 내성과 관련된 것이다. 시인은 이제 자아 너머의 저 크나큰 세계만 보지 않고, 자아 그 자체를 주목하기 시작했다. 앞으로만 전진하던 자아가 이제 서서히 그 속도를 줄이고 현재의, 혹은 과거의 시간으로 틈입해 들어오고 있는 것이다. 하지만 서정적 자아가 전진하지 않는다고 해서 사회의 어두운 구석을 외면하거나 거대 담론의 부당성에 대해 눈을 감는 것은 아니다. 어쩌면 서정적 자아는 거침없이 나아가기 보다는 적절한 휴지 기간을 둠으로써 새로운 단계를 예비하기 위한 힘을 축적하려고 하는 것처럼 보인다. 그러한 까닭에 그의 시들은 새로운 서정을 확보하기 위한 시도처럼 보이기도 한다. 그렇기에 그의 시들이 펼쳐보이는 외연과 내포는 더 넓고 깊어지는 것이 아닌가 하는 느낌을 받게 된다.

(『동행문학』 2025 여름호)

욕망이 포기된 자리에서 형성되는 여유
- 윤수천의 시

　윤수천의 최근 시들에는 삶의 여유가 묻어나 있다. 이 여유는 인생을 달관한 자가 아니면 결코 얻을 수 없는 것들이라는 점에서 소중한 것이다. 인생에 대해 이런 정서를 갖거나 혹은 세상에 대해 달관할 수 있다는 것은 경험이 없으면 불가능한 부분이다. 그런데 이는 윤수천의 시에서는 특히 그러한 것처럼 보인다.

　시인의 시들은 최근 들어 과거를 추억하거나 동화적 상상력을 발휘하면서 자신만의 고유한 문학 담론을 만들어내고 있다. 그가 『꺼멍이 억수』라는 연작 시리즈로 동화작가가 될 수 있었던 것도 맑고 투명했던 어린 시절의 추억이 현재속에 오버랩될 수 있었기에 가능한 일이었다. 뿐만 아니라 『고래를 그리는 아이』에서 보듯 그의 시선들은 현재보다는 과거에 놓여져 있었고, 삶의 치열한 현장보다는 한 발자국 떨어진 조용한 곳에 놓여져 있었다.

　세속이란 항상 그러한 것처럼 갈등과 분열, 음모 등이 넘실대는 곳이다. 만약 그의 시선이 이와 마주했다면 시인은 그러한 세속의 불온성에 대해 끊임없이 항변하고 이에 대항하는 담론들을 모색했을 것이다. 그러면 그의 시들은 아마도 현실 참여라는 서정의 장을 마련할 수 있었을는지도 모른다.

하지만 그는 이 현장으로부터 한걸음 비껴서 있었거니와 되도록이면 일상으로부터 가급적 멀리 벗어나 있고자 했다. 그런 서정의 거리감이 시인의 작품들을 만들어내는 의장이었고, 이번에 발표된 신작 시들에서도 그러한 일련의 특색으로부터 벗어나는 것이 아니었다. 이를 대표하는 시가 「돌아가는 배」이다.

이쯤에서 배를 돌려야겠다
너무 멀리 왔다는 생각
망망한 바다는 끝이 없고
바람도 점점 거세기만 하는구나

고향 집 감나무는 올해도 단감을 달았을 테고,
뒷산의 까치들은 여전히 맑은 울음일 테고,
아들 녀석은 이미 밭곡식을 거둬들였을 거고,
늙은 아내는 종종걸음으로 집안을 누비고 있겠지

세상에 나와 보니
사람 사는 거 비슷비슷하더라
잘난 사람이나 못난 사람이나 거기서 거기고
행복이란 것도 별게 아니더라

아, 가을은 돌아가기에 참 좋은 계절

기왕이면 가벼운 몸으로 돌아가
고향 집 내 작은 방에서
시나 쓰겠다, 달빛이나 벗 삼겠다
　　　　「돌아가는 배」 전문

　서정적 화자는 지금껏 앞으로만 계속 쭉 나아갔다. 전진한다는 것은
무언가 달성해야할 목표가 있기에 그러한 것이고, 따라서 그것에 이르지
못할 때, 앞으로 향하는 발걸음은 계속 진행되었을 것이다. 그런데 어느
순간 서정적 자아는 앞으로 나아가는 행보를 더 이상 하지 않게 된다. 이
를 단적으로 표현하는 말이 "이쯤에서 배를 돌려야했다"라는 부분이다.
여기서 '배'는 목표이고, 서정적 자아의 열정을 추동하는 욕망이기도 하
다. '배'가 이끄는 동력에 의해서, 말하자면 욕망의 거침없는 추동에 의해
서 서정적 자아는 아무런 의심없이 계속 앞으로만 전진해나갔던 것이다.
　그런데 그런 전진의 과정이, 곧 욕망에 의해 지배되고 있었던 서정적
자아의 삶이 결코 긍정적이지 않았음을 발견하게 되고, 자아는 나아가야
할 길과 방향들에 대해 일대 회의의 시선을 던지게 된다. 그런데 서정적
자아의 열정이 멈추게 된 계기랄까 동기는 지극히 평범한 가치관, 그렇
지만 매우 소중한 가치관에서 비롯된다. "세상에 나와 보니/사람 사는 거
비슷비슷하더라"거나 "잘난 사람이나 못난 사람이나 거기서 거기고/행
복이란 것도 별개 아니더라"는 사유의 표백이 바로 그러하다. 이런 사유
에 이른 것은 경험이 없다면 결코 도달할 수 없는 지대라는 점에서 그의
시들의 경험성을 말해주는 부분이라 할 수 있을 것이다.
　경험이란 그것을 현재의 삶에 어떻게 연결시킬 수 있는가의 여부에 따
라 인생의 교훈이 되기도 하고, 그 반대의 가치로 전락하기도 한다. 경험

속에서 삶의 지혜라든가 인생의 진실을 알게 되었다면, 그것은 분명 교훈의 영역에 속할 것이다. 하지만 경험이 주는 교훈에도 불구하고, 잘못이나 실수를 또다시 반복하게 된다면, 그것은 교훈이나 진리의 영역과는 거리가 있는 것이다.

시인이 경험을 이해하는 방식은 교훈적인 것에서 찾아진다. 그러한 교훈이 시인의 작품을 만들어내는 근본 동인인데, 서정적 자아는 이 경험을 매개로 두 가지 아름다운 인생 항로를 개척해나간다. 항로란 전진하는 사고이고, 따라서 욕망과 밀접하게 결부되어 있는 것이긴 하지만 이 작품의 첫 부분을 장식했던 "이쯤에서 배를 돌려야겠다/너무 멀리 왔다는 생각"과는 구별되는 것이다. "멈추겠다"는 욕망이란 자신의 능력을 넘어서서 무엇을 채우겠다는 욕심과는 구분되는 까닭이다.

산을 가까이 두고 사는 사람은
눈이 맑습니다
산의 초록빛 노래와 산의 말씀으로
늘 아침입니다

산을 품고 사는 사람은
마음이 넉넉합니다
산의 노을과 산의 향기로
늘 평온한 저녁입니다

산에서 만난 사람은 모두가 친구입니다
산의 얼굴과 산의 마음으로
하나가 될 수 있기 때문입니다

아, 함께하는 이 생의 기쁨

함께 부르는 산의 노래

「산의 노래」 전문

　경험이 주는 아름다운 교훈을 통해서 시인이 준비한 것 가운데 하나는 자연이 주는 이법이나 섭리에 충실한 삶을 사는 일이다. 이런 자세는 이미 「돌아가는 배」에서 그 일단이 확인되는데, 서정적 자아는 이 시의 마지막 연에서 "기왕이면 가벼운 몸으로 돌아가/고향 집 내 작은 방에서/시나 쓰겠다, 달빛이나 벗 삼겠다"고 하고 있기 때문이다. 자연과 함께 하겠다는 서정적 자아의 이러한 포오즈는 마치 조선 시대의 사대부들이 보여주었던 자연에 대한 자세, 곧 강호가도나 음풍농월의 그것과 하등 다를 것이 없다는 점에서 주목된다. 가령, 월산대군의 "추강에 낚시배를 타고 낚시 드리우니 고기 아니 무노래라"고 하면서 "빈배 젓고 돌아온다"라는 정서와 동일선상에 놓여 있기 때문이다. 윤수천의 시들이 동화적 상상력에 기반한 성리학적 질서와 일정 부분 겹쳐질 수 있는 부분도 여기서 찾아진다.

　자연에 대한 친연한 몸짓이 「돌아가는 배」에서 살짝 드러났다면, 「산의 노래」는 자연에 대한 시인의 정서가 아주 적극적으로 드러나 있는 시이다. "산을 가까이 두고 사는 사람은" "눈이 맑습니다"라고 무매개적으로 말하고 있거니와 "산의 초록빛 노래와 산의 말씀으로/늘 아침입니다"라고 또한 말하고 있기 때문이다. 이는 유유자적하는, 강호가도적인 삶에 젖은 사람만이 표명할 수 있는 정서인데, 이 또한 경험성을 떠나서는 성립하기 어려운 감각이다.

　산은, 곧 자연은 시인에게 이렇듯 절대적인 영역으로 다가온다. 예외

성이라든가 부분성과 같은 비동일성의 정서가 여기에 스며들 여지가 남
겨지지 않는다. 산의 아우라는 서정적 자아의 그것 속에 완벽히 겹쳐진
다. 그렇게 산의 경계에서 펼쳐지는 모든 것은 시인 자신의 것이 되며, 그
렇기에 산과 함께 하는 것들은 아주 긍정적인 것으로 서정적 자아에게
다가올 수밖에 없게 된다. "함께 하는 이 생의 기쁨/함께 부르는 산의 노
래"처럼, 산과 자아는 완벽한 조화를 이루게 되어 강호가도적인 삶을 완
성시키는 것이다.

> 시내에 나갈 때면
> 붕어빵 세 마리를 산다
>
> 한 마리는 공원 벤치에 앉아서 먹고
> 한 마리는 서재에서 글 쓰다가 먹고
> 한 마리는 저녁에 배구중계 보며 먹는다
>
> 붕어빵 세 마리를 다 먹고 난 밤엔
> 종종 붕어 꿈을 꾼다
>
> 어릴 적 아버지랑 붕어 잡던 시냇물
> 모래 속에 묻어놓았던 어항 두 개
> 느릿느릿 떠가던 여름날 뭉게구름
> 철교 위를 지나던 기차의 울음소리
> 일주일이 멀다 하고 편지를 보내주던 소녀
>
> 나는 붕어 꿈이 그리워서라도

시내에 나갈 때면 꼭 붕어빵을 산다
　　　　　　「붕어빵」 전문

　윤수천의 시에서 경험은 시인 자신에게 교훈이면서 서정의 장이 펼쳐지는 근본 계기였다. 인생의 고비에서 그가 했던 경험들이 자신의 현존을 조율하는 매개였던 것인데, 실상 시인의 그러한 경험들은 인생의 교훈에서 그치는 것이 아니라 아름다운 추억으로 자아를 안내하는 매개역할을 한다는 점에서 그 의미가 있는 것이기도 하다.

　「붕어빵」은 경험을 통해 매개되는 시인의 정서가 추억으로 안내하는 도정을 잘 보여주는 시이다. 시인은 시내에 나갈 때면 언제나 붕어빵 세 개를 산다고 한다. 그래서 이를 공원 벤치에서 먹고, 서재에서 글 쓰다가 먹으며, 배구 중계를 보면서도 먹는다고 한다.

　그런데 붕어빵은 지금 먹고자 하는 시인의 소비충동을 위해서 존재하는 것은 아니다. 그것은 서정적 자아가 겪었던 지난 날의 경험들을 환기하는 매개 역할을 히기 때문이다. 이를 가능케 해 준 것이 '꿈'의 형식인데, 꿈 속에 소환된 지난 날의 추억들은 모두 붕어빵을 매개로 현재 의식으로 소환된다. 그러한 추억들에는 "아버지랑 붕어 잡던 시냇물"도 있고, "철교 위를 지나던 기차의 울음소리도"도 있으며, "일주일이 멀다 하고 편지를 보내주던 소녀"도 담겨져 있다.

　시인에게 추억은 한때 있었던, 누구나가 할 수 있었던 그저 그런 보편적인 경험으로 한정되지 않는다. 추억은 과거의 아름다운 한 장면에서 그치지 않고, 자아의 현존을 규율하는 기능을 하고 있기 때문이다. 자연과 더불어 강호가도를 구현했던 삶처럼, 자신의 현존 속에 놓여 있는 온갖 갈등이나 세속의 번뇌로부터 자신을 정화시켜주는 것이다.

늙어보니 알겠네
추억도 연금이 된다는 걸

저 많은 사람들 속에서
우연히 만난 이들
그들의 미소와 웃음과 눈물이
모두모두 추억이 되네

늙어보니 알겠네
주름 하나, 백발 한 올도
좋은 이야기가 된다는 걸
그 무엇과도 바꿀 수 없는
다이아몬드나 백금 같은 보석이라는 걸

늙어보니 이제야 알겠네
인생은 흑백사진
희미해질수록 더욱 그리워지는
「고마운 추억」 전문

　시인에게 추억은 언제나 색다르고 의미있는 것으로 다가온다. 시인이 추억을 두고 '고맙다'고 하는 것은 이 때문이다. 고맙다라는 주관적, 직접적인 언표는 시인에게 추억이 한가한 어느 순간에 떠오르는 일회성의 정서가 아님을 말해준다. 그러한 감각이 「고마운 추억」에 뚜렷이 표명되어 있는데, 서정적 자아는 추억을 "연금"과도 같은 것으로 이해하기도 한다. 연금은 인간의 삶과 함께 하는 것인데, 추억이 이와 동일한 차원에 놓여 있다는 것은 시인이 모색해야할 앞으로의 도정이란 추억 없이는 불가능하다는 점을 말해준다.

　경험에서 얻어지는 교훈이나 가치는 시인에게 절대적인 음역으로 다가온다. 그것은 일회성이나 센티멘털한 차원의 것에 그치는 것이 아니다. 시인에게 그것은 절대화되어 있는데, 이 절대성은 두 가지 경로로 서정적 자아의 고유성을 만들어나간다. 그 경로 가운데 하나가 자연이고, 다른 하나는 추억이다. 자연은 "생의 기쁨"과 함께 부르는 "산의 노래"이고(「산의 노래」), 추억은 "다이아몬드나 백금 같은 보석"(「고마운 추억」)이기도 하다. 이 두 가지 정서가 시인의 시 세계를 지탱하는 근간인데, 이를 서정의 결로 짜내는 것, 그것이 윤수천 시의 기본 틀이거니와, '산'으로 표상된 자연의 이법이 자아의 틈을 메우고, '추억'이 견고한 보석으로 자아의 틈을 덧씌우는 것, 그것이 이 시인의 시가 추구하는 구경적 목적인 것이다.

(『시에』 2025 여름호)

여백을 위한 동그라미의 사상
– 김지윤의 시

김지윤의 시들은 일상성에 뿌리를 두고 있으면서도 형이상학적인 특성을 갖고 있다. 말하자면 일상 속에서 시의 소재를 끌어오되, 거기서 삶의 진리랄까 시대의 함의랄까 하는 것들을 읽어내고 있는 것이다. 그러한 내포가 깊게 드리워져 있는 까닭에 시인의 시들은 서정의 폭과 깊이를 자랑한다. 그래서 시인의 시들을 대하는 것은 결코 만만한 일이 아니다. 무언가 확정하고 싶지 않은 듯한 담론의 층위들, 그리하여 개념화되고 싶지 않은 사유들이 시인의 시정신 속에 깊이 배어있다. 그래서 시인의 시들은 김춘수가 시도한 언어 이전의 감각에 닿아 있는 듯한 느낌마저 준다. 시인의 그러한 시정신을 보여주는 시 가운데 하나가 「늦봄」이다.

시가 되려고 한 건 아니었겠지만

봄꽃 피었다가 스러지는 그늘 아래
이제는 끝을 바라보게 된 연인이 서 있다

정녕 은유가 되려던 것은 아니겠지만

꽃이 피는 것보다 지는 순간이 더 짧고
바람 불 때보다 잦아들 때 더 느낄 수 없어서
때가 무르익느니보다 때를 잃어가는 게
더 쉽다는 건 계절에 대한 비유만은 아니지만
「늦봄」 부분

　시가 만들어지는 형식은 의장에 있는데, 「늦봄」에서 등장하는 사물이나 인물들은 시가 되기 위해서 이것에 편입되려고 한다. 그래야만 한편의 유기적 구조를 갖춘 서정시가 만들어지는 까닭이다. 그리하여 시인의 정서에 여과된 사물들은 은유가 되려고 하고, 비유가 되려고 시도하는 것이다. 하지만 그러한 의장을 갖추었다고 시가 되는 것일까. 시인은 서정의 옷을 입은 그러한 의장이 시라고 곧바로 단언하지 않는다.
　어떤 담론이나 사건이 은유가 되고 비유가 되는 것은 정해진 것이고 석화된 것이다. 따라서 여기에 틈이랄까 여백이 존재하는 것은 불가능하다. 시인은 그러한 공간이 없는 빽빽함이나 정밀함이 시가 되는 것에 회의의 정서를 던진다. 서정의 조밀함이 아니라 넉넉함이 있어야 비로소 시가 되고, 그러한 시 속에 사유의 열린 공간이 가능해지리라고 믿는 까닭이다. 이런 사유를 확인한 수 있는 자리, 시인의 시세계가 추구하는 의도가 무엇인지는 이전에 발표된 「원을 그리다」를 보게 되면 보다 분명하게 알 수 있게 된다.

이 편, 저 편 둘로 가르는

금을 긋고 서로 오가는 길을 끊어놓는

그런 직선은 말고,

그 속에 어떤 이름이든 채울 수 있게

텅 빈 동그라미를 그린다.

「원을 그리다-비무장지대 앞에서」 부분

이 시의 부제는 "비무장지대 앞에서"로 되어 있다. 「원을 그리다」는 우리 시대, 우리 민족의 가장 아픈 손가락으로 남아 있는 공간인 비무장 지대를 보고 쓴 작품인데, 시인이 여기서 내세운 사유란 '동그라미'의 사상이다. 그것은 직선의 반대편에 놓이는 감각이다. 시인이 동그라미라는 원을 주요 인식성으로 내세운 이유는 간단하다. "이편, 저편 둘로 가르는/금을 긋고 서로 오가는 길을 끊어놓는/그런 직선은 말고./그 속에서 어떤 이름이든 채울 수 있게/텅빈 동그라미를 그려야" 한다고 보기 때문이다. 동그라미란 뫼비우스의 띠처럼 결국에는 하나의 지점에서 만나는 속성을 갖고 있다. 그런 특징이야말로 직선과 구분되는 것이고, 이편과 저편으로 나뉘어 서로 소통을 방해하지 않게 된다는 뜻이다. 이 동그라미 사상을 바탕으로 시인의 시들은 보다 넓은 궤적을 그리며 펼쳐진다. 이를 대변하는 시가 「틱-택-토」이다.

무엇을 선택할 것인가

실수를 해야 승부가 나는 게임

O와 X로 나누어진 세상이라니

별로 재미있지는 않아

처음 X를 두는 순간, 처음 O를 두는 순간

너는 이 최초의 선택을 두고두고 기억할 거야

우리는 모두 세상에 던져진 존재
선과 기호들이 만드는 세상 속
아무 것도 아닌 것들이 무엇이 되고
무엇인 것들이 아무 것도 아닌 게 되는
한 수, 그 다음 수

상대의 의도를
방해하거나 방어하라
상대의 눈빛을 읽어
그가 원하는 것을 원하라

내가 X를 어디 놓을 것인지는
상대의 O가 어디 놓일지에 달렸다
남이 옳게 놓지 못하게 하는 게
내가 옳게 놓는 것보다 더 중요하므로

승자가 없어도 끝나지 않는 게임
나의 길은 너의 벽이,
너의 길은 나의 금이 되어
틈이 없다

무엇을 승리라 할까

「틱-택-토」 전문

「원을 그리다」에서 표백된 시인의 사유는 이번에 발표된 신작 「틱-택-토」에 그대로 연결된다. 우선, 서정적 자아는 "무엇을 선택할 것인가" 라는 회의로부터 '틱-택-토' 게임을 시작한다. 이 게임은 5명이 번갈아 가며 O과 X를 3x3판에 가로, 세로, 혹은 대각선 위에 올려 놓고 3개가 연달아 연결되면 승리한다. 따라서 상대를 이기기 위해서는 좋은 선택을 해야하고, 그러한 선택은 곧 상대방의 패배로 이어지게 된다. 일종의 제로섬 게임인 셈이다.

게임에서 이기기 위해서는 신중한 선택이 필요해지기도 하고, 상대방의 선택에 따라 나의 선택이 달라지기도 한다. 그러한 까닭에 팽팽한 긴장감이 당연히 수반되기 마련이다.

「틱-택-토」는 단순한 게임의 일종일 수 있고, 그 차원에서 그치는 놀이의 한 과정일 수 있다. 하지만 그 음역을 사회적인 맥락으로 확대하게 되면, 이 게임은 단순한 놀이의 차원을 넘어서게 된다. 그 너머의 세계는 마치 「원을 그리다」에서 말한 것처럼, 직선과 같은 것이 되기 때문이다.

둥근 원과 달리 직선에는 여백이 존재할 틈이 허용되지 않는다. 이쪽과 저쪽을 나누는 금단의 선, 절단의 선만이 존재한다. 이 작품의 표현대로, "나의 길은 너의 벽이,/너의 길은 나의 금이 되어/틈이 없는" 형국에 이르게 되거니와 여기에 도달하게 되면, 이는 곧바로 여백의 부재와 연결된다. 무언가를 써 넣을 수 없는 촘촘함, 타협을 위한 공간이 없는 상태에 이르게 되는 것이다.

타협없는 승리란 일방적인 것이고 상대에게 굴욕감을 안길 수 있다. 그런 최저 수순의 정서를 상대방에게 안긴 승리를 진정한 승리라고 할 수 있는 것인가. 시인이 펼쳐보이는 서정적 회의는 바로 이 지점에서 형성된다. 지금 이곳에서 펼쳐지는 진영 논리라든가 흑백 논리란 「틱-택-

토」의 게임과도 같은 것으로 이해한다. 상대방을 일방적으로 누르고 승리의 깃발을 꽂아야 비로소 이겼다고 생각하는 사태가 도처에 펼쳐지고 있다고 보는 것이다. 그것이 과연 진정한 승리라고 할 수 있는 것인가.

한 방울의 검은 먹물
종이에 스며들어 퍼질 때
누군가는 나비라 하고
누군가는 찢어진 잿빛 날개를 본다
실패한 변태(變態), 불완전한 탄생
혹은 완벽한 시머트리
반으로 접었다 펼친 세계를
누구는 대칭이라 하고
누구는 분열이라 하겠지
우연 혹은 필연
아니, 우연이면서 필연인 것
한쪽 눈을 가리고 바라보면
그것은 두 개의 신(神)
서로를 향해 손을 뻗는 순간
사라지는 형상
얼굴을 찾는 이는 질문을 던지고
형태 없는 흐름을 보는 이는
답을 삼킨다
보고자 하는 것과 보이는 것
당신의 눈에는 무엇이 보이지?
빛과 어둠
그림자의 틈새에서

당신이 발견한 것은

「로르샤흐 테스트」전문

　흑백 논리라든가 진영 논리와 같은 직선의 사상은 실상 이런 관점을 유지하는 사람들의 의식이나 비타협적인 감각에서 만들어낸 것이다. 그렇다면, 그러한 정서들은 어떻게 형성되는 것인가. 시인은 그러한 사유들이 형성되는 도정을 이해하기 위해 '로르샤흐 테스트'라는 수법을 제시한다. 잘 알려진 대로 이 테스트는 인격진단 검사의 일종으로 시행되고 있는데, 잉크가 좌우 대칭으로 묻은 얼룩 종이 10장을 준비한 다음, 이를 사물화하는 과정이 무엇인지 판단하고, 그 결과를 바탕으로 주체의 성격 내지는 정신 상태를 알아내는 실험이다. 가령, 하나의 문양을 두고 어떤 사람은 A라고 이해하고, 다른 사람은 B라고 이해하는 방식이다.

　하나의 현상이나 사건을 두고 이를 이해하는 방식은 대부분 일반화되어 있지 않다. 그것은 역사적 사건에서도 그러하고 지금 여기의 일상에서도 흔히 생겨나는 일이다. 말하자면, 하나의 사건은 하나의 사건에서 그치는 것이 아니라 이를 응시하는 주체의 관점이나 사상에 따라 천차만별 달라지는 것이다. '로르샤흐 테스트'의 수법에 기대게 되면, 하나의 절대 진리라는 것은 애초부터 불가능해질 개연성이 매우 크다.

　그러한 까닭에 동일한 사건을 두고 펼쳐지는 사유의 무지개적 편차에 대해 시인은 애써 부인하지 않는다. 가령, "한 방울의 검은 먹물/종이에 스며들어 퍼질 때/누군가는 나비라 하고/누군가는 찢어진 잿빛 날개를 본다"고 이해하고 있기 때문이다. 뿐만 아니라 "완벽한 시머트리"를 "반으로 접었다 펼친 세계를" "누구는 대칭이라 하고" "누구는 분열이라고" 보기도 하는데 이런 결과 역시 '로르샤흐 테스트'와 비슷한 경우이다. 그렇기에 완벽한 진리, 절대 진리란 애초부터 불가능한 것인지도 모른다고 이해하는 것이다.

이런 편차는 물론 성격에서 오는 것인데, 어떻든 여러 사례를 집약해 본다면, 한 사람에게 특정되어 있는 흔적들이 규칙화되는 현상이 나타날 수가 있을 것이고, 그 표면화된 현상, 규칙적인 담론들이란 어떤 특정인의 성격이 될 것이다. 문제는 이런 사례들이 개인의 생리적 차원에서 그치지 않고, 사회적 음역으로 확대되는 경우이다. 이를 흔히 세계관이라 할 수 있으며, 그 인식에 따라 사물이나 사건은 동일성으로 다가올 수도 있고, 비동일성으로 다가올 수도 있다.

사물을 보는 관점, 곧 이념이 동반된 세계관은 동일한 사물이나 사건을 두고 사람마다 달리 해석되고 보이게 된다. 어떤 사람에게 A이면 다른 사람에게는 B가 되는 것이고 또 다른 제 3자에게는 C가 될 수도 있다. 문제는 이런 편차가 욕망이라든가 사회적 이해관계와 동반하게 되면, 갈등과 분열로 표백되어 나타날 것임은 분명한 사실이다. 이런 상태에서 중화지대가 들어갈 자리는 매우 약해진다. 시인의 표현대로 어떤 이름으로도 채울 수 있는 여백의 부재, 곧 동그라미의 사상은 허용되지 않게 된다.

길 잃은 잎사귀들을 데리고
바람이 가는 곳

이야기 속 구도자가 걸었다는 길
천천히 걷는 법을 다시
익혀야한다

왜 가는지, 어디로 갈지
이 길에선 아무도 묻지 않을 것이다

지나온 길은 사라지고
남은 길은 어차피 아직 보이지 않는다

어디로 가든 결국
어딘가에 도착할 수는 있다
걸음이 멈추는 데서 길이 끝날 뿐

선재의 길에서 배운다
오래 걸으면
길은 오래 계속된다
느릴수록 더 길어진다

이정표 따라 바쁘게 걷던 길에선
넘어지면 바닥만 보였다

이 길에서는
넘어져도 하늘이 보일 것 같다
「오대산 선재길」전문

시인이 안타까워 하는 것은 '틱-택-토'게임이나 '로르샤흐 텍스트'에서 보는 것처럼, 이원적 사고가 갖는 폐해랄까 한계이다. 그 부정성을 유발하는 한 가운데에 놓여 있는 것이 직선이다. 그 선은 넘나들 수 없는데, 거기에는 여백이 없는 까닭이다. 무엇인가를 채워 넣으려면 조밀한 틈이나 직선에서는 불가능하다. 시인이 어떤 것이든 채울 수 있는 동그라미를 희구한 것은 이 때문이다.

동그라미에 대한 정서는 시인의 작품 세계에서 계속 탐색된다. 그 표정을 달리 하고 태어난 것 가운데 하나가 「오대산 선재길」이다. 시인이 이 작품에서 말하고자 하는 궁극적 의도는 자연이 갖고 있는 내포이다. 자연은 모더니스트들에게 매우 중요한 소재 가운데 하나이다. 그런데 김지윤 시인은 모더니스트가 아니다. 시인이 모색하는 시정신의 하나로 자연을 인식하고 있음에도 불구하고 시인은 근대성의 감각과 거리를 두고 있기 때문이다. 인식의 파편성에 노출된 모더니스트들이 최후의 여정으로 사유하고 있는 것이 자연임은 잘 알려진 일이다. 자연이 주는 전일성의 감각이라든가 영원의 정서 등이 파편화된 자아에 인식적 완결을 주기 때문이다.

시인이 도달한, 자연에 대한 인식도 모더니스트들의 그것과 비슷한 위치에 놓여 있긴 하다. 그럼에도 그는 근대의 이원론적 사유에 기반한 분열된 자의식으로 이를 인유한 것은 아니다. 그는 모더니스트가 아니고 서정 시인인데, 어떻든 '오대산 선재길'에서 새로운 인식성을 발견하고자 하는 의도는 모더니스트의 그것과 일정 부분 닮아 있다

자연은 구분이 되지 않는 세계이다. 연속성을 갖고 있기에 그러한데, 이런 감각이야말로 구분이라든가 직선의 세계와는 거리가 멀다. 서정적 자아는 이곳 자연에서 "왜 가는지, 어디로 갈지/이 길에선 아무도 묻지 않을 것"이라고 확신하는데, 이를 가능케 하는 것이 그것이 갖고 있는 전일성이다. 자연에는 욕심이 없고, 이기심이 없다. 욕망이나 자기만의 고립된 사유가 직선의 사상을 만들고, 이는 서로를 넘나들 수 없게 길을 끊어 놓는 매개가 된다. 하지만 자연은 직선이 아니다. 자연은 원의 사상,

시인의 표현대로라면 동그라미를 상징한다. 하루를 만드는 아침, 점심, 저녁, 밤이라는 규칙성과 봄, 여름, 가을, 겨울이라는 계절의 순환 법칙에서 알 수 있는 것처럼 자연은 원으로 구성된다. 그러한 까닭에 자연에서의 일상은 "어디를 가든" "결국 어딘가에 도착할 수는 있다"고 하는 여유, 틈이 생겨난다.

만약 차단이라든가 구분이 있는 세계라면 서정적 자아의 이런 한가한 발걸음은 불가능했을 것이다. 이런 맥락에서 자연은 시인에게 가능한 무한 여백을 제공해주는 또 다른 동그라미라 할 수 있다. 시인은 "어디를 가든 궁극에는 만날 수밖에 없는 것이 동그라미인" 것처럼, 자연 또한 그러하기 때문이다. 틈이 존재하지 않는, 그리하여 그 큰 여백, 무한한 공백의 표상이 자연이다. 자연은 욕망과는 무관하기에 틈이나 차단과 같은 직선을 만들지 않는다. 시인이 여기에 머물지 말고, 원으로 돌아가라고 말하는 것은 이 때문이다.

(『동행문학』 2025 봄호)

삶의 궁극적 유토피아로서의 생생한 자연
– 박이도의 시

　박이도의 대표시 3편과 신작시 2편을 받아들고, 이 시인이 정신적으로 추구하는 방향과, 그 궁극적인 목적이 무엇인지 살펴보게 된다. 대표시와 신작시 사이에 놓인 시간적 거리는 제법 넓기에 이로부터 하나의 유기적 맥락을 찾아내는 것은 그리 녹록한 일이 아니다. 시간적인 편차도 그러하지만 작품 속에 구현된 내면 풍경 또한 상당히 이질적이기 때문이다. 이런 면이야말로 박이도 시가 갖고 있는 외연과 내포가 결코 단순한 것이 아님을 말해주는 근거라 할 수 있다.

　하지만 하나의 정신사적 흐름이 막혀있고, 유기적 완결성이 파탄될 만큼 이들 다섯 편의 시들이 영화의 한 장면 장면처럼 고립 분산되어 있는 것은 아니다. 오히려 그러한 고립이라든가 분산을 통해서 이 시인만의 고유한 서정의 그물들이 촘촘히 짜여져 있음을 알 수 있게 된다. 그것은 바로 인생에 대한 물음들, 혹은 존재론적인 서정의 의문들로 가득 차 있는 까닭이다. 지금 서정적 자아가 가장 큰 고민에 빠져 있는 것은 자아를 둘러싸고 있는 것들, 그리고 그러한 환경이 자아에게 묻는 사색의 실타래들이란 무엇일까이다. 시인은 누구에게나 다가올 수 있는 실존의 문제들이라는 보편의 영역 속에 갇혀있기도 하지만, 자아 스스로만이 느끼는 고유한 영역 속에 갇혀있기도 하다. 그러한 서정의 감옥 속에서 서정적 자아는 그 얽혀있는 실타래가 어떻게 만들어졌고, 또 어떻게 하면 이를 완결성 있게 풀어 헤칠 것인가를 계속 고민하고 있었다. 그러한 고민을 담고 있는 시들이 「군중」과 「어느 인생」이다.

겨울 숲속의 바람소리같다
광장의 함성은
어디서 어디로
그 방향이 잡혀가고 있을까
지금 우리는 수천의 비둘기 떼를
멀리 쫓아 버리고
텅 빈 시민의 광장에 모여
숨죽여 숨죽여 귀를 모았다

위대한 사자獅子의 나팔소리여
그대의 낱말은
너무나 눈부신 동화(銅貨)처럼
우리의 가슴 가득히 채워져
그것은 힘이되고 보습이되어
일몰 앞에까지
떼가닥 떼가닥
용기로 걸어왔다

우리의 국경은 어디이며
우리의 인방(隣邦)은 누구인지
사자여, 우리는 모른다
이제 그대의 약속은
한낱 쓰러질 것만 같은
우리의 공복(空腹)이다

넓은 광장 가득한 군중 속에
나는 외톨박이, 갑자기 무서워져
두 눈을 크게 뜨고
그대 나팔소리의 주변을
두리번, 두리번...
「군중」 전문

이 작품은 보들레르의 「악의 꽃」을 연상하게끔 만드는 시이다. 보들레르는 파리라는 거대 도시에서 느끼는 고민들, 보다 정확하게는 군중 속에 외따로 존재할 수밖에 없는 근대인의 일상을, '군중 속의 소외'라든가 '군중 속의 고독'이라는 말로 풀어낸 바 있다. 말하자면 존재가 거대 군중이라는 단위 속에 합류되어 하나의 단일체로 거듭 태어나지 못하는 근대인의 자화상을 '악의 꽃'이라는 상징을 통해서 읽어낸 것이다.

군중과 함께하지 못하는 자아의 존재성은 박이도의 「군중」에서도 어렵지 않게 확인할 수 있다. 서정적 자아는 "넓은 광장 가득한 군중 속에/나는 외톨박이"라고 즉자적으로 선언하고 있기 때문이다. 군중이라는 무리, 광장의 한 켠을 차지하지 못한 자아가 고립되어 자신이란 존재란 무엇인가를 고민하는 것이 이 시의 주제인데, 실상 이런 감각은 보들레르적인 것을 닮아 있으면서도 다른 한편으로는 거리를 두고 있기도 하다. 군중과 하나가 되어 완결된 집단으로 승화하지 못한다는 점에서는 보들레르적이지만, 그 집단에 기투하여 거기서 자아의 행보를 여전히 기대하고 있다는 점에서는 반보들레르적이기 때문이다. 후자의 정서를 대변하는 것이 '위대한 사자의 나팔소리'일 터인데, 서정적 자아는 여전히 자아를 인도해줄 수 있는 어떤 거대 서사에 대한 미련을 버리지 못하고 있다. 이런 단면이야말로 반보들레르적이면서 근대성이라는 감각으로부터 벗어난 부분이라 할 수 있다. 말하자면 시인의 시들은 근대가 주는 자아의 불구성에 대해 깊이 함몰되지 않은 채 실존이라는 영역을 깊이 붙들고 있는 것이다.

이제야 내 뒷모습이 보이는구나
새벽 안개 밭으로 사라지는 모습
너무나 가벼운 걸음이네
그림자 마저 따돌리고
어디로 가는걸까.

「어느 인생」 전문

시인의 시들이 실존의 영역, 곧 존재론적 한계로부터 자유롭지 않음은 「어느 인생」에서도 그대로 드러난다. 시인은 이 작품에서 '자아의 뒷모습'을 반추하면서 "그림자 마저 따돌리고/어디로 가는걸까"라고 묻고 있는데, 이런 감각은 근대성에 편입된 자아의 사유로부터 나오는 것이기도 하지만, 세계 속에 던져진 자아, 곧 피투된 자아에서 나오는 존재론적 한계 의식과 밀접한 관련을 갖고 있다.

　시인이 응시하는 자아의 현존은 이렇게 고립된 주체, 혹은 구속된 주체로 현상된다. 하지만 시인은 이런 현존을 그저 수동적 상태에서 응시하며, 이를 운명의 한 자락으로 받아들이려 하지 않는다. 운명적으로 결정된 이런 상태로부터 탈출하고자 하는 것, 그것이야말로 시인의 서정이 갖고 있는 적극성이거니와 또한 자아와 세계의 합일이라는 서정의 임무에 충실하고자 하는 자아의 실존적 윤리이기도 하다. 따라서 이 윤리적 책무감이 자아가 처해있는 현재의 불구성이나 존재론적 한계로부터 벗어나고자 하는 욕망을 갖게 되는 것은 지극히 당연하다고 할 수 있다.

　　이제 육신의 허물을 벗고
　　날개를 펴자
　　아무도 볼 수 없는 투명한 날개
　　이카루스*의 날개를 달고
　　영원으로의 나래짓을

　　이제, 나는 자유의 화신
　　디아스포라의 삶을 마감하고
　　아나스포라를 꿈꾸던 한 세상
　　이제 영원한 에덴동산으로 날아가자

　　산속에서 손뼉을 치면
　　우렁차게 돌아오는 메아리
　　그 메아리의 나라로 가보고 싶었다

　　노고지리 우짖는 동산에서

나는 보았네 멀리에 구름다리로 선 무지개
나는 꿈꾸는 소년,
맨발로 달려 무지개 동산으로 찾아가고 있었지

그래 날자
이제는 이카루스의 날개를 달고
영원한 나라 에덴동산으로 날아가자.
*로마의 신화

「이카루스의 날개」 전문

이카루스란 그리스 로마 신화에 나오는 유명한 발명가였던 다이달로스의 아들이다. 그는 아버지와 함께 감옥에 갇힌 신세였지만, 아버지가 새의 깃털을 모으고 밀랍을 굳혀 만든 날개 덕택에 감옥을 탈출하게 된다. 이런 맥락에서 '이카루스의 날개'란 자유의 상징이 되는데, 이 의미는 시인의 작품에서도 그대로 전이된다. "이제, 나는 자유의 화신"이라고 선언하면서, "디아스포라의 삶을 마감하고/아나스포라를 꿈꾸던 한 세상/이제 영원한 에덴동산으로 날아가자"고 하기 때문이다.

서정적 자아가 「이카루스의 날개」에서 가고자 하는 구경적 목표란 "영원한 에덴동산"에 대한 그리움의 정서이다. 또한 "맨발로 달려"가는 "무지개 동산"이기도 할 것이다. 존재론적 한계를 완결시키는 공간, 곧 유토피아에 대한 희구의지인데, 이런 맥락에서 보면, 박이도의 낙원 사상은 현저하게 서구적이고 기독교적인 것임을 알게 된다. 기독교의 영원사상이 '에덴동산'과 분리하기 어렵게 연결되어 있는 것은 거의 상식에 속하는 일이기 때문이다.

하지만 존재론적 한계를 극복하기 위한 시인의 유토피아 사상을 두고 기독교적이라든가 혹은 서구적이라고 이야기하는 것은 섣부른 판단일 수 있다. 실제로 이 작품에서 '에덴동산'을 이야기하고 있긴 하지만, 거기서 기독교적인 감각을 읽어내는 것은 어려운 일이기 때문이다. 그럼에도 시인이 존재론적 완결을 위한 유토피아사상을 기독교적인 것에서 인유한 것은 그 나름의 이유가 있었을 것으로 이해된다. 우리 사회에서, 아니 동양 사회에서 유토피아란 서구처럼 뚜렷이 존재하지 않는다는 점도 일정 부분 영향을 주었을 것이기 때문이다. 그 결과, 서정적 자아에게나 혹은 일반 독자 대중에게 유토피아를 이야기할 때 가장 먼저 가슴에 와닿는 것은 서구적 '에덴 동산'이 된다.

하지만 박이도 시인의 경우 이런 맥락과는 어느 정도 거리를 두고 있다는 점에서 주목을 요한다. 비록 자아가 도달해야 할 목표가 '영원한 에덴동산'이라고 희원하고 있긴 하지만, 작품에 구현된 이 공간은 기독교적인 것과는 거리가 있다. 그의 유토피아 의식이란 종교적인 것과무관해 보이는 이유가 여기에 있다. 그보다는 시인이 늘상 전략적 소재로 서정화한 자연의 세계에 보다 가까워보인다.

자연의 전일성을 두고 유토피아가 실현된 공간이라고 이해하는 것은 우리 시사에서 매우 중요한 함의를 갖고 있다. 특히 1930년대부터 시도된 모더니스트들의 사유 체계를 보면 이는 대번에 이해되는 부분이다. 모더니스트란 분열된 자의식, 파편화된 정서를 기반으로 하거니와 그 인식적 완결성을 위해서 통합의 세계를 모색하게 된다. 우리 역사에서 유토피아 사회라든가 형이상학적인 측면에서 뚜렷이 존재하는 유토피아가 없는 까닭에 대부분의 시인이 모색했던 공간은 자연이었다. 이를 대표하는 작가가 정지용인데, 그는 「장수산」이라든가 「백록담」의 세계에 이르러 자연의 완결성이 주는 것이 어떤 함의를 갖고 있는지 서정화한 바 있다.

모더니스트의 행보가 이런 것이라면, 박이도 시인의 경우도 이들이 펼쳐보였던 도정과 크게 다른 것은 아니다. 하지만 자연을 서정화화고 이를 통해 자아를 완결시키기 위한 인식적 기반으로 사유했다고 하더라도 모더니스트들의 행보와 박이도의 그것은 다소간의 차이점이 드러난다. 이런 단면이야말로 박이도 시가 갖는 자율성이랄까 고유성이라 할 수 있는데, 우선 그의 시에서 드러나는 자연의 완결성은 충실한 모사의 영역, 곧 미메시스의 의장에서 드러난다. 「이카루스의 날개」는 이런 특징적 단면을 잘 보여주는데, 하지만 서정적 자아가 이르고자 하는 자연의 구경적 이상은 형이상적인 관념의 세계가 아니다. 그것은 시인의 응시한 자연이 구체적이라는 사실에서 잘 드러난다. 가령, "산속에서 손뼉을 치면/우렁차게 돌아오는 메아리" 소리가 나는 곳이고, "노고리지 우짖는 동산에서/나는 보았네 멀리에 구름다리로 선 무지개"가 있는 곳이기 때문이다. 그 유현하고 아름다운 세계에서 꿈을 키우는 소년이 되는 것, 그러한 세계가 시인이 모색하는 유토피아이다. 시인은 파편화된 인식을 완결시키기 위해 자연을 가공하고나 창조하는 모험을 감행하지 않는다. 시인은 있는 그대로의 자연, 그리고 그 자연의 아름다운 향연을 완상하고, 그것이 펼쳐보이는 이법의 축제에 자신을 합류시키고자 한다. 이 동일성을 매개로 시인은 자신이 원망했던 꿈을 실현하고자 한다.

봄밤엔 山불이 볼만하다
봄밤을 지새우면
천리 밖에 물흐르는 소리가

시름 풀리듯
내 맑은 정신(情神)으로 돌아온다

깊은 산악(山嶽)마다
천둥같이 풀려나는
해빙의 메아리
새벽 안개 속에 묻어 오는
봄소식이 천리를 간다

남몰래 몸 풀고 누운 과수댁의
아픈 신음이듯
봄밤의 대지(大地)엔
열병 앓는 아지랑이
몸살하는 철죽
멀리에는 산(山)불이 볼만하다

노오란 해 솟으면
진달래 꽃 개나리 꽃
떼지어 날아 온
까투리 장끼들의 울음으로
우리네 산야(山野)엔
봄소동나겠네.

「해빙기」 전문

　　무언가 깨지지 않는 세계, 사물이 있는 그대로 보존되는 공간도 자연
과 등가관계를 이룬 지대라고 할 수 있을 것이다. 자아와 환경이 완벽하

게 일치했던 공간, 이를테면 고향과 같은 공간도 시인의 꿈꾸었던 유토피아 가운데 하나가 될 수도 있다는 뜻이다. 시인이 이번에 함께 발표된 「비오시는 날」에서 회귀하고자 했던 곳, 과거의 아름다운 꿈이 펼쳐졌던 고향을 서정화하는 것도 이와 무관한 것이 아니다.

하지만 이보다 더 격정적으로 자신의 유토피아 의식을 드러낸 자의식, 혹은 공간은 아마도 자연일 것이다. 시인에게 자연이 어떤 공간이 되어야 하는 것인지, 그러한 공간이 파편화된 자아, 혹은 존재론적 한계를 갖고 있는 자아에게 어떤 감각으로 다가오는 것인지에 대해서 「해빙기」만큼 잘 보여주는 작품도 없을 것이다.

이 작품에서 자연의 활기찬 모습을 안내하는 것은 봄이다. 봄은 신화적 맥락에서 이해하게 되면, 온갖 생명체가 되살아나는 재생의 매개가 된다. 그러한 봄의 활력을 시인은 '산불'이라든가 '천둥', '신음', '울음' 등으로 은유했는데, 봄이 갖는 이런 역동성이야말로 인간 너머의 세계들, 가령, 기계와 같은 인위적인 관계들에서는 결코 실현될 수 없는 부분들이라 할 수 있을 것이다. "본능이 바탕이 되어 일어나는 희로애락애오욕(喜怒哀樂愛惡慾) 기쁨, 노여움, 슬픔, 즐거움, 사랑, 미움, 욕심의 감성 지수"(시작 노트) 란 오직 인간적인 영역에서만 가능하기 때문이다.

박이도의 자연은 이렇듯 구체성을 갖고 있다. 그러한 정서는 자연에 대한 충실한 묘사, 곧 미메시스의 의장이 만들어내는 것이다. 시인은 자연을 왜곡하려 들지 않는다. 축소하거나 과장하지 않고, 형이상학적으로 변형하거나 창조하려 하지 않는 것이다. 시인은 있는 그대로의 자연, 그리고 그것이 만들어내는 음역을 고스란히 서정화하면서 삶의 방법적 잣대로 활용한다. 자연 속에 펼쳐지는 이런 조화의 장, 영원히 반복되는 그것의 이법, 그 유토피아의 현장에서 불구화된 자아들은 새롭게 재생되어 하나의 완결된 존재로 거듭 태어난다. 그러한 단면이야말로 박이도의 자연시가 갖고 있는 시사적 의의라고 할 수 있다.

(『문파』 2025 봄호)

시간의 스펙트럼이 만드는 역설의 층위
– 이향지의 시

『야생』 이후 새로이 펼쳐진 이향지 시인의 작품을 접한다. 시집이 상재된 것이 불과 2년 전이니 새롭게 생산한 신작시들이 이 시집과의 편차가 크지 않다는 것은 상식에 속하는 일이다. 하지만 이향지 시인의 경우는 이런 통념과는 거리가 먼 것처럼 보인다. 현실과 조우하는 인생과, 거기서 선택되는 항로는 구분되지 않지만, 이를 드러내는 방식, 곧 형식에서는 전혀 다른 차원의 미학적 실현이 이루어지고 있기 때문이다. 바로 역설이라는 의장이 새롭게 굳건히 버티고 있다. 시인은 그러한 장치를 통해서 자신의 존재성과 인생의 의미에 대해 또 다시 묻게 된다.

역설이란 표층과 심층이 간직하는 의미의 차이라든가 상호 대립적인 의미론적 속성을 통해서 진리에 도달한다. 그렇기에 그것은 시라는 형식에 보다 합당한 것처럼 보인다. 시라는 짧은 형식, 그 작은 공간에서 인생의 참뜻이라든가 진리를 드러내기 위해서는 역설만큼 좋은 의장도 없을 것이다. 위장되고 은폐되어 있는 의미 층이 수면 위로 솟아나올 때, 그것이 주는 정서적 깊이만큼 강렬한 것도 없기 때문이다. 이번 신작시에서 이런 단면을 가장 잘 대변해주는 시가 「모두 뚜렷하고 모두 아름다우면」
이다.

만천가 문바위에 부처를 새기는 내기가 벌어져
장안사 나옹은 통로 쪽 면에 삼존불을
표훈사 김동은 같은 바위 이면에 화불 예순 분을

정한 시간에 동시에 끌과 망치를 내려놓는 내기인데
심사를 맡은 대중들은 입을 모아 나옹을 가리켰다

가는 끌로 바위를 쪼아
부처님 세 분 탄생하셨네
선 채로 삼매에 드신 부처님
천년 이끼에도 파릇파릇 살랑살랑
살아서 나부끼는 옷자락
잦은 비 우레 눈보라, 총알도 건들지 못한
고려의 미, 고매, 삼불암 삼존불

양지가 생기면 음지가 따라 생긴다
걸작이 태어나면 졸작은 숨어버린다
숨길 곳을 찾지 못한 패자는
나무를 심어서 가려준다

같은 바위 뒤편에서
희미하게 눈 뜨신 작은 보살과 화불들
귀 달아 드릴 순서에 닭이 울었나

비난하는 손가락 끝에서 시체바위 태어난다

모두 뚜렷하고 모두 아름다우면
기技의 필승이다 예藝랄 수 없다

비구 나옹은 신信과 앙仰으로 예藝조차 들어 올렸고
대처 김동은 망望을 수數로 막다 기技조차 놓친 듯

전설을 벗어나면 새옹지마 보인다
장안사는 기황후 후원으로 날로 번창했고
표훈사는 쓸개를 씹으며 작약이나 길렀던가

천년 후에 가보니 장안사는 전화戰禍에 넓은 터만 남았고
표훈사 작약은 포기에 포기를 더하며 관광객을 맞이한다

미美와 추醜
달고 재는 저울과 자尺는
들고 있는 사람마다 눈금이 다르나,
졸작은 걸작을 넘어서지 못하나,
김동은 미래의 화불化佛들 위해 턱없는 여백을 남겼다

거친 바위를 달래어 부처를 앉히는 일이나
얇은 종이를 펼쳐서 시詩를 앉히는 일이 아슬아슬 같구나
「모두 뚜렷하고 모두 아름다우면」 전문

우선, 이 작품은 제목이 시사하는 바가 예사롭지가 않다. '모두 뚜렷하

고 모두 아름다우면'이라고 했거니와 여기에 숨겨진 의미란 일차적으로 구분이나 차이와 같은 것, 혹은 위계질서와 같은 층위와 깊은 관련을 맺는다. 어떤 정서적 깊이나 미학적 아름다움이란 구분이나 차이없이 가능한 것일까. 시인은 이를 확증하기 위해서 이분법적인 모험을 감행한다. "양지가 생기면 음지가 따라 생긴다"라거나 "걸작이 태어나면 졸작은 숨어버린다"고 하는 것이다. 뿐만 아니라 "숨길 곳을 찾지 못한 패자는/나무를 심어서 가려준다"라고 선언하기도 한다.

시인이 던지는 이런 이분법적인 논리는 작품을 접하는 독자들을 당혹스럽게 한다. 아름다운 조화가 아니라 무엇과 무엇을 구분시키는 선택을 강요하는 까닭이다. 하지만 이런 혼돈은 시간이 주는 역사나 흐름에 의해 새로운 반전을 일으키며 이전과는 다른 공간을 마련한다. 그것이 새옹지마라는 전복의 세계이다. 여기에 이르게 되면, 시인이 비로소 의도하고자 한 내포가 담겨지게 되거니와 이런 경로는 환경의 변화에서 오는 역설의 미학에 의해 수행된다.

시인은 전복의 매혹, 곧 새옹지마의 사상을 실현하기 위해 두 개의 서사를 준비한다. 하나는 장안사 나옹의 삼존불과 다른 하나는 표훈사 김동의 화불이다. 전자는 화려한 자태를 뽐냈고, 그 여파로 역사의 전면에서 날로 번창했다. 하지만 전복의 매커니즘은 그 화려함을 역사의 뒤안길로 사라지게 했다. 반면 그 상대적인 자리에 놓여 있었던 표훈사는, 보다 정확히는 그 작약은 "포기에 포기를 더하여 관광객을 맞이하면서" 찬란히 부활한다. 물론 이를 가능케했던 것은 화려하지 못한 미의 세계, 곧 추(醜)가 만든 것이라 했다. 시인은 이를 두고 여백이라고 했거니와 이 공간이 크면 클수록 이를 측정하려는 사람들의 자(尺)가 많아진다고 했다.

여백은 전적으로 가공자, 혹은 생산자의 몫이다. 하지만 그 가공의 결과가 모두 같은 미로 구축되는 것은 아니다. 이를 결정하는 것은 사람마다의 취향이고 역사이며, 궁극에는 시간에 의해 좌우되는 일이라고 인식한다. 그러니까 작가가 만든 작품을 미학적으로 높은 반열에 올려 놓을 수 있는 것은 시간 속에 놓여진 독자의 몫이라는 이야기가 가능해진다.

목수의 삶은 그대로 시인 자신의 몫으로 전이되는데, 서정적 자아는 불상을 만드는 목수의 일이나 "얇은 종이를 펼쳐서 시를 앉히는 일이 아슬아슬 같구나!"라고 비유했다. 이런 맥락에서 이해하게 되면 '모두 뚜렷하고 모두 아름다우면」은 시인의 시론시에 해당한다고 할 수 있다. 그가 만들어낸 시, 형식적인 요소와 내용적인 요소를 결정하는 것은 자신의 몫이기도 하지만 시간 속에 구현된 독자의 몫이라는 의미가 성립한다. 시인은 이를 새옹지마의 사상, 곧 역설의 미학으로 풀어내고 있었던 것이다.

몸은 쉬고 싶어 해요. 욕망은 끊임없이 일을 만들죠. 정신은 언제나 옳은 쪽으로 가지를 뻗자고 해요. 옳은 것이 무어지요. 무어의 무어에 대한 옳음인가요. 정신은 어디에서 사나요. 욕망. 차단하는 욕망. 차단당하는 순간에 저항하죠. 어떤 욕망도. 나의 저항과 지향 사이에 긴장이 흘러야 하는데, 갈수록 잡초가 무성해져요. 항복 포기 타협. 허공에 짓는 농사네요. 잠깐 사이에 밀림이 되네요. 정직하게 물어요. 물어보려고 해요.

어떤 열매가 더 필요한가요. 무엇이 더 먹고 싶은가요. 어떤 쾌락으로 점령당하고 싶은가요. 나체로 멸망하고 싶은가요. 규율 반장이 달려오네요. 기쁠수록 우는 몸. 사용 불가능한 촉수들. 나눠줄 수 없는 노래. 멈춘 이 파리들. 마침표로 단정하는 기호들. 클라이맥스를 수없이 만지고 싶은 등정. 올라가 본 절망. 못 올라가 본 절정. 같은 거라고. 같은 것이 아니라고.
하강하는 클라이머. 채워지지 않는 허기 후들후들. 밥을 향해 내리꽂힌
다. 창. 꿈은 그런 순간을 창문이라고 규정한다. 동의할 수 없는 어떤 것들
을 손쉽게 뭉뚱그려 놓은 단어들. 달팽이계단 내려간다. 어두운 어두운 어
두운 질문을 풀어버리는 안개. 안개 다시 피어오른다. 피어오르다 멈춘다.
어두운은 어두운 게 아니고. 단어만 불구다. 기표와 기의 사이의 실현되지
못한 부재. 서랍 속의 명사. 속도만 불구다. 나의 부재의 증명. 나는 다만
이다.

「저항하는 지향하는」 전문

'저항하는 지향하는'은 의미론적 국면에서 전혀 다른 차원에 놓이는
담론 체계이지만 하나의 지점에 뿌리를 두고 있는 것이라는 점에서 역설
의 연장선에 놓여 있는 것이라 할 수 있다. 보다 정확히는 언어적 차원에
서 이루어지는 표층적 역설에 해당한다. 하지만 그 이면 속에 들어가면
이 감각은 하나의 지대에 뿌리를 두고 있는 것임을 알게 되는데, 이런 맥
락에서 보면 이는 심층적 역설의 한 자락을 형성하기도 한다.

인용시는 시인의 정체성, 혹은 존재론에 관한 것이다. 지금 시인의 정
서를 지배하는 것은 두 가지 감각이다. 정신과 욕망의 세계이다. 하지만
이것이 전부는 아닌데, 욕망 자체에 있어서도 지향과 저항의 매커니즘이
이루어지는 까닭이다.

우선, 인용시에서 정신은 욕망의 반대 편에 자리한다. "정신은 언제나
옳은 쪽으로 가지를 뻗자"하는데, 이에 의하면 정신은 다분히 교양화된
영역, 곧 이성의 영역에 기대고 있는 것처럼 보인다. 반면, 욕망의 세계
는 이와 반대된다. 본능적으로 끌리는 대로 움직이는 것이 욕망의 세계

이다. 하지만 욕망에 이끌린다고 해서, 곧 본능에 충실해지는 자세를 취한다고 해서 윤리나 도덕으로부터 벗어나 있는 것은 아니다. 윤리로부터 일탈할 때, 욕망은 차단당하는 굴욕을 맛보기 때문이다. 여기서 "저항하는 지향하는"이라는 의미론적 역설이 생겨난다.

실상 인간은 저항과 지향이라는 감각의 양끝에서 줄타기하는 존재이다. 그 팽팽한 힘의 기울기를 통해 각자의 정서적 고유성을 내세우면서 자기 정당성을 확보하고자 한다. 옳은 것, 곧 진리가 무엇인지 누가 더 이를 진실하게 담보하고 있는 것인지에 대해 논쟁하면서 말이다. 그리고 그러한 논쟁이 끝나는 지점은 비교적 자명하다. 사물을 언어화시키려드는 것, 곧 개념으로 고정화시키려 하는 것이다. 하지만 서정적 자아는 이런 개념화를 인정하지 않는다. "어두운은 어두운 게 아니"라는 인식이 사유의 그늘 속에 자리하고 있기 때문이다. 그 지배하에 놓인 단어는 곤란한 처지에 놓이게 되거니와 단어만이 불구라고 하는 것은 이런 맥락에서 기인한다.

"기표와 기의 사이의 실현되지 못한 부재"이기에, 그것은 단지 "서랍 속의 명사"에 불과할 뿐이다. 이에 이르면 개념화되기 이전의 언어, 곧 야생 상태의 언어가 어디로 향할지를 경계했던 김춘수의 무의미 시를 연상시킨다. 시인에게도 언어란 고정될 수 있는 것이 아니기 때문이다. 언어 이전의 것과 언어 사이를 계속 오갈 뿐, 하나의 고정된 자리라든가 공간을 차지하지 못하는 것이다. 시인은 어쩌면 언어 대신에 그 여백을 채우는 것이 속도, 곧 시간이라고 보는 듯하다. 어떻든 하나의 정점에 이르지 못한 상태가 지속되다 보니 이를 지배하는 시간은 완결되지 못한 상태로 남아있게 된다. 여전히 불구 상태로 남아있는 시간만이 유동하고 있는 모습을 보게 된다. 그것이 언어를 응시하는 시인의 포오즈이다.

존재가 언어로 규정되지 않기 때문에 '나'란 규정될 수 있는 존재인가. 혹은 내가 누구인지 보다 정확하게 말할 수 있는 상태에 이를 수 있는 것인가. 이런 의문에 이르게 되면, 시인의 작품들은 중심으로 귀결되지 않는 포스트 모던적 사유를 비껴가지 못한다. "나의 부재의 증명", 그것이 곧 이 사유의 핵심이기 때문이다. 하지만 "나는 다만 이다"라는 사유에 이르게 되면 자아는 포스트 모던의 또다른 축인 소서사의 단계를 벗어나게 된다. 특정화되는 자아, 고유성이 구체적으로 담보되는 자아는 아니지만 "나는 다만 이다"라는 상태로 스스로의 존재성을 구축할 수 있는 까닭이다.

진펄을 걸러서 맑은소리 키우는
갈대 뿌리에는 촘촘한 체가 있어
해무 섞인 실바람 늘 함께하고 있어

자랄수록 굵어지고 길어지는 갈대 줄기엔
어린 칠게 옹아리 감돌며 기어다니고
갈대 목청에는 그치지 않는 풀피리 여운
덩이뿌리로 바다 물속 모래톱까지 흔들어

짱뚱어들 모여 노는 갯바닥
새로운 물길 만들러 떠나는
갈대 걸음 느려도 지극해

갈대 울대 마디마디 막혀 있어도
줄기는 줄기끼리

잎은 잎끼리
햇 바람 비벼서 새 노래 들려줘

쓰러지면 쓰러진 자리에서
다시 일어선다
지느러미 치레 짱뚱어처럼

뻘투성이 입으로
누구 입이 더 큰가 싸우는 짱뚱어처럼

바람이 바뀌면
바뀌는 바람 반대쪽으로
갈대꽃 불어서 보낸다

재채기 여운처럼 그곳 갯내 따라와서
짱둥어탕 짱퉁어탕 중얼거리게 한다
　　　　　　　「갈대는 힘이 세다」 전문

　갈대의 이미저리는 흔히 유동하는 존재이다. 견고성이라든가 뿌리가
없는 까닭에 흔들리는, 부유하는 존재이다. 그래서 그것은 흔히 연약함
의 상징성으로 의미화되기도 한다. 그런데 시인은 "갈대는 힘이 세다"고
했거니와 이 또한 역설의 연장선에서 설명될 수 있는 부분이다. 연약함
이 세다와 결합되어 만든 상태란 표층적 역설에 해당하기 때문이다.
　이런 역설을 통해 시인이 이 작품에서 드러내고자 한 의도는 다른 작
품에 비해 비교적 분명하게 다가온다. 뿐만 아니라 최근에 상재된 『야생』

의 세계와도 분리하기 어렵게 연결되어 있기도 하다. 바람결에 이리저리 흔들리는 갈대이건만 그것이 하는 일, 할 수 있는 일은 무궁무진하다. "진 펄을 길러서 맑은 소리 키우는"가 하면, "갈대 뿌리에는 촘촘한 체를 가 지고" 뻘을 일구기도 한다. 이렇게 만든 뻘에 '칠게 옹아리'가 감돌며 기 어다니는가 하면 "갈대 목청에는 그치지 않는 풀피리여운"이 "덩이뿌리 로 바다 물속 모래톱까지 흔들기도" 한다.

이처럼 갈대가 하는 일은 자못 많기도 하고 분명하기까지 하다. 뭇 생 명들이 살아갈 수 있는 생명의 공간을 만들어내기 때문이다. "짱뚱어를 비롯한 생명"들이 살아갈 생존 공간을 길러내거니와 그렇기에 갈대가 일 구어내는 진펄은 건강해지며 생존의 좋은 터전이 된다.

갈대가 만들어내는 일련의 작업들이 삶의 건강한 터전을 위한 것이면, 이 공간은 언어에 의해 규정화되지 않는 세계, 이성에 의해 길들여지지 않는 세계이다. 시인이 최근에 상재한 『야생』의 전략적 주제였던 원시의 세계와 가까운 것이 된다. 야생이라는 날 것의 세계는 자연의 힘이며, 서 정적 자아라는 존재를 규정해줄 수 있는 절대 지대이다.

이향지의 신작시들은 시간의 스펙트럼 속에 구성된다. 흘러가는 시 간 속에 사물의 상황이 뒤바뀌고, 생의 반전이 있다. 반전이란 직선적인 시간의식을 거부한다. 거기에는 하나의 선조성으로 설명할 수 없는 여 러 굴곡이 어지럽게 펼쳐져 있다. 여러 문양으로 변신하는 '직녀의 손놀 림'(「직녀의 수의」)이 있고, '다양한 변신을 예비하는 초승달'(「달을 두고 갔다」)의 세계가 있다. 그런 카오스 속에 사물이나 서정적 자아는 여러 존재론적 변신이 시도된다. 하지만 이 도정이 결코 녹록한 것은 아니다. 여러 카오스가 만들어내는 새옹지마라든가 역설이 숨겨져 있기 때문이 다. 서정적 자아는 단일화되지 않는 공간 속에 되도록이면 많은 여백을 남기면서 거기에 자신의 사유를, 개념화되지 않는 언어를 채워나가려 하지만 그 빈 지대를 꽉 채우는 것은 애초부터 가능한 일이 아니었다. 시간의 파장 속에서 형성되는 전위의 세계가 위반의 피이드백이 계속 작용하기 때문이다. 그 도정에서 카오스의 미정형이 새로운 가면을 쓰고 계속 솟구쳐 나와서 서정의 샘을 채우고 있는 것, 그것이 이번 신작시의 크나큰 주제라 할 수 있다.

(『동행문학』 2024 가을호)

실존의 감옥에서 탈출하고자 하는
욕망의 몸부림
– 이귀영의 시

  이귀영 시인의 작품들에 깔려 있는 기본 정서는 죽음 의식이다. 그렇기에 그의 시들은 본질보다는 실존의 아우라에 갇혀 있다고 할 수 있다. 본디 실존이란 전쟁과 같은 극한 상황이나 한계 상황에서 빚어지는 의식이다. 죽음이라는 것이 주변에 인접해 있기에 인간을 규정하는 여러 담론들, 곧 본질론 같은 것들은 한갓 언희 유희에 불과할 뿐이다. 지금을 어떻게 견뎌 살아갈 것인가, 혹은 어떻게 내일을 기약할 것인가에 대한 즉자적 고민만이 지금 이곳의 시간의식을 지배할 뿐이다.

  전쟁이라는 부조리, 한계 상황이 만들어내는 것이 실존의 한 자락이라면, 인간은 근원적으로 영원 밖으로 내던져진 존재, 피투된 존재라는 인식이 자리할 수 있다. 이런 감각이란 존재론적 한계에 대해 고민하는 사유이기에 실존의 또 다른 부분을 점유한다. 전자가 사르트르적이라면, 후자는 하이데거적인 것이라 할 수 있다.

  이귀영의 시들은 현실이 주는 한계 상황에서 오는 실존의 몸부림이 아니라는 측면에서 다분히 존재 내부의 것과 연결된다. 곧 세상에 피투된 존재의 괴로움을 읊고 있다는 점에서 하이덱거적인 사유에 가깝다고 할 수 있다. 하지만 이것은 어디까지나 편의상의 분류일 뿐, 지금까지 여러 사조들이 이 죽음의식과 뚜렷하게 구분되는 것이 아니라는 점에서 시인의 작품을 어느 한 자락에 계열화시키는 것은 적절해 보이지 않는다. 시인의 시에서 언뜻언뜻 드러나는 종말론적인 인식과 그에 대한 발전적 승화의 모습들은 모더니즘의 한 자락으로 분류해도 하등 이상할 것이 없기 때문이다.

인간이 존재론적 한계에서 헤어나지 못하고 괴로워하는 몸부림은 무엇보다 영원의 상실과 밀접한 관련이 있다. 니체에 의한 신의 부정과, 그에 따른 유한한 생명의식으로 운명지워진 것이 근대인들의 슬픈 자화상이기 때문이다. 이귀영 시인의 담론을 지배하는 주요 지배소도 이와 밀접한 상관관계를 갖고 있다. 시인은 영원의 굴레에서 벗어난 충격과 그 간극, 그리고 이로부터 벗어나야할 매개와 그 여백을 메워야할 적절한 매개를 발견하지 못한 재, 실존의 고통 속에서 계속 허우적거리고 있기 때문이다.

점점 어둡게 점점 약하게 점점 작아지는

두 팔 흐느적 감추어도 드러나는
온몸 경중거리는 내 얼굴은 팔색조
수시로 웃으며 수시로 흐느끼며 덩실덩실 추적주적
가슴 열어젖히고 휘청거리는 춤이다, 나는

기다란 그림자 길어지고 웃음 멀어지고 길어지는 고난

춤추는 비희극(悲喜劇) 얼굴 없는 희비극(喜悲劇)

가자 그리움이여
도시에서 먼 그리움이 밀려오는 흰 파도 타러 간다

길고 긴 춤을 추었지 너와 함께
들썩이는 탈과 펄럭이는 옷자락 끌고 밟고 밟히며
추었던 춤, 춤, 춤

생판 다른 얼굴을 쓰고 흰 속살 보이다가 감추이다
의식적(意識的)으로 무의식(無意識)을 추었지

사방 휘저으며 바닥 핥으며
네가 숨어있는 지구를 자전하며 공전하며 돌고 돌아

한 발 높이 들었다 풀썩, 다른 발 높이 들었다 풀썩
겅중거리다 휘둥거리다 장단 있으니 장단을 추었지

아무도 없는 드넓은 그 곳에 너 거기 있는 듯
어둠을 추며 간다 점점 그믐달 속으로 점점 빠져드는 몸 짓으로
「작은 춤이다, 나는」 전문

  시인의 시 세계에서 자아의 실존이 어떤 상태임을 이보다 극명하게 잘
보여주는 작품도 없을 것이다. 지금 서정적 자아는 실존의 굴레에 갇혀
이로부터 벗어나고자 서정의 노를 젓고 있다. 하지만 그 앞을 가로막는
물결은 너무 거센 것이어서 이를 헤쳐나가기가 녹록지 않다. 서정적 자

아로부터 힘이 점점 빠져나간다. 아득하기만 한 지금 여기의 어두운 현실을 벗어나기 위한 몸부림들이 "점점 어둡게 점점 약하게 점점 작아지"는 이유가 여기에 있다. 어둡다는 것은 앞이 보이지 않는다는 것이고, 힘이 빠진다는 것은 새로운 단계로 나아가기 위한 과정이 매우 길었다는 뜻이 된다.

그 멀고 기나긴 도정이 어떠한가를 일러주는 모습이 바로 현란한 '춤'이다. 여기에는 자아를 둘러싸고 있는 여러 경험치들이 다양하게 포진될 수밖에 없는데, 이를 반영하는 것이 "내 얼굴의 팔색조"가 되는 것이다. 상황이 주는 정서의 여러 실타래들이 무지개 빛처럼 발산되어 나타난 것이 얼굴인데, 그런 만큼 이 얼굴에는 다양한 모습들이 무늬지워질 수밖에 없다. 가령, "웃음 멀어지고 길어지는 고난"이라든가 "춤추는 비희극 얼굴없는 희비극"과 같은 모습들이다.

얼굴이 팔색조와 같은 모습을 취할 수밖에 없는 것은 현실과의 끊없는 대결의식, 곧 실존의 몸부림 때문이다. 자아는 왜 이런 몸부림을 할 수밖에 없는 것인가. 그 이유는 간단하다. 그것은 곧 '그리움'의 세계에 대한 희망 때문이다.

하지만 그가 꿈꾸는 그리움의 세계가 팔색조의 얼굴에 곧바로 비춰지는 것은 아니다. 만약 그것이 시인의 눈에 보이거나 만져질 수 있는 것이라면, 그 춤은 곧바로 정지되었을 것이다. 춤이 멈추어지지 않는 감각이란 고통의 연속이고 경우에 따라서는 견딜 수 없는 한계 상황에서 자아가 헤어나올 수 없음을 의미한다. 이 탈출할 수 없는 서정의 질주가 끝나는 의식이 자연스럽게 형성될 수밖에 없는데, 그 감각이란 바로 죽음의식의 형성이다.

그 곳에 못갑니다 그 곳도 못갑니다
나는 사람이 아니라 사람이 내겐 없습니다

괜히 먼 그 나라 꿈꾸게 해서
억눌린 자 깨어나게 해서

신발을 바닥에 다 내려 놓고
세상의 자유를 벗어 놓고
억눌린 가슴 바람에 다 내려 놓았다

오, 이곳에

오, 이곳을 지나시어 이곳을 지나시어 이곳을 살리시어
무너졌던 상처 만지시어

사람이 없는 헛것, 내게 욕망의 순 자라게 해도
사람의 입김 불어 주어도

나는 사람이 아니라 유유히 텅 빈 봉지 날아가듯
어느 모퉁이 진토에 가 닿아

슬픈 이유 몇 개를 사람이 아닌 이유 몇 개를

찾아도 보이지 않는다 보이지 않는다

사람과 그다지 멀지 않은 곳

거기와 그다지 다르지 않은 곳
사람에서 벗어난 외로운 희열 외로운 우월, 경쾌함으로

나는 가지 않았다
내가 가지 않아도 되었던 일들
내가 가지 않아서 고요했던 날

그 밤이 다가올 때
재촉되는 마음이 그림자처럼 갈 앉을 때
죄여오는 공간에서 압축되어 질 때

커다란 흰 새 그가 손 내밀어 주었다
(가혹한 현실이 다 무너지려나)
그 손의 온기와 향기로 내 안에 사람 있다

(그대의 부드러운 날개에 머무르려나)
「커다란 흰새와 나」전문

　자아와 현실의 공존이라든가 실존을 조화롭게 완성하고자 했던 '작은 춤'들은 더 이상 전진하지 못한다. 죽음의 벽 앞에 자아가 고스란히 노출되는 까닭이다. 그리하여 "신발을 바닥에 다 내려 놓고", "세상의 자유를 벗어 놓고", "억눌린 가슴 바람에 다 내려 놓고"자 하는 최후의 여정에 이르게 된다. 이는 현존의 행복을 일깨워준 "괜히 먼 그 나라를 꿈꾸게 한" 결과가 빚어낸 것이다.
　죽음 충동이란 그 비극적인 결말에도 불구하고 형이상학적인 의미에서는 결코 부정적인 음역에 머무르지 않는다. 종교적으로 보면, 천국에의 귀의이고, 정신분석적인 측면에서 보면, 영원한 어머니의 품으로 회귀하는 것이기 때문이다. 뿐만 아니라 실존적인 측면에 기대게 되면, 일상의 고통에서 벗어나는 존재론적 완성이기도 하다.

하지만 실존의 고통을 위무해줄 이 죽음 충동이 자아에게 쉽게 허용되지 않았다. 이 또한 현실속에서 카메레온처럼 팔색조의 얼굴로 드러나는 '작은 춤'의 한 자락일 것이다. 그런데 이런 한계 상황속에서 서정적 자아는 여전히 한 가닥 '그리움'의 정서를 놓치지 않는 것처럼 보인다. 「커다란 흰새와 나」에서 이 '그리움'의 객관적 상관물은 아마도 '커다란 흰 새'가 아닐까 한다. 그것이 따듯한 손의 향기를 주었기에 '괜히' 생각해봤던 "먼 그 나라로 가는 꿈"을 접었던 까닭이다.

> 흐릿한 이게 무엇인지 모르겠소
> 흐릿하게 보세요
> 투명은 괴롬입니다 아직 한밤중입니다
>
> 현재입니다 현재가 세상입니다만
> 아무것도 보이질 않아요
> 현재가 없는 것이요? 도저히 모르겠소
>
> 세상이 빈 것입니까
> 실오라기 같이 가느다랍니까
> 無가 들어옵니다
> 보이는 듯 보이지 않는, 보이지 않아도 보이는
> 無가 허공의 눈으로

하늘에 떠도는 이름들
이름 지어지지 않은 것들이
어찌 대양을 대우주를 보겠소

두 눈이 튀어나올 듯 온몸 후끈 번쩍합니다

보이는 것만 보세요

보이지 않는 것이 열린다
몸을 길게 여는 환희의 순간 빛의 순간 아이러니의 순간

붉은 금빛 풀 푸른 오로라
보이는 듯 보이다

그 날이 가면 지구가 돌고 달이 돌고 마을이 돌아
몸에서 손끝으로 돌아서 –,

기다리다 기다리다 다시 기다리는 기나긴 날 –,

「아이러니의 순간」 전문

　실존과 본질, 현실과 이상과의 괴리, 그 여백의 자락에서 펼쳐지는 현란한 춤들은 「아이러니의 순간」에서도 고스란히 드러난다. 그것은 우선, 지금 자아 주변을 감싸고 있는 흐릿한 무엇으로 출현한다. 그럼에도 자아는 눈 앞에 펼쳐지는 어떤 분명한 것을 뚜렷히 응시하고자 하는 노력을 게을리 하지 않는다. 그런데 이 순간, "보이는 것만 보세요"라는 어떤

계시가 서정적 자아의 자의식에 순간적으로 떠오르게 된다. 그 결과 "보이지 않는 것이 열리는" 새로운 체험을 하게 된다. 다시 말해 "몸을 길게 여는 환희의 순간 빛의 순간 아이러니의 순간"을 경험하게 되는 것이다.

시인은 경계의 지대에서 아슬아슬한 줄타기를 계속 시도한다. 그는 이 모험에서 어느 한쪽으로 무게 중심을 쉽게 옮겨놓지 않는다. 이 긴장감이 시인이 펼쳐보이는 서정의 진폭이며, 그것이 크게 넘실거릴 때마다 시적 매혹이 형성된다. 이를 잘 대변해주는 작품이 「슬픈 매혹」이다.

나는 너를 밟는다
가르랑가르랑 울음 우는 새

낙엽 쌓아놓은 숲으로 가자

지난 겨울부터 이 가을을 견디려고
한 잎 한 잎 겹쳐 쌓은 밤
커켜이 겹쳐 누운 밤

동침 기다리는 숲으로 가자
우수수-, 마른 너를 서러운 너를 밟는다

네 몸의 향을 덧입어
네 비수로 찌르는 이 아픔, 사랑인가

낙엽을 밟는다, 낙엽이 밟힌다

당신의 사명이 거룩하여 밟지 못하겠노라
당신의 아름다움 밟지 못하겠노라

스미는 입술 스미는 가슴 극히 고혹스럽다

양철 낙엽이 찬바람에 들먹이는
스산한 산이 흔들린다

숲으로 가자 낙엽이 쌓여있는

가르랑가르랑 울음 우는 새 나는 나를 밟는다
겹겹이 쌓인 가을 울음을 밟는다

「슬픈 매혹」 전문

이 작품을 이끌어가는 근본 동인은 숲과 자아 사이에 놓인 긴장 관계이다. 지금 자아는 가을이 짙어지는 숲으로 산책을 나간다. 그리고 거기서 만난 것은 숲으로 표상된 '낙엽'이다. 우선, 자아는 이 낙엽으로부터 일상에서는 알 수 없었던 어떤 경외감을 얻게 된다. 낙엽이 켜켜이 쌓인 모습에서 숭엄한 자연의 법칙을 깨우치는 까닭이다. "지난 겨울부터 이 가을을 견디려고/한 잎 한 잎 겹쳐 쌓은 밤/켜켜이 겹쳐 누운 밤"의 세계를 낙엽으로부터 발견하는 것이다.

잎이 낙엽으로 전화하는 것은 부인할 수 없는 자연의 법칙이다. 그러니까 순리에 따르는 이런 도정은 어쩌면 '거룩한 일'에 가까운 것일 수 있다. 실존의 고뇌 앞에서 생의 노예가 되어버린 자아로서는 결코 알 수 없었던 영역이었던 것이다. 다시 말해 잎이 낙엽화하거나 자아가 죽음이라는 길로 가는 도정은 동일한 것이면서 또한 자연의 법칙에 해당하는 일이 될 것이다. 잎은 이러한 도정을 순리적으로 받아들이고 낙엽이 된다. 하지만 서정적 자아의 태도는 낙엽이 취하는 포오즈와는 거리가 멀다. 죽음이라는 한계 상황을 우주의 법칙, 자연의 이법으로 받아들이지 못하고 있는 까닭이다.

여기서 알 수 있듯이 서정적 자아와 낙엽 사이에는 넘지 못할 커다란 장벽이 존재한다. 자아는 낙엽의 그러한 도정이나 모습과는 거리가 있는 것으로 이해한다. 그래서 낙엽을 숭고의 차원으로 올려놓거니와 자아는 이런 세계와는 거리가 있는 것처럼 인식한다. 이 둘 사이의 거리야말로 시인의 자의식을 규정짓는 거멀못이 된다고 하겠다.

여기서 멀지 않은 기억들이

노래를 노래하며 매미는 울음을 노래하며

드높은 나무에서만 살 줄 알았지

날개 펼치며 마음 흩뿌리며 살 줄 알았지

가을볕에 곡식 여물어 가는데 하늘을 향한 간절한 기도는

몸이 아니게 날개가 아니게 아무것도 아니게 ―,

천 길 떨어져 가고 있다 만 길 떨어져 가고 있다

보장 없는 소멸의 방식으로 제로가 되어가는 방식으로

허물어지는 가슴이 한 줌 흙이 되어 그곳에 누워 그곳에 속하고 말기를

우리는 치명적인 몸이 아니었다 날아오르는 날개가 아니었다

두 손 맞잡고 한 약속이 무너졌는데

지상의 보장이 무너졌는데

제로가 되어가는 것을 권한이 소멸로 가는 것을

소중한 추억(追憶)이 잊혀 가는 삶인 것을

부스럭 밟히는 매미의 소멸로부터 삶의 무단 이탈이 치솟고

꿈꾸던 상념들이 소중한 기억들이

화음을 붙여 노래를 노래하며 울음을,

노래하며 어디로 간다
　　　「우리도 모르게 우리는 종말을 받아들이고 있다」전문

　실존의 한계에 몸부림치는 일은 정신분석적 관점에서 이해하게 되면 의식의 영역과 밀접한 관련이 있다. 이 괴로운 정서는 의식의 영역이 비대하게 팽창해서 발생하는 일이기 때문이다. 의식이나 이성의 영역이 강화된다는 것은 무의식이나 비이성의 영역이 상대적으로 축소되는 일이 될 것이다. 이귀영 시인이 실존의 고통이라는 서정의 늪에서 헤어나오지 못하는 것도 의식의 영역이 지나치게 팽창해서 일어난 일이다. 하지만

의식 너머의 영역은 곧추 세워진 의식의 영역과는 정반대의 세계가 펼쳐지고 있다. 인식 주관의 개입이 없이 자연스럽게 흘러가는 객관적 시간처럼 말이다.

이 작품에서 의식의 영역을 표나게 드러내는 상관물이 '매미'의 존재성이다. 무의식이라든가 자연 법칙과 상관없는 사유들이란 대강 이러한 흐름들로 현상된다. 가령, "드높은 나무에서만 살 줄 알았지"라든가 "날개 펼치며 마음 흩뿌리며 살 줄 알았지"와 같은 판단들이 바로 그러하다. 이런 감각은 그저 매미의 주관적인 영역일 뿐 객관적인 체계와는 거리가 먼 것들이다. 하지만 의식 너머의 세계란 예외가 없는 영역이다. "보장 없는 소멸의 방식으로 제로가 되어가는 방식으로" 계속 소멸의 길을 걷고 있기 때문이다.

매미의 삶이나 서정적 자아를 비롯한 인간의 삶이 특별히 구별될 것은 없어 보인다. 부정한다고 해서 부정되는 것은 아닐뿐더러 그 반대의 경우도 마찬가지이다. 모두가 성숙한 시절을, 절정의 시절을 보낸 이후에는 "제로가 되는 것"이고 "잊혀 가는 삶"이 되는 순리의 길을 걷는 까닭이다. 이런 이법을 거부하는 것은 의식의 영역이고, 그것이 강렬히 힘을 발휘할 때 실존의 고통은 더욱 강해질 수밖에 없는 것이다.

> 휴일 끝 무렵에 아이와 낚시하러 갔다
> 아파트 유리창에 갇혀 살다가
> 와 –, 바다 무창포 해변에 닿았다
>
> 모세의 기적 신비의 길을
> 이스라엘 백성들이 홍해를 줄지어 건너간다

바다, 사람들이 불어 넣는 호흡으로 숨 쉬는가
바닥에서 소라를 잡느라 조개를 캐느라
바다를 채취하려 온통 엎드린 백성들ㅡ,

푸른 하늘 아래 푸른 바다
검은 하늘 아래 검은 바다 당신 아래 흐르는 나
바다는 어찌 하늘을 닮았다

거센 폭풍은 선박을 삼키다 생명을 통째로 삼키다
돌아서면 잔잔한 그대, 하늘 잔잔하면 나 잔잔한

망망대해 "나 살아있다" 외치는 빠삐용의 쾌재 고달픈 인생을 머금은
바다.

아이는 가느다란 낚싯줄에 지렁이를 도막 내어 미늘에 끼워 던진다
드넓은 바다에 잘게 도막 내어 꿈틀거리는 지렁이로 물고길 유혹하다니

아이야 바다가 그리 작더냐,
작은 물고기가 곧잘 미끼에 걸려 오른다
종일 잡은 물고기를 바다에 되 살려주는 아이

어느덧 바닷길은 사라지고

밤 백사장에 파라솔이 늘어섰다
석양을 맛보려는 검붉은 얼굴들이 늘어섰다

석양에 취한 바다 사랑의 거품 밀려오고
밤 바닷새 신비의 말들을 퍼뜨리며 날아간다

노을 사라지고 검은 하늘 아래 검은 바다 넘실거리고
「신비의 길」 전문

  시인의 작품 세계는 세계 속으로 던져진 자아의 고통으로 충만되어 있
다고 했다. 물론 이런 고통의 세계는 자아 혼자만의 몫에서 그치는 것은
아닐 것이다. 생명있는 존재라면 누구나 이 형이상학적인 물음에서 자유
로운 존재는 없기 때문이다. 그런 면에서 시인이 묻는 삶의 문제라든가
실존의 고통은 개인만의 특수한 것이 아니다. 생존의 본능과, 이에 덧씌
워진 현존의 고민들이 시인 자신의 것으로 한정되지 않는 것은 이 때문
이라 할 수 있다.

  시인의 작품들은 경계 속에 놓여 있다고 했거니와 의식과 무의식, 순
리와 비순리, 섭리와 비섭리의 세계에서 끊임없는 줄타기를 시도하고 있
다. 이 경계의 지대 속에 형성된 팽팽한 긴장 관계가 그의 시를 만드는 서
정의 샘이다. 이 샘은 갈증의 깊은 골에서 형성된 다층적, 복합적인 것이
다. 서정적 자아는 이런 다양성을 하나의 단일성으로 화학적 변화를 이
루어내고자 하는데, 이 임무야말로 시인이 사색하는 서정의 구경적 귀결
일 것이다.

  서정적 자아는 의식 속에 깊이 각인되는 실존의 고통을 이해하면서도
그 너머의 세계에서 선험적으로 펼쳐지고 있는 것에 대해서도 뚜렷이 이
해하고 있었다. 하지만 그 선험성을 경험성으로 대치하지 못하고 있거니
와 이를 자기화하지 못하고 계속 서정의 간극을 벌여나가고 있는 형국을

보인다. 그렇다고 이 간극이 넓어서 좁혀지지 못할 만큼 견고한 성채를 갖고 있는 것처럼 보이지는 않는다. 자아의 내밀한 감각 속에 이 거리란 항상적인 것처럼 보이지 않는 까닭이다.

그러한 단면을 보여주는 시가 「신비의 길」이다. 지금 서정적 자아는 무창포 앞바다에 서 있거니와 여기서 밀물과 썰물의 하모니가 만들어내는 신비의 길에 대해 목도하고 있다. 이 길이란 우주의 섭리이고 자연의 법칙이다. 의식을 곧추 세운 서정적 자아의 입장에서 이해하게 되면, 이런 선험적 세계란 낯선 것이고 수용하기 힘든 비동일성의 세계이다.

하지만 그의 그러한 감각은 자아 저편에서 외따로 펼쳐지는 것으로 남겨두지 않는다. 가장 주목할 필요가 있는 것이 이 부분이다. '신비의 길'을 응시하는 시인의 정서들이 긍정의 감각, 탄식의 감각으로 수면 위로 떠오르는 것은 이와 밀접한 관련이 있을 것이다. 그리고 이를 자기화할 때, 곧 내 것으로 틈입시킬 때, 죽음의 문제 앞에서 고뇌하는 시인의 정서들은 새로운 순화의 단계를 맞이할 수도 있을 것이다. 하지만 아직 우주의 섭리와 이법들은 시인의 의식 속에 완전히 육박해들어오지 않고 있다. 그것이 들어와 시인의 정서를 정화시킬 때, 세계 속에 던져진 존재, 피투된 실존의 고통은 무화되지 않을까 한다.

(『예술가』 2024 가을호)

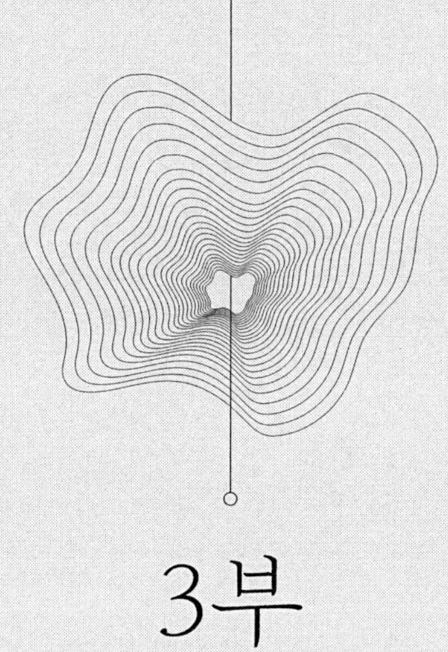

3부

존재론적 한계가 빚어낸
영원에 대한 그리움
—지봉성,『우주의 물가에서』

1. 영상 이미지와 언어가 빚어낸 매혹

디카시란 디지털 카메라가 만든 영상과 언어가 빚어낸 예술의 한 양식이다. 이 장르가 유행하게 된 계기는 디지털화가 사회 전반에 확산되면서부터이다. 잘 알려진 대로 2000년대를 전후하여 새로운 패러다임으로 등장한 것이 디지털 문화의 팽창 현상이다. 물론 그 상대적인 자리에 놓인 문화란 아날로그적인 것이다.

디지털 문화란 전자화이고, 속도이며, 무한 재생이 가능한 문화이다. 뿐만 아니라 근대 예술의 한 특징적 단면이었던 복제 문화도 담아내고 있다. 그리고 이 문화를 견인한 것은 사진이다. 디지털 문화가 등장하기 이전의 사진은 그 중요한 질료가 필름이었고, 또 이를 인화한 종이 문화였다. 이런 흐름은 지속성이나 항구성의 감각에는 잘 어울리는 것이지만, 현대 문화가 요구하는 속도에 부응하기에는 한계가 있었다. 현대성은 더 빠른 것, 더 많은 것을 지속적으로 요구하게 되었던 바, 이에 보조를 맞추기 위해서는 과거의 아날로그 방식으로는 감당하기 어려웠다. 그러한 한계를 딛고 등장한 것이 디지털 문화였던 것이다.

디지털 문화에 언어라는 질료가 가미된 것이 디카시의 한 특징적 단면인데, 이 장르의 등장은 2000년대 전후 등장한 포스트모던 문화와 밀접한 관계를 갖는 것이기도 했다. 물론 포스트모던 문화가 처음 수면 위로 떠오른 것은 이때가 아니다. 정확하게는 1980년대 말의 일이다. 지구촌을 감싸고 있던 여러 거대 문화들이 붕괴되면서 중심을 고집하기 어려운 현실을 맞이한 그것이 계기가 되었다. 이른바 경계 해체의 현상이 등장한 것이다. 그 결과 전통적인 장르가 붕괴되고 이어서 이를 대신할 새로운 형식의 장르가 등장하기 시작했다. 가령, 시와 소설의 만남이라든가 문학과 미술의 만남, 혹은 음악과의 만남이라는 복합 문화 현상이 일어난 것이다. 경계를 넘고 간격을 좁히는 현상들, 이른바 장르 확산 현상이 일어난 것이다. 이런 혼효 현상은 예술 분야를 넘어서 사회 전 영역에 걸쳐 광범위하게 이루어졌다.

디카시의 등장이란 이런 일련의 흐름과 무관하지 않다. 그리고 이를 포스트모던적인 관점에서 이해하게 되면, 영상과 시의 만남으로 규정할 수 있을 것이다. 그러니까 영상으로 구현되는 사진이라는 영역과 언어로 구현되는 시라는 영역이 만나서 디카시라는 새로운 장르를 탄생시킨 것이다. 이런 맥락에서 보면, 디카시란 시대의 요구와 밀접한 관련이 있음을 알게 된다. 따라서 디카시의 탄생은 어느 특정 개인의 취향이나 집단이 자의적으로 만들어낸 양식이 아닌, 사회적 요구를 반영한 필연적 현상이었음을 알게 된다.

이렇게 탄생한 것이 디카시이기에 여기에는 언어예술이나 시각예술이 갖고 있던 장점들을 살리고 또 그 양식들의 한계들을 보완할 수 있는 근거를 갖고 있게 된다. 그 의미있는 장점이란 대강 이런 것들로 모아진다. 지봉성 시인이 서문에서 정의하고 있는 것처럼, 디카시란 "영상 이미지와 언어 메시지를 맛있게 버무려, 주제의식을 숙성시키는 새로운 예술 형식"이 되는 셈이다.

주제의식의 숙성이란 우선 의미의 깊이와 관련될 것이고, 다른 한편으로는 상상력의 넓이와도 관련이 있을 것이다. 영상 이미지에서 얻어질 수 있는 이미지와, 이를 토대로 형성된 언어의 메시지는 읽는 독자로 하여금 그 내포된 함의에 대해 뚜렷이 이해할 수 있는 근거를 마련하게 된다. 뿐만 아니라 영상 이미지가 주는 강렬한 효과로 말미암아 독자가 수용할 수 있는 상상력은 더욱 크게 확장될 것이다. 상상력의 이런 확장이야말로 언어 예술이 할 수 있는 커다란 장점일 것이다.

지봉성 시인이 서문에서 말한대로 디카시란 영상과 언어가 빚어낸 주제의식의 숙성이다. 그 숙성된 의미들을 독자 앞에 펼쳐놓는 것, 그것이 『우주의 물가에서』가 일러주는 주제일 것이다.

2. 존재란 무엇인가

시인은 이번 시집을 『우주의 물가에서』라는 제사를 붙였는데, 여기서 시인이 의도한 주제의식이 무엇인지 어렴풋이 알 수 있다. 바로 시인 자신의 존재론, 혹은 실존에 관한 것들이다. 실상 이 지상에 피투된 존재라면, 누구도 이 문제로부터 자유로운 경우는 없을 것이다. 그것은 실존의 문제에서도 그러하거니와 종교라든가 심리적인 측면에서도 그러하다. 가령, 에덴의 유토피아라든가 자아와 어머니의 이자적 관계에서 형성되는 낙원 사상 등은 모두 이 음역과 밀접한 연관을 갖고 있는 까닭이다. 말하자면 영원의 상실과 이로부터 빚어지는 한계 상황이 시인의 실존을 규정한다고 할 수 있다. 그 헤어날 수 없는 실존의 어려움을 고백하는 것이야말로 인간의 정직성 혹은 윤리성일 것이다.

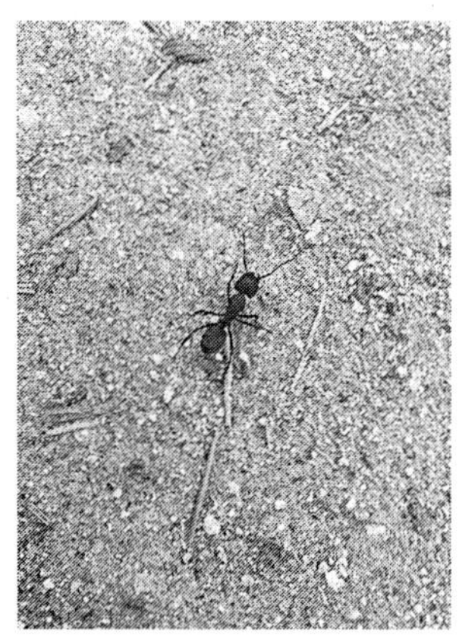

내 발바닥 아래서
개미가 살고 있듯

난,

누구의 발 밑에서
살아가는 것일까
「운명교향곡」 전문

이 작품에서 시인은 개미의 모습을 통해 자신의 실존이 무엇인지 묻고 있다. 말하자면, "내 발바닥 아래서/개미가 살고 있듯//난,//누구의 발 밑에서 살아가는 것일까"라고 하며 삶에 대한 실존적 의문을 던지고 있다. 여기서 '누구의 밑'이라는 말의 함의에 얽매여서 이를 두고 억압이나 불구화된 어떤 실존을 굳이 상상할 필요는 없을 것이다. 이 작품의 의도는 위계질서라든가 지배와 피지배가 얽혀있는 종속 관계에 관심을 두고 있는 것은 아니기 때문이다.

　여기서 초점은 "살아가는 것일까"라는 의문형에 놓여진다. 이것은 세계내 존재라든가 혹은 에덴의 유토피아를 상실한 존재, 곧 영원을 상실한 존재가 스스로 조율해나갈 수밖에 없는 한계 상황에서 빚어진 말일 뿐이다. 존재에 대한 이런 의문만으로도 서정적 자아가 처한 실존의 한 단면이 무엇인지 충분히 이해할 수 있을 것이다.

　당신이 힘겹게 굴리고 있는 것은
　바퀴가 아니라, 굴레입니다

　모든 걸 너무 일찍 준 죄로
　치러야 하는, 형벌(刑罰)입니다
　　　　　　　　「노인」 전문

「운명 교향곡」에서 던진 실존의 문제가 좀 더 구체화된 것이 인용시일 것이다. 서정적 자아는 지금 폐지를 가득 싣고 힘겨운 삶의 현장을 누비고 있는 노인을 관찰하고 있다. 그 뚜렷한 응시 속에서 서정화한 작품이 「노인」의 내포이다. 그런데 서정적 자아는 노인이 헤쳐나가고 있는 현실을 어두운 터널을 노인 혼자의 것으로 한정시키지 않는다. 그러한 단면은 1연에 잘 나타나 있는데, "당신이 힘겹게 굴리고 있는 것은/바퀴가 아니라, 굴레입니다"라고 인식하는 까닭이다.

'굴레'란 어느 한 개인의 숙명에서 그치는 문제일 수 있지만, 시인은 이를 모두가 공유할 수 있는 보편의 것으로 승화시킨다. 힘겹게 언덕을 올라가는 노인의 삶에서 길어올려진 사유의 편력, 곧 존재의 한계의식이긴 하지만, 그것은 노인 자신만의 문제로 한정시킬 수 없다는 뜻이다. 이럴 때 이 문제는 노인만의 숙명에서 그치는 것이 아니라 우리 모두의 숙명으로 다가오게 된다.

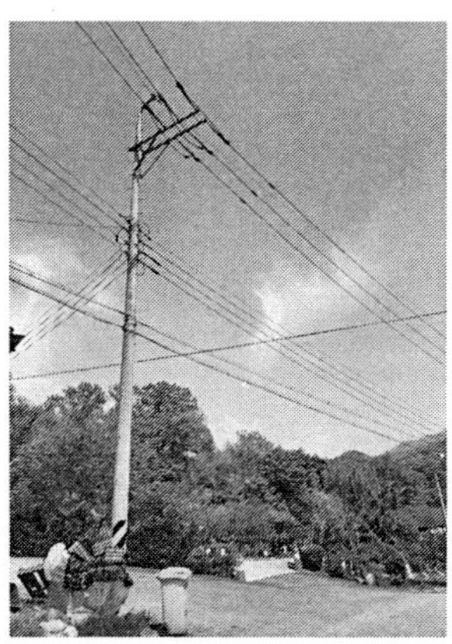

전선을 타고

한 소녀의 경쾌한 리듬이 폴짝폴짝 뛰어간다
한 남자의 화난 목소리가 비틀비틀 걸어간다
한 노인의 슬픈 사연이 비슬비슬 지나간다
뭇 여인들의 웃음소리가 소나기처럼 사라진다
「전봇대」전문

　이번 시집에서 인간의 다양한 실존을 이 작품만큼 효과적으로 표현한 시도 없을 것이다. 서정적 자아는 우리 삶의 한 무대를 전선으로 은유화했거니와 전선이란 줄로 의미화된다. 이 줄에 올라탄 인간들의 모습이야말로 지금 여기를 살아가는 인간들의 불온한 실존의 모습일 것이다. 줄 위에 올라탄 존재가 아슬한 것처럼 우리 삶 또한 그렇게 위태위태한 것이기 때문이다.

　이 아슬아슬한 삶의 현장에는 다양한 군상이 있을 수밖에 없는데, 2연 속에 구현된 여러 인간들의 모습이 바로 그러하다. 한 소녀가 있고, 한 남자도 있거니와 한 노인이라든가, 뭇 여인들의 모습도 담겨있다. 인간의 다양한 실존이 말해주는 것처럼, 이 줄 위의 사람들 또한 삶의 여러 스펙트럼으로 구현된다. 소녀가 지어내는 경쾌한 리듬의 발자국이 있고, 남자의 화난 목소리도 들려온다. 게다가 슬픈 사연을 간직한 담론이 있는가 하면, 웃음소리가 소나기처럼 쏟아지는 즐거움의 현장도 간직된다. 짧은 시형식 속에 인간의 현존이 이렇게 다양하게 묘파될 수 있다는 사실만으로도 매우 이채로운 시적 구현의 한 장면이라 할 수 있다.

3. 인간의 현존을 부정적으로 만드는 것들

　실존의 불구성과 그 대항담론을 이야기할 때, 흔히 이야기되는 것이 낙원사상이다. 그것은 종교적으로는 에덴 동산이고, 심리적으로는 모성적인 세계이다. 인간이 이 낙원으로부터 추방된 것은 잘 알려진 대로 인간의 욕망 때문이다. 인간은 필연적으로 욕망하는 존재일 수밖에 없음을 성서는 일러주었거니와 프로이트 정신분석학 역시 이 욕망의 불온성으로부터 자유롭지 않은 경우이다. 정신 분석학을 계승하여 한 단계 발전시킨 라깡의 경우도 "인간은 욕망하기 때문에 억압된다"라고 했는데, 이는 욕망할 수밖에 없는 인간의 근원적 한계를 형이상학적으로 진단한 것이라 할 수 있다. 이렇듯 인간의 실존이 위태롭고 한계 상황으로부터 자유로울 수 없는 것은 인간의 심층에 자리한 욕망 때문이다. 이런 감각을 잘 보여주는 시가 「유혹」이다.

쾌락과 본능을 좇아
불길 속으로 뛰어드는

부나비 한 마리

감전처럼 짜릿한
파멸의 춤사위
　　　「유혹」전문

　지금 서정적 자아가 있는 곳은 어느 이를 모를 장소이지만, 작품의 배경이 밤인 것은 분명하다. 이를 증거하는 것이 두 가지인데, 하나는 영상 이미지가 주는 효과이고, 다른 하나는 '부나비'의 존재이다.

　'부나비'는 흔히 저돌성과 본능성으로 특징지어지는 존재이다. 이 존재는 '불빛'이 있는 곳이라면 어디든 가는 저돌성을 갖고 있다. 그것이 노출된 빛이든 아니면 보호막에 둘러싸여있든 관계없이 달려든다. 그런데 문제는 불빛이 노출된 경우이다. 여기에 저돌적으로 육박해 들어간다는 것은 곧 죽음을 의미한다. 하지만 이런 위험성이 부나비의 본능을 제어하지 못한다. 부나비는 이런 위험을 인지하지 못한 채 자신의 본능만을 충실히 채워나가면 그만이기 때문이다.

　'부나비'는 흔히 '뱀'과 더불어 욕망의 상징으로 인식되어 왔다. 경우에 따라서는 '뱀'을 뛰어넘는 저돌성 때문에 더욱 본능에 충실한 존재로 비유되기도 한다. 그러한 까닭에 여기서 시인이 의도한 바는 분명하다. 그것은 본능에 충실한 인간에 대한 경계의 의도가 숨겨져 있기 때문이다. 따라서 이 작품은 욕망만이 팽창하는 사회에 대한 경고의 메시지, 일종의 알레고리성을 갖고 있다는 점에서 그 의미가 있는 것이라 할 수 있다.

쓰레기장은

인간이 탐욕을 배설하는 공동 화장실이다

「공동화장실」전문

욕망이란 형이상학적인 용어이기에 과격하지 않고, 비교적 점잖은 담론에 속한다. 하지만 그렇다고 해서 욕망이라는 기제가 어떤 긍정성이나 건강성을 확보하게 되는 것은 아니다. 그것의 좀 더 세속화한 담론은 욕심이거나 더 낮은 단계로 불온시하게 되면 탐욕이라는 말로 정립된다. 그러니까 탐욕이란 인간에게 가장 부정적인 말이 된다고 할 수 있다.

「공동화장실」은 이른바 쓰레기의 현상학이다. 지금 시인은 어느 쓰레기장 앞에 서 있고, 거기서 새로운 서정의 장을 마련한다. '쓰레기장'은 '공동화장실'이라는 인식인데, 이렇듯 이 둘이 동일한 반열에서 은유된다는 것은 그 가치랄까 음역이 동일한 수준의 것에서 한발자국도 벗어나지 못한다는 뜻이 된다.

인용시에서 알 수 있는 것처럼, 건강하지 못한 욕망, 곧 탐욕이 만들어낸 결과가 쓰레기이다. 인간이 활동하는 공간에서 쓰레기가 만들어지는 것은 어쩔 수 없는 필연이지만 중요한 것은 그 필연의 결과에 있는 것이 아니라 그것이 만들어진 도정, 궁극에는 그 양에 있을 것이다. 양이란 탐욕과 비례관계에 놓여 있는 것이기에 탐욕이 많으면 많을수록 그 양이 기하급수적으로 불어나게 된다. 지금 서정적 자아가 말하고 있는 부분도 여기에 놓여져 있다. 자연스럽게 만들어지는 결과가 아니라 인위적, 그리하여 필연적 결과일 수밖에 없는 인간의 그릇된 욕망, 곧 탐욕을 말하고 있기 때문이다.

4. 불안한 실존에 대한 대항담론

『우주의 물가에서』는 크게 두 가지 대립적인 세계가 존재한다. 하나는 탐욕과 욕망이 펼쳐지는 불온한 공간이고, 다른 하나는 아름다운 질서가 펼쳐지는 조화의 공간이다. 그러한 대립적 단면을 잘 보여주는 시가 「무대」이다.

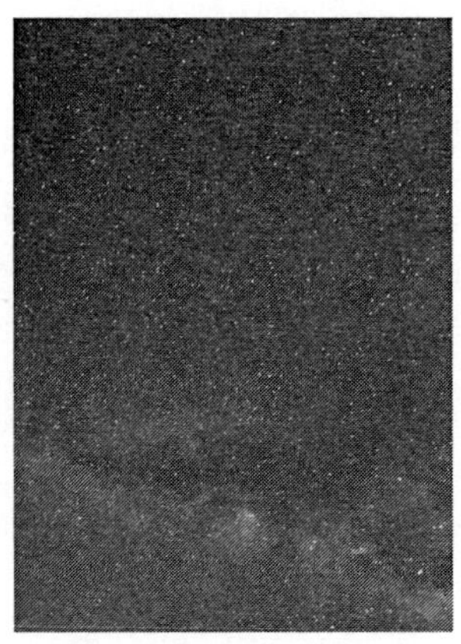

인간이 땅에서
화약을 터뜨리며 불꽃 쇼를 즐길 때

신은 하늘에서
별들을 다독이며 우주 쇼를 펼친다
「무대」 전문

여기에는 상반되는 두 가지 세계가 제시된다. 하나는 "인간이 땅에서/화약을 터뜨리며 불꽃 쇼를 즐기는" 세계이고, 다른 하나는 "신은 하늘에서/별들을 다독이며 우주 쇼를 펼치는" 세계이다. 쇼가 펼쳐지는 무대가 땅과 하늘인만큼 그것이 담고 있는 세계 또한 완전히 대립적이다. 하나는 파편화된 감각이고, 다른 하나는 조화로운 감각으로 다가오기 때문이다.

이런 맥락에서 이해하게 되면, 인간적인 질서와 천상적인 질서는 상반되는 것으로 구현된다. 물론 전자에는 부정적인 정서가 담겨질 것이고, 후자는 긍정적인 정서가 담겨질 것이다. 서정적 자아가 관심을 두고 있는 영역은 당연히 후자의 질서일 것이다. 일찍이 자아는 현존의 한계가 갖는 여러 부정적인 실타래들, 불온한 질서들에 대해 분명하게 응시해온 터이다. 그리고 그러한 구분이 있게 된 계기가 인간의 욕심, 곧 탐욕에 있음을 이해한 바 있다. 그 이항 대립의 세계에서 시인이 추구하고자 하는 것은 파편화된 인간의 정서를 치유하고 이를 다스리는 데 있었을 것이다. 이 통합의 정서가 곧 시인이 이번 시집에서 펼쳐나간 주제의식일 터인데, 그 방향은 대략 세 가지인 것처럼 보인다. 우주론적 질서에 대한 긍정의 시선이 그 하나이고, 모성적 상상력이 두 번째이며, 조화로운 과거

세계에 대한 지향이 세 번째이다.

하늘은
조물주의 갤러리

명화 한 점이
낙찰되고 있다

「어떤 경매」 전문

시인이 감각하는 하늘이란 조화롭고 완벽한 것이다. 서정적 자아는 이를 두고 다음과 같이 이해하고 있다. 바로 "하늘은 조물주의 갤러리"라고 하는 것이다. 그리고 그 영상적 표현이랄까 상품성을 두고 '명화 한 점'이라고 표현한다. '명화'라고 하는 것은 조화와 완벽의 정점에 서 만들어진다. 이런 감각은 우주를 전일적이고 조화로운 것으로 인식하지 않는 한 성립하기 어려운 정서일 것이다.

시인이 우주를 이렇게 조화로운 감각, 완벽한 질서의 세계로 인식하고자 하는 의도는 분명하다. 그것은 인간의 실존이라든가 현존이 그러한 감각과는 거리가 멀다고 사유하는 까닭이다. 우주란 이법이고 질서이며,

인간의 부족한 부분을 대치해줄 수 있는 형이상의 결정체이다. 서정적 자아가 불변하는 자연의 질서라든가 끊임없이 반복하는 순환의 세계를 인간이 받아들여야 하는 절대적인 의장으로 인식하는 것도 이 때문이다.

이렇듯 시인은 욕망으로 물든 인간, 그리고 그러한 욕망의 결과가 무분별하게 쏟아낸 쓰레기에 대해 끊임없이 경계의 시선을 던지고 있다. 그 한 자락이 우주론적 질서이었거니와 다른 한편으로는 그 연장선에 놓여 있는 또 다른 영원의 질서에도 갈망의 시선을 던진다. 그것이 바로 모성적인 상상력이다.

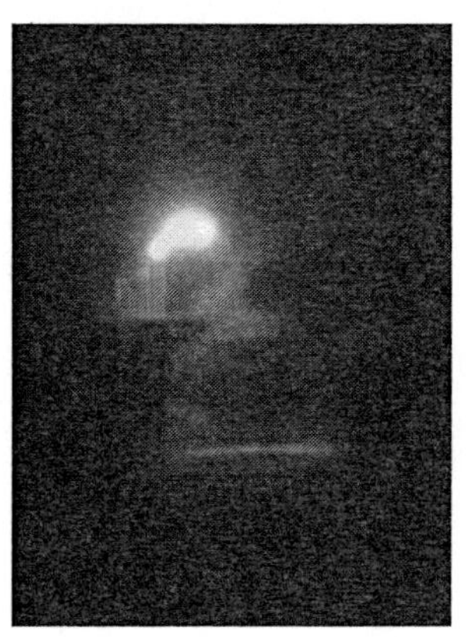

어머니

「등불」전문

영상이미지를 제외하면, 언어로 표현된 부분은 단 한 줄에 불과할 뿐이다. 바로 "어머니!"한 단어이다. 영상과 언어가 결합하여 하나의 통사론으로 구축하면, "어머니는 등불"이라는 것으로 표현된다. 어머니란 등불과 같은 구실을 한다는 것인데, 잘 알려진 대로 등불이란 방향을 지시하는 절대 담론으로 구현된다. 그러한 까닭에 그것은 영원을 상실한 인간이 스스로 조율해나가는 과정에서 없어서는 안될 방향타 역할을 한다. 지나온 길의 한계와 가야할 길의 옳은 방향을 일러주는 것이 '등불'이기 때문이다.

인자하신 당신은,
세상 모든 어버이의 어머님입니다
깊은 어둠을 밝히는 등잔불입니다
사랑하는 손주들의 영원한 고향입니다
　　　　「할머니」전문

　서정적 자아의 모성적 상상력에 대한 친화현상은 「할머니」에서도 잘 드러난다. 사진 속에 구현된 할머니는 자아의 실제 할머니일 수도 있고, 또 아닐 수도 있다. 하지만 중요한 것은 그 실재의 여부에 있는 것이 아니다. 할머니란 그저 어머니의 존재와 등가 관계에 놓여 있다는 사실이다.
　서정적 자아에게 있어서 어머니라든가 할머니와 같은 모성성은 절대적인 성역으로 구축된다. 물론 이런 가치평가란 생물학적인 것, 혹은 가족주의적인 것에서 오는 것이 아니다. 그것은 정신분석학적인 영역이나 우주론적 이법과도 분리하기 어려운 것이다. 그러니까 영원의 영역이며, 섭리나 이법과 등가관계에 놓여 있는 것이다. 시인이 자신의 파편화된 정서를 어머니의 감각으로 매개하고자 했다는 것이야말로 그의 시정신이 나아갈 방향이 무엇인지 잘 말해주는 것이라 할 수 있다.

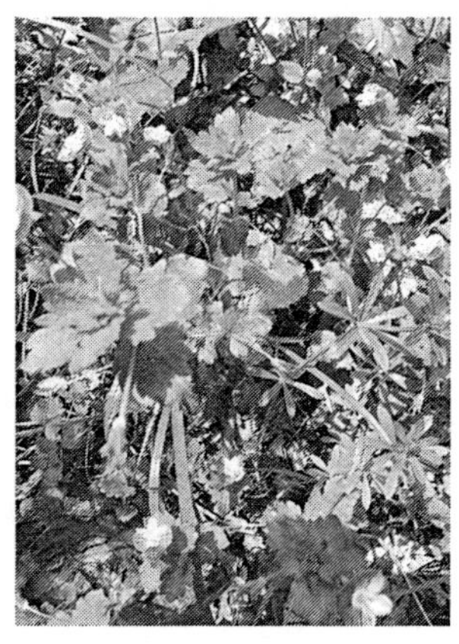

고등 학생 시절
우연히 길에서 마주친

눈망울 초롱초롱하고
청순하던, 그 소녀
        「들꽃연가(3)」 전문

그리고 이번 시집에서 또 하나 주목해서 보아야할 영역이 과거적 상상력의 중요성이다. 이를 대변하는 시들이 「들꽃 연가(3)」, 「들꽃 연가(4)」

를 비롯하여 「모교」라는 작품들이다. 서정의 영역에서 과거란 단지 지나온 시간들이나 서정적 자아의 아름다운 회고의 영역으로 한정되지 않는다. 그것은 모성적인 상상력이 그러하듯 동시적으로 살아있는 시간 의식이며, 현재의 파편화된 질서를 회복시켜주는 중요한 매개가 된다는 점에서 그 의미가 있는 경우이다.

말하자면 과거의 시간성은 언제나 순동시적으로 살아있는 것이어서 현재의 파편환된 정서를 치유해주는 매개로 기능한다는 사실이다. 실제로 이런 감각은 시인의 작품 세계에서도 예외가 아니다. 그러한 단면을 「들꽃연가(3)」은 잘 보여주는데, 이 작품은 인생의 한 자락에서 누구나 경험해볼 수 있는 첫사랑의 아름다운 장면을 회고하고 있다. 우연에 의해 만들어진 만남이 순수한 첫사랑으로 아름답게 남겨진 경우이다. 하지만 중요한 것은 이런 감각이 그저 한때, 누구에게나 있을 수 있는 단면으로 치부될 수 없다는 점이다. 아름다운 과거란 현재의 불온성이나 파편화된 정서에 건강성을 주고 또 그 분열된 자의식을 회복시켜주는 기능을 한다는 데에 주목할 필요가 있다. 말하자면, 그것의 서정적 효과는 우주의 이법이나 모성적 상상력과 같은 통합의 기능을 하고 있는 것이다.

5. 영상이미지와 언어메시지가 주는 아름다운 통합의 정서

지봉성의 디카시는 강렬하고 선명하다. 간단한 영상 이미지와 이를 언어화한 메시지가 주는 의미의 진폭이 독자의 정서를 크게 울려주고 있기 때문이다. 그 방향은 인간이라면 누구나 겪고 있는 운명이라든가 숙명과 같은 영역 속에 걸쳐 있다. 그런 면에서 그의 디카시들은 개인적인 차원을 넘어 일반의 지대에 닿아 있는 보편성을 갖고 있다고 할 수 있다.

시인이 응시하는 인간의 실존은 매우 불안하고, 파편화된 것이다. 그는 그러한 단면의 원인을 인간의 욕망에서 찾고 있거니와 이를 더욱 파편화시킨 것이 탐욕과 같은 무절제한 정서라고 사유한다. 그리하여 시인은 이를 치유하고, 초월하고자 하는 가열찬 노력을 디카시 창작을 통해서 이루어내고자 했다.

그 통합의 여정은 대략 세 가지 방향에서 이루어졌는데, 우주론적 질서에 대한 기투라든가, 모성적 상상력에의 탐닉, 그리고 아름다운 과거의 경험을 환기하는 것 등이었다. 이런 감각이 실존의 어려움과 현존의 불온성에 대한 안타담론인 것은 자명하거니와 시인은 이런 탐색 속에서 자아 속의 아름다운 질서, 조화로운 감각을 회복하고자 했다. 시인은 이 회복의 정서를 영상 이미지의 강렬함과 더불어 그 정서를 예리하게 포착해낸 언어의 감각을 통해서 승화시키고자 했다. 그의 디카시가 갖는 주제의식의 명쾌함이란 바로 이 두 가지 의장의 조합이 만들어낸 결과였다는 점에서 그 의의가 있는 것이라 할 수 있다.

(지봉성, 『우주의 물가에서』 해설, 이든북, 2024)

공감의 너울을 만드는 감각의 힘
– 전소빈의 『감이 익어가는 시간』

1. 상상력을 발동시키는 언어의 힘

전소빈의 이번 시집은 다섯 번째이다. 시인은 2010년 『꿈사러 갑니다』라는 시집을 상재하면서 작품활동을 시작한 이래 『탱자꽃 하얗게 바람에 날리고』, 『비가 바람을 말한다』, 『토닥토닥』을 펴낸 바 있다. 가장 최근의 시집이 2022년에 나온 『토닥토닥』이고, 이후 약 2년 만에 이번 시집을 발간하고 있는 것이다. 시에 대한 열정이 대단하다.

전소빈 시인이 추구하는 서정의 감각은 무엇보다 따스함에서 찾아진다. 이런 감각은 대부분 사람들을 향한 그리움의 정서 속에 발현되고 있거니와 시인의 시들에서 포근함이 느껴지는 것은 이 때문이라 할 수 있다. 시인은 그리움의 정서를 차곡차곡 언어 속에 심어 놓으며 서정의 밭을 일구어낸다. 하지만 언어 속에 그려진 그리움의 감각이 독자에게 다가오지 못한다면, 그것은 시인만의 소유나 경계를 벗어나지 못하는 한계를 갖게 된다. 경계 밖으로 나오지 못하는 정서가 독자의 감동을 불러일으키지 못하는 것은 당연한데, 시인은 아마도 언어 속에 혹은 자신 속에 갇히는 언어의 한계가 무엇인지 분명 이해하고 있었던 것처럼 보인다. 그래서 시인은 그러한 한계를 뛰어넘는 여러 시적 의장을 제시하게 되는데, 그 하나가 서술적 성향의 제목들이다. 물론 그의 시들 모두가 제목이 서술적으로 풀어져 있는 것은 아니다. 「할미꽃」, 「바람아」를 비롯한 일련의 작품에서 알 수 있는 것처럼, 하나의 단어로 종결되는 제목도 있기 때문이다. 하지만 대부분의 작품들은 제목이 서술적 형식을 취하고 있다. 이런 형식은 이전의 시사에서 흔히 볼 수 없었던 예외적인 국면이라는 점에서 주목을 요한다. 물론 우리 시사에서 이와 비슷한 의장을 보인 사례는 분명 존재하는데, 바로 김영랑의 경우가 그러하다. 영랑은 자신이 창작한 대부분의 시에 제목을 특별히 붙이지 않았다. 그러한 까닭에 작품의 첫 행을 따로 뽑아서 제목을 붙이는 경우가 비일비재했다. 가령, 「돌담에 속삭이는 햇발같이」의 경우가 그러한데, 이 제목은 작품의 첫행을 그대로 가져온 것이다. 그러다 보니 영랑의 시들은 대부분 제목이 서술형으로 되어 있었던 것이다.

둘째는 선문답같은 제목의 시형식이다. 예를들어 「상처, 열손가락」같은 경우의 작품이 그러하다. '상처'란 무엇이고, 또 '열손가락'은 무엇이란 말인가. 이렇게 툭 던져지는 말에 즉자적인 대응이 쉽지 않은 것이 사실이다. 통상 시의 제목은 시의 내용을 집약 제시하는 주제 역할을 한다. 여러 이미지의 확장, 혹은 은유들의 대치를 통해서 원관념이 갖고 있는 음역을 확대시키거나 시인의 사유를 여기에 편입시킴으로써 시의 의미와 폭을 만들거나 넓히곤 하는 것이다. 이런 의장은 시인의 작품에서도 그대로 드러난다.

시인은 자신이 간직하고 있던 서정의 샘으로 어떻게 하면 독자들을 인도할까 하는 고민을 끊임없이 시도했다. 그 열정의 표현이 서술적, 혹은 선문답적인 제목으로 표현되었거니와 독자들은 시인의 그러한 의도에 치명적인 유혹을 느껴왔다. 개념으로 제시된 제목으로는 독자를 매혹시키지 못한다. 제목을 따라 내용 속에 서서히 들어가야 비로소 그 의미의 파장을 느끼게 될 것이다. 하지만 서술적이거나 선문답 형식의 제목은 독자들을 대번에 작품 속에 강하게 편입시키는 마술을 부린다. 무언가 있을 듯한 달콤한 유혹이 독자로 하여금 상상력의 바다로 끌어들이기 때문이다. 그래서 시인은 독자를 시의 제목에서부터 참여시키려는 것이다. 작품의 내용이 아니라 작품을 대하는 첫 순간부터 독자의 상상력이 발동되게 만든다는 것, 그것이 전소빈 시의 매력이다.

시를 읽어들어가는 상상력은 의미를 만들고 개념으로 좁혀지면서 시인이 감추어둔 서정의 샘들에 어떤 것이 담겨있는지 모색하게 된다. 그러한 도정을 통해서 형상을 갖춘, 시인이 의도한 의미의 현란한 춤을 보게 되는 것이다. 말하자면 제목에서 시작된 상상력의 힘이 시인이 그리고자 언어의 무늬들과 만나면서 작품의 심연 속으로 들어가게 되는 것이다. 그것은 다름아닌 형상을 감싸고 있는 의미의 표백이다. 그런 면에서 시인은 언어를 움직이면서 정서의 힘을 발산시키는 역동적 힘에 서정의 뿌리를 두고 있는 경우라 할 수 있다.

2. 그리움을 향한 서정의 동기

전소빈 시의 전략적 주제는 온기에 물든 정서의 표백이라고 했거니와 이를 펼쳐내기 위한 의장 가운데 하나가 서술적, 혹은 선문답적으로 제목을 붙이는 시도였다. 그리고 그러한 의장을 몸에 걸치고 나타난 것이 그리움의 정서였다. 시인은 그러한 자신의 욕망을 꿈이라는 단어로 치환하고 있는데, 다음의 시는 그러한 시인의 의도를 가장 잘 드러낸 작품이라 할 수 있다.

> 어디로 갈까요?
> 「꿈 사러 갑니다」 전문

제목도 서술적으로 되어 있고, 이를 묘사하는 내용도 서술적으로 되어 있다. 뿐만 아니라 시의 제목도 한 줄이거니와 내용 또한 그러하다. 이런 형식은 일찍이 우리 시사에서도 흔히 볼 수 없는 장면이다. 시인의 작품에서 드러나는 특이한 장면들이란 바로 이런 부분일 것이다.

비록 짧은 형식이긴 하지만 시인이 이번 시집에서 추구하고자 했던 서정의 의도가 이 작품만큼 즉자적으로 드러난 경우도 없을 것이다. 서정시란 자아와 세계의 틈에서 시작되는데, 시인은 그러한 틈을 무언가를 통해 계속 메우고자 시도해왔다. 그의 완결된 형식 가운데 하나가 꿈이었다. 이를 위해 시인은 지금 어디론가 가고자 한다.

그런데 여기서 시인이 찾고자 한 꿈이란 구체적으로 무엇인지 나타나 있지가 않다. 꿈의 일반적 의미는 이러하다. 그것은 과거에 이루지 못한 욕망일 수도 있고, 현재 자신이 추구하고자 하는 목표일 수도 있다. 뿐만 아니라 형이상학의 문제로 접근하게 되면, 존재론적 한계를 극복하기 위한, 자기 동일성을 향한 열정으로 이해할 수도 있을 것이다. 그런데 그것이 시인에게 어떤 감각으로 다가오든 중요한 것은 시인 자신에게 무엇인가를 향한 도정, 이상, 유토피아 등과 결합되어 있다는 것이고, 그것이 꿈의 형식으로 등장했다는 사실이다.

바람 부는 대로
빌딩 숲 사이 바람길 따라
낡은 긴 의자
동행하는 사람들 문 열리면
한 많은 군중, 젊음이 꾸깃꾸깃

지상의 여러 겹 발자국 찍는다
내일의 길 열리지 않아도
나도 그곳에 가고 싶다

고향길 가듯이 생기발랄
예전에 그랬듯이

창 앞 그리운 여인 먼 시선
회색 하늘
잃어가는 자화상
종점에서 다시 버스를 타고 싶다
「버스 타고 싶다」 전문

꿈은 그냥 있으면 오지 않는다. 이를 향한 가열찬 열정이 있어야 하고, 그 열정의 표현은 움직임이다. 그래서 서정적 자아는 어디론가 떠나려 한다. 일상에서 이런 조건이 가장 잘 갖추어진 곳이 정류장이다. 이곳은 온갖 사람들이 다양한 생존의 의미를 담고 버스를 타고 내리는 등 실존의 발자국을 찍는 공간이다.

이 정류장 앞에 서 있는 서정적 자아는 생의 에너지가 넘치는 사람들을 응시하며 거기서 동력을 받고 자신 속에 자라나는 역동적 힘의 실체를 느끼게 된다. 그리하여 "내일의 길 열리지 않아도/나도 그곳에 가고 싶다"라는 비장감에 젖기도 한다. 어떤 것을 하고자 한다고 해서, 어떤 목표 의식을 갖는다고 해서. 그것이 이루어지거나 목표에 도달한다는 보장이 없는 것이 일상의 진실이다. 그렇다고 이런 장애물이 있다고 해서 그 앞에 좌절하는 것은 꿈이 있는 자의 일반적 모습이 아닐 것이다. 서정적 자아가 의도했던 것 역시 이렇게 나약한 자아가 되는 것이 아니었다. 시인은 이미 "꿈을 사러 간다"고 했거니와 이에 대한 응답으로 "어디로 갈까요?"라고 물은 적이 있는 까닭이다. 그 모색의 결과 도달한 것이 정류장인 것이다.

시인의 시선은 한 곳에 머무르지 않는다. 그가 응시하는 곳은 정적인 것이 아니다. 그의 시에서 역동적 힘과 서정의 열정이 느껴지는 것은 이 때문이다. 물론 이따금씩 아름다운 색깔로 채색된, 「함박눈」이나 「간이역」과 같은 정물화라든가 풍경 묘사의 시가 있긴 하지만, 그것이 시인의 작품 세계의 본령은 아니다. 그는 사물을 새롭게 응시하고 거기서 확장되는 대상의 폭에 관심을 두고 있는 시인이 아니기 때문이다. 그의 시들이 정적이지 않고 역동적인 이유는 여기서 찾아진다.

흰 파도 모래톱에 앉으면
작은 쪽배에 재롱떠는 돌고래 한 마리 싣고
파란 섬으로 떠나요

행여 다시 돌아오지 못하더라도
마음은 남겨두었으니
궁금하시거든

혹여
흔적 하나 남기면
모래톱 드나드는 파도가
섬 소식 전하겠지요
「마음 싣고 배 떠나요」 전문

이 작품은 낭만적 색채가 농후한 시이다. 먼저 시를 이끌어가는 힘은 「버스 타고 싶다」와 마찬가지로 '떠남'의 미학에 놓여 있다. 「버스 타고 싶다」가 지상에서 펼쳐지는 움직임이라면, 「마음 싣고 배 떠나요」는 바다에서 펼쳐지는 행위라는 차이점이 있다. 뿐만 아니라 떠남의 상상력이 미지의 공간에 대한 그리움이라는 낭만적 정서와 결합되면서 몽환적 아우라에 이르고 있는 것이 이 작품의 특색이기도 하다.

낭만적 상상력은 추체험이 그 배경에 깔릴 때, 더욱 그 진폭이 울리게 된다. 시인도 이런 원리를 충분히 이해한 것처럼 보인다. "작은 쪽배에 재롱떠는 돌고래 한 마리 싣고"라는 초월적 상상력도 그러하거니와 '파란 섬'이라는 미지의 공간도 이런 의미를 내포하는 까닭이다. 뿐만 아니라 이 낭만성이 극대화되는 지점은 아마도 현실과의 고리를 단절시키는 불귀의 상상력에서 온다. '파란 섬'으로 떠난 자아는 다시 되돌아오지 못하는 상황을 전제한다. "모래톱 드나드는 파도가/섬 소식 전하겠지요"라는 담론이 이를 증거한다. 여기에 이르게 되면, 인간적인 요인들, 현실적인 고리들은 완전히 상실하게 된다. 지금 이곳의 현실과 연결되지 못하는 공간이 미지의 것, 곧 신비의 정황으로 다가오게 되는 것은 자연스러운 일일 것이다. 몽환적이고 신비로운 공간이 낭만적 상상력이 기대고 있는 절대 지대임을 감안하면, 이 시는 그러한 함의를 충분히 담아내고 있는 작품이라고 할 수 있다.

시인은 지금 현재 무언가를 늘상 그리워하고 있다. 그래서 그러한 욕망을 실현하기 위해 무언가를 해야했고, 또 어디론가 떠나야 했다. 그러한 시도 동기가 자신의 현존을 정거장으로 가게끔 했고, 미지의 공간으로 상상력의 여행을 떠나도록 만들었다. 그러한 역동성과 낭만적 동기가 시인의 작품을 이끌어가는 가는 주요 거멀못 가운데 하나로 자리한 것이다.

3. 그리움의 구체적 공간

다소 모호했던 그리움들은 시인의 작품에서 서서히 그 실체를 드러내게 되는데, 시인의 주변에서 맴돌던 것들에 대한 애틋한 정서들이 그 중심 시상으로 자리하게 된다. 그러니까 정거장 주변에서 맴돌던 발걸음들, 혹은 '파란섬'에 가고자 했던 욕망의 그림자들이 서서히 드러나게 드러나는데, 그 구체적인 형상들은 대부분 시인의 삶과 밀접하게 얽혀있던 것들이다. 가령, 시인의 가족이나 반려동물, 혹은 고향 등등의 모습이 그러하다.

이 가운데 대부분을 차지하고 있는 것이 부모님에 대한 그리움의 정서들이다. 이런 감각은 누구나 가질 수 있는 정서라는 점에서 보편적인 것이지만, 시인에게는 이것이 보다 특별하게 다가오는 것처럼 보인다. 아마도 이는 그리움의 표상을 직접적, 무매개적으로 드러내는 것이 아니라 추억을 동반시키는 매개에 의해 전달된다는 점과 관련된다는 사실 때문일 것이다.

> 나팔꽃 손가락으로 감아가는 울타리 안
> 아버지 홀로 서 계시다
>
> 파란 다복솔 언덕 위 삐비꽃
> 입에 무는 계절이면
> 새끼 달팽이 어슬렁거리는 텃밭 곁
> 앵두 따 주시려고
> 오늘도 자식들 기다리고 계시겠네요
>
> 낡아 희끄무레한 별과 달
> 소쿠리에 담아 이고 달리느라
> 강나루길 가는 길 잊어버렸네요
>
> 아버지, 부르는 것만으로도 눈물이 흐를 것 같은
> 눈비 내려 슬퍼지는 날이면
> 남쪽으로 달리는 버스를 탑니다
>
> 자운영꽃 물드는
> 낮달 조각구름 뜰에 머무는
> 유년의 집
>
> 　　　　　「봉숭아꽃, 손톱」 전문

이 시를 지배하고 있는 것, 그리고 그러한 감각이 우리의 정서와 공유될 수 있다는 것은 경험성에서 온다. 봉숭아꽃과 그것을 손톱에 물들이던 장면은 서정적 자아만의 경험에서 그치는 것이 아니라 우리 모두의 경험과 공유되는 것이다. 그러한 까닭에 그것은 개인의 체험을 넘어 우리들의 체험이 된다. 경험이 보편적으로 나아갈 때, 공감의 파장은 더욱 깊고 넓게 울리기 마련이다. 시인은 그런 서정의 너울 속에서 아버지의 이미지를 오버랩시켜 서정의 맥을 일구어나간다.

봉숭아꽃이 주는 보편적 감각, 그리고 아버지에 대한 그리움이 겹쳐지면서 이 작품은 독자에게 크나큰 공명을 준 작품이다. 물론 아버지에 대한 그리움의 정서라든가 봉숭아꽃의 경험들이 시인에게만 존재하는 독특한 체험은 아닐 것이다. 효라는 감각 또한 누구에게나 적용될 수 있는 보편성을 갖고 있기 때문이다.

그럼에도 이 시가 독자에게 정서의 한 지대로 가득 채워지는 것은 아버지와 관련된 것들, 그리고 아버지와 함께 한 고향의 이미지들이 독특하게 제시되고 있다는 데에서 찾아진다. 시인은 아버지와 고향이라는 공감의 너울들을 모두 끌어모으게 된다. 여기에는 나팔꽃 손가락으로 감아올리는 울타리 안이 있는가 하면, 파란 다복솔 언덕 위 삐비 꽃의 모습도 있다. 게다가 새끼 달팽이 어슬렁거리는 텃밭이 나오는가 하면 앵두의 빨강 무늬도 우리를 유혹하는 매개 가운데 하나로 등장한다. 자운영꽃 물드는 뜰도 그 연장선에 놓여진 경우이다. 아버지와 고향, 이를 감각으로 포획할 수 있는 모든 아우라들이 거대한 축제의 물결을 이루며 고향의 여러 장면들이 파노라마처럼 제시되고 있는 것이다. 이런 물결 속에 놓인 독자가 시인과 공감의 동일체를 이루게 되는 것은 당연하거니와 시인만의 아버지와 고향이 아니라 모두의 고향으로 새롭게 환기되기 시작한다.

> 댓돌에 올라서면
> 어머니 내음
>
> 호수 안개 피어나듯
> 라일락 꽃향기
>
> 가지가지 꽃가지에
> 어머니 조롱조롱
> 「라일락꽃 피는 뜰」 전문

　이 작품은 제목이 서술형으로 되어 있고, 또 그 자체로 완결된 통사적 구조를 갖고 있는 시이다. 전소빈 시의 특색이라 할 수 있는 형식적, 내용적 요건들이 모두 갖추어진 시라는 점에서 의미가 있다. 뿐만 아니라 제목과 내용 사이의 간접적 친연성이 독자의 상상력을 넉넉하게 유인하는 시이기도 하다.

　이런 작시법을 통해서 시인은 독자들을 상상력의 바다로 끌어들인다. 그 바다 한가운데 우뚝 서있는 상징 지표 가운데 하나가 어머니의 이미저리이다. 「봉숭아꽃, 손톱」이 아버지를 이미지화한 시라면, 「라일락꽃 피는 뜰」은 어머니를 그 대상으로 하고 있는 시이다. 시인에게 남겨진 어머니에 대한 그리움은 매우 감각적인 것이어서 이 작품 역시 독자의 정서 속에 빠르게 녹아들어온다. 어머니에의 향수가 관념적 선언이나 서정적 자아의 직접적인 목소리에 실려있는 것이 아니기에 그 삼투하는 속도

란 매우 직접적이고 자극적이며 빠르다. 그래서 실감이 있고, 정서적 감
응력이 깊고 크게 울려퍼진다.

　시인이 기억하는, 혹은 연상하는 어머니의 모습은 그녀가 살았던 삶의
현장과 밀접하게 결부되어 나타난다. 어쩌면 느슨하고 헐렁한 연결이 아
니라 하나의 동일체를 형성하면서 감각적으로 포회되어 있다는 것이 보
다 정확한 표현인지 모르겠다. 이런 감각을 대표하는 것이 냄새라는 일
차적 이미저리이다. 뿐만 아니라 시각 이미지도 후각적 이미지 못지 않
게 시의 음역을 만들어내는 데 중요한 의장으로 참여한다. 감각이란 일
차적인 것이면서 동일성을 제시해주는데 있어 아주 중요한 수단으로 작
용하는 것이 대부분이다. 이런 기능은 이 작품에서도 예외가 아니다. 후
각적 동일성이야말로 나와 타자를 하나의 공유 지대로 묶어내는 주요 근
거가 되기 때문이다.

　　자슥들아 너희 열 손가락 깨물어 보아라
　　어미젖 물려도 새벽이면 배고파하던 녀석들
　　잎 푸른 오동나무처럼 잘 자라준
　　나무등걸, 오동꽃이 예뻤지
　　귀갓길 발자국 기다리는 촛불 같던
　　자슥들아,

　　긴 청바지 빨지 않아도
　　아침 와이셔츠 다리미질하지 않아도 좋은 날
　　몸 안의 자슥 떠나보내던 날
　　남몰래 눈물짓던 어미 마음을

네 자식들 키워 보아라
금쪽이 열 손가락들아
　　「상처, 열손가락」 전문

　시인이 추구했던 그리움의 감각은 보다 확대되어 나타나는데, 이제 부모를 넘어 자식에까지 넓혀진다. 인용시는 그러한 확산의 정서를 잘 보여주고 있는 작품이다. 부모와 자식의 관계는 일차적으로 내리 사랑이라고 했거니와 밑으로 가는 사랑은 있어도, 위로 올라오는 사랑은 그만큼 못하리라는 뜻이 담겨 있다. 이런 맥락에서 이 시는 마치 소월의 「부모」라는 시와 자연스럽게 연결된다. 「부모」의 서정적 주체는 "내가 부모 되어서 알아보리라"고 했으니, 이 작품의 마지막 부분의 "네 자식들 키워 보아라"라는 부분이 「부모」의 음역과 곧바로 닿아 있는 까닭이다. 역지사지의 입장이 되지 않고는 타자의 사유에 결코 이를 수 없다는 것이 소월의 「부모」나 「성처, 열손가락」이 일러준 시적 주제 혹은 교훈일 것이다.

　하지만 소월의 「부모」와 「상처, 열손가락」은 닮아 있음에도 다른 점 또한 분명히 드러난다. 무엇보다 「부모」가 자식의 입장에서 서정화되었다면, 「상처, 열손가락」은 부모의 입장에서 서정의 결이 형성되었다는 점이다. 그런 면에서 이 작품은 위계질서에서 오는 교훈의 맥락으로부터 자유롭지 않은 측면이 있다. 하지만 교훈의 영역에 갇혀 있다고 해서 서정의 품격이 손상되는 것은 아니다. 그러한 한계를 초월하게 해주는 것이 일차적 이미저리의 효과 내지는 힘일 것이다. 그 힘이 구현되는 장은 통증의 감각에서 찾아진다. 시인은 이를 상처라는 말로 승화시켰는데, 여기서의 상처란 트라우마나 콤플렉스의 영역에 갇혀있는 것이 아니다. 그것은 사랑을 확인하는 방향으로 외화되어 있는 까닭이다.

> 오월 꽃 피고 산바람 싱그러운 날
> 법당문 활짝 열린
> 명부전 앞에 엎드립니다
>
> 인간의 넋만 비는 것이 아니라
> 말 못하는 짐승들의 넋도 빕니다
>
> 노랑아, 야옹아, 흰둥아
>
> 모두 둥그런 갈색 눈이
> 가시로 남아서
>
> 「명부전」 전문

　시인의 사랑은 가족 범위 내에서 그치지 않고, 더욱 큰 물결을 일으키며 퍼져나가는데, 그 한 자락을 보여주는 시가 「명부전」이다. 사랑은 이처럼 시인에게 전일적인 것이었다. 이 작품은 제목이 개념적으로 제시되어 있어서 시인의 작품들이 갖고 있는 특징적 단면들과 거리를 두고 있는 듯한 느낌을 받는다. 하지만 작품의 내용을 들여다보게 되면, 시의 내용이 제목을 단순히 설명하고 있는 것이 아님을 알게 된다. 말하자면, 일관되게 자신만의 시적 의장을 고집하고 있는 시임을 알게 된다.

　이 작품은 시인의 사랑이 가족주의적인 것에 갇혀 있지 않음을 보여주는 대표적인 사례 가운데 하나이다. 시의 소재인 동물들은 시인 자신이 기르던 반려견이나 반려묘일 수도 있고, 그렇지 않을 수도 있다. 하지만 여기서 중요한 것은 기도의 대상이 되는 동물의 소속 주체가 누구에게 있냐는 것이 아니라 시인이 펼쳐보이는 사랑의 넓이와 깊이에 있다고 할 수 있을 것이다. 그의 사랑이란 가족만이 아니라 동물에까지 이르렀다는 것, 이야말로 시인이 갖고 있던 사랑의 폭과 깊이가 어떤 것임을 말해주는 주요 근거가 될 수 있다는 점에서 의미가 있는 작품이다.

4. 내성과 실천의 길

대상을 껴안고 이를 사랑의 정서로 어루만질 수 있는 것은 어느 한순간 자의식의 결단으로 이루어지는 것이 아니다. 이에 이르기 위해서는 자기를 향한 겸손의 감각과 윤리라는 채찍질이 지속적으로 있어야 가능하기 때문이다. 누구를 그리워한다거나 사랑한다는 것은 끊임없는 윤리적 실천이 있은 후에야 가능한 정서이다. 시인이 이번 시집에서 통렬한 자기 반성과 이를 통한 윤리적 실천으로 자신의 시선을 돌리는 것은 이와 무관한 것이 아니다. 그런 면에서 「소매 끝 빗방울이」가 전달하는 의미의 파장은 매우 큰 것이라 할 수 있다.

환한 동굴 속

겨울이 오고서야

인생의 창문 하나

매달아 놓았습니다

진즉에 그랬더라면

바깥세상 더 따뜻했을 텐데
「소매 끝 빗방울이」 전문

　이 작품은 시인의 다른 작품들과 다른 특징적 단면을 보여준다. 그의 시의 한 특성이었던 감각이라든가 경험의 장이 많이 축소되어 있는 까닭이다. 그만큼 추체험을 통해서 자신의 관념을 표나게 드러내고 있는 것이 이 작품의 특장이다. 하지만 이를 두고 서정의 한계라든가 일탈의 장으로만 볼 수 없을 터인데, 이를 벌충하는 것이 바로 내성이라는 윤리적 감각이다.

　흔히 내성이란 자신의 현존을 진단하는 윤리나 도덕의 영역에 속한다. 지금까지 시인의 현존은 어떤 것이었던가를 끊임없이 묻는 형식이었다. 그 결과 사회가 요구하는, 아니 자신이 윤리가 요구하는 수준에 미흡했다는 판단이 내려졌다. 그 기준이 되는 담론이 인용시에서 보이는 '진즉에'라는 단어이다. 이 각성의 담론을 기준으로 해서 자아의 현존은 크게 구분된다. 그 이전의 윤리와 그 이후의 윤리가 그러한데, 물론 서정적 자아가 희망하는, 혹은 완결하고픈 감각은 후자였을 것이다. 이 길로 자신의 도정을 삼았다면, "바깥세상 더 따뜻했을 텐데"라고 고백하기 때문이다. 이 고백이야말로 내성의 정점이며, 이를 계기로 서정적 자아는 이전과 다른 존재론적 변신을 시도하게 된다. 그것이 스스로를 낮추는 것, 자기를 더 이상 드러내지 않는 것에 대한 인식이다.

　노오란 마음이 초라하여 수척하여 갑니다

길 위의 살얼음 깔려가는 새벽길을
마음은 이미 거리를 걷고 있습니다

한 잔의 녹차만큼 따뜻한 사람을 찾아서
등불 켜는 무렵
뭇 별들이 벌판에 내려앉는 밤이면
전화기 손에 들고
낮에 못다한 말씀드립니다

고맙습니다
사랑합니다
미안합니다

「논두렁 흰서리 옷섶에 들면」 전문

이 작품을 지배하는 것은 일차적 이미저리이다. '노오란 마음', 그리고 밤이 주는 색깔과 어두운 이미지, 곧 색채 이미저리인 것이다. 시의 문맥을 들여다보면 '노오란' 마음은 마음이 편편치 못한 상태일 터인데, 아마도 정신에 의해 지배되는 육신이 이 때문에 수척해지는 것이 아닌가. 시인의 마음가짐이 그러한 상태에 이르게 된 것은 자신에게 그 원인이 있는 것처럼 보인다. 그래야만 내성이라는 감각이 형성되는 것인데, 이를 벌충해서 이해의 장으로 이끌어들이는 것이 밤의 이미저리일 것이다. 밤은 모든 것을 어둠으로 가린다. 보이지 않는 상태에서 남아 있는 것이란 오직 자신뿐이다. 이렇게 혼자 있을 때 흔히 형성되는 자의식이 바로 내성의 감각이다. 내성의 한 수단이라 할 수 있는 일기 등이 밤에 쓰여지는 것은 이 때문이리라. 이런 불가역적인 힘이 있기에 시인 또한 이 보이지

상황 속에서 자신을 뒤돌아보는 유혹에 빠져 들게 된다. '전화기를 손에 드는 것'이 그 하나의 상징적 표현이다. 서정적 자아가 전화기를 손에 든 것은 다음과 같은 말을 하고 싶었기 때문이다. "고맙습니다, 사랑합니다, 미안합니다"라고 말이다. 이 담론들이 가자고 있는 특색은 나를 내세우지 않는 것, 그리하여 스스로를 무화시켜 타자의 존재만을 전적으로 인정하는 것이다. 그것이 미안함의 정서 아니겠는가.

여기에 이르게 되면, 서정적 자아는 더 이상 자기를 내세우거나 타자 앞에 서 있지 않게 된다. 대립이란 마주 서 있는 자아의 힘이나 의식에 의해 이루어지는 것임을 감안할 때, 자아의 이런 저자세는 내성의 한 자락에 도달한 것이라고 할 수 있다. 스스로의 정체성을 곧추 내세우지 않고, 타자의 그것만을 여과없이 수용하고자 하는 의지, 그것이 내성이라는 윤리, 수양이라는 도의 형식일 것이다.

5. 확산된 사랑

스스로를 뒤돌아보는 내성이 자아를 한 단계 성숙시키는 것은 당연한 일일 것이다. 그러한 성숙이란 존재론적 한계를 짊어지고 사는 인간에게 있어 거의 숙명과도 같은 것이다. 이러한 경계를 넘지 못하게 되면, 서정적 동일성을 향한 도정은 머나먼 길이 된다. 그러한 거리를 무화시키고 자아와 세계 사이의 아름다운 동일성을 이루려는 것, 그리하여 존재의 불구성을 초월하려고 하는 것이 인간의 영원한 꿈일 것이다.

그러한 꿈으로 나아가고자 하는 시인의 열망이 표출된 것이 바로 내성이라는 도정이었거니와 시인은 그러한 여정 속에서 자기를 낮추고, 타자와 하나되는 길이 무엇인가를 이해한 바 있다. 이제 시인에게 남은 것은 그러한 내성을 딛고 새로운 단계로 나아가는 일이다. 이를 두고 실천이라고 할 수 있거니와 이제 시인의 시선은 적극적으로 자신 아닌 타자를 의식하게 된다. 어쩌면 의식이 아니라 그들에게 주어진 삶의 조건이랄까 실존에 대한 관심의 표명으로 전진해갔다는 것이 옳은 말일 것이다.

세상일에 무게가 있다고 하였던가
아닐세
감춰 둔 마음 그릇에
밥 한 그릇 퍼담아 들고 거리를 나섰네

늦가을 홍시 내음 이산 저산 산까치
까치 까치 아들, 딸 불러들인다

한 줌 푸른 파도 이랑 파랑치는
생선 비늘 한 동이 퍼담는 포구
까치 한 마리
어린 물새에게 이삭을 나른다

무게보다 나눔이
꽃 피는 시절

「나눔과 무게」 전문

이 작품은 나눔과 무게가 갖고 있는 의미를 아주 재미있게 풀어낸 시이다. 여기서 무게란 일종의 욕망이며, 그것의 실현이 구체화될 때 비로소 물질이나 재화가 될 것이다. 그러니까 무게가 많아질수록 욕망의 샘은 깊은 것이 되고, 이에 바탕을 두고 있는 재화의 무게는 갈수록 중량이 늘어나게 된다. 시인이 지금까지 펼쳐보인 사유의 실타래를 따라가게 되면 이 무게란 가벼워져야 한다. 그래야만 시인이 지금껏 모색했던 내성이 실현될 수 있는 장이 마련될 수 있는 까닭이다.

시인을 억누르는, 내성의 실천을 방해하는 무게를 줄이기 위해서 서정적 자아가 무엇보다 먼저 해야할 일은 실천이다. 그래서 그 첫 단계로 서정적 자아는 "감춰둔 마음의 그릇에/밥 한 그릇 퍼담아 들고 거리를 나서게" 된다. 그가 거리로 나서는 이유는 지극히 간단하다. 무게를 분산시키기 위함이고, 그럼으로써 자신이 지금껏 추구해왔던 그리운 것들에 대한 탐색, 곧 사랑의 실천을 위해서였다.

무게가 한 곳에 쏠리면 균형이 무너지고 파괴된다. 그러한 불균형을 막는 것, 그리하여 타자와의 온전한 사랑이 실천되기 위해서는 무게란 골고루 분산되어야 한다. 그럴 경우 비로소 인간 사회는 "꽃 피는 시절"이 도래한다는 것이 이 시에서 의도한 주제 의식일 것이다. 이 작품은 인문학적 사유 속에 있는 서정의 영역을 질량의 법칙이 작용하는 자연과학적 상상력으로 풀어냈다는 점에서 매우 독특한 유형의 작시법이라 할 수 있다. 그의 시들의 시사적 의의란 아마도 이런 부분에서 찾아져야 할 것이다.

햇살 노루꼬리 감싸안은 저녁나절
쪼그마한 화분 하나 풀꽃 살풋
파아랗게 생명을 붙들고

이 겨울에 물 한 모금으로 죽기 살기로 매달리는
가녀린 모성의 뿌리가

차마 냉바람 몰아치는 바깥세상으로
내칠 수 없어
물 한 바가지 퍼부어주고
창가로 밀어두었으니
쬐그마한 예쁜 꽃 피웠네
나를 가르치는 스승이네

「외톨이 풀꽃」 전문

우리 주변에서 무게가 분산되는 현상을 가장 잘 관찰할 수 있는 부분은 아마도 자연의 영역일 것이다. 자연을 우주의 질서라든가 이법의 한 표본으로 간주하는 것도 이 때문인데, 자연에는 욕망이 없으며, 따라서 무게라든가 그 균형감각의 무너짐 현상은 더더욱 존재하지 않는다. 인간 존재의 불온성이 감각될 때마다 자연을 교훈삼아 그 불협화음 단계를 초월하고자 하는 것도 이 때문이다.

인용시에서 이 균형감각이라든가 조화의 정서를 어렴풋이 읽어낼 수 있는데, 그 기본 정신은 나눔의 사유이다. 뿐만 아니라 여기에는 순리라든가 이법과 같은 자연의 형이상학적인 질서 역시 잘 드러나 있다. 이는 시인이 모색해왔던 비움의 정신, 나눔의 정신과 분리되는 것이 아니다. 그래서 꽃이 피는 질서, 곧 자연의 질서를 "나를 가르치는 스승"이라고 한 것이 아닐까 한다.

전소빈 시인은 자신의 작품 세계에서 자연을 전략적 소재의 하나로 사유하고 있음에도 불구하고 이를 적극적으로 작품화하지는 않았다. 그의

주된 시적 주제는 그리움과 사랑의 정서인 까닭이다. 하지만 그리움 등
의 정서가 서정의 동일성을 향한 주요 목표이자 수단이 될 수 있다면, 자
연이 주는 이법이랄까 순리와 같은 형이상의 의미들 또한 결코 소홀히
다룰 수 있는 소재는 아닐 것이다. 이는 다음과 같은 시에서도 그 일단을
확인할 수 있다는 점에서 의미가 있는 경우이다.

> 정갈한 향기로 스치는
> 먹물 푹푹 담근 붓 한 자루
> 수묵화 한 폭으로
>
> 백학 흰 깃치는 소리 들리는 듯
> 훨훨
> 눈산은 그대로인데
>
> 순결하여
> 한 번쯤 안아보고 싶은
>
> 그대여 누추한 인간의 발자국
> 허락하지 마소서
>
> 　　　　　　　　　「네팔 어느 산」 전문

이 작품은 자연과 인간을 엄격히 분리시키고 있는데, 이런 면에서 시
인은 근대의 이원론적 사고를 부정하는 듯한 포오즈를 취한다. 하지만
자연과 인간을 분리시킨다고 해서 시인이 인간적인 삶과 문명에 대해 긍
정하고 있는 것은 아니다. 어쩌면 자연을 순수의 절정이라고 판단하고

있다면, 그러한 자연을 부정한 근대의 이원론적 사고를 초월하고자 하는 의지의 표현 또한 읽어낼 수 있다고 보아야 한다. 그러한 감각을 표현한 것이 「외톨이 풀꽃」이고, 자연은 "나를 가르치는 스승"이라는 사유가 가능할 수 있기 때문이다.

전소빈의 시는 독특한 형식으로 구성된다. 제목이 서술적이거니와 이를 풀어내는 내용 또한 제목과 직접적으로 연결되지 않는 까닭이다. 어쩌면 그러한 공백이 독자로하여금 상상력의 지대를 넓히게 하는 계기를 마련해주는 장치가 되게 한다. 시인의 작품을 읽어가게 되면, 자연히 확장되는 상상력의 폭과 깊이를 경험하게 되는 것도 이 때문일 것이다. 시인은 자신에게, 혹은 독자에게 솟구쳐오르는 상상력의 넓이에 서정적 동일성이라고 하는 것들을 꽉꽉 채우려 한다. 그리움, 사랑, 자연의 이법과 같은, 욕망으로 점철된 인간의 무게를 줄여나가는 사유들이 그것이다. 그러한 사유가 독자 자신의 몫이 될 때, 그의 시들은 교훈이라는 덕목을 독자에게 던져준다. 그렇다고 그의 시들이 공리적 측면이 강한 것이라고는 볼 수 없다. 다만 자아와 세계 사이에 놓인 간극을 좁히는 카타르시스라는 커튼을 강력하게 펼치고 있을 뿐이다. 그 커튼 위에서 근원적으로 가질 수밖에 없는 존재론적 한계들에 대해서 초월하게끔 해주는 것이 시인이 추구하는 서정적 동일성일 것이다.

(전소빈, 『감이 익어가는 시간 』 해설, 동행문학, 2024)

경주마적 삶이 모색한
구경적 이상으로서의 '꽃밭'
– 이상백의 『경주마였다』

1. 삶의 원천으로서의 어머니

이상백 시인이 시집 『밥풀』(2015) 이후 거의 9년 만에 『경주마』를 펴낸다. 시집과 시집 사이에 놓인 간극이 꽤 오래된 편인데, 이런 시간의 터울은 아마도 갈고 닦아야 할 서정의 솜씨가 아직도 많이 남아 있다는 증표일 것이다. 게다가 여기에는 시인의 꼼꼼한 성격이 반영된 측면도 있었을 것으로 이해된다. 이전의 시집 속에 있는 시편들도 그러하지만 이번 시집에서 수록된 시편들 역시 시인의 그러한 성격이 촘촘히 박혀있는 듯 보인다. 정제된 언어와 깔끔한 정서의 표백이야말로 시인의 그러한 생리적 특성을 잘 보여주고 있는 까닭이다.

『밥풀』에서와 마찬가지로 시인의 서정의 샘은 어머니이다. 시인에게 있어서 서정시를 만들어내는 근원에는 늘 어머니가 자리하고 있다. 이 시집의 첫 페이지를 장식하고 있는 작품이 어머니를 소재로 한 것도 이와 무관하지 않아 보인다.

죽으면 모두 별이 된다는데
엄마는 달이 되었다
낮달로 떠서
휘청거리던 내가 머리 들게 하고
어둑어둑해지는 날에는
보름달로 온다
그날은 천 개의 강에 그 빛을 나누지 않고
오로지 내 강에만 떠서
앞길을 보여 준다
그래도 헤쳐나가지 못할까 봐
내 머리맡까지 따라와
홑이불이 된다

「월인천강지곡」 전문

　「월인천강지곡」은 수양대군이 어머니 소헌왕후의 명복을 빌기 위해 부처의 일대기를 한글로 편역한 『석보상절』을 토대로 세종이 만든 한글 노래로서, '월인천강'이란 '부처가 백억 세계에 모습을 드러내 교화를 베푸는 것이 마치 달이 천 개의 강에 비치는 것과 같다'는 의미이다. 시인은 부처 대신 어머니를 대치시켜서 마치 어머니의 사랑이 즈문 강에 비치는 것과 같다는 것으로 이 작품을 서정화했다.

　시인에게 어머니의 사랑은 이처럼 매우 각별한 것으로 남아 있다. 이는 '월인천강지곡' 속에 내포된 의미를 새롭게 굴절시켜 의미화한 데서 찾을 수 있거니와 시인의 어머니가 죽어서 달이 되었다고 믿고, 이 달이 시인의 앞길을 조율해주는 것으로 사유하고 있는 것이다. 특히 천개의 강이 아니라 시인이 건너가는 오직 하나의 강만을 비추는 존재로서 어머니는 시인에게 독특한 자리를 차지한다. 수많은 보편의 공간을 주재하는 부처가 아니라 시인 자신만을 주재하는 어머니로 한정되어 있는 것이다. 이런 어머니는 "내 강에만 떠서/앞길을 보여주거나" 혹은 "헤쳐나가지 못할까봐/내 머리맡까지 따라와 홑이불이 되는", 자아만의 고유한 존재, 절대적인 존재로 우뚝 서 있다.

『밥풀』이후 시의 중심적 소재가 된 어머니는 이번 시집에 이르러 한층 견고하게 자리잡게 된다. 어머니는 시인의 삶을 조율해주는 거멀못일 뿐만 아니라 시인이 갖추어야 할 덕목 가운데 중요한 중심으로 사유되기 때문이다. 어머니는 서정적 자아가 나아가야 할 삶의 지표이기도 하지만 자아의 현존을 만든 근본 지렛대이기도 하다. 이 축의 저간에 놓여 있는 것이 바로 어머니의 사랑이다.

    눈물로
    산비탈에 서 있던 어머니들에게
    신이 한 방울의 눈물을 더 보태주어

    윗논이 물꼬를 터서
    무릎 아래
    아랫논을 키우는
    내리사랑
    다랑이논을 만들 수 있었다

    어머니들은 주름살 사이에
    쉼 없이 새끼들 밥을 심고.

다랑이마다 일렁거리며
푸르름을 내뿜을 때
새끼들도 덩달아 쑥쑥 자랐다

어머니는
자식들의 밥이다

「신의 한수」 전문

이 작품은 어머니의 사랑을 '다랑이논'에 비유해서 깔끔하게 서정화한 시이다. 물은 흐름을 기본 속성으로 한다. 위에서 아래로 향하는 것, 그것이 물의 생리인데, 시인은 이 음역을 넓혀 사랑의 원리로 예리하게 포착해서 의미화한다. 그리고 그 사랑의 비유가 된 것이 '다랑이논'이다.

'다랑이논'은 신의 한 방울의 눈물과 어머니의 눈물이 만든 합작품이며, 그것의 기능은 생명의 근원이자 저장소 구실을 한다. 어머니는 이 물을 끌어다 새끼들의 밥을 심고, 그들은 이 밥을 먹고 자라온 존재이다. 말하자면, "어머니는 자식들의 밥"이 되었던 것인데, 자식들은 어머니라는 밥, 혹은 사랑 속에서 길러진 존재라는 뜻이 된다.

어머니라는 존재는 시인의 현존에 있어서 이처럼 절대적이다. 물론 어머니가 시인에게만 특별한 존재로 다가오는 것은 아닐 것이다. 이 땅 모든 어머니의 역할은 희생과, '다랑이논'과 같은 내리 사랑에 놓여 있는 것이기 때문이다. 내리 사랑은 받는 사랑이지 주는 사랑은 아니다. 위에서 아래로의 사랑, 곧 내리 사랑에는 상호 교차나 이해와 같은 수평적인 정서가 끼어들 여지가 없다. 이런 면은 분명 이상백 시인에게도 예외가 아니다. 시인에게 있어 어머니의 사랑은 이 범주에서 결코 벗어나 있는 것이 아니기 때문이다. 이렇듯 시인의 시세계에서 어머니는 서로 분리될 수 없는 절대적인 존재로 자리하고 있었던 것이다.

2. 조화를 거부한 이질적 존재

시인에게 어머니가 주는 사랑은 시인의 길을 안내해주고, 인생의 고비마다 삶의 지혜를 주는 길잡이 역할을 해주었다. 이를 가능케 했던 것이 내리 사랑이었고, 주는 사랑의 정신이었다. 시인은 그러한 어머니의 존재와, 그녀가 지펴놓은 사랑의 의미를 결코 가볍게 생각하거나 이를 삶의 외연에 그냥 던져두고자 하지 않았다. 어머니에 대한 이런 감각이야말로 시인에게 다가온 남다른 어머니상이라 할 수 있다. 말하자면, 시인은 어머니의 내리사랑을 자신만의 경계 속에 가두지 않고 이를 넓히면서 현실에 대해 스스로를 조율해나가는 준거틀로 이해하고자 했다. 이런 면이야말로 기존에 어머니를 서정화했거나 이를 의미화하고자 했던 시인들의 어머니상과 구분되는 지점이라 할 수 있을 것이다.

빳빳하게 살아서
남의 어깨에 기댈 줄도 모르고
제 어깨도 내어주지 못한다

빳빳하기만 해서
칼집이 몇 번 들어가야 접히고
사람들 보는 앞에서

대차게 등짝을 얻어맞고야 뒤집히는

딱지가 되기 전에

남의 어깨에 기대어보기도 해야

제 어깨도 내어줄 줄 안다고

기울어진 어머니 어깨가

앞서가며 말한다

「기울기」 전문

인용시는 자연과학적 사고를 바탕으로 인문학적 사유의 여백을 그려
낸 작품이다. 이 여백의 한 자락을 점유하고 있는 매개 역시 어머니이다.
시인은 어머니로부터 받은 사랑을 그저 수동적인 사랑이나 내리사랑의
차원에서 한정시키지 않는다. 어머니라는 존재는 시인의 내적 존재에서
그치는 것이 아니라 시인이 살아가야 할 삶의 이정표로 크게 확대되는
까닭이다.

1연에서는 시인의 현존이 무엇인지를 이야기한다. 그의 삶은 기울지
못하는 뻣뻣한 삶의 연속임을 알게 된다. 그래서 "남의 어깨에 기댈 줄
도 모르고/제 어깨도 내어주지 못하는" 존재, 유연하지 못한 존재로 살아
온 것을 깨닫게 된다. 이런 삶이 사회가 요구하는 조화라든가 균형과 거
리가 있는 것임은 물론이거니와 그것은 곧 사회의 불온성을 가져오는 근
본 매개로 작용할 개연성이 크다. 시인은 이런 삶의 자세가 가져다 준 한
계, 곧 이질적 존재가 불러일으킬 수 있는 환경이 무엇인지 분명 알고 있
는 것처럼 보인다. 그래서 그 고비에서 다시 어머니를 환기한다. 기억 속
에 남아 있는, "남의 어깨에 기대어보기도 해야/제 어깨도 내어줄 줄 안

다고"하는 어머니의 음성을 끄집어내고 있기 때문이다.

시인에게 어머니라는 존재는 시인 자신의 결핍된 욕구를 단순히 채워주는 존재가 아니다. 위에서 아래로 자연스럽게 흘러내리는 물처럼, 그래서 다랑이 논에 고인 물과 같은 존재로 남겨져 있는 것이다. 그것을 내리사랑이라고 했거니와 그러한 어머니의 존재 혹은 사랑은 시인에게 나아가야 할 삶이 무엇이고, 사회 속에 동화되지 못하는 이질적 존재로 남아있는 것에 대해 끊임없이 경계의 눈빛을 던지도록 추동한다. 어머니가 갖고 있는 이런 확장성이야말로 이상백 시인만의 고유한 어머니의 모습일 것이다.

하지만 어머니의 사랑이 주는 이런 환기에도 불구하고 시인이 마주한 현실과, 그 현실 속에 응전하는 시인의 자세는 어머니의 기대에 부응하는 것이 아니었다. 서정시를 만들어가는 자아와 세계 속의 거리는 여기서 발생하게 된다.

너는 정말 아무렇지도 않게 한 말이었지만
그 말 한 마디에
나는 중심을 잃었다

입안 가득 떫어
삼키지도 곱씹지도 못하고 뱉어냈다

부메랑.

내가 아무렇지도 않게 한 말이
누구의 중심을 마구 흔들었을지도 모른다

빛깔을 자랑하던 나는
터져버린 홍시로 땅바닥에 누워 버렸다
「부메랑」 전문

　어떤 존재가 사회 속에 잘 적응해 나가기 위해서는 모나지 않아야 한다. 뿐만 아니라 조화를 깨뜨리는 행동이나 말 등도 주의해야하고, 상대방의 아픈 곳에 대해 쉽게 말하거나 자극해서도 안된다. 그것은 상호적인 것이어서 '나'와 '너'를 비롯한 모두에게 동일하게 적용되는 사안이다. 사회 공동체는 이런 조화의 작동 원리에 대해 익히 알고 있다. 하지만 그것을 실천하는 것은 알고 있는 것과는 전혀 다른 차원의 문제이다.

　「부메랑」이 말하고자 하는 것도 이런 부분이다. 서정적 자아와 상대적인 자리에 있는 '너'는 '아무렇지도 않게 나에게 던진 말'일지 모르지만, 이를 듣는 '나'는 '그냥' 넘길 수 있는 것이 아니었다. "그 말 한 마디에/나는 중심을 잃을 정도"로 충격을 받은 까닭이다. 이런 말을 흔히 가시가 달린 말이라고 하거니와 이 말에 찔린 사람은 당연히 상처를 받기 마련이다. 가시가 달린 말, 그리하여 상대방에게 상처를 주는 말은 위악성을 갖고 있기에 이를 듣는 사람은 그 말에 의해 자연스럽게 자신의 윤리적 수준을 점검하기에 이른다. 하지만 안다고 해도 이를 실천으로 연결시키는 문제는 쉬운 일이 아니다. 서정적 자아 또한 자신이 받은 상처, 가시가 돋힌 말을 무심코 할 수 있기 때문이다. "내가 아무렇지도 않게 한 말이/누구의 중심을 마구 흔들었을지도 모른다"는 고백이야말로 그러한 상황을 잘 대변해주는 담론이 아닐 수 없다.

　인용시에서 보듯 서정적 자아가 받은 상처는 자신만의 것으로 한정되지 않는다. 이에 대한 응전의 방식으로 자신이 주었던 말의 상처 또한 결코 만만한 것이 아니기 때문이다. 이는 사회가 요구하는 흐름이나 상대가 요구하는 수준에 대해서 적절히 대응하지 못한 탓에서 비롯된다. 말하자면, 어머니의 어깨가 일러준 기울기의 교훈을 망각한 데서 온 것이다. 그리하여 이러한 자각이 반성이나 내성과 같은 자기 성찰의 부분으로 확산되는 것은 자연스럽다고 할 수 있다.

나를 나만 몰라서

두들겨
맞을 때마다
악다구니를 쳤다

내가 꽹과리인 줄
그때 알았더라면.

때마다
장단에 맞춰
신명나게 한판 뽑았을 텐데

나만 나를 몰라서
한때
그 판을 깼다
「꽹과리」 전문

"나를 나만 몰랐다"는 것이야말로 내성이라는 윤리를 떠나서는 성립할 수 없는 인식이다. 아름다운 조화를 향한 거대한 물결 속에서 서정적 자아는 여기에 적절히 합류하지 못하는 이질적 존재가 된다. 스스로에 대해 불협화음을 느끼면서 이 흐름에 동화되지 못하기 때문이다. 협화음을 내기 위한 꽹과리임을 알았다면, 흥겨운 축제의 마당을 일구는 현장에서 자신만의 역할을 분명 드러낼 수 있었을 것이다.

그런데 이에 대한 자의식이 없었다. "나만 나를 몰라서/한때/그 판을 깼다"라는 통렬한 자기 비판이 「꽹과리」의 주제일 터인데, 어떻든 이제는 인생의 뒤안길에 접어들면서 서정적 자아는 그때의 과오가 무엇인지 어렴풋이 알 것도 같다. '한때'라는 말이 이를 증거하는데, 이 담론이 갖고 있는 시제가 과거임을 주시할 필요가 있다. 과거란 시간적으로 이미 지나간 것이다. 과거를 회고는 것, 그것은 자신의 현존이 이제 과거의 미숙성에서 어느 정도 초월했다고 보는 것이다. 문제는 이런 형이상학적인 초월이 어느 날 갑자기 이루어지는 것도 아니고, 실존에 대한 자의식적 해방에 의해 갑자기 이루어지는 것도 아니라는 사실이다. 그곳에 이르기 위해서는 끊임없는 자기 성찰과 윤리, 혹은 도덕적 염결성이 결부되어야 비로소 가능한 영역이기 때문이다. 그의 시에서 다시 내성의 감각이 중요해진다.

3. 내성을 향한 성스러운 발걸음

존재의 실존은 거대한 파노라마처럼 구성된다. 어느 한 면이 뚜렷이 부각되기도 하지만, 그 반대로 숨어버리는 경우도 있다. 뿐만 아니라 생존을 향한 본능적 욕구 때문에 자신의 이상이나 유토피아와 상관없이 실존의 고통을 견뎌내기도 한다. 물론 이런 도정이란 어느 한 인간에게만 고유한 도정으로 다가오는 것은 아니다. 모두에게 공통의 영역 혹은 공통의 무대가 되기 때문이다. 존재의 현존이란 거침없이 앞으로 나아가기도 하고, 좌고우면하면서도 어떻든 전진하기도 한다. 이런 면은 시인에게도 분명 예외가 아니다. 그래서 자신의 실존을 다음과 같이 비유한 시가 탄생한 것이 아닌가 한다.

박하사탕을 골랐다

목구멍처럼
앞길이 그렇게 환하지 못했지만
그렇다고 단번에 깨물어 끝낼 일도 아니었다
혓바닥을 돌려가며
오랫동안 녹여 먹으려고
딱! 소리 나게
직장 한 번 바꾸지 못했다
녹을 대로 녹아
칼처럼 얇아진 이력을
입천장에 붙여 놓고
아슬아슬하게 침만 삼켰다

다들 그랬다고 한다

「경주마였다」 전문

경주마란 앞으로만 앞으로만 달리는 존재이다. 오직 한 방향으로 나아가야만 하는 것인데, 그런 일방적 통행이야말로 경주마의 우울한 실존일 것이다. 앞으로 나아갈 수밖에 없는 경주마처럼 인간의 운명 또한 그러한 것 아닌가하는 것이 이 작품의 주제의식이다. 생물학적 질서에 의해 전진해야만 하고, 또 생존을 위해서라면 무엇이든지 해야만 하는 운명, 그것이 인간의 운명인 까닭이다.

이렇게 앞으로 가야만 하는 것이 인간의 실존이기에 시인이 이런 자신의 삶의 모습을 경주마에 비유하는 것은 지극히 자연스러워 보인다. 여기서 '박하사탕'은 최소한의 실존 조건이 된다. 이 사탕과 같은 삶이란 만족스러울 정도로 달콤할 수 있지만, 그렇지 않을 수도 있다. 하지만 선택의 여지는 남아있지 않다. 서정적 자아의 욕구가 어떠하든 최저 조건의 수준만이라도 충족된다면, 이를 간직한 채 앞으로 나아가야만 하기 때문이다. 생존을 위한 아슬아슬한 순간의 연속적 삶에 실상 내성과 같은 윤리성이나 고귀한 일상을 고려하는 것은 사치에 불과한 일일 수도 있다. 그렇다고 해서 이를 포기하는 것도 쉬운 일이 아니다. 이 또한 삶의 최저 조건을 예비해주는 마지막 기준이기 때문이다.

시인은 이 감각이 무엇인지 익히 알고 있다. 그것은 어머니의 사랑으로부터 얻은 것이고, 또 어머니의 지혜가 일러준 것이기 때문이다. 그것이 삶을 위한 추동력이 되어 인생의 항로를 개척하고, 그 항로에서 아름다운 자취를 남기고자 한다. 모나지 않는 존재, 가시가 돋힌 말이 아니라 순한 말의 기능이 무엇인지를 탐색하면서 말이다. 그러기 위해서는 무엇보다 자아에 대한 성찰이 필요해진다. 공동체의 조건에 어긋나지 않기 위해서, 그것이 요구하는 조화를 망가뜨리지 않기 위해서 말이다.

또 한 번의 통과의례다

강으로 살다가
바다로 들어서는 순간에 섞이지 못하고
여기까지 살아온
진하고 굵은 생색을 내서
주위를 놀라게 한다

물을 조금씩 타면서 색을 빼자

내가 없어지는 것이 아니다
강에서 바다로
새로운 이름을 하나 더 얻는 거다

다 받아주는 바다가 되려고
나 지금 연습 중이다

「갱년기」전문

갱년기는 누구에게나 한번 찾아 오는 신체의 변화 가운데 하나이다. 종교의 원죄나 심리학의 오이디푸스 콤플렉스라는 기제와 동일한 것이다. 갱년기는 보편적 기제이긴 하지만 시인에게는 새로운 존재로 전이하기 위한 계기가 된다는 점에서 의미가 있다.

이 작품은 갱년기가 시작된 이후와 이전으로 구분되며 전개된다. 갱년기 이전의 삶과 이후의 그것은 전혀 다르다. 그 이전의 삶이란 동화되지 못한 삶, 나만의 고유성과 자립성이 표나게 드러난 경우이다. 고유성 등이 돌출된다고 해서 나쁠 것은 없지만, 시인은 이러한 삶이 조화라든가 동화의 세계와는 거리가 먼 것으로 이해한다. 물론 그러한 삶이 자신이 추구하는 것과는 거리가 먼 경우이다. 그리하여 갱년기라는 육신의 변화와 더불어 존재론적 변신을 시도하는 것이 아닐까 한다. 그 결과 이제 이전의 삶과는 전혀 다른 상황이 전개된다. 마치 라깡이 말한 거울상 단계를 보는 듯한 착각을 불러일으킬 정도로 갱년기를 기준으로 이전의 삶과는 완전히 다른 삶의 모습이 전개되는 것이다.

이 작품에서 갱년기 이후의 존재를 만드는 중요한 기제는 '물'이다. '물'은 부정(不淨)을 정(淨)으로 만드는 정화의 이미지를 갖는다. 말하자면 물은 존재론적 변이를 위한 중요 기제가 되는 것인데, 물의 여과 과정을 거친 존재는 이전과는 전혀 다른 존재로 현상된다. "다 받아주는 바다가 되려는" 존재로 거듭 태어나고자 하는 까닭이다. 나를 잃고 타자와 하나가 되는 것, 그것이 바다의 역할이자 서정적 자아의 목적이 되는 셈이다.

> 간간이
> 기쁨으로 날아오르다가
>
> 기척도 없이 들이닥쳐 발목을 잡는
> 슬픔이
> 새까만 세상에
> 나를 던져버릴 때
>
> 저울에
> 이 까만 슬픔 하나만 올려놓아야 하는데
> 어제까지 슬픔에
> 다시 만날 슬픔까지

올려놓아

버팀목이 휘청거린다

기쁨과 슬픔

어느 쪽으로도 기울지 않는

그 지경을 보려면

내 심장이 깃털처럼 가벼워지는 수밖에.

「천칭 거울」 전문

　

이 작품은 자연과학적 사유를 인문적 상상력에 기대어 만든 시인데, 방법적 의장 면에서 「기울기」와 비슷한 음역을 갖고 있는 시라고 할 수 있다. 이 작품을 이끄는 핵심 요소는 균형 감각이다. 시인은 지금껏 어머니의 그림자 속에서 자신을 성찰해왔거니와 그 상상적 유토피아를 타자와 구분없는 세계, 조화를 이루는 감각에 두었다. 말하자면 자신을 가급적 낮추고, 자신의 존재성을 드러내지 않고 타자의 본질 속으로, 그리고 공동체의 이상 속에 자신을 밀어넣고자 했다. 말하자면 타자와 공동체가 하나됨으로써 자아의 고유성은 되도록이면 숨기려 했던 것이다.

자신을 낮추는 자세는 「천칭 거울」에서 잘 읽어낼 수 있는데, 이 작품의 핵심 기제는 균형 감각, 곧 조화의 세계이다. 서정적 자아는 이 감각이 와해되지 않도록 자신을 꾸준히 성찰해 왔다. 그것은 감정의 기울기를 맞추는 것이기도 했고, 대상에 대한 사유의 편차를 가급적 드러내지 않는 일이기도 했다. 뿐만 아니라 타자가 갖고 있는 것과, 자신이 갖고 있는 것의 차이를 무화시키서 하나의 공통점이 무엇인지에 대해서도 끊임없이 고민해왔다. 「천칭 거울」은 그러한 사유의 표백이 낳은 작품이라는 점에서 그 의미가 있다. 서정적 자아는 균형 감각을 위해서 "내 심장이 깃털처럼 가벼워질 수밖에" 없다고 했거니와, 심장이 가벼워진다는 것은 욕망을 드러내지 않는 것과 동일한 차원에 놓이는 것이다. 욕망은 늘 이곳에서 발원하는데, 그것이 발산될 때야말로 자아의 고유성이 가장 잘 드러나는 순간일 것이다. 말하자면 욕망이야말로 인간의 조건을 가장 잘 표현한 것이고, 개인의 조건 또한 가장 잘 발현될 수 있는 지점일 것이다. 그렇기에 욕망이 제어된다면, 인간과 서정적 자아의 존재성은 그 고유한 영역을 상실하게 된다. 각각의 특색을 드러내는 고유성이 없다는 것이야말로 하나의 동일성, 혹은 공동체의 이상을 드러낼 수 있는 가장 이상적인 모델이 될 수 있을 것이다.

4. 공존에 대한 그리움의 세계

이상백 시인이 꿈꾸는 세계는 공존이 아름답게 구현되는 사회인 것처럼 보인다. 시인은 그러한 세계로 나아가기 위해 어머니로부터 '기울기'의 정신이 무엇인지 이해하기도 했고 '갱년기'라는 통과의례를 통해 자신 속에 남아있는 위악적인 요소들이 무엇인지 탐구해내기도 했다. 이런 도정이란 모두 자신의 고유성을 잃고, 타자와 하나되는 일이었다. 타자와 동일하기 위해서는 나라는 고유성이랄까 자율성이 돌출되어서는 안 된다. 사회가 건강해지고 살만한 공간으로 자리하기 위해서는 나의 욕망이란 가급적 축소되어야 하는 것이지 도드라져서는 곤란해지기 때문이다. 시인이 이렇게 자신을 경계하고 타자의 삶에 대해 깊은 관심을 갖는 것은 모두가 공존하는 사회, 아름다운 조화가 구현되는 사회에 대한 그리움의 발로에서 기인한 것이라 할 수 있다. 다음의 시는 그러한 사회가 주는 장점이랄까 이상이 무엇인지에 대해 잘 말해준다는 점에서 주목을 요한다.

너를 만나고
돌아오는 날에는.

너의 풍성한 비누 거품이
나를 씻어 주어
내 슬픔의 두께도 얇아졌다

너를 만나고
돌아오는 날에는.

「관계」 전문

사회는 나 혼자 일구어나가는 것이 아니다. 뿐만 아니라 나라는 존재 역시 타자와 함께 할 때 비로소 좀 더 나은 삶을 영위할 수 있을 것이다. 이 작품이 말하는 것도 이 부분이다. 지금 서정적 자아는 '너'를 만나고 왔고, 그 만남으로 인해 자신의 실존은 한층 좋은 것으로 개선된 터이다. "너의 풍성한 비누 거품이/나를 씻어 주어/내 슬픔의 두께도 얇아졌기" 때문이다.

나라는 존재는 나 혼자만의 고립에 의해서 완성되는 것이 아니다. 나 이외의 또 다른 타자가 있어야 비로소 완결된다는 것인데, 이런 감각이야말로 나와 너가 함께 공존하는 삶이 얼마나 중요한 것인가를 일깨워 주는 단적인 사례라고 할 수 있다. 개체는 혼자서는 완성될 수 없고, 여러

개체들의 집합에 의해서만 완성될 수 있다는, 이 지극히 보편적인 진실
을 이 작품은 관계의 의미망을 통해 환기해주고 있는 것이다.

> 겨울나무끼리
> 뿌리가 닿았나 보다
>
> 겨울인데
> 추운 줄 모르겠다
>
> 꾀벗은
> 그 겨울을 어찌저찌 이겨나간 것도
> 한 이불에
> 옹기종기 식구들 언 발을 모아 놓는 아랫목
> 있어
>
> 추운 줄 몰랐다

「공감」 전문

이 작품은 「관계」보다 더 직접적으로 함께 하는 삶의 중요성을 말해주
고 있다. 누구나 경험할 수 있는 일상성을 그 배경으로 하고 있다는 점에
서 공감의 여울을 넓혀주는 작품이기도 하다. 추운 겨울 따스한 아랫목
에 옹기종기 기댄 채 이불에 의지하여 추위를 이겨낸 일들은 누구에게나
있었던 경험이기 때문이다.

시인은 아주 평범하면서 일상적인 소재를 통해서 독자들로 하여금 정
서의 폭과 깊이를 넓혀나가게 하고 있다. 이런 면들은 이 시인만의 고유

한 수법일 텐데, 시인의 시들이 쉽게 읽히면서 정서적 공감대를 넓고 크게 울리게 하는 것은 모두 이와 깊은 관련이 있을 것이다. 시인은 자아만의 고유한 삶이나 고립된 삶을 고집하지 않는다. 시인은 '나'가 아니라 '우리' 속으로 나아가고 있거니와 이를 '관계'라고 지칭하고 있다. 여기서 시인은 모두가 함께 할 수 있는 '관계'의 무대를 만들어내고자 한다. 말하자면 하나가 둘이 되고 둘이 셋이 되는 세계, 궁극에는 모두가 하나가 되는 세계를 꿈꾸고 있는 것이다. 이를 잘 보여주는 시가 「꽃밭」이다.

소풍의 꽃은 보물찾기다

보물 하나 찾지 못하고 돌아서던 내게
왕눈깔사탕을 건네주던 영숙이
내가 단물을 넘길 때마다
영숙이는 사루비아 꽃으로 톡톡 피었다

내게 징검다리로 박힌 보물들은
꽃으로 피어났다

발뒤꿈치 들어 경숙이는 해바라기로 피고
인숙이는 우리 사이 빈틈 생길까 돌돌 말아 맨드라미로 피고
정숙이가 색색으로 과꽃을 그려 놓으면
우리 모두 과꽃으로 피었다
봉숙이는 땅에서 돋아나는 푸른 별들을 끌어안아 수국이 되고
민숙이가 분꽃으로 피기 시작하면
우리들의 이야기는

저녁을 먹으면서 다시 시작되었다

우리 한 번만 더
꽃대 하나에 닥지닥지 붙어 붉디붉은 칸나로 피어보자고
지금 나는 초록 끝자락을 붙들고 서 있다

「꽃밭」 전문

꽃밭이란 그 단어에서 알 수 있는 것처럼, 하나의 꽃만이 존재하는 지대가 아니다. 여러 종류의 꽃이 함께 어울려 있는 곳, 그곳이 꽃밭이다. 시인이 응시하는 여기에는 다양한 형태의 꽃들이 피어난다. 영숙이의 '사루비아 꽃'이 피어나기도 하고, "내게 징검다리로 박힌 보물들이 꽃으로 피어나기도" 한다. 뿐만 아니라 "경숙이는 해바라기로 피어나고", 인숙이는 "맨드라미로 피어나"기도 한다. 그 뿐이 아니라 정숙이는 '과꽃'이 되기도 하고, 봉숙이는 '수국'으로 전화하기도 한다. 그런 다음 한번 더 우리는 '칸나'로 피어보자고 마지막 여정을 예비하고자 한다. 말하자면 꽃들의 축제를 한바탕 벌여보자고 하는 것이다.

서정적 자아를 비롯하여 영숙이, 인숙이, 정숙이 등등은 인간을 대변하는 존재들이다. 그것도 각각의 개성이 고유하게 남아있는 채로 말이다. 하지만 이들이 꽃으로 승화하게 되면, 이전의 고유성은 당연히 잃게 되고, 꽃이라는 하나의 존재, 하나의 단일성으로 새롭게 태어나게 된다. '꽃밭'이라는 무대에서 이들은 비로소 하나의 단위로 존재의 전환을 이루어내게 되는 것이다.

존재들이 하나의 꽃으로 된다는 것은 하나의 공동체가 된다는 뜻이다. 시인은 지금껏 자신을 감추면서 타자와 하나되는 길을 모색해왔다. 그러한 모색 속에서 관계의 의미를 밝혀내기도 했다. 그런 다음 이 지점에서 공동체의 이상이 무엇인지 뚜렷하게 이해해왔다. 「꽃밭」은 그러한 시인의 의지가 만들어낸 구경적 이상이라는 점에서 그 의미가 있다. 공동체라는 하나의 지점에 이르기 위해서는 각각의 개별성이나 고유성은 상실되어야 한다. 시인은 그러한 개성을 꽃으로 대치시키면서 인간이 갖고 있는 개별성이랄까 고유성을 사상시켜버렸다. 꽃이라는 하나의 단일체를 만들어내면서 개별적 특이성을 은폐시킨 것이다. 그 결과 시인이 만들어낸 이상적 모델이랄까 유토피아가 '꽃밭'의 세계이다. '꽃밭'은 여러 이질적인 요인들을 하나로 만들어내는 통합의 장소라는 점에서, 각각의 개별성이나 고유성이 사라지는 지점에서 만들어진 통일성이라는 점에서 시인이 추구해온 '관계'의 정점에 놓이는 공간이다. '경주마'처럼 달려온 시인의 끊임없는 서정적 노력이 이 '꽃밭'의 발견에 이르렀다는 것, 그것이야말로 이번 시집의 구경적 의의라고 할 수 있을 것이다.

(이상백, 『경주마였다』 해설, 푸른사상사, 2024)

그리움으로 향하는 단정한 언어의 숨결
– 이영옥의『다시 제자리』

1. 꽃차의 여유와 성숙함

이 시집은 이영옥 시인에게는 여덟 번째이다. 적지 않은 시집을 펼쳐 내 보였는데, 이는 바쁜 일상에도 불구하고 섬세한 감수성을 꼼꼼한 언어로 짚어내는 시인의 성실함이 이루어낸 성과이다. 시인이 구사하는 시어들은 단정하고 세련되어 있거니와 기존의 관습 또한 거부한다. 기교를 부리지 않으면서 이런 수준에 언어를 올려놓는 솜씨야말로 장인의 경지라 해도 틀린 말이 아니다.

시인은 이제 연륜으로 보거나 시인으로의 경력으로 보나 원숙한 경지에 이르렀다. 이런 감각은 서정주가 「국화옆에서」에서 묘파했던 성숙한 누님의 자화상과 비슷한 것처럼 보인다. 그 안락한 정서가 시인의 시를 읽는 독자에게도 그대로 전달되어져 동일한 느낌을 환기시킨다. 시인이 던진 언어 속에 자아를 여과시키게 되면 무언가 알 수 없는 편안함이랄까 흔들지 않는 조화를 느끼게 되는 것도 이 때문이다. 그러한 정서를 가장 잘 대변하는 시가 「꽃차」이다.

지중해 햇살 움켜쥔 캐모마일*
꽃잎과 꽃술이
안간힘 다해 몸을 풀면

뜨거운 입김으로
한 자락씩 옷을 젖힐 때마다
허락된 당신의 체취

미처 헤아리지 못한 문장들
서성대는 캄캄한 밤
초침이 머리를 쫀다

생에 단 한 번뿐인
나의 오십에게 길을 묻는다
*유럽 지중해 주변 유럽 서남부가 원산지인 국화과에 속하는 약용식물
로 불면 증 등에 효과가 있음.

「꽃차」 전문

지금 서정적 자아는 '꽃차'를 앞에 두고 거기서 흘러나오는 향기와 맛
을 향유하고 있다. '꽃차'는 생존의 거친 무대를 지나 이제는 세월의 무게
로부터 벗어나 있는 상태이다. 그러한 까닭에 이 차는 타자를 돌볼 수 있
는 위치에 올라서 있다. 서정적 자아는 그런 '꽃차'의 여유와 향기에 듬뿍
젖어서 자신 또한 그와 동화되려 한다. 하지만 대상과의 서정적 황홀을

통해서 하나가 되고자 하는 자아의 노력에도 불구하고 '꽃차'는 그런 자아로부터 한걸음 벗어나 있다. 자아와 대상 사이 놓인 거리, 곧 꽃차와 자아의 간극이 좁혀질 수 있는 가능성은 발견되지 않는 까닭이다. 대상과 동일성을 유지하려 하되 결코 하나의 유기적 관계로 탄생할 수 없는 것이 이 작품이 갖고 있는 중요 음역이라 할 수 있다.

하지만 대상과의 지루한 평행선 속에서 자아의 역할이 방기되거나 소외되어 있는 것은 아니다. 서정적 자아는 그러한 관조 속에서 이번 시집의 주요 특징적 단면 가운데 하나인 자아의 정체성을 탐색하는 근거를 마련하기 때문이다. 지금 서정적 자아는 꽃차 앞에서 사색의 지대를 탐색하고 있다. 그리고 그 향기 속에서 이성이 일시적으로 마비되는 경험을 하게 된다. 이 경험은 어쩌면 존재론적 불안이나 현실의 고뇌로부터 자아를 무력화시키는 기제가 되는 것처럼 보인다. 물론 이런 고립이 부정적인 것이라고 할 수는 없을 것이다. 이는 현실에 대한 무의식적 벗어남이기에 자유의 지대로 유영하는 해방감과 연결되고 있기 때문이다. 하지만 이런 정서가 대상과의 완전한 동일체의 수준에 이르는 것은 아니다. "미처 헤아리지 못한 문장들"이 한밤중 "초침이 되어 머리를 쪼"기 때문이다. 이는 곧 의식의 각성이거니와 이로부터 자아는 다시 존재론적 한계라든가 현실의 번뇌 속으로 갇히게 된다. 이런 감각을 단적으로 드러내는 부분이 마지막 연이다. "생에 단 한 번뿐인/나의 오십에게 길을 묻는" 회의 지대 속으로 다시 들어가는 까닭이다.

현존에 대한 회의나 존재에 대한 시인의 의문들은 이렇듯 주로 밀폐된 공간에서 이루어진다. 자아에 대한 모색이 고립의 공간에서 이루어지는 것이 효과적이라거나 긍정적이라는 측면에서 보면, 이는 어느 정도 설득력이 있는 경우라 할 수 있다. 「꽃차」와 더불어 자아를 반추하는 또 다른 작품인 「MRI 암흑 지대」도 밀폐된 공간 속에서 형성된다.

자아는 자신의 주변과 연결되는 것들은 가급적 차단시켜 놓고 스스로에 대해 의문의 부호를 던진다. 하기사 유기적 그물망으로 촘촘히 연결되어 있는 지대에서 자아를 성찰하는 일이 쉽지 않음을 감안하면, 이런 의장은 어느 정도 설득력이 있는 것이라 할 수 있다. 그 연장선에서 시인이 주목한 대상이 먼지의 상상력이다. 시인은 이번 시집에서 여러 편의 '먼지' 연작시를 발표하고 있는데, 이 소재들은 대부분 자아의 존재론적 국면과 연결된다. 그런 다음 먼지가 갖고 있는 고립적 성격을 환기시켜 이를 서정화한다.

구석으로 몰린 나는
자꾸 비대해졌다

날선 시선들을 피해
공중 부양 몸을 날려도
다시 제 자리

언젠가 소용돌이 속으로
빨려 들어갈 침묵은

오늘을 살아남긴
그의 한숨 한 덩어리
　　　　「먼지2」 전문

먼지는 중심을 차지 하지 못한다. 그러므로 자꾸 구석으로 밀려나면서 거기서 스스로의 거주 공간을 마련한다. 그것이 곧 먼지의 고립성이거니와 먼지는 거기서 "자꾸 비대해지는" 존재론적 변이의 과정을 거친다. 먼지가 비대해진다는 것에는 두 가지 서정적 진실이 내포된다. 하나는 물리적, 사실적 국면이다. 구석에 쌓인 먼지는 여러 먼저와 결합되어 부피를 확장시켜 나간다. 이런 팽창이란 물리적인 영역, 곧 일상의 영역이자 사실적 차원에 속한다. 하지만 먼지가 자아로 대치되는 비유의 차원이라고 한다면, 그것의 팽창이란 사유의 확장과 분리하기 어려운 감각으로 전이된다. 고민의 흔적이 깊어지고 형이상학적인 번뇌 속에 갇히게 되면, 자아가 팽창되는 것은 지극히 당연하기 때문이다.

서정적 자아는 이렇듯 원숙함의 지대에서 그러한 정서를 온전히 자기화하지 못한다. 그것이 서정주의 「국화옆에서」의 누님과 「꽃차」의 자아를 구분시키는 지점이라고 할 수 있다. 자아는 원숙미를 자랑하거나 뽐내지 못하고 현존의 문제라든가 존재의 한계에 대한 고민의 늪으로 계속 스미고 있는 것이다.

2. 실존적 그리움의 세계

'꽃차'가 주는 여유로움과 마취력 강한 그 향기 속에서 원숙함에 이르지 못한 서정적 자아는 또 다른 서정의 공간을 찾아 나서게 된다. 그러한 정서가 만들어낸 것이 이번 시집에서 전략적 주제 가운데 하나로 드러나는 실존적 그리움의 세계이다. 그리움의 정서는 현존하는 대부분의 시인들, 혹은 인간들에게 보편적인 것이기에 시인만의 고유한 것이라고 할 수 없을 것이다. 보편이란 일반의 고유성이나 특수성을 인정하지 않기 때문이다. 그럼에도 시인은 보편이 주는 일반화된 정서로부터 자아를 분리시키려든다. 그러한 분리가 시인만의 고유한 그리움으로 표상된 것인데, 이를 잘 일러주는 작품이 「고드름, 수정 고드름」이다.

너에게 가는 길은 추웠다

칼바람 맞선 사각지대
어둠이 깊어지면
당신에게 닿는 깊이 알지 못해
물구나무 선 그리움

때로는 흔적 없이 무너질지 모를
언 손 부비며 뻗어 보지만
처마 끝에 매달려
날이 밝도록
서러운 옹이를 튼다

다시 그 겨울이면
마디마디 자라나
기어이 쏟아지는 눈물기둥

「고드름, 수정 고드름」 전문

무언가를 그리워한다거나 대상에 대한 욕망이 있다고 해서 그것이 곧바로 성취되는 것은 아니다. 그렇기에 서정적 자아는 "너에게 가는 길은 추웠다"고 말하게 된다. 신화적 맥락에서 추위란 곧 죽음의 계절이거니와 그러한 까닭에 이 환경이 어떤 생산성으로 연결되지 않는다. 대부분의 자아들은 이런 단계에서 모두 좌절을 경험하게 되고, 그러한 소극성이야말로 목표에 이르고자 하는 자아의 의지를 무너뜨리게 된다.

하지만 서정적 자아의 의지는 그런 일반화된 수준을 뛰어넘는다. 고드름이라는 대상으로 거듭 태어나 자아가 원하는 욕망의 지대로 계속 나아가려 하기 때문이다. 이런 의지 앞에 "칼바람 맞선 사각지대"라든가 "깊은 어둠" 따위는 장애물이 되지 않는다. 뿐만 아니라 시인이 그리워하는 대상, 곧 당신에게 닿는 깊이가 어느 정도인지 가늠이 되지 않더라도 좌절하지 않게 된다. "물구나무 선 그리움"으로 무장된 자아의 의지는 꺾이지 않는 까닭이다.

그리움이란 현존의 불안이나 결핍이 있기에 생겨나는 것이다. 시인에게 이런 정서는 자아를 외부 현실과 고립시키고, 그 밀폐된 공간에서 얻어진 감각이다. 그렇기에 시인의 그리움은 존재론적인 것이기 보다는 실존적인 것에 가까운 것으로 이해된다. 시인이 이번 시집에서 일상의 현존과 연결되어서 솟구치는 그리움의 정서에 보다 큰 친연성을 갖는 것도 이 때문이라 할 수 있다. 시인의 시집에서 전략적으로 드러나는 모성에 대한 그리움의 정서 역시 이와 밀접한 연관성을 갖고 있다.

칠월에 옥상으로 자리를 옮긴 어린 새깃유홍초*
정월초이틀
가녀린 뿌리 얼어붙을까
흙 이불을 덮는다

허물을 덮고
가난을 덮고
아픔을 덮고

덮어주다를 따라가다 보니
눈물길이 되었다

창호지 뚫던 바람 곁
다닥다닥 어깨를 맞대고 자던 겨울밤
차버린 솜이불 끌어 덮어주던
손끝이 따뜻했다

성근 내 이력의 틈으로
간혹 매운바람 불고
깊숙한 어둠 속으로 움츠러들 때
기억이 기억에게 배려했던
막힌 눈물길이 온종일 흘렀다

겨우, 사십 년 내 곁에 있어준 엄마가
별꽃으로 피었다
*새깃유홍초 : 하늘의 별이 내려와 땅에서 빨간 별꽃이 되었다 해서 일
명 별 꽃이라 함.

「덮어주다」 전문

시인의 현존에 있어 어머니는 절대적인 공간을 점유한다. 어떤 개인에게 있어 모든 부분을 차지하고 있던 존재가 어느 날 갑자기 빠져나갔을 때, 그 여백은 크고 깊게 다가온다. 하지만 깊이 패인 그 여백이 물 흐르듯 자연스럽게 채워지는 것은 아니다. 그 여백이란 자아와 대상 사이에 놓여 있던 거리이거니와 그 빈지대는 어떠한 것으로도 쉽게 메워지지 못

한다. 따라서 이를 어떻게든 메우려는 시도는 당연히 이어질 수밖에 없는데, 그 노력의 한 자락이 시인에게는 그리움으로 표명된 것이다.

시인에게 어머니의 공백은 절대적인 것이었다. 어머니는 자아의 "허물을 덮고/가난을 덮고/아픔을 덮"어준 존재인 까닭이다. 말하자면 자아의 물리적 현존뿐만 아니라 정신적 현존까지 감싸안은 절대 존재였던 것이다. 하지만 서정적 자아는 어머니의 그러한 역할에 대해 이해하지 못했거니와 어머니라는 존재가 사라지면서 비로소 깨닫게 된다. "덮어주다를 따라가다 보니/눈물길이 되었다"는 것이 바로 그러하다.

어머니는 자아에게 현존이면서 실존 그 자체였기에 시인의 시세계에서 계속 서정화되는 전략적 담론 가운데 하나로 자리하고 있었다. 어느 시인에게 동일한 소재가 꾸준히 서정화되는 것은 그만큼 그것이 중요하다는 뜻이다. 시인에게 그리움의 정서는 미지의 공간 속에 존재하는 '당신'과 '어머니' 속에 스며들어 있었다. 이 둘은 모두 시인에게 이질적인 것이면서 궁극에는 동질적인 것이라는 점에서 의미가 있다. 그러니까 궁극에는 자아와 하나의 동일성을 형성하는 주요 매개라 할 수 있는데, 그 역능을 담당하고 있는 것이 바로 성찰의 정서이다. 시인에게 그리움이라는 정서가 내성과 같은 윤리의 영역과 분리되지 않는 것은 이런 이유 때문이라 할 수 있다.

3. 그리움의 정서를 만들어낸 존재의 고민

시인의 실존이 무엇인지 또 어떤 방향성을 가져야 하는 것인지에 대한 모색이 시인 앞에 놓인 서정의 괴로움이었고, 자아는 그러한 정서로부터 일탈하는 방법적 의장에 대해 계속 고민하고 있었다. 자아와 대상 사이에 형성된 이질성, 혹은 비동일성을 초월하기 위해 그리움이란 정서를 포회하게 되었던 것이다. 그러니까 시인에게 그리움이라는 정서는 무엇인가 완벽하지 못한 것, 조화롭지 않은 것에 대한 감각이 뚜렷이 자각되었기에 형성된 것이다. 내성에 바탕을 둔 윤리적 완결성과 더불어 존재의 불구성에 대한 시인의 자의식이 평온한 서정의 물결에 파문을 일으키는 것도 이와 밀접한 관련이 있다고 하겠다.

힘줄 뻗친 다리로 수평을 맞춘 책상은
네모난 구역을 가졌다

언제든 기울 수 있다는 계시였지만
수평 위에서 짜내는 통증은
헐거워진 중심을 붙드는 일이었다

수평 위에 펼쳐진 종잇장에는
두 번 붓고 열 번 남은 적금통장과
계약만료 다가오는 월세계약서와
진부한 언어들이 고개를 든다

살아있다는 것은
안간힘으로 버티다
언제든 무너질 수 있는
삐꿋거리는 다리 하나
「책상에 앉아서」 전문

사물을 응시하는 시인의 시선은 예리하고 단정하다. 시인이 만들어내는 언어의 주름은 이미지스트가 갖추어야할 포오즈를 모두 담지한 듯 보인다. 그만큼 시인의 시들은 정제되어 있고 세련되어 있다. 그가 토해내는 언어의 숨결을 마시고 나면, 독자의 정서가 무언가 정돈되고 청량한 감각으로 새롭게 환기되는 것도 이 때문이다.

시인은 사물을 예각화하면서 이를 시인의 정서와 거리가 있는 대상으로 고립시키지 않는다. 거기서 서정적 자아가 마주한 현실을 대입시켜 그 실존의 의미라든가 현존의 불구성에 대해 읽어내려 하는 것이다. 시인의 시들이 대상을 화려하게 수놓는 풍경화의 수준이 아니라 형이상학적 현존의 차원에서 그려지는 것은 이 때문이다.

인용시의 소재가 된 책상이란 균형을 전제한다. 만약 이 가운데 하나라도 잃게 되면, 조화라든가 균형 감각은 사라지게 된다. 그러니까 책상은 안정되어 있는 듯 보이지만 경우에 따라서는 매우 불안해 보인다. 불안이란 균형이라든가 안정이 무너질 수 있다는 전제가 있기에 성립되는 정서이다. 서정적 자아가 이를 인식하고 있다는 것은 책상과 비유된 자신의 실존 또한 그러한 위험에 노출될 수 있다는 증거일 것이다.

완전하지 못한 존재이기에 늘 실존의 불안에 시달릴 수밖에 없는 것이 근대적 인간의 숙명이다. 그것은 근대적 인간이 영원을 상실한 탓도 있고, 종교에서 말하는 원죄의 덫에서 결코 벗어날 수 없다는 숙명과도 관련이 있을 것이다. 그렇기에 인간은 영원성이라든가 존재의 완결성 같은 것을 생리적으로 추구할 수밖에 없다. 그러한 도정이 만들어낸 것이 실존에 대한 불안이고, 존재에 대한 근심일 것이다.

이빨 자국으로 남겨진 피자 조각

알맹이만 빼먹고 돌돌 말린 사과 껍질
믹스커피 말라버린 종이컵
마구잡이 쓰레기통에 넣었다

너는 무엇이냐고 시시때때
묻는 나에게
답 한번 못해 준
물음표를 함께 넣었다

쓰레기수거 날
모아진 쓰레기통을 여니
우~~~ 날아오르는 날파리들

다시는 꺼내보지 않으리라
버린 생각의 부스럼들
어두운 통 속에서도 부화하고 있었다
「부화(孵化)의 법칙」 전문

이 작품이 만들어지는 배경 역시 일상이다. 말하자면 일상에 대한 뚜 렷한 응시와, 그로부터 얻어지는 언어의 마술이 빚어내는 것이 이 시의 음역인 셈이다. 시인의 손에서, 아니 일상의 현실에서 버려지는 공간, 곧 쓰레기 통은 이 작품에서 두 가지 의미를 내포한다. 하나는 일상의 그것 이고, 다른 하나는 형이상학의 그것이다. 일상에서 우리는 용도가 다한 것을 자연스럽게 폐기한다. 그것이 모이는 곳이 쓰레기통인데, 문제는 그러한 폐기물이 완전히 없어지지 않는다는 사실이다. 버려진 것들은 그

곳에서 자가 발전을 거듭하며 새로운 존재로의 변신을 시도하기 때문이다.

이 전환은 물리적인 차원에만 한정되는 것이 아니다. 서정적 자아 속에 내포된 실존적인 것들 또한 동일한 운명 속에 놓여 있기 때문이다. 그러한 운명이 내성이나 성찰과 같은 윤리의 영역에 놓이는 것은 당연한데, 어떻든 물리적인 것들과 마찬가지로 형이상의 영역에 속하는 이런 관념의 영역들도 새로운 변이 과정에 동참하게 된다. "쓰레기 수거날/모아진 쓰레기통을 여니/우----날아오른 날파리들"이 있는 까닭이다. 버려진 것이 새롭게 부활한다는 것은 그 행위가 완결되지 않았다는 것을 의미한다. 그러니까 자아가 시도하는 수양이 성공하지 못했다는 뜻이다.

까시러진 어둠이
불면의 돌기로 돋는 밤

곤한 잠 자고 싶어
7일분 수면제를 처방받은 날

칸칸이 들어있는 알약
0.25mg 한 알로 단잠 잘 수 있다면

일곱 알 한꺼번에 삼키면
밤마다 냉혹한 사할린을 떠도는
거미줄에 걸린 상념 제키고
꿀잠이 올까
　　　　　　　　「0.25mg의 유혹」 전문

유혹이란 어떤 자아가 스스로의 역량으로 해결할 수 없을 때 이끌리는 정서이다. 뿐만 아니라 팽창하는 욕망을 제어하지 못할 경우에도 이 정서에 휘말리게 된다. 시인이 이 작품에서 말하고자 하는 것은 물론 전자의 경우이다. 서정적 자아는 자아의 완결이나 실존의 불안을 인식하고 이를 초월하고자 하지만 그곳에 이르지 못한다. 「부화의 법칙」에서 표명된 것처럼 자아의 비동일적 요소들을 사상시키기는 것이 쉬운 일이 아니기 때문이다. 그래서 서정적 자아는 스스로의 힘이 아닌 이타적인 대상에 의지하여 자신의 윤리적 수양에 이르고자 한다. 고민하는 이성을 마비시켜 순간적으로나마 그 예민한 방황으로부터 자의식적 해방을 느끼고자 하는 것이다. 하지만 '올까'라는 회의의 정서가 말해주듯 이런 행위에 대해 어떤 확신이나 자신감이 예비된 것은 아니다.

4. 존재의 완결을 향한 내성의 윤리

존재론적 한계에 대한 의식이 완결된 자아로 향하고자 하는 욕망이란 누구에게나 내재하는 정서이다. 특히 자아와 세계의 불화 속에서 이를 초극하려는 서정적 자아라면 이런 욕망은 다른 누구보다도 더욱 강하게 느낄 것이다. 하지만 욕망이 있다고 해서 이 영역에 이르는 것은 아니거니와 어떤 문화적 교양에 흠뻑 젖어든다고 해서 가능한 영역도 아니다. 서정적 자아가 이런 불화 앞에 좌절하는 것도 이 때문이다. 하지만 초월하기 어렵다고 해서, 또 좌절의 지대로 이끈다고 해서 이러한 탐색을 멈추거나 포기하는 것도 쉬운 일이 아니다. 자아와 세계의 불화 속에서 이를 뛰어넘는 조화의 지대를 찾아나서는 것이 서정시인의 운명이기 때문이다.

> 브라운관 옆
> 삼년 된 고무나무
>
> 아이 손바닥 같은 순한 잎
> 시시때때 물주고
> 창문으로 바람 몇 점 들락거리더니
> 제법 두둑한 배짱이 생겼다
>
> 먼저 자란 잎에 기대
> 맨 꼭대기 배추벌레처럼 굽은 등을 굴린
> 연두 잎 하나
> 몸을 뒤틀며 올라섰다
>
> 물끄러미 바라보자니
> 한동안 꿈에도 오지 않으셨던 아버지
> 한 말씀 던져놓고 가신다
>
> "웃자라지 말거라"
>
> 「고무나무」 전문

　내성이라는 윤리를 실천하면서도 그러한 도정이 자기화되지 못하고 끊임없이 방황의 늪에 놓여 있었던 것이 서정적 자아의 행보였다. 이런 도정은 그만큼 실존의 한계라든가 존재론적인 고독을 초월하는 일이 난 망한 일임을 말해주는 주요 근거가 된다. 그런 한계 상황 때문에 서정적 자아의 고민은 시작된 것이고, 이를 초월하기 위한 순례의 행보가 이루어지는 것이 아닐까 한다.

「고무나무」는 그러한 서정적 자아의 의도를 잘 드러낸 작품 가운데 하나이다. 지금 자아는 실내의 한켠에서 성장하고 있는 고무나무를 응시한다. 정성스러운 보살핌을 받은 고무나무이기에 이 나무는 자신만의 공간을 아무런 방해없이 만들어나간다. 두둑하면서도 배짱좋게 성장했거니와 경우에 따라서는 "맨 꼭대기 배추벌레처럼 굽은 등을 굴린/연두 잎 하나/몸을 뒤틀며 올라설" 정도로 자유분방한 성장을 이룬 것이다. 그러한 모습을 서정적 자아는 아무런 자의식의 개입없이 무매개적으로 응시한다. 이런 의장은 「꽃차」에서 펼쳐보인 자아의 모습과 하등 다를 것이 없다는 점에서 이채롭다. 대상의 응시 속에서 새로운 인식전환을 만들어내는 시인의 수법들이 마치 쌍생아의 모습처럼 비춰지고 있는 까닭이다.

그렇다고 해서 인식의 전환이 하나의 형이상학적인 문제 의식으로 동일하게 귀결되는 것은 아니다. 「고무나무」에서는 자아 스스로가 할 수 없는 영역이었기에 새로운 질서를 자신에게 요구하고 있다. 그러한 질서를 규율하는 주체는 다름아닌 '아버지'이다. "웃자라지 말거라"라는, 아버지가 서정적 자아에게 주는 경계의 담론이 바로 그것이다. '웃자람'이란 모가 나는 것이고, 이러한 돌출이 조화라든가 질서와 거리가 먼 것임은 당연한 일이다. 다시 말하면 내성이라는 수양의 공간에는 한참 못미치는 것이다. 내성이 갖춰지지 못하면서 어떻게 타자와의 아름다운 질서를 이야기할 수 있는 것인가. 시인이 '러닝머신' 타면서 현존에 맞는 보폭을 찾으려 한 것도 이와 무관한 것이 아니고(「러닝머신」), '매미'의 울음 속에서 조화로운 소리를 찾고자 한 것도 이와 밀접한 관련이 있는 것이라 할 수 있다(「매미 울고」).

터덕터덕 헛발질 몇 번 하던
옥상 벽시계가 멈췄다

꽃대궁 노랗게 밀어올린 수선화
맥없이 고꾸라진 봄

담장에 납작 붙어
쪼개진 담벼락 틈으로
제 집인 줄
대가리 들이대는 바퀴벌레

종이, 가죽, 머리카락, 비누, 치약, 본드, 손톱
닥치는 대로 삼키며
쏘다니는 그 얼굴

집 하나 갖지 못한 채
화석의 시간을 건넌다
　*라쿠카라차 : 스페인어로 바퀴벌레를 말함. 3천5백만년 화석의 모양
과 변함없 는 '살아있는 화석'이라고 함

「라쿠카라차」 전문

라쿠카라차는 바퀴벌레의 일종으로 오랜 세월동안 화석인 채로 있다
가 발견된 생물이다. 시인이 이 작품에서 특히 주목한 것은 이 벌레의 소
유욕이다. 말하자면, "집 하나 갖지 못한 채/화석의 시간을 건넌다"라는
부분인데, 바퀴벌레는 생존을 위해서 닥치는 대로 쏘다니며 먹는 삶을
즐겨 살아왔다. 하지만 그에게 소유라는 개념은 애초부터 존재하지 않았

다. 자신의 집은 갖지 못한 채 오랜 세월을 화석으로 남겨질 수 있는 공간만을 차지하고 있었다는 것이 이 시의 요지이다.

자신만의 고유한 집을 갖지 못했다는 것은 인간적인 관점에서 비롯된 것일 수 있다. 인간은 자연이 부여한 경계를 넘어서 자신만의 소유욕, 곧 욕망을 무한대로 발산하는 존재이기 때문이다. 이런 행보는 분명 자연의 질서를 뛰어넘는 영역이다. 이렇게 팽창하는 욕망이 실존의 한계를 만들었거니와 이 시대의 위기담론 또한 만들어왔다. 만약 인간이 자연이 부여한 경계 내에서 실존하고 있었다면, 존재론적 한계라든가 영원의 세계로부터 벗어나지 않았을 것이다. 자연은 인간의 그러한 한계와 욕망에 경고의 메시지를 던진다. '라쿠카라차'는 그러한 인간의 어리석음에 대해 경고하고 자연으로 되돌아가라고 환기하는 것처럼 보인다.

> 층층이 바다를 품은 다랭이에는
> 상추 시금치 봄동 양파 유채 모두
> 바다와 결을 맞춘다
>
> 바다가 내어준 바람을 따라
> 조붓한 고랑마다 물길을 내고
> 짭쪼름한 해풍 맞은 이랑에는
> 잡초가 꽃인 듯
> 꽃이 너울인 듯 아리랑 춤을 춘다
>
> 춤사위 끝을 따라가다 보면
> 나를 지켜보는 등대가 있다
>
> 「다랭이 마을」 전문

시인은 자연이 주는 한계를 이해하고, 이 영역을 벗어나지 않을 때 '등대'가 보인다고 했다. 이 작품에서 자연이란 '바다'의 은유이다. 그러니까 자연을 향한 길, 곧 바다와 보조를 맞출 때 "잡초가 꽃인 듯/꽃이 너울인 듯 아리랑 춤을 춘다"고 했다. 말하자면 각각의 사물은 자연의 질서에 일치시킬 때, 사물은 하나가 된다고 이해하는 것이다. 그 하나됨의 세계 너머에 '등대'가 있었거니와 '등대'란 어두움을 비추는 안내자 내지는 길잡이 역할을 한다. 길잡이와 함께 한다는 것이야말로 현존의 한계를 넘는 지름길일 것이고, 또 존재론적 한계를 초월하여 영원의 길로 나아가는 통로가 될 것이다.

서정적 자아는 자신의 실존이 갖는 모순이나 한계를 극복하기 위해 이렇듯 자연에 기댄다. 시인은 그것이 '자연'이라고 표나게 이야기하고 있지는 않지만, 언어의 내포를 통해서 이를 잔잔하면서도 힘있게 말하고 있다. 그것이 이 시인만이 갖고 있는 서정의 힘일 것이다. 그리고 이를 뒷받침해주는 것이 서정의 물결이 아롱진 단정한 언어의 주름이다.

(이영욱, 『다시 제자리』 해설, 시와에세이, 2024)

무뎌진 감각과 그 회복을 향한
역동적 힘의 추구
─ 하희경의 『시간 너머 어딘가에』

1. 자아에 대한 실존적 물음들

하희경의 『시간 너머 어딘가에』는 시인의 세 번째 시 모음집이다. 첫 시집 『기차와 김밥』이 2022년에, 『돌아오지 않는 시』가 이미 2023년에 상재된 까닭이다. 2022년에 첫 시집이 출간되었다는 사실에서 알 수 있는 것처럼, 하희경은 늦깎이 시인이다. 그런데 불과 3년이 되지 않은 짧은 시간에 시집 세권과 수필집 한권을 세상에 펴낸다. 이는 시에 대한, 문학에 대한 시인의 치열한 열정 없이는 이루어질 수 없는 것이라 할 수 있다.

시인이 아무런 자의식 없이 자신의 사유를 드러내는 담론, 혹은 세상을 향한 담론들을 이렇게 열정적으로 풀어내지는 않는다. 거기에는 분명 어떤 필연적인 이유가 잠재되어 있을 터인데, 시인의 작품을 꼼꼼히 읽게 되면, 시인이 뿜어내는 언어의 현란한 춤들이 어디에 뿌리를 두고 있는 것인가를 어렴풋하게나마 짐작하게 된다. 그것은 다름 아닌 인간의 숙명과도 같은 존재론적인 문제들이다. 아니 보다 정확하게는 실존과 얽혀있는 존재론이라고 하는 것이 사실에 가까운 것처럼 보인다. 시인의 작품에서 존재란 무엇인가 하는 물음들이 본질을 묻는 형이상적인 영역과는 어느 정도 거리를 두고 있기 때문이다. 그 하나의 예증이 되는 작품이 「서른 그리고 서른」이다.

내 나이 서른, 예순은 알 수 없는 미로였다. 하나에서 열까지 서툴게 길고양이와 함께 걷던 길. 다다를 수 없는 아득함이 끝없이 이어지고 있었다. 앞이 보이지 않는 길에서 여기저기 부딪치고 깨지며 상처투성이 서른, 그래도 희망은 있었다. 언젠가는 서른의 어설픈 발걸음이 제 길을 찾아내리라는

어느새 내 나이 예순, 무심코 돌아본 서른은 안개 속에 숨어 보이지 않는다. 언제 그 길을 걸어왔던가, 아니 길이 있긴 했을까. 아무리 생각해도 서른의 치열한 시간은 열매를 맺지 못한 것 같다. 코끝을 맴돌던 연푸른 새싹의 향기는 어디로 갔을까. 꽃을 피우고 씨앗은 맺었는지. 어느 골목에선가 길고양이가 운다

서른의 어설픔이 예순까지 이어졌다. 아이가 서른을 상상하지 못하듯이 서른의 나는 예순을 알지 못했고, 예순의 나는 서른의 서투름을 잊었다. 아이도 어른도 아닌 그 애매한 길에 서 있던 나는 누구일까. 예순의 나이에도 숙성되지 않은 채, 머물지 못하는 내가 흔들린다. 여전히 길을 찾지 못하고 배회하면서

「서른 그리고 서른」 전문

이 작품은 시인이 걸어온 길을 존재의 문제와 결부시켜 풀어낸 시이다. 물리적, 혹은 사실적 연대기에 의하면 서정적 자아는 이순에 가까운 듯 보인다. 이순이란 귀가 순해진다는, 논어에 나오는 말인데, 타자의 말이 자아를 거슬리거나 자아의 말 또한 타자의 귀에 거슬리지 않는다는 의미를 갖고 있다. 말하자면, 지금까지 걸어온 자아의 행보가 어느 정도 자리를 잡게 된다는 뜻이 담기게 된다. 자리가 정해졌다는 것은 자아의 나아갈 길이 어느 정도 자리잡았다는 것, 곧 굳어졌다는 의미라 할 수 있다.

하지만 이순의 나아가 되어도 서정적 자아는 여전히 십자로에 서 있다. 생물학적 나이와 그것이 주는 형이상학적 의미가 하나의 지점으로 합쳐지지 않고 여전히 평행선을 긋고 있다는 뜻이다. "여전히 길을 찾지 못하고 배회한다는 것"은 자아가 걷는 길이 안개 속에 놓여 있음을 말해주는 것이다. 실상 자아가 세상으로 나아가는 길, 그러한 세상 속에서 자아의 안온한 실존을 구하는 길, 그리하여 존재란 무엇인가 하는 근원적 물음들은 시인에게 지금 이곳에서 문득 생겨난 것이 아니다. 그러한 물음들은 이미 지나온 30여년 전부터, 아니 서정적 자아가 세상에 기투된 순간부터 시작된 것이기 때문이다. 그리하여 이 물음에 대한 해법을 찾기 위해서, 그리고 자아의 불안한 실존을 승화시키는 매개를 찾기 위해서 자아는 '보이지 않는 어둠'을 헤치면서, 그 너머의 저 아득한 곳에 있을법한 '빛'을 향해서 가열찬 서정의 열정을 토해냈던 것이다.

그런데 이런 열정에도 불구하고 자아 앞에 놓인 어둠은 쉽게 걷히지 않았다. 그리하여 지나온 30년은 자신의 기억에서 지우고 다가올 30여년의 세월에 다시 한번 희망을 걸어본 것이다. 서른에 형성된 '어설픈 걸음을 내디디면서' 말이다. 하지만 다가온 세월도 십자로에 서있는 자아에게 여전히 '희망'의 길을 제시하지 못한 것처럼 보인다. '서른의 서투름'에서 시작된 정서가 다가온 '서른의 서투름'으로 연결되고 있었기 때문이다.

부처님 손바닥 안에서
한 치 앞을 모르고
외나무다리 껑충거리며
바람 많은 길에 선 나그네
등이 구부정하다

아이 낳고 결혼하고 연애하면서
세상 다 가질 줄 알았는데
몸집 키우는 아이들 사이에서
어느 하나 제대로 가져보지 못했다

해 뜨는지 달뜨는지 모르고 걸었는데
한순간 어린아이가 되었다
지금, 이 순간
이생일까 전생일까
어쩌면 다음 생일지도

손바닥에 새겨진 생명선은
무슨 말을 하려는 걸까
삶과 죽음의 경계 그 어딘가
도무지 모를 하루가 눈을 뜬다

「생명선」 전문

　스스로의 힘에 기대어 자아란 무엇인가, 혹은 인생이란 무엇인가에 대한 명확한 해법을 찾지 못할 때, 흔히 기울게 되는 행로 가운데 하나가 절대자, 곧 신에게 기대는 것이다. 신이 갖고 있는 절대적인 힘에 의지하는 것은 자아가 스스로 조율해서 자신의 나아갈 길을 잃었을 때 생겨난다. 인용시가 말하고자 하는 것도 이 부분이다.

　서정적 자아는 「서른 그리고 서른」에서 "나는 누구"이고, "예순의 나이에도 숙성되지 않은 채, 머물지 못하는 내가 흔들리는" 상황에 대해 적절히 응전하지 못한채 그저 의미없는 기표의 흐름 속에 갇힌 상태에 놓여 있다. 시인에게는 이제 이런 한계 상황을 극복하기 위해서 새로운 인식성이 필요해진 순간이 되었다. 그 모색의 결과 시인에게 새롭게 다가온 것이 '생명선'이다. 손바닥에 놓여 있는 긴 선이 생명선이라고 알려져 있지만, 흔히 이는 운명선이라고 불리운다. 운명이란 이미 정해져 있는 것이어서 일상에서 쉽게 변하지 않는다고 한다. 그런 함의를 담고 있는 것이기에 자아가 욕망하고 있는 것은 분명하다. '자아란 무엇이고', '예순의 나이에도 여전히 흔들리는' 상황에 대한 방향성에 대해 알고 싶은 것이다.

　물론 자신에게 정해져 있는 이런 운명선에서 어떤 긍정적인 해법을 구하고자 하는 의도가 있는 것이라고는 볼 수 없을 것이다. 자신 앞에 놓인 일상이 긍정적인 것이든, 혹은 부정적인 것이든 선택의 문제가 중요한 것은 아니기 때문이다. 이미 정해져 있다는 것, 그 불변의 고정성, 혹은 영원성이야말로 방황하는 자아의 일시성, 순간성을 초월케 하는 수단일 것이다. 그럴 경우 자아의 정체성이나 방황은 장렬하게 끝맺음되는 것도 가능할 것이다.

2. 세상과 자아 앞에 놓인 벽들

하희경 시인의 작품들은 일상과의 긴밀한 대화 속에서 형성된다. 그렇기에 시인의 작품들은 읽는 독자들과 비교적 넓은 공감대를 형성하게 된다. 시인은 외부와 고립된 자아의 문제들에 대해서는 비교적 거리를 두는 편이다. 시인의 작품들이 독자와의 공감의 여울을 크고 넓게 만드는 것도 이 때문이라 할 수 있다.

일상은 현실적인 감각이 지배하는 공간이다. 관념이라든가 형이상학적인 문제와 같은 초월의 영역보다는 지금 여기에 상존하는 자신의 문제, 혹은 우리들의 문제가 지배하는 영역이다. 그러한 까닭에 자아란 무엇인가에 대한 시인의 물음이 일상에 뿌리를 두게 된다. 이를 대표하는 시가 「벽」이다.

꿈 많은 소녀가 여인이 되면
어미의 희생은 당연하다는
신화에 길들여진 사람들
쇠사슬 소리 요란하게
숨통을 조여온다

다른 세상에 사는 남편
독불장군 같은 자식들
옴치고 뛸 재주 없는 여자는
가난으로 빛바랜 모성을 들고
하늘 아래 고개를 들지 못한다

순종이 미덕이라 배운 여자에게
무심하게 다가오는 손가락
가시 돋친 말들이
넘을 수 없는 벽을 만든다
「벽」 전문

　이 작품은 일상 속에서 형성된 자아의 정체성이 무엇인지 잘 말해주는 시이다. 서정적 자아는 여성인데, 화자를 여성적 주체로 내세운 것에는 그만한 이유가 있다. 우리 사회에서 여성에게 붙여진 레테르, 곧 신화라는 불변의 화석으로 남아 있다. "어미의 희생은 당연하다"는 고정 관념이다. 이를 고정 관념이라 했지만, 실상 시인의 표현처럼, 요즈음의 현실에서는 받아들여지기 어려운 낡은 신화일 뿐이다. 하지만 무언가 수용되기 어려운 것이라고 해도 이 신화적 관념이 요즈음 일상에 부합하는 관념 속에서 소멸되는 것은 쉬운 일이 아니다. 그 어려운 실타래가 자아에게 스며들어와 자아 스스로가 잘못된 신화의 주인공으로 전락했다는 것, 그것이 이 작품의 내포이기 때문이다.

　한번 만들어진 신화는 자아의 주변에서 종결되지 않고 계속 생명을 유지한 채 퍼져나간다. 그러한 확산은 자아를 실존의 감옥으로 몰아넣는 주요 근거 가운데 하나가 된다. 자아 주변에는 "다른 세상에 사는 남편"이 있는가 하면, "독불장군 같은 자식들"로 둘러 싸여져 있는 까닭이다. 그러한 고립주의가 낳은 결과가 무엇인가에 대해 굳이 의문 부호를 남길 필요는 없어 보인다. 잘못된 고정관념이 만들어낸 신화의 또 다른 연속은 끊임없이 이어지기 때문이다.

　연속은 시간성과 계기성을 갖는 것이기에 결코 중단되지 않는다. 그 중단없는 신화 속에 여성성은 결코 수면 위로 떠오르지 못한다. 그 잠들어 있는 상태, 그것이 곧 벽을 만들어낸다. 지금 서정적 자아는 움직일 수 없는 환경, 신화가 만들어낸 고정 관념 속에서 나아갈 방향을 상실한 상태이다. 어찌할 수 없는 현실의 벽, 신화의 벽, 실존의 벽 속에서 갇혀 있는 까닭이다. 자아는 벽으로부터 자유롭고 싶어한다. 하지만 시간의 견고함 속에서, 혹은 관념의 적층 속에서 형성된 신화의 벽을 넘기란 실로 난망한 일이다. 그렇다고 포기할 수 있는 영역도 아니다. 그러한 벽으로부터 탈출하고자 하는 욕망이 강렬히 솟아날 수밖에 없었던 것, 그리고 그러한 동기가 이번 시집의 전략적 이미지가 되었거니와 "자아란 무엇인가"를 묻게 된 근본 계기 가운데 하나가 되기도 했다.

낯선 바닷가에서 파도에 휩쓸려온
나무토막 하나 주워 왔다

껍질 벗겨 뽀얀 속살 살살 달래가며
구부러진 외다리에 점찍어
물음표 하나 깎았다

속살 깊이 박혀 있는 별 다치지 않게
그리움 한 줌 눈물 한 수저 얹어
예쁘장한 물음표 하나 만들었다

밤하늘 별들이 속삭이고
눈썹달 뜬, 바람 불어 좋은 날
먼 바다로 물음표 돌려보냈다

물음표가 된 나무토막
바닷물에 흔들리며 알게 될까

어째서 세상은 어지러운 건지
어쩌다 정처 없이 떠돌아야 하는지
어떻게 멀쩡히 잘들 살아갈 수 있는지
「물음표」 전문

고정 관념이 만들어낸 신화의 부정적 국면은 자아 주변에서 그치지 않고 점점 확대된다. 개인적인 차원이 아니라 사회적인 차원으로 그 외연을 확장시켜 나가게 되는데, 이는 시인의 시들이 개인의 영역을 벗어나는 계기가 된다.

「물음표」의 자아는 지금 바닷가에 있다. 거기서 그는 나무토막 하나를 주워 물음표를 새긴다. 이 되새김질이 의미하는 바는 자명하다. 끊임없는 탐색의 과정에서 여전히 얻어지지 못한 '자아란 무엇인가'에 대한 해법을 얻기 위해서이다.

여기서 물음표란 자아를 규정짓는, 아니 규정지을 것이라고 믿어지는 판도라의 상자와 같은 것이다. 이 상자가 바닷물에 의해서, 구체적으로 말하면, 그 흔들림에 의해 깨지기를 희망하게 되거니와 그 물음표에서 적절한 답이 나올 것인가. 그렇다면 그것은 과연 무엇일까. 그리고 그것이 자아의 정체성이 무엇인지 일러줄 수 있는 단서가 되는 것일까. 그러한 의문의 꼬리들이 보다 구체화되어 나타난 것이 마지막 연이다. "어째서 세상은 어지러운 건지", 혹은 "어쩌다 정처 없이 떠돌아야 하는지", "어떻게 멀쩡히 잘들 살아갈 수 있는지"에 대한 의문형들이 바로 그것이다. 여기에 이르게 되면, 시인의 서정의 폭은 넓고 크게 울려퍼지게 된다. 자아의 정체성을 물어왔던 그의 의문들이 세상과 교합되면서 서정의 음역이 크게 확대되는 까닭이다. 이는 시인의 작품이 서정의 작은 테두리를 벗어나게 하는 근거가 된다고 할 수 있다.

> 흐린 오후를 새가 주름잡는다
> 애써 만든 둥지 놓아둔 채
> 어디로 가는 걸까
>
> 낮은 산과 더 낮은 나무 밟고
> 점점 낮아지는 하늘 받들어
> 느릿느릿 자맥질한다
>
> 땅이 바다였을 때
> 날치였을지도 모를 작은 새
> 쉬지도 않고 무엇을 향해 가는 걸까
>
> 달려가도 달아나도
> 끝내 그 하늘 아래인 것을
> 알지 못하는 날개, 낮과 밤을 가른다
>
> 「시간 너머 어딘가에」 전문

이렇듯 서정적 자아가 탐색하는 것은 분명하다. 자아를 위한 것들이 일상 너머, 혹은 현실 너머에 있을법한 것들을 찾기 위해서 말이다. 시간 너머의 저편에 존재하는, 자아의 완결성을 실현시켜는 주는 것들 향해서 계소 그리움을 표명하는 것이다.

3. 생동력있는 삶을 위하여

자아를 향한, 그리고 세상을 향한 의문의 부호를 던졌지만, 자아에게 전해오는 반향은 거의 없었던 것처럼 보인다. 세상은 무딘 채 던져져 있었고, 자아의 감각 또한 생기를 잃고 있었기 때문이다. 이를 적극적, 혹은 능동적으로 받아들이게 되면, 자아가 그 늪에서 빠져나오기란 난망한 일이 된다. 그러한 상태가 자아에게 어떤 결과를 가져올 지 알기에 자아를 향한 물음들, 세상을 향한 의문들은 결코 포기될 수 없는 것이었다.

참 길다

빈둥거리며 마시는 하루가
인스턴트 커피는 까맣게 말라가고

다정했던 바람 언제 적 일인지
인사도 없이 휘릭 날아간다

새소리도 들리지 않는 오늘
종일 애를 태운다
어째 이리 긴지

청소하고 빨래 널고 텔레비전도 봤지만

책 안 보고 글 안 쓰기로 한 하루

너무 길다

「안과 가는 날」 전문

안과는 보는 것, 혹은 보이는 것과 관계된다. 시야가 확보되지 않으면, 자아를 향한 것들, 사물들의 본질이 무엇인지 자각해낼 수가 없다. 그러한 상황이 서정적 자아를 답답하게 한다. 이런 상황은 어쩌면 물음표와 같은 영역에 놓이는 것인지도 모른다. 무언가 쉽게 감각될 수 있으리라 기대하지만 세상은, 육신은 자아에게 명쾌하게 답을 주지 않는다.

「안과 가는 날」이 말하는 내포는 이런 갑갑한 현실이 엉겨서 만들어진다. 자아가 무엇이고 세상이 무엇인지 뚜렷이 알 수 없지만, 보이지 않는 미로를 향해서 감각의 촉수들을 계속 드리워야 한다. 하지만 세상과 육신은 이를 허락하지 않는다. 감각이 전해지지 않는 까닭이다. 하지 못하게 하는 현실과 반드시 해야만 현실 사이의 여백이 자아를 또 다른 감옥으로 밀어넣는다. 그것이 지루한 시간의 확장으로 이어지는 것은 당연할 것인데, "새소리도 들리지 않는 오늘/종일 애를 태운다/어째 이리 긴지" 하는 정서가 생겨나는 것은 이 때문이다. 자아 속에서 시간이 팽창되는 것은 자아에 갇힌 욕망이 발산되지 않은 까닭이다. "책 안보고 글 안 쓰기로 한 하루"가 이런 상황을 만든 것이다. 세상으로 나아가는 통로를 상실하게 되면, 자아 탐색은 한 발자국도 나아가지 못하는 절망적인 상황이 만들어진다.

당신 아픈가 봐요

건드리기만 해도
스치기만 해도
바라만 봐도
신음소리 절로 나오니 말이에요

누군가 말하길
아픔을 안다는 건
살아 있다는 증거라네요

그래서일까요?
나도 좀 아파요

「동행」 전문

　이 작품은 감각, 보다 구체적으로 통증의 이미지를 다루고 있다. 감각은 일차적 이미지에 속하거니와 만약 감각이 없다면, 개체는 생명이 없는 거나 마찬가지이다. 일찍이 이 감각을 활용하여 생명체의 부활을 노래한 시인으로 김소월을 들 수 있다. 이를 대표하는 시가 「여자의 냄새」인데, 소월은 이 작품에서 "붉은 구름의 옷 입은 해의 냄새/아니 땀냄새, 때의 냄새"를 감각하며 "냄새 많은 그 몸이 좋습니다"라고 했다. 냄새, 곧 후각적 이미지를 감각할 수 있다는 것은 생명이 있기에 가능한 정서이다. 소월은 감각의 부활을 통해서 무덤으로 인식되던 조선을 생명체가 있는 실체로 인식하고자 했다. 이것이 곧 조선심이나 조선혼의 부활이거니와 애국심의 발로였던 것이다.

　감각을 통한 생명체의 부활은 하희경 시인에게도 소월과 같은 동일성의 차원에 놓인다. "아픔을 안다는 건/살아있다는 증거라네요"라고 인식하기 때문이다. 그런 맥락에서 여기서의 아픔은 두 가지 의미를 내포한다. 하나는 물리적인 국면이고, 다른 하나는 정신적인 국면이다. 하지만 이렇게 두 갈래의 길로 나뉘어져도 그 함의는 하나로 귀결된다. 갇혀있는 자아를 감각의 자극을 통해서 해방시키고자 하는 의지가 내포되어 있는 까닭이다.

시인은 자신의 정서를 갇힌 상태로 방치하지 않으려 시도한다. 만약 그러했다면 자아란 무엇인가 하는 여정은 더 이상 진행될 수 없었을 것이다. 그런 불활성의 상태를 포기할 수 없었기에 서정적 자아는 통증을 느껴야 했고, 이를 바탕으로 새로운 여정으로 나아가야 했다. 시인이 이 작품의 제목을 '동행'이라 한 것도 이와 무관하지 않은 경우이다.

문득 폭포를 생각한다
저 높은 곳에서 세상을 향해
작은 물방울들이 한데 모여
땅으로 쏟아져 내리며
목이 터져라 외친다

거침없는 물줄기에
남은 생 맡길 수 있다면
죽지 않으려고 살아온 날들이
새 힘을 얻을지도 모르겠다
산다는 것의 그 치열함을 다시 맛보고 싶다

물 만난 고기처럼
팔딱거리는 순간 언제였는지

어쩌면, 웅장하지 않아도
이름 하나 남기지 않아도
잘 살았다고 알려줄지도 모른다

폭포를 보러 가야겠다
　　　　　「폭포」 전문

　일상에서 가장 활기찬 것 가운데 하나가 폭포가 주는 역동적 이미지일 것이다. 따라서 감각을 통해서 건강한 생명력에 대한 갈증을 드러낸 시인이 '폭포'의 상상력으로 나아간 것은 지극히 자연스러운 행보라 할 수 있다. 폭포 속에서 연상되는 것이 '거침없는 물줄기'이고, 그 줄기가 함의하는 '쏟아져 내리는 저돌성'이 상상되기 때문이다.

　감각이 무뎌진 상태에서 서정적 자아에게 가장 필요한 것은 이를 회복하고 자기화하는 일일 것이다. 3연에 표명된 일련의 기대치들은 모두 이런 욕망으로 형성된 것들이다. 폭포를 그리워하고 이를 내적 욕망에 덧씌우고자 한 의도 또한 이와 무관하지 않다. 가령, "물 만난 고기처럼/팔딱거리는 순간 언제였는지", "어쩌면, 웅장하지 않아도/이름 하나 남기지 않아도/잘 살았다고 알려줄지도 모른다"는 희망의 메시지가 그러하다.

　활력있는 삶이야말로 밀폐된 삶, 구속된 삶의 상대적인 자리에 놓이는 정서이다. 그러기 위해서는 무딘 감각이 깨어져야 한다. 이런 맥락에서 「폭포」가 시사하는 인식성은 매우 크다고 할 수 있다. 거침없이 쏟아지는 힘이야말로 무뎌진 감각을 치유하고 자아에게 생의 긍정적 에네르기를 부여해주기 때문이다.

4. 공존을 향한 거대한 발걸음

서정적 자아의 주변을 두텁게 감싸고 있던 외피가 벗겨지면서 이제 자아는 새로운 단계로 나아갈 수 있는 계기를 마련하게 된다. 무뎌진 감각이 살아나고, 생의 활력이 느껴지면서 자아는 이제 새로운 무대의 주체로 우뚝 설 수 있는 몸가짐을 갖출수 있게 되었기 때문이다. 수면 아래에 놓여 있는 자아가 새로운 외피를 갖추면서 이전과는 다른 주체로 새롭게 탄생한 것이다.

> 햇살 체에 걸러 부드럽게 풀어주고
> 빗방울은 동글동글 둥글리고
> 춤추는 바람 안무하고
> 가냘픈 몸으로
> 힘든 내색 하지 않고
> 까만 밤이 무섭다고 우는
> 풀벌레까지 등에 업어 달래느라고
>
> 눈코 뜰 새 없이 바쁘다
>
> 「풀잎의 하루는」 전문

'풀잎'은 자아의 은유 내지는 치환이다. '풀잎'은 자신을 둘러싼 환경으로부터 고립된 존재가 아니다. 그것은 이제 활력이 있는 존재, 타자와 함께 할 수 있는 존재, 그리하여 그들과 하나의 공동체를 이룰 수 있을 만큼 열린 존재이기 때문이다. 그러한 풀잎이 할 수 있는 일은 제한적이지 않고 여러 가지 방향으로 개방되어 있다. 가령, "햇살 체에 걸러 부드럽게

풀어주”거나 “빗방울은 동글동글 둥글리고”, “춤추는 바람 안무하고”“갸
날픈 몸으로 힘든 내색 하지 않고” “까만 밤이 무섭다고 우는/풀벌레까
지 등에 업어 달래는” 일까지 수행하는 까닭이다. 말하자면, 자신을 둘러
싼 모든 대상들의 행위에 간섭하고, 그들이 자신들만의 고유한 역할을
할 수 있도록 도와준다.

　‘풀잎’의 이러한 행위는 순수하고 경우에 따라서는 동화적이기까지 하
다. 따라서 이는 순수성의 한 자락에서 이해할 수도 있고, 분주한 일상에
서 자신만의 고유한 역할을 수행하는 정체성의 맥락에서 이해할 수도 있
다. 그 어떤 것이든 이 작품의 핵심 기제는 마지막 연이다. “눈코 뜰 새 없
이 바쁜” 자아의 정체성이 표나게 드러난 까닭이다. 바쁜 것은 대상과의
아름다운 공존에 놓여 있다는 것이고, 그 관계 속에서 자신의 역할이 존
재한다는 것이다. 역할이 있다는 것은 방관하겠다는 것이 아니고 실제로
참여한다는 것이다. 그러니 바쁜 것이다. 이런 활력있는 일상이야말로
시인이 꿈꾸었던 이상일 것이다. 그 건너 편에 놓여 있는 무기력한 자아
나 무뎌진 감각으로는 결코 수행할 수 없는 영역이다.

　　은이가 상추를 주었어
　　부지런히 먹을 거야

　　이 작은 상자에서
　　넓은 세상으로
　　성큼성큼 나갈 거니까

　　그래도 어쩐지
　　혼자는 좀 무서워

친구를 만드는 중이야

둘이 함께라면
뭐든지 할 수 있을 테니까
「달팽이의 하루」 전문

서정적 자아가 바쁜 일상에 적극적인 주체로 설 수 있었던 것은 공존을 향한 윤리의식이 있었기에 가능한 것이었다. 만약 고립된 자아라든가 혹은 그러한 상태에 머무는 것에 대해 하등 불만이 없었다면 이런 적극적, 능동적 포오즈는 불가능했을 것이다. 공동체라는 것을 뚜렷이 응시하고 이를 자기화할 수 있어야 비로소 가능한 행위이다. 「달팽이의 하루」가 말해주는 것도 이 부분이다.

이 작품에서 달팽이는 이타적인 존재가 아니다. 그것은 이를 부양하는 주체가 있을 경우에 비로소 자신의 존재라든가 역할을 부여받을 수 있기 때문이다. 그 첫 단추가 자신을 가두고 있던 상자에서 벗어나는 일이다. 이는 마치 실존주의자들이 흔히 묘파했던, 실존을 향한 거대한 행보와 비슷한 경우이다. 하나의 개체가 실존의 바다에 정착하기 위해서는 자신만의 고유한 능력으로는 부족하다. 달팽이가 친구를 만드는 것도 이와 무관하지 않다. 이렇게 함께 하는 존재가 생겨나게 되면 자아는 자신 앞에 놓인 어떠한 일이나 상황도 초월할 수 있는 힘을 얻게 된다. "둘이 함께라면/뭐든지 할 수 있을 것"이라는 자신감, 현실에 대한 적극적 응전의 태도가 나오는 것이다.

302호 우편함이 소화불량이다
명랑하게 웃는 남자아이

손잡고 다니던 젊은 엄마
보이지 않는다
오늘은 흐림

2층 계단 지나는데
삼겹살 굽는 냄새
302호가 틀림없다
체증이 가라앉았나보다
오늘은 흐리다가 맑음

집에 들어오자마자
거실 창문을 활짝 열었다
고기 굽는 냄새가 좋다
다섯 살배기 개구쟁이
통통 튀는 웃음소리 들린다
오늘은 맑음이다

「일기예보」 전문

이 작품은 자아의 주변에서, 아니 일상의 현실에서 흔히 볼 수 있는 풍경을 일기예보에 비유한 작품이다. 이와 비슷한 상상력을 보여준 사례가 있는데, 1930년대 김기림의 「기상도」이다. 「기상도」와 마찬가지로 「일기예보」의 서정적 의장 역시 일종의 응시와 같은 감각적 이미지에서 구성되고 있는 것이다.

이 작품의 서사는 이렇게 구성된다. 명랑하게 웃거나 손잡고 다니던 젊은 엄마가 보이지 않으면 "오늘은 흐리"다. 하지만 '흐린' 상황은 곧바로 반전되는데, 바로 고기 굽는 냄새에 의해서이다. 고기를 굽는다는 것은 식탁 앞에서 조화로운 대화의 무대가 조성될 수 있는 가능성이 매우 높은 경우이다. 그러니 시인은 이를 두고 "흐리다가 맑음"이라고 한 것이다. 마지막 세 번째 연은 소리와 냄새 감각으로 모두 서정화된 사례들이다. 마치 육신으로 똘똘뭉친 서정적 자아의 오감을 일차적 감각으로 즐겁고 조화롭게 덧칠하는 듯한 모양새를 갖추고 있다. 그러니까 모든 소리와 냄새 감각이 아름다운 화음으로 구성되기에 서정적 자아는 이를 두고 "오늘은 맑음"이라고 표명했다. 한편의 에피소드처럼 구성된 작품이긴 하지만 이 시가 시사하는 바는 매우 크다. 감각의 부활을 통해서, 그리하여 생의 활력소를 불어넣음으로서 인식의 완결성, 조화의 긍정성을 그려내고 있기 때문이다.

하희경 시인은 일상에서 어떤 거대한 서사를 발견하고 이를 서정의 맥락으로 여과시키려하지 않는다. 그가 탐색하는 서정의 거리는 소박하고 간결하다. 뿐만 아니라 존재론적 한계라든가 인간의 본질과 같은 형이상학에 대해서도 심도있는 사유의 표백을 드러내지 않는다. 시인의 시들은 사소한 일상에서 시작되기에 이런 거대 담론이나 서사영역과는 거리를 두고 있다. 그럼에도 시인이 던지는 서정의 물결은 결코 작게 울려퍼지지 않는다. 자아를 둘러싼 일상, 우리 주변에 녹아들어가 있는 일상이야말로 거대한 성채의 뿌리와 같은 것이기 때문이다. 이 소소한 영역 속에서 형성된 자아의 고뇌, 실존의 고뇌들이란 곧 거대 서사나 형이상의 관념과 결코 분리되어 있는 것이 아니기 때문이다. 시인의 작품들을 사소한 일상이나 작은 이야기의 세계로 한정시킬 수 없는 이유가 여기에 있다.

(하희경, 『시간 너머 어딘가에』 해설, 글로우문, 2024)

통합을 향한 자아 성찰과 어둠의 상상력
– 이은봉의 『바람의 파수꾼』

1. 이루어져야 하는 서정의 꿈

이은봉은 평론으로 출발하여 시인으로 나아간 문인이다. 1983년 『삶의 문학』에 「시와 상실의식 혹은 근대화」로 평론가가 되었고, 이듬해 동인 시집 『마침내 시인이여』에 「좋은 세상」 등 6편의 시를 발표하면서 시인이 되었다. 그뿐만 아니라 광주대학교 문창과 재직하면서 교육과 연구 활동을 겸임하기도 했다. 이러한 저간의 사정에서 알 수 있는 것처럼 그의 문학 활동은 어느 한곳에 머물지 않고 여러 방면에서 역동적으로 이루어졌음을 알 수 있다.

이러한 다양성은 그의 주된 활동 무대였던 서정시의 영역에서도 고스란히 나타난다. 그는 지금까지 13권의 시집을 상재했고, 이번에 펼쳐 보이는 시집 『바람의 파수꾼』은 14번째이다. 말하자면 그가 지금까지 적지 않은 시집을 상재했다는 것인데, 이러한 면은 그의 시작 활동이 간단없이 진행되어왔음을 말해주는 증거라 할 수 있다. 물론 시인의 의욕적인 시작 활동은 양적인 풍부함에 그치는 것은 아니다. 그는 여러 권의 시집에서 시대가 요구하는 여러 주제 의식과 소재들을 다층적, 예각적으로 담아왔기 때문이다. 그러한 주제 의식이란 모두가 동의하는 것처럼 좀 더 나은 세상을 향한 성스러운 여정이기도 했다. 하지만 주제 의식이 비교적 뚜렷하다고 해서 그가 펼쳐 보인 서정의 행보가 단선적인 길로만 진행되었던 것은 아니다. 그가 이 여정을 위해서 서정적 자아가 할 수 있는 최선의 방법, 최고의 열정을 다양성의 의장으로 풀어냈기 때문이다.

이번에 상재하는 『바람의 파수꾼』은 서정의 정열이 여러 경로를 통해 발산되고 있다는 점에서 지금까지 보여주었던 시인의 시세계가 모두 집약되어 있다는 느낌을 받게 된다. 부챗살처럼 퍼져나갔던 서정의 행보라든가 자의식의 방향 등이 여러 꼭지점을 찍으면서 퍼져나가고 있기 때문이다. 그 지향점이란 시인이 지금껏 모색해왔던 '이루어져야 하는 서정의 꿈'을 향한 행보이다.

그는 언제나 꿈을 꾸는 시인이었다. 현실이 불온의 물결로 휩싸여 있을 때는 이 부정(不淨)을 씻기 위해 늘 깨끗한 물을 그리워했다. 그 연장선에서 갈등과 불화가 넘실거릴 때는 이를 승화시키는 사랑의 정서에 무한한 갈증을 느끼기도 했거니와, 경우에 따라서는 이러한 부정성의 원인이 무엇인지를 탐색하기 위해 자아 내부로 시선을 돌리기도 했다. 그러한 까닭에 그의 시선은 360도 회전하는 어라운드 뷰를 탐지하는 공간 속에 늘 놓여 있었다고 해도 과언이 아니다. 시인의 시들이 소재의 다양성과 거기서 길러지는 여러 음역이 형형색색의 꽃밭을 형성할 수밖에 없었던 원인도 여기서 찾아진다. 물론 이 감각은 이번 시집에서도 여전히 유효하다.

마음속 작은 나라가 있다 평생을 두고 내가 가꾸어온 나라…… 더러는 그 나라, 꼼꼼히 들여다볼 때 있다

얼마나 높아졌나 얼마나 깊어졌나 얼마나 넓어졌나 거듭해 되물어볼 때 있다

되물어보다 보면 자꾸만 폭폭해진다 불안해진다 초조해진다

마음속 작은 나라라는 것이 있기는 있나

말로는 설명이 안 되는 나라, 멀리 내려다보이는 푸른 숲처럼 검고 그윽한 나라……, 가까이 다가가 보면 초록 잎도, 붉은 꽃도 피어 있다

깊은 산골짜기를 껴안고 있는 나라

계곡물 졸졸졸 흘러내리는 나라

다람쥐와 산토끼도 살고, 이리와 승냥이도 사는 마음속 작은 나라

조금쯤 떨어져 바라보면

오랜 기쁨과 사랑과 즐거움만이 아니라

몇 가닥 고요도, 상처도, 슬픔도, 꿈도 사는 나라, 장엄한 진실도 제 모습 감추며 사는 나라, 더러는 발광도 설움도 짜증도 권태도 한숨도 우울도 사는 나라

당신인들 그런 나라가 없으랴

당신인들 그런 나라를 살고 있지 않으랴

오늘만이라도 밝고 환하게 꽃 피어 있어라 마음속 참 변덕스러운 작은 나라!

「마음속 작은 나라」 전문

이은봉에게는 "마음속 작은 나라가 있다 평생을 두고 내가 가꾸어온 나라"가 있다. 그가 꿈꾸는 것은 거대 서사가 판치는 나라가 아니다. 그저 작지만 소중한 나라이다. 하지만 작은 서사에 뿌리를 두고 있는 나라라고 해도 그것이 쉽게, 곧바로 실현되는 것은 아니다. 서정적 자아가 그러

한 환경에 대해 "되물어보다 보면 자꾸만 폭폭해진다 불안해진다 초조해진다"하는 불길한 정서에 갇히게 되는 것도 이와 밀접한 연관이 있다.

「마음속 작은 나라」는 외부와 절연된 순수 서정의 샘에 빠져 있다는 느낌, 자아의 한계를 보여주는 느낌을 주는 시이기도 하다. 하지만 그 이면을 꼼꼼히 들여다보게 되면 이 작품은 시인이 지금껏 모색해왔던 서정의 동일성이 모두 구현되어 있다는 점에서 주목을 요하는 시이다. 그의 시 세계들은 주로 획일성을 강요했던 권위적 문화라든가 근대 속에 편입된 자아의 한계로부터 탈출하고자 하는 욕망을 표현해왔는데, 그러한 감각은 이 작품에서도 여전히 유효하다.

근대의 대항 담론인 반근대 의식의 정점에 놓여 있는 것이 자연이다. 그것은 문명 이전의 원시적인 세계와 가까운 것이다. "멀리 내려다보이는 푸른 숲처럼 검고 그윽한 나라, 가까이 다가가 보면 초록 잎도, 붉은 꽃도 피어 있는 곳", 그리고 "깊은 산골짜기를 껴안고 있는 나라"라든가 "계곡물 졸졸졸 흘러내리는 나라", "다람쥐와 산토끼도 살고, 이리와 승냥이도 사는 마음속 작은 나라" 등이 그러하다. 시인 이은봉은 전일성이 갖추어진 그러한 세계를 꿈꾼다. 그러한 세계란 문명의 반대편에 있는 공간이고, 경우에 따라서는 에덴동산과도 같은 곳이다. 실상 그가 갈급하는 이 균일한 세상을 향한 정서들은 현저하게 박두진의 산문정신과 닿아 있는 것이거니와, 이는 그의 시들이 율문정신을 넘어서는 자리에 놓이는 근거가 되기도 한다. 산문이란 다양성을 전제하거니와, 동일성이라든가 수평적 세계란 이 다양성을 떠나서는 성립할 수 없기 때문이다.

두 번째는 획일성에 대한 저항 의식이다. 그가 살았던 시대, 아니 우리 세대가 견뎌왔던 세대는 하나의 사유만을 주입하는 단일성의 사회였다. 어제의 진실이 오늘도 그러했다는 것인데, 이는 곧 중심을 향한 사유의 강요였다. 그 결과 중심을 벗어나는 다양성은 끝내 용인되지 않았다. 서정적 자아가 가졌던 서정적 진실은 그 반대편에 놓인 세계였다. "오랜 기쁨과 사랑과 즐거움만이 아니라/몇 가닥 고요도, 상처도, 슬픔도, 꿈도 사는 나라, 장엄한 진실도 제 모습 감추며 사는 나라, 더러는 발광도 설움도 짜증도 권태도 한숨도 우울도 사는 나라"야말로 그러한 단일성, 획일성이 와해되는 나라이다. 이는 곧 다양성이거니와, '다름'과 '차이'가 용인되지 않던 세계와는 구분되는 것이다.

무엇으로 어떻게 바람을 지키겠다는 것인가 그대는
손오공처럼 구름을 타고 하늘로 올라가 바람을 지키겠다는 것인가
이마에 손을 올리고 저기 아득한 허공을 주욱 둘러보고는
불어오는 바람을 꼼짝 못하게 잡아 한군데 꼭 묶어 두겠다는 것인가
킥킥킥, 새들이 웃는다 새들의 웃음소리가 들리지 않는가
바람은커녕 새들조차 지키지 못하는 것이 그대 아닌가
바람보다 먼저 새들이나 지켜 보시지
새들보다 먼저 구름이나 지켜 보시지
새들도 제대로 지키지 못하면서
구름도 제대로 지키지 못하면서
무엇으로 어떻게 바람을 지키겠다는 것인가
도대체 무슨 근거로, 무슨 이유로 그대
바람을 지켜야겠다고 생각하는가
바람은 사람, 사람은 마음, 마음은 자유……, 자유가 발길을 만들고, 발
길이 역사를 만들지
바람을 지키겠다는 것은 역사를 지키겠다는 것
무엇으로 어떻게 역사를 지키겠다는 것인가

지키겠다는 것은 가두겠다는 것, 무엇으로 어떻게 그대, 바람을 가두겠
다는 것인가
　바람은 흐르는 것, 바람은 달리는 것
　그렇지 바람은 여기저기 스며드는 것, 그러다가 별안간 솟구치는 것, 아
직도 그대는 구름을 타고 있는가
　그대가 타고 있는 구름은 뜬구름
　손오공의 흉내 그만두고 얼른 땅으로 내려오시게
　땅에 깊이깊이 뿌리를 내리고 미루나무처럼 하늘을 향해 머리칼이나
날려 보시게
　실은 이것이 바람을 지키는 일
　지금은 바람이 그대의 여린 잎사귀들을 부드럽게 어루만지고 있잖나.

「바람의 파수꾼」 부분

　이번 시집에서 '다름'과 '차이'와 같은 다양성, 문명 이전의 원시성이 은
유화되어 나타난 것이 '바람'이다. 이 시에서 서정적 자아는 그대에게 '바
람'을 '지킬 수 없는 것'이라고 주장하는데, 그 이유는 분명하다. "바람은
사람, 사람은 마음, 마음은 자유"이고, "자유가 발길을 만들고, 발길이 역
사를 만들기" 때문이다. 이 시에서 '지킨다'는 말은 물론 '구속하다', '속박
하다'는 뜻을 지닌다.
　'바람'은 무지개와 같은 다양성을 갖고 있기에 결코 하나의 모습이나
색으로 구현되지 않는다. '흐르기도 하고', '달리기도 하며', 경우에 따라
서는 '스미기도 하고', '솟구치기도 한다'. 따라서 바람은 다채롭게 변신
하는 저 스스로의 행위에만 그치지 않는다. 타자의 말이나 행위에 개입
하여 그것으로 하여금 존재론적 변이를 가져오게 만들기도 한다. 이러한
속성을 갖고 있기에 그는 그대에게 '바람을 지킬 수 없는 것'이라고 강조

하는 것이다. 하지만 바람을 지킬 수 없는 이유가 따로 있는데, "지금은 바람이 그대의 여린 잎사귀들을 부드럽게 어루만지고 있"기 때문이다. 여기에 이르게 되면 바람의 물리적 속성은 현저하게 형이상학적인 정서로 변신하게 된다. 이 수준이야말로 시인이 지금껏 추구해왔던 서정의 목표가 다다르게 되는 궁극적 지점이라는 점에서 의미가 있다. 이는 부당한 권력이나 힘으로부터 쉽게 상처받거나 소외될 수밖에 없는 존재들에 대한 애틋한 정서, 사랑과 분리하기 어렵다는 점에서 특히 그러하다.

2. 어둠과 밝음의 변증적 관계

이번 시집에서 간취(看取)되는 이은봉 시의 또 다른 특징은 은유라든가 상징이라는 의장(意匠)이 많이 등장한다는 사실이다. 실상 이러한 의장이 서정시의 근본 요건이고 문학성을 담보하는 장치이기에 서정적 의장의 강화는 이상한 일이 아니다. 어쩌면 내용보다는 형식적 요건에 우선을 두는 것이 시 양식이기에 이러한 단면들은 적극적으로 권장되어야할 일인지도 모른다. 따라서 의미가 전면화되고 서사적 구조가 우세화되기 시작한 이은봉의 시들이 함축적이고 내포적인 담론을 병행하게 된 것은 지극히 바람직한 일이라 할 수 있다.

하지만 늘상 제기되는 문제이긴 하지만 서정시란 내용과 형식의 조화를 떠나서는 존재할 수 있는 양식이 아니다. 한쪽으로 넘어가는 기울기가 성립할수록 문학성이라든가 시사적 의의로부터 거리감이 형성되는 까닭이다. 현실에 대한 냉철한 인식과 그로부터 피어나는 서정의 물결을 담론화했던 시인이 이로부터 거리를 두는 일은 상상하기 어렵다. 그는

형식으로부터 주어지는 문학성을 외면하지 않으면서 거기에 담기는 사
회의 부조리에 대해서도 엄정하게 인식한다. 그러한 인식을 대표하는 양
식 가운데 하나가 바로 '어둠'의 이미저리이다.

올해 여름에는 밤하늘의 별 보러 가야지
불빛 전혀 없는 어두운 곳으로 가야지

서울의 불빛, 지금 너무 밝지
어디에서도 별 보이지 않지

금강가의 밤하늘에는 별이 잘 보일 거야
어디에서도 불빛 비치지 않으니까

금강가도 공주나 부여 같은 도시는
오늘의 서울 거리처럼 밝고 환하지

청벽에서 멀잖은 솔숲 근처에는
불빛 없을 거야 아주 캄캄할 거야

거기 대나무 평상 위에 벌렁 누워
손에 잡힐 듯 반짝이는 별 보아야지

그렇게라도 우리 오래된 희망과 꿈
바라보아야지 지금은 잘 보이지 않더라도.
「밤하늘의 별」 전문

'어둠'은 흔히 부정적인 것으로 은유되거나 상징된다. 특히 시대적인 함의가 스며 들어가게 되면 이 음역은 더욱 강화된다. 하지만 이은봉 시인에게 '어둠'은 그러한 사회적 형이상학을 넘어서는 자리에서 새롭게 구조화된다. 「마음속 작은 나라」에서 그러한 것처럼, 시인은 「밤하늘의 별」에서도 사회의 불온한 면들에 대해 직접적으로 발언하지 않는다. 이러한 방식에 기대지 않고도 서정의 목적을 달성하는데, 이를 가능케 한 힘이 바로 은유의 문학적 기능이다.

이 작품에는 두 개의 시각적 이미지가 제시된다. 밝음과 어둠의 이미지가 그러한데, 그 음역은 일차적인 이미지의 차원에서 그치지 않고, 구조론적 은유에 이르면서 새로운 의미의 성층을 만들어낸다. 작품의 문면에 드러나 있는 것처럼, '밝음'은 문명이고, 도시이며, 심층적인 면에서는 근대라는 형이상학적인 국면을 담아낸다. '어둠'이 부정적인 의미론으로부터 벗어나 있다면, '밝음' 또한 흔히 수용되는 일상적 차원을 벗어난다. 시인은 이렇듯 관습적으로 수용되어 오던 의미론적 층위를 가볍게 전복시켜 새로운 의미의 층위를 만들어낸다. 그러한 전복을 통해서 그는 관습이나 전통적인 관념 속에 갇혀 있는 담론을 새롭게 씻어낸다.

'밝음'의 이미지는 어둠이라는 물리적 현상이나 시간적 스펙트럼을 넘어서는 자리에 존재한다. 그 한 축을 굳건히 자리하고 있는 것이 문명의 이면이다. 이러한 관점에 의하면 이은봉은 계몽과 같은 근대적 가치들에 대해 결코 긍정적인 시선을 보내지 않는다. 그의 시들이 생태학적 상상력에 바탕을 두고 있다는 일군의 시사적 평가는 여기서 비롯되거니와, 그 근저를 이루고 있는 것이 '어둠'이라는 시간적 상상력에서 솟아난다.

이러한 함의를 갖는 '어둠'은 두 가지 의미론적 구성을 갖고 있다. 하나가 시간적 질서라고 한다면, 다른 하나는 희망을 예비하는 형이상학적인 질서이다. 실상 이번 시집에서 이은봉 시인이 가장 전략적으로 구사하고 있는 이미지가 이 '어둠'의 상상력이다. '어둠'이 경우에 따라서는 약간의 부정성도 내포하고 있긴 하지만, 그것은 어디까지나 새로운 새벽, 희망의 시간을 예비하는 속도의 문제로 한정될 뿐이다(「어둠이 더욱 빨리」). 대부분의 경우 어둠은 미래의 꿈과 희망에 대한 기대치를 반영한다(「드높은 밤」).

　　깊은 곳은 어디나 검고 어둑하다 검고 어둑한 곳은 어디나 푸르고 그윽
　　하다 그곳, 으시시 소름이 돋는 곳, 그곳에는 오래된 멧비둘기가 산다

　　멧비둘기는 땅의 생명, 멧비둘기는 땅의 평화
　　생명이 땅을 떠나고 있다 평화가 땅을 버리고 있다

　　이제 더는 멧비둘기가 살지 않는다 소름도 돋지 않는다
　　하늘도 사람이 하는 이상한 짓 바라만 보고 있다.

　　검고 어둑한 곳이 사라지고 있다 푸르고 그윽한 곳이 사라지고 있다 이
　　제는 누구도 쉽게 그곳, 깊은 곳에 이르지 못한다 어디든 불빛 환하게 켜
　　지고 있다

「깊은 곳」전문

　'어둠'이라는 이미지, 혹은 그 은유적 양식과 관련하여 이번 시집에서 가장 주목해서 보아야 할 시가 「깊은 곳」이다. 이 시를 이끌어가는 서정의 힘 역시 어둠의 상상력이지만 이 어둠은 시간의 질서와는 어느 정도 거리를 두고 있다는 점에서 이러한 감각을 다룬 여타의 시와는 구별된

다. 하지만 시간적 질서 밖의 세계에 자리한 '깊은 곳' 역시 어둠으로부터 자유로운 것이 아니기 때문에 어둠 계열의 작품으로 분류할 수 있을 것으로는 보인다. 이러한 감각을 벌충해주는 것이 마지막 행의 "불빛 환하게 켜지고 있다"일 것이다.

시인이 이해하는 '깊은 곳'이란 '검고 어둑한 곳', 곧 암흑의 지대이다. 그런데 그곳은 "어디나 푸르고 그윽하다"고 하거니와, "으스스 소름이 돋는 곳"이라고도 한다. 서정적 자아에게 이곳은 왜 '으스스 소름이 돋는' 공포의 현장이 되는 것일까. 이를 근대성의 맥락으로 이해하게 되면 그 서정의 암호가 금방 해독된다. 그것은 어둠이라는 이미지에서 오는 것이기도 하지만, 원시적 야만이 갖고 있는 비문명성과도 관계가 깊은 것이기 때문이다.

문명 너머의 세계, 곧 어둠이란 경우에 따라 인간의 정서나 신체를 구속하는 힘의 한 자락으로 의미화될 수도 있다. 그러한 힘이란 곧 원시적 야만의 세계인 것인데, 이러한 세계야말로 생명의 근원이고, 생태적 완결성이 실현되는 공간일 것이다. 시인이 "그곳에는 오래된 멧비둘기가 산다"고 한 것은 이와 밀접한 관련이 있다. 그래서 시인이 멧비둘기를 "땅의 생명"이라든가 "땅의 평화"라고 선언한 것이다.

하지만 그 깊은 곳, 곧 어두운 곳은 점점 사라지고 있다. 빠른 근대화라든가 문명의 침투가 그러한 공간을 점점 밝게 만들어가고 있기 때문이다. 어둠과 밝음은 정비례의 관계에 놓여 있거니와, 문명의 침투에 따른 어둠은 옅어지고 있다. 이 시대의 최대 화두 가운데 하나인 생태론적 위기가 시작되고 있는 것이다.

이은봉 시인은 현상에 대해 직접적으로 말하지 않는다. 이를 두고 회피라고 말하는 것은 적절하지 않다. 현실에 대한, 인간의 가치에 대한 시인의 관심은 이전보다 점점 더 커지고 있는 까닭이다. 그러한 위기에 대해 그는 다른 누구보다도 경각심을 갖고 있다. 하지만 그것에 대해 무매개적인 담론을 동원하거나 직설적으로 발언하지 않는다. 그는 문학적 의장을 통해서, 엄정한 내포와 함축을 통해서 말하는데, 그러한 서정의 압박이 만만치 않게 다가온다. 이것이 이번 시집의 가장 큰 의의라고 할 수 있을 것이다.

3. 내성을 향한 윤리적 자세

이번 시집 『바람의 파수꾼』은 그의 시세계에서 한 단계 나아가 있다. 세상을 향한 시인의 발언들이 정제되어 있고, 세련되어 있기 때문이다. 부조리한 세상에 참여하는 담론들은 흔히 무매개적으로 드러나거나 직설적인 방향으로 형성되는 것이 일반적이다. 그의 시선들은 이러한 방향으로 나아가고 있음에도 불구하고 지향하는 시세계들이 고요하고 정밀하다. 세상을 향한 열정들이 이렇게 조용하다고 해서 세상에 대한 그의 열정이 차가운 겨울이 주는 불활성 속에서 갇혀 있다고 보기는 어렵다. 왜냐하면 이때의 냉철하고 침잠된 목소리는 문학성이 만들어낸 외연이기 때문이다. 그러한 까닭에 이번 시집을 읽게 되면 직접적인 발언보다 감춰진 내포가 오히려 더욱 강력한 에네르기가 되어 독자의 정서를 강하게 환기시킨다. 이러한 힘을 가능케 한 것이 바로 은유라든가 이미지, 상징이 만들어낸 문학적 의장의 힘일 것이다.

세상으로 향하는 서정적 자아의 시선과 목소리는 예리하고 엄정하다. 그러한 감각은 곧 세상에 대한 따듯한 응시라든가 사랑의 정서 없이는

불가능하다. 아픔을 만들어내는 현장이나 조화의 정서가 깨지는 틈에 대
한 인식 없이 새로운 세상이나 유토피아 의식을 갖는 것은 어려운 일이
기 때문이다. 하지만 세상에 대한 기대, 유토피아가 펼쳐지는 현장에 대
한 꿈들이 이타성에 대한 깊은 관심과 애정으로 완결되는 것은 아니다.
이러한 이타성과 비견될 만한, 비이타성에 대한 관심 또한 마찬가지의
비중으로 다가와야 한다. 이는 내성과 분리하기 어려운데, 이은봉 시인
이 이번 시집에서 또 하나 전략적인 주제 의식으로 접근하고자 한 부분
이 바로 이 정서이다. 세상으로 향하는 관심과 세상 안으로 향하는 관심
이 만나는 지점이 서정의 중심축이 될 수밖에 없는데, 그 정점에 놓여 있
는 것은 시인의 자의식, 곧 윤리 의식이다.

매미 울음소리 요란한 팔월 보름이다
시원하면서도 시끄럽다

매미 울음소리에 푹 빠져
지난날들 멍청하게 되돌아본다

올해 들어 무슨 일을 했나
무슨 일로 그리 바빴나

너무 피곤해 짜증을 부린 일
가슴을 치며 후회하고 반성한다

아직 덥다 너무 덥더라도
함부로 신경질을 부려서는 안 된다

세상일 다 내게서 비롯되었거늘
조심하고 또 조심해야 한다

여름에는 가을이 들어 있다
팔월에는 구월이 들어 있다

오늘은 고되고 아프고 힘들지만
내일은 여전히 기쁘고 즐거우리라.
「팔월의 반성문」 전문

반성문이란 내성이며, 그 주된 함의는 윤리 의식이다. 윤리란 자기애적 방향과 이타적 방향이 공존한다는 점에서 이중적인 자의식이라 할 수 있다. 세상으로 나아가는 관심과 자신으로 향하는 관심이 동시성으로 구현되는 것, 그것이 이 자의식을 구성하는 주요 요소인 까닭이다.

지금 서정적 자아가 처한 상황은 한여름이고, 그 시공성에서 매미울음 소리를 듣게 된다. 아니 단순히 듣는 것이 아니라 그 세계에 완전히 함몰되어 하나의 동일성이 된다. 이러한 황홀의 세계란 흔히 그 자체로 끝나지 않는 것이 일반적인데, 대개 그 극적인 순간에 새로운 정서의 환기가 일어나게 된다. 지금 서정적 자아는 자연이 주는 황홀 속에서 자아의 현존을 되돌아보게 된다. "올해 들어 무슨 일을 했나"라든가 "무슨 일로 그리 바빴나"가 바로 그러하다. 이러한 인식이란 내성에 있어서 지극히 초보적인 단계이다. 그러한 까닭에 여기서 어떤 윤리적인 정서를 환기해내는 것은 쉬운 일이 아니다.

서정적 자아의 내성이랄까 윤리 감각이 살아나는 것은 이 원초적 단계를 넘어서는 자리에서 형성된다. 가령, "너무 피곤해 짜증을 부린 일"과 그로부터 생겨난 여러 불편부당한 상황에 대해 "가슴을 치며 후회하고 반성한다"의 단계이다. 그뿐만 아니라 "아직 덥다 너무 덥더라도/함부로 신경질을 부려서는 안 된다"라는 정서적 환기도 그 연장선에 놓여 있다. 이러한 감각은 이타성과 자기애라는 이중성 속에 놓여 있는 것이어서 두 감각이 공존할 때 제대로 된 윤리 의식이 생겨 나게 된다. 하지만 이보다 더 중요한 윤리 의식이 있는데, "세상일 다 내게서 비롯되었거늘"이라는 매저키즘적 단계가 바로 그러하다. 물론 여기에 세상에 대한 이타성이 완전히 배제되어 있다고 볼 수는 없을 것이다. 하지만 중요한 것은 밖으로 향하는 감각이 내포된, 자기 자신으로 방향 지워진 시간이다. 여기에 이르게 되면 내성이라든가 윤리 의식이 정점에 이르게 된다. 하지만 한 순간의 자의식적인 결단에 의해 모든 것이 단번에 이루어지는 것은 아니다. 내성이 간단없이 계속되어야 하는 이유가 여기에 있는 것인데, 이러한 단계에 이르게 되면 이는 곧 기독교에서 말하는 원죄 의식과 동일한 음역에 갇히게 되고, 다른 한편으로는 프로이트적인 오이디푸스 콤플렉스와 같은 항상성으로 남기도 한다.

옥수수가 익는 늦여름이다
잡풀 마구 우거진 옥수수밭에 들어가
옥수수의 멱을 비틀어 딴다

어디서든 옥수수밭에 들어가면
옥수수처럼 질긴 멱을
비틀어 따고 싶은 사람이 떠오른다

끔찍하지만 어쩔 수 없다

이순이 지났는데도, 아직 내 마음,
내 마음대로 되지 않는다

오늘도 마음공부를 하기 위해
나는 남, 남은 나, 하나는 둘, 둘은 하나
낯익은 주문, 외우고 또 외운다.
「마음 공부」 전문

이 작품은 윤리 의식이 어느 한순간에 결코 완성되는 것이 아님을 말해준다. 자신과 동일성을 유지할 수 없는 것들에 대한 분노의 정서가 옥수수를 비유로 재미있게 풀어낸 시이다. 하지만 내성으로 가는 길이 결코 만만한 것이 아님을 일러주는 시이기도 하다.

지금 시인은 이순이라는 나이에 접어들고 있다. 이순이란 '귀가 순해진다'라는 뜻이다. 순해진다는 것은 타자의 담론이나 대상에 대해 뚜렷이 거역되지 않는다는 것인데, 일상적 현실은 이러한 보편성으로부터 벗어나 있다. "이순이 지났는데도, 아직 내 마음,/내 마음대로 되지 않는다"고 말하고 있기 때문이다. 이는 성찰이라는 과정이 어느 한순간에 이루어질 수 있는 것도 아니고, 한 두 번의 자의식적 결단에 의해 완결될 수 있는 것도 아님을 말해준다.

그럼에도 그러한 도정은 결코 포기될 수 없는 것이기에, 서정적 자아는 이를 두고 '마음의 공부'라고 했거니와 그 해법 또한 매우 진지하고 논리적으로 제시되고 있다. 여기서 논리적이란 것은 서정의 질서를 무너뜨리는 일상적 담론의 세계를 말하는 것이 아니다. 마음 수련을 하기 위한 방법적 의장이 설득력 있게 제시되었다는 뜻인데, 서정적 자아가 시도하는 내성은 다음과 같은 것이다. "나는 남, 남은 나, 하나는 둘, 둘은 하나"
라고 낯익은 주문을 외우고 또 외우는 과정이다. 서정적 자아는 이를 '주
문'이라고 했는데, 주문이란 자기 최면이며, 만약 그것이 이 단계에 틈입
하게 되면 그 목적은 완성된 것이라 할 수 있다. "나는 남, 남은 나"라는
관계는 상대적인 것이며, 이러한 상대성을 인정할 때, 건너지 못할 틈은
없을 것이다. 그뿐만 아니라 "하나는 둘, 둘은 하나"라는 상상력 역시 차
이나 구분과 같은 분열적 요소를 초월하는 자리에 놓인 감각이다. 상대
성을 통한 절대성, 분열을 초월한 조화성이야말로 서정적 자아가 나아가
고자 했던 구경적 이상이거니와 이 이상에 이를 때, 내성이나 윤리적 실
천은 비로소 완결된 것이라고 이해한다.

4. 통합에 대한 구경적 이상

이은봉의 시세계에서 『바람의 파수꾼』은 이전의 시집과 다른 새로운
영역을 개척하고 있다. 이러한 단면이야말로 이번 시집을 이전의 시집과
구별시켜주는 인식성이거니와, 한 걸음 더 나아간 면을 보여준 국면이라
할 수 있을 것이다. 시인은 이번 시집에서 분산적이고 파편화되어 있던
시세계를 하나로 모으려는 가열찬 서정의 응집력을 보여주려 한다. 아니
보여주려 하는 것이 아니라 일정 부분 그러한 세계로 나아가고 있다고
하는 편이 옳다. 그러한 세계란 다름 아닌 원리의 세계이다.

원리란 원점이면서 세상을 이끌어가는 이법(理法)이나 섭리(攝理)이
다. 그것은 일상적 삶에서는 법과 같은 기능을 하기도 한다. 이은봉은 이
번 시집에서 이 원리가 무엇인가를 탐색하고 이를 서정화하고자 하는데,

그러한 방향은 대개 두 가지 방향성을 갖고 있는 것처럼 보인다. 하나가 보편적 원리에 대한 이해라면, 다른 하나는 섭리나 이법에 대한 추구이다. 물론 이 두 가지 감각은 하나의 지점에 뿌리를 둔 것이라는 점에서 크게 차질되는 것은 아니다. 다만 전자는 담론의 차원에서, 후자는 현상의 차원에서 이루어진다는 점에서 구분된다고 할 수 있다. 먼저 담론의 차원에서 어떤 원리에 접근하고자 하는 작품으로는 「푸르면서 환한 것」을 들 수 있다.

이것의 이름을 뭐라고 불러야 하나 이것에 뭐라고 이름을 붙여야 하나 몸 깊이 도사리고 있는 것, 마음 깊이 웅크리고 있는 것, 마음과 몸을 하나로 묶는 것, 푸르른 창이라고 불러야 하나 환한 빛이라고 불러야 하나 푸르면서 환한 것, 환하면서 푸른 것

남과 나를 다르게 만드는 것, 남과 나를 같게 만드는 것, 콩이면서 팥인 것, 팥이면서 콩인 것, 그것……, 다르면서 같은 것, 같으면서 다른 것, 오늘도 이 몽롱한 것이 남이면서 나를, 나이면서 남을 이리저리 끌고 다닌다 내가 없어 남도 없는 것, 남이 없어 나도 없는 것

나를 만들면서 남을 만든 것, 남을 만들면서 나를 만든 것, 동쪽에서 해 뜰 때부터 몸 깊이, 마음 깊이 들어와 있는 것, 환한 빛이면서 푸른 창인 것, 푸른 창이면서 환한 빛인 것, 그것이 나와 남을 동서남북으로, 아래위로 마구 몰고 다닌다 남북동서도 없는 것, 위아래도 없는 것

남과 나를 나누면서 붙이는 것, 나와 나를 붙이면서 나누는 것, 푸르면서 환한 것, 환하면서 푸른 것, 하나이면서 둘인 것, 둘이면서 하나인 것, 그

것이 지금 몸과 마음 한가운데서, 마음과 몸 한가운데에서 화들짝 꽃을 피
운다 하늘하늘 솟구쳐오른다 점차 세상이 밝아온다.

「푸르면서 환한 것」 전문

이 작품은 「마음 공부」의 연장선에 놓여 있는 시이다. "나는 남, 남은
나, 하나는 둘, 둘은 하나"라고 낯익은 주문을 외우고 또 외우는 과정의
연장선에 놓여 있다는 점에서 그러한데, 다만 구분되는 것이 있다면, 여
기서는 그 개념적 원리가 '낯설다'는 사실이다. 서정적 자아 역시 이를 굳
이 부인하지 않는다. "이것의 이름을 뭐라고 불러야 하나 이것에 뭐라고
이름을 붙여야 하나"라고 전제하고, "몸 깊이 도사리고 있는 것, 마음 깊
이 웅크리고 있는 것, 마음과 몸을 하나로 묶는 것"이라고 하면서 개념을
확정하기 위한, '개념 연쇄의 과정 속으로' 시의 담론을 펼쳐놓고 있기 때
문이다.

하지만 담론의 연쇄 과정은 계속 진행되지 않는다. 시인이 그 연쇄의
과정 속에서 결코 절망하지 않는 까닭이다. 이러한 특징적 단면은 기호
연쇄의 과정 속에서 절망하여 스스로 통사적 의미를 포기했던 이상의 행
보와는 거리가 있는 것이라 할 수 있다. 서정적 자아가 도달한 것은 「마
음 공부」에서 "나는 남, 남은 나, 하나는 둘, 둘은 하나"라고 하며 주문에
몰입하려 하는데, 이 작품에 이르면 이 과정이 한층 구체화되어 현상된
다. "남과 나를 다르게 만드는 것, 남과 나를 같게 만드는 것, 콩이면서 팥
인 것, 팥이면서 콩인 것, 그것……, 다르면서 같은 것, 같으면서 다른 것,
오늘도 이 몽롱한 것이 남이면서 나를, 나이면서 남을 이리저리 끌고 다
닌다 내가 없어 남도 없는 것, 남이 없어 나도 없는 것"이나 "나를 만들면
서 남을 만든 것, 남을 만들면서 나를 만든 것, 동쪽에서 해 뜰 때부터 몸

깊이, 마음 깊이 들어와 있는 것, 환한 빛이면서 푸른 창인 것, 푸른 창이면서 환한 빛인 것, 그것이 나와 남을 동서남북으로, 아래위로 마구 몰고 다닌다 남북동서도 없는 것, 위아래도 없는 것"으로 심화시킨다. 그뿐만 아니라 "남과 나를 나누면서 붙이는 것, 나와 나를 붙이면서 나누는 것, 푸르면서 환한 것, 환하면서 푸른 것, 하나이면서 둘인 것, 둘이면서 하나인 것"이라는 사유에 이르기도 한다. 이러한 담론의 연쇄 과정이 말해주는 것은 분명하다. 차이를 인정하되, 이를 강제하지 않고 자연스럽게 동일성으로 향하자는 것이다.

잘 알려진 대로 지금 이곳의 부조리한 일상을 만들어낸 것은 나와 남을 구분하는 것이었고, 그러한 구분이 결코 하나의 지점으로 모아지지 않은 데 문제의 심각성이 있다. 하나이면서 둘이고, 둘이면서 하나가 될 때, 모든 갈등은 비로소 승화될 수 있을 것이다. 그러한 세계의 도래를 "마음과 몸 한가운데에서 화들짝 꽃을 피운다"거나 "하늘하늘 솟구쳐오른다 점차 세상이 밝아온다"고 한 것은 이 때문이다.

세상을 이끌어가는 원리의 세계가 '나'와 '너'가 구분되지 않는 원리의 세계에서 찾았다면, 시인은 이러한 감각을 현상의 세계에서도 구한다. 바로 자연이라는 현상이 그러한데, 시인이 여기서 주로 모색한 것도 섭리나 이법과 같은 세계이다.

봄 햇살은 이웃집 순이의
물렁한 혓바닥이다
내 목덜미 부드럽게 핥는다

한껏 들뜬 목덜미

히히잉, 아이고 좋아라
콧소리를 내며 웃는다

봄 햇살은 아랫집 영이의
커다란 초록 숟가락이다

내 안의 붉은 앵두알
볼이 미어지도록 퍼먹는다

종촌 찐빵처럼 뽀얗게
부풀어 오르는 그녀의 볼

봄 햇살은 참기름을 두른
모듬내 시냇가의 솥뚜껑이다

동네 사람들 불러 모아
진달래 화전을 부친다

낮빛 환한 봄 햇살 그녀
자꾸만 내 엉덩이 집적거린다.

「봄 햇살」 전문

　자연과 마주하는 시인의 시선은 대단히 긍정적이다. 자연과 조우한 자리에서 "코가 뻥 뚫렸다"(「싸락눈」)고 하거나 "자연 속에서 웃음"(「겨울 숲으로 가자」)을 찾고 있기 때문이다. 시인이 자연에 대해 이러한 친연한 태도를 갖고 있는 것은 「밤하늘의 별」이나 「깊은 곳」의 서정성과도 밀접한 상관관계를 갖는다. 그뿐만 아니라 근대에 대한 부정성과 생태적 삶이 갖고 있는 중요성에 대한 인식과도 분리하기 어려운 것이다.

시인에게 자연은 저 멀리 있는 예찬의 대상이 아니다. 그렇기에 그는 그러한 자연을 모방하거나 닮고자 하는 서정적 거리를 유지하지 않는다. 시인에게 자연은 외따로 분리된 타자가 아니라 나와 함께하고 있는 동일체이다. 자연은 나에게로 틈입해 들어와 서정적 자아와 하나가 되는 것이다. "봄 햇살은 이웃집 순이의/물렁한 혓바닥이다/내 목덜미 부드럽게 핥는다"의 세계인 것이다. 여기서 알 수 있는 것처럼 그의 시에서 자연과 서정적 자아는 하나의 공통 분모를 매개로 절대적으로 결합되어 있는 세계를 구현한다.

시인이 이렇게 자연을 자기화시키는 이유는 분명하다. 자연이란 섭리나 이법의 세계이거니와, 파편화된 인간, 근대 속에 편입된 채 영원의 감각을 상실한 자아에 완결성을 주는 매개이다. 이러한 감각은 「푸르면서 환한 것」의 세계를 일층 구체화한 것이라는 점에서 의미가 있다. 구체적인 일상의 현상을 통해서 통합의 매개를 찾는 것, 그것이 이은봉 시인의 자연관이라 할 수 있다.

이은봉 시인이 서정화 작업은 한결같은 면이 있다. 말하자면 서정의 심연이 있다는 것인데, 불온한 현실에 대한 경계와, 이를 초월하고자 하는 서정적 승화에 대한 열정이 바로 그것이다. 그러한 감각이 시인의 정서에 내면화되어 면면한 흐름을 형성하고 있었거니와, 통합을 향한 정서가 그 중심에 자리한다. 시인은 이를 위해 하나의 원리를 만들어 주문처럼 외우는가 하면 현상 속에 펼쳐지는 섭리와 적극적으로 마주하고자 한다. 그러한 열정이 모아져 견고한 담론 체계를 만들어낸 것, 그것이 이번 시집의 의의라 할 수 있을 것이다.

(이은봉, 『바람의 파수꾼』 해설, 시작, 2025)

동일성을 향한 감각의 구원
– 박영욱의『부암동빵집』

1. 존재에 대한 근원적 물음들

박영욱 시인의 등단은 최근에 이루어졌다. 시인의 연륜에 비추어 보면, 문인으로서의 그의 경력은 매우 일천한 것이라 할 수 있다. 하지만 짧은 등단에도 불구하고 그는 여러 권의 시집을 내었고, 지금 또『부암동빵집』이라는 제목으로 새로운 시집의 상재를 눈앞에 두고 있다. 그런 만큼 시에 대한 시인의 열정이랄까 사랑은 다른 어느 시인과 비교해도 전혀 뒤떨어지지 않는다.

박영욱 시인이 처음 관심을 가졌던 시의 소재들은 대부분 자연과 관련이 있는 것들이었다. 자연이 주는 건강함이랄까 섭리와 같은 형이상학적 주제들에 매료되어 그는 자신의 서정의 끈들을 이 지대에 깊숙이 뿌리내리고 있었다. 하지만 시의 연륜이 쌓여가면서 시인은 그러한 지대로부터 벗어나 새로운 서정의 샘을 만들어나가기 시작했다. 그 하나가 일상이다.

집으로 돌아갈 때는
손주와 하나 둘씩 꺼내 먹으며
나의 어린 시절 애기도 들려줄 거다

먼 훗날 손주가 어른이 되면
나와 산길을 걸으며 빵 먹던 일을 떠올릴까

손주도 그때는
자기 아이와 빵을 먹으면서 산길을 걸으며
'할아버지와의 추억'을 애기할까
손주더러 미리 그러라고 말을 해도 될까

부암동 빵집.
사라지지 않고 오래도록 그 자리에서
같은 종류의 빵과 과자를 만들면 좋겠고
빵을 담는 투박한 봉투도 그대로면 좋겠다

두 자매들도 나란히 고운 할머니가 되어
부암동 빵집을 오래오래 지켜주면 좋겠다.

「부암동 빵집」 부분

시집의 제목이기도 한 이 시의 소재는 지금 여기의 세계, 곧 일상성이다. 저멀리 자연에서 내려와 시인은 이제 자기 주변의 일상으로부터 시를 만들어가려고 한다. 이런 면이야말로 이번 시집이 예전의 시집과 특별히 구분되는 지점이라 할 수 있을 것이다.

새로운 서정의 샘이 만들어진다는 것은 시정신의 발전이면서 인식의
확장일 것이다. 그러한 단면들은 이번 시집에서 예외가 아닌데, 이번 시
집에서 시인이 무엇보다 관심을 두고 있었던 것은 일차적으로 존재에 관
한 물음들이다. 말하자면 시인은 저멀리 있었지만 늘 자신의 곁에 두었
던 자연과 거기서 얻어지는 음역들을 이제는 자아 내부의 문제들에 대한
것으로 끌어들이고 있었던 것이다.

하지만 대상과 자아 사이에 놓인 거리가 좁혀졌다고 해서 시에 구현된
인식의 폭이 얇아지거나 좁아졌다는 뜻은 아니다. 오히려 존재에 대한
형이상학적 물음들이 웅숭깊은 서정의 샘에서 길어올려짐으로써 시인
의 시들이 구현해내는 인식의 폭과 넓이는 깊고 넓어졌다고 할 수 있다.
이를 가장 잘 보여주는 시가 「납덩이」이다.

> 누구라도 사는 동안
> 가까운 이와의 이별을 피할 수 없고
> 때론 견뎌내기 힘든 고초도 겪게 됩니다
> 어쩔 수 없는 일이겠지요
>
> 해녀가 허리에 무거운 납덩이를 둘러야
> 물속에서 살 수 있듯이
> 우리도 자신의 몸에 묵직한 무언가를 둘러야
> 세상 속에서 살 수 있나 봅니다.
>
> 　　　　　　　　　　　　「납덩이」 전문

이 작품에서 시인이 던지는 질문은 인간의 실존에 관한 것이다. 이를
상징하는 것이 '납덩이'인데, 여기에는 다양한 내포들이 포진되어 있다.

그것은 기독교적인 것일 수도 있고, 불교적인 것일 수도 있으며, 프로이트적, 혹은 하이데거적인 것일 수도 있다. 원죄와, 업, 혹은 오이디푸스 콤플렉스, 기투된 존재와 같은, 인간을 규정하는 다양한 정의들이 이 '납덩이'의 상징 속에 담겨 있기 때문이다.

이런 사유들이 지칭하는 것은 인간이란 그 기원부터 불완전한 존재라는 것이고, 그렇기에 인간은 이를 극복하거나 초월하기 위해 가열찬 노력을 기울인다는 것이다. 인간은 신이 아니기에 불완전하고, 또 결핍이 상존한다는 것인데, 그러한 특징적 단면들이 "가까운 이와의 이별"이고, "때론 견디기 힘든 고초"도 겪게 된다는 의미일 것이다.

인간이 갖고 있는 한계란 종교를 비롯한 다양한 사유의 지대에서 지칭되는 것이지만, 시인에게 이 '납덩이'는 무엇보다 하이데거적인 실존 사상에 가까운 것처럼 보인다. 인간이란 세상에 내던져진 것, 곧 피투된 존재로 보기 때문이다.

아궁이속의 타는 가시나무 소리처럼
공허한 울림이 인생이라 했던가

아무리 생각해봐도
그저 헛된 날들의 총체가 인생인 것 같다
온통 공허로 가득한 것이 누구나의 일생일 것이다

우리는 어느 날 세상에 던져지고
언제인가부터는
엄청난 공허함을 어쩔 수 없이 받아들이며
겉으로는 안 그런 양 살아가게 된다

문득 문득 공허의 범벅 속에 파묻히지만
가끔은 공허가 안개 걷히듯 사라져주기도 한다

등에 혹을 얹고 사막 길 가다가
쓰러지는 낙타가 있듯이
공허를 몸에 달고 버거운 듯 인생길 걷다가
어느 순간 스스로 떠나버리는 인생도 있다
내세가 있다면 그이는 그곳에서
어쩌면 편안한 심경으로 살아갈지도 모른다

「허무한 놀음」 부분

이 시를 지배하고 있는 기본 정서는 공허라든가 허무주의에 있다. 그런데 허무주의가 삶에 대한 적극적인 의지가 사라질 때 흔히 생성되는 정신임을 감안하면, 서정적 자아는 지금 나아갈 방향 등에 대한 목적을 상실한 듯 보인다. 전진하는 사고나 미래에 대한 기획이 사라질 때, 허무주의가 수면 위로 부상하기 때문이다.

그러한 허무주의를 만들어낸 것이 "우리는 어느 날 세상에 던져지고/언제인가부터는/엄청난 공허함을 어쩔 수 없이 받아들이며/겉으로는 안 그런 양 살아가게 된다"는 인식이다. 그러니까 인간은 자신의 의지나 뚜렷한 목적없이 그냥 '세상에 내던져진 존재'일 뿐이라고 보는 것이 아닌가. 이런 현존이야말로 실존주의의 근간을 이루게 되는데, 잘 알려진 대로 실존주의란 인간이란 무엇인가를 묻는 본질론과는 거리를 두고 있는 사상이다. 시인이 이번 시집에서 다양한 지점에 근거를 두고 서정의 그물망을 만들어내고 있지만, 인간이란 무엇인가와 같은 본질 문제에 대해 거리를 두고 있는 것은 이 때문이라 할 수 있다. 만약 서정적 자아가 실존보다 본질을 우선시 한다면, "과연 나는 앞으로/무슨 실존을 그리며 살아가야 하는가"(「혼돈」)와 같은 질문은 던지지 않았을 것이고, 또한 인생에 대한 회의, 곧 "인생이란 무의미가 넘실대는 검은 파도"(「묵호 밤바다」)라는 사유 역시 표명하지 않았을 것이다.

2. 이타적 사랑의 정서

실존에 대한 불안감이나 확신할 수 없는 현존에 시달리는 자아가 삶을 반추하고 거기서 인생의 의미를 읽어내는 것은 당연한 수순일 것이다. 그리고 그러한 내성이 자신을 둘러싼 여러 환경에 대해 고민의 실타래를 풀어내게끔 했을 것이다. 말하자면 보다 나은 실존이 무엇이고, 그러기 위해서는 어떤 윤리적 자세를 가져야할 것인가 하는 의문으로 나아가게 되는 것이다.

서정적 자아에게 이 윤리적 물음은 두 가지 길로 향한다. 하나는 완벽한 실존에 대한 내성의 길이고, 다른 하나는 타자로 향한 사랑의 길이다. 자아를 완결하고 동일성을 회복하기 위한 내성의 문제는 결코 간단치 않은 문제이기에 존재의 불안에 시달리는 대부분의 시인들이 여기서 서정의 의미를 일궈내는 열정을 보이게 된다. 그런데 박영욱 시인은 이 내성의 문제에 대해 특별한 인식적 표현을 하지 않는다는 점에서 예외적인 경우이다. 서정시가 일인칭 고백의 장르이고, 그러한 까닭에 서정시란 내성과 불가분하게 결합될 수밖에 없는 운명을 갖고 있기에 시인의 시에서 이는 매우 독특한 사례라 할 수 있을 것이다.

물론 실존의 불완전성과 깊은 관련을 맺고 있는 욕망에 대한 안티담론을 표명한 작품이 전혀 없는 것은 아니다. "음악은 무거운 마음을 해방시킬 수 있는 기제"(「지금 내 곁에는 드뷔시가 있다」)라고 하거나 "인간들과의 엮임을 털어내고/따로 마련된 세상에서 살고 싶다"(「달빛」)는 사유야말로 욕망과 불가분의 관계에 놓여 있는 것이기 때문이다. 세속의 불온한 삶이란 인간의 욕망을 떠나서는 성립하기 어려운 것이라는 점에서 시인의 이러한 사유의 표백은 일견 타당한 것이라 할 수 있다.

그럼에도 시인의 작품에서 내성에 대한 세밀한 묘사나 탐색의 담론들은 쉽게 발견되지 않는다. 오히려 현존이나 실존의 부조리한 정서들이 타자에 대한 사랑의 정서와 밀접하게 결부되어 나타나는 특이한 국면을 보여준다. 실상 이타성에 대한 자각, 곧 타자에 대한 사랑이 내성의 한 자락임을 감안하게 되면, 시인의 긍극적 의도가 무엇인지 이해하게 된다.

초가을 볕이 따갑다
파란 하늘을 향해 서있는
해바라기 꽃들이 보기에 좋다

'기쁨'이 번져 나올 줄 알고
가까이 다가갔는데

해바라기 꽃에서 이슬처럼 고인
눈물과 슬픔이 보인다
비애와 허무가 비친다

이것들을 퍼내려고
말을 걸어보고

노래도 흥얼거리면서
한참을 서있었다.

「해바라기」 전문

이 작품의 배경은 가을이다. 시인은 지금 "파란 하늘을 향해 서있는/해바라기 꽃들이 보기에 좋다"라고 하며, 자연이 주는 혜택에 대해 만족감을 표명하고 있다. 서정적 자아는 그러한 감수성을 '기쁨'이라고 표현하고 있다. 하지만 그러한 감탄의 정서는 3연에 이르면 전연 다른 국면으로 흘러가게 된다. 자아는 '해바라기 꽃'에서 "이슬처럼 고인/눈물과 슬픔"을 보기도 하고, "비애와 허무가 비치고" 있음도 아는 까닭이다.

'해바라기'란 통상 밝음이라든가 건강한 물상으로 상징되는 것이기에 서정적 자아가 이렇게 비극적인 것, 슬픈 것으로 인식한다는 것은 예외적인 일이 아닐 수 없다. 어쩌면 해바라기 역시 시인 자신처럼, 세상에 던져진 존재라고 동일시하는 것이 아닐까. 실제로 마지막 연에 이르게 되면, 이런 사유가 전혀 근거가 없는 것이 아님을 알게 된다. 자아는 "눈물과 슬픔, 비애와 허무"에 젖은 해바라기에서 "이것들을 퍼내려고/말을 걸어보고/노래도 흥얼거리면서/한참을 서있는" 행위를 반복하기 때문이다. 말하자면 해바라기에서 존재의 불안감을, 실존의 불완전성을 읽고 있는 것인데, 이런 단면이야말로 서정적 자아 자신일 수 있다는 점에서 주목을 요하는 대목이다.

그를 보면 함부로 슬퍼진다
표정을 잃은 모습이 안쓰럽게 보인다
어색하게 지레 미소를 내보이는 얼굴은

눈물을 보이는 얼굴보다
더욱 측은해 보인다

그를 보면 가슴이 꼭하게 막혀온다
섣부르게 덥석 손을 붙잡아주고도 싶어진다

필요한 경우에만 던지는 정중한 말도
들을 당장엔 안 그렇지만
이내 뻐근한 여운으로 남는다

뿌연 세월을 밟고 가는 그이의 걸음걸음은
남모르게 쌓여진 인고(忍苦)의 내디딤이라.

「맹인」전문

타자로 향하는 애정어린 관심은 「맹인」에서도 확인된다. 시인은 맹인을 보면 "함부로 슬퍼진다"고 했는데, 여기서 가장 주목해서 보야할 대목이 바로 '함부로'라는 담론일 것이다. 이 '함부로'에는 이성이 개입될 여지가 전혀 없는데, 만약 틈입되어 있다면, '함부로'라는 말은 어울리지 않는 언어이다. 이 담론은 무매개적이고, 거의 본능에 가까운 말이다. 그만큼 사회에서 소외된 자, 나약한 자, 혹은 슬픔에 젖은 자들에게 사랑의 정서가 즉자적임을 알 수가 있는 것이다.

존재론적 한계를 갖고 있는 자가 이를 초월하기 위해 내성에 관심을 두는 것은 당연한 일이다. 도덕이나 윤리 등이 서정적 자아의 내면 속에 깊이 침투하여 오염된 자아를 정화하는 행위가 필요해지는 것은 이 순간부터이다. 하지만 윤리나 도덕으로 무장하여 존재의 한계를 극복하는 일이 내성에 윤리 의식을 부여하는 경우에만 그 타당성이나 정합성을 부여받는 것은 아니다. 타인에 대한 사랑도 이 내성과 분리하기 어려운데, 윤리적으로 완결된 자만이 타인에 대한 순수한 사랑을 부여할 수 있기 때문이다. 박영욱 시인은 피투된 존재의 한계를 극복하기 위해 내성의 문제에 대해 천착하고 있긴 했지만, 그러한 윤리 윤식을 자아 내부의 문제로만 한정시키지 않았다. 오히려 시인은 자아 외부의 세계에 깊은 관심을 보임으로써 실존의 한계를 연계시키고자 했는데, 그 외화된 담론이 바로 사랑이었던 것이다. 그러니까 시인에게 사랑은 현존이 주는 불구성을 치유하기 위한 최소한의 윤리적 장치였다고 할 수 있다.

3. 감각의 현혹이 이끄는 두 가지 동일성

박영욱 시인이 펼쳐보이는 이번 시집의 특성은 무엇보다 감각에서 찾아야 할 것으로 보인다. 감각이란 범박하게 말하면 감촉이고, 이미지상으로 보면 서정시의 가장 기본적인 영역인 일차적인 이미지에 해당된다. 하지만 그것이 일차적인 이미지라고 해서 서정시의 방법적 의장을 구현하는 데 있어 가장 저급한 수준의 것이라고 말하기는 어렵다. 감각이야말로 죽어있는 육체나 무딘 정서를 일깨우는 데 있어 가장 수준 높은 차원의 매개이기 때문이다.

감각은 대상과 자아 사이에 놓인 거리를 좁히는 가장 유효한 수단이다. 뿐만 아니라 죽어있는 육체라든가 무뎌진 정신을 깨어나게 하는데 있어 효과적인 수단이 되기도 한다. 일찍이 우리 시사에서 이러한 감각을 활용하여 암울한 시대정신을 일깨운 시인이 소월이다. 그는 일제 강점기 조선의 현실을 죽어있는 무덤으로 비유하면서 이 상태를 일깨우기 위해 감각을 적절히 사용한 바 있다. 가령, 「여자의 냄새」가 그러한데, 냄새를 맡을 수 있다는 것이야말로 살아있음을 증거하는 일인데, 소월은 감각을 느낄 수 있는 육신, 곧 생동하는 육신을 통해서 죽어있는 상태를 되살려내고자 했다. 무언가 살아있는 상태가 되어야 비로소 일제 강점기로 상징되는 무덤이라든가 겨울과 같은 죽음의 상태에서 벗어날 수 있다고 믿었기 때문이다.

박영욱 시인이 이번 시집에서 가장 전략적으로 구사하고 있는 의장도 이 감각이다. 그는 감각을 통해서 자신의 정체성을 확인하고, 대상과의 동일성을 이루어내고자 한다. 이를 대표하는 시가 「감각의 현혹」이다.

내가 좋아하는 대상이
역시 나를 좋아한다는 느낌을 받게 될 때처럼
행복한 순간이 있을까
분명 내 둔한 감각의 현혹일 것이다

자주 다니는 산길 위로
해가 돋는 동쪽을 바라보며 앉아있는 바위가 있다
오랜 세월을 의연한 침묵으로 그래 왔을 것이다
마치 웅크린 바둑이 형상 같아서
나는 바둑이 바위라 부른다

산에 갈 때 마다 자주 보게 되어
우리 둘 만의 소중한 친밀감이 쌓여갔다
나는 그렇게 생각했으며

가끔은 한 자리에 붙박혀 있는 바위가
측은하게 여겨지기도 했다

오늘은 바둑이 바위 쪽에서
소리를 내며 바람이 세차게 분다
부는 바람 탓에 갈라지는 구름 아래서
바둑이 바위가 나에게
자기 곁으로 오라고 부르는 것 같다
그런 생각이든 것은 처음이다
짧은 순간이었지만, 나는 아이처럼 기뻤다

얼마 후 바람도 잦아들고
새들도 자신들의 자리를 찾아가면서
본래의 산의 질서가 회복되는 것 같았다
바둑이 바위도
새로 단청을 입힌 산사(山寺)처럼
말쑥하니 전보다 훨씬 보기에 좋았다
자태에서 의젓한 품격마저 느껴졌다

서로 한참을 바라보며 흐뭇해하다가
우리는
안 하던 작별 인사까지 나누며 헤어졌다.
「감각의 현혹」 전문

시인은 "내가 좋아하는 대상이/역시 나를 좋아한다는 느낌을 받게 될 때처럼/행복한 순간이 있을까"라고 상상한다. 좋아한다는 것은 무형의 것이지만 이를 느끼는 것은 감각을 매개로 한 정신의 영역일 것이다. 이를 굳이 일차적인 이미지로 치환한다면 촉각적인 이미지라 할 수 있을 것이다. 그 유추의 근거란 바로 느낌과 깊은 관련이 있기 때문이다.

서정적 자아가 행복을 느끼는 순간은 대상과 내가 동일한, 수평적 차원에 있을 때이다. 내가 좋아할 때 상대방도 좋아하는, 바로 그 순간인데, 이런 동일성이 만들어내는 지대를 '감각이 현혹'되는 순간이라고 보는 것이다. 이 작품에서 이런 현혹의 순간은 서로간의 좋아함에서 시작되어 여러 층위로 확산되어 그 깊이를 만들어간다. 가령, 산길에 만나는 바위와 소통하는 감각, 바둑이와의 교감하는 감각 등이 그러하다. 교감과 소통을 통해 대상과 자아는 완벽한 동일체로 전위된다.

그리고 자아는 감각의 동일성에 의한 서정적 황홀의 순간에 "본래 산의 질서가 회복되는 것" 같았다고 이해하기도 한다. 산의 질서가 회복되었다는 것은 그것이 갖고 있었던 본래적 기능으로 되돌아 왔다는 뜻이 되는데, 이런 순간이 가능할 수 있었던 것이 감각의 현혹 때문이라고 이해한다. 이런 맥락에서 보면, 감각의 현혹이란 서정적 황홀이며, 이 황홀한 순간이야말로 '대상'과 '자아', '나'와 '너'가 서로 구분되지 않는 '우리', 곧 단일한 공동체가 완성된다고 보는 것이다.

이번 시집의 전략적 특색이 감각이라고 했거니와 시인은 자신이 의도하는 서정의 목적을 달성하기 위해 촉각적 이미지뿐만 아니라 여러 감각적 이미저리들을 동원하게 된다. 말하자면 불구화된 존재라고 느꼈던 것들, '납덩이'와 같은 것들에 갇혀 있는 현존들에 대해 감각을 뛰어넘고자 시도하게 된다. 이 방향은 이번 시집에서 대략 두 가지로 구성되는데, 그 하나가 유년 세계에 대한 그리움이다.

햇살과 바람이 맑다
가을 산 여기저기 꽃향유들이 한창이다

앞에서 보든 뒤쪽에서 보든
짙은 자줏빛이 더없이 화려하고
뿜어내는 향기는
풀섶 주변 굵은 산벌들도 유혹한다

몽환적인 깊고 진한 자주빛깔은
보는 순간
기쁨과 슬픔이 한꺼번에 어린다

감정의 작은 혼돈이 잦아들고 나서
다시 한참을 들여다보면

얼룩져서 마땅찮던 세상은 사라지고
언제라도 애틋하고 그리운
어린 시절의 여러 날들이 떠오른다

꽃향유는
그냥 모여 있는 산꽃이고
그냥 쉽게 보게 되는 들꽃인데
볼 때마다 묘한 신비감이 느껴진다.

「꽃향유」 전문

이 작품을 이끌어가는 동인은 감각이고, 구체적으로는 '향기'라는 후각적 이미지이다. 지금 서정적 자아는 봄에 피어나는 꽃으로부터 '감각의 현혹'을 느끼게 된다. 햇살과 바람이 맑은 날, 가을 산 여기저기 꽃향유들이 한창 피어있고, 이 향기들이 주변의 온갖 생명체들을 유혹한다. '산벌'들을 유혹하는가 하면, 시인 자신도 유혹의 대상으로 전화된다. 향기에 마취되어 순간의 황홀 속으로 온갖 사물들이 빠져들고 있는 것이다.

자아를 황홀이라는 현재의식으로 잠기게 하는 이 매혹의 향기들은 자아에게 두 가지 큰 안식처를 제공한다. 하나는 "얼룩져서 마땅찮던 세상이 사라지는" 현상을 목도하게끔 하고, 다른 하나는 "언제라도 애틋하고 그리운 어린 시절의 여러 날들이 떠오르게" 환기하는 것이다. 얼룩져 마땅찮던 세상이란 어쩌면 이성의 만능에 의해 지배되는 세상을 지칭하는 것처럼 보이는데, 이성이 도구화됨으로써 근대가 펼쳐보인 아름다운 이상은 사라졌거니와 그 대안으로 떠오른 것이 본능의 영역, 곧 무의식의 영역이다. 시인이 "얼룩져서 마땅찮던 세상이 사라지는" 현상을 보게 되는 것은 그러한 이성에 대한 반담론 때문이다. 이성 너머의 세계가 무의식의 영역이거니와 이성의 폐해가 부정될 때마다 그 대안으로 떠오르는 것이 본능의 영역이다. 본능을 자극하고, 그것을 의미화할 수 있는 것은 감각의 작용뿐이다. 감각이 있기에 본능은 깨어나는 것이고, 그 본능이 이루어내는 순수한 세상만이 "마땅찮던 세상"을 무너뜨릴 수 있다고 보는 것이다.

그리고 이 향기는 서정적 자아로 하여금 유년의 지대로 이끌어들어가게끔 하는 매개 역할 또한 수행하게 된다. "어린 시절의 여러 날들이 떠오르는" 현상이 그러한데, 실상 이런 동일성을 가능케 한 것 역시 감각이다. 그 중에서도 후각적 이미지이다. '꽃향유' 뿜어내는 '향기'란 유년의 시절에서만 가질 수 있는 냄새 감각들이다. 그 감각들이 잠들어있던 유년의 무의식, 유년의 동일성을 일깨운다. 그리하여 냄새라는 동일체에 의해 자아는 지금의 현존을 버리고 순식간에 과거의 추억으로 회귀하게 되는 것이다.

감각의 현혹들은 이렇게 시인 자신의 영역으로부터 시작하여 점점 그 음역을 넓혀 나가기 시작한다. 서정의 폭과 인식이 부채살처럼 뻗어나가는 것인데, 그 나간 자리를 공유하는 것 가운데 하나가 이른바 자연의 영역이다. 시인이 자연의 영역을 발견하는 것 역시 감각의 동일성을 통해서이다.

숲에 들어서는 초입부터
달착지근한 산소 냄새가 코끝을 스친다

숲은 여름의 절정을 향해가고 있다
초록 풀들이 무성하게 자랐고
넝쿨들은 익숙하게
주변 나무를 휘감아 오르고 있다
산과 산들도 마주보며 푸름을 더해가고 있다

씻은 듯 깨끗한 하늘을 향해
마음껏 뻗어가는 나무들

씩씩하고 싱싱한 나무들을 보면
보는 순간 그 자리에서
존재의 기쁨과 현존의 황홀감에 젖어들게 된다

줏대 있게 쭉쭉 커가는 나무들이
고맙다는 생각이 든다
젖은 봄날 산뽕나무 순이 자라듯
단박에 내게 행복이 자라난다

하늘은 숲과 더불어
숲은 하늘과 더불어
아름다운 경관을 만들어내고 있다.
「황홀한 숲」 전문

이 작품을 이끌어가는 힘은 감각에 있다. 그 가운데 하나가 냄새 감각인데, 이런 단면은 "숲에 들어서는 초입부터/달착지근한 산소 냄새가 코 끝을 스친다"에서 잘 드러나 있다. 코 끝에 스치는 냄새를 통해서 서정적 자아는 지금 펼쳐지고 있는 계절에 대해 이해하게 되고, 이와 공유하는 자신만의 정서를 적극적으로 드러내게 된다. 그런데 이러한 정서는 냄새뿐만 아니라 시각이라는 일차적 이미지가 동원되기도 하는데, "씩씩하고 싱싱한 나무들을 보면/보는 순간 그 자리에서"라고 하는 부분에서 확인된다. 시인은 '숲'에서 '황홀한' 순간에 빠져드는데 이를 위해서 후각과 시각적 이미지를 동원한다. 이런 맥락에서 이 작품은 동일성으로 나아가기 위한 감각의 축제를 벌인, 이번 시집의 대표작 가운데 하나라고 해도 무방한 경우이다.

감각의 축제 속에서 자아가 자신만의 존재성이랄까 고유성을 드러낼 아무런 근거를 찾지 못하게 되는데, 실상 감각의 기능적 역할을 주목하게 되면, 이는 당연한 귀결이라 할 수 있을 것이다. 존재나 현존이 자신의 고유성을 잃게 된다는 것은 대상과의 완전한 합일 속에서만 가능한 일인데, 시인은 그러한 황홀을 위해서 과감하게 감각의 축제 속에 참여하게된다. 냄새와 시각을 통해서 이성이라든가 자아의 고유성을 과감하게 포기하는 것이다. 아니 포기하는 것이 아니라 자연스럽게 그곳에 미끄러져들어가 자신만의 고유성을 잃게 되는 것이다. 그 결과 서정적 자아가 느끼는 것은 "존재의 기쁨과 현존의 황홀감에 젖어드는 일"뿐이다. 존재가기쁨에 젖는다는 것은 오직 본능의 영역에서만 가능한 것이고, 현존이황홀감에 젖어든다는 것 또한 그 연장선에 놓이는 것이다. 이런 황홀경이 가능할 수 있는 것은 감각이란 경험성과 그 경험이 주는 공통성이 있기에 가능한 것이다. 그러므로 이 정서에 어떤 이질성이 개입되는 것은불가능한 일이다.

4. 순리가 작동하는 사회에 대한 그리움

박영욱 시인의 작품에서 감각이라는 전략적 의장은 다양하게 구사된다고 했거니와 또 동일한 감각이라고 해도 그 음역이 비슷한 형태로 유지되는 것은 아니다. 작품의 상황이나 담론의 맥락에 따라 감각의 의미들은 무지개와 같은 빛깔로 다양하게 확산되어 나타나기 때문이다. 그것이 이 시인만이 갖고 있는 감각의 다채로운 의미, 곧 그만의 고유한 영역이라고 할 수 있을 것이다.

볕이 따사로운 들판이 나를 불러
바람처럼 들판에서 한참을 뒹굴다가

가슴을 휘젓는 변덕이 생겨
배춧속처럼 하얗게 부서지는 햇살을 뒤로하고
음산한 숲의 그림자를 찾아 나선다

환한 밝음보다 서늘한 그림자가
마음에 다가올 때가 있다

숲속 그림자는
품위를 잃지 않고 말하는 사람처럼
늘 냉랭한 듯 차분한 분위기다

짙은 음영에 색채는 없지만
아무런 얼룩도 없다
숲이 지니고 있는 웅려한 긍지만 있다

덤불을 헤치니 물이 흐른다
가늘게 흐르는 물이지만 내게 기쁨을 준다
꽃다발을 받은 여인처럼 잠시 환희에 젖는다.

「숲속 그림자」 전문

이 작품을 지배하는 일차적인 감각은 온기이다. '따스함'과 '서늘함'의 감각이 그러하다. 여기서 전자는 삶에 있어서 긍정적인 부분, 선한 영역, 그리하여 권장되어야 할 부분이고, 후자는 부정적인 부분, 악한 영역, 그리하여 가급적 권장되지 않아야 할 부분이다. 그런데 이 작품에서는 따스함과 차가움이 그러한 이분법으로 정확하게 구분되는 것은 아니다. 이런 음역은 「삶」과 비교할 때, 그 차이가 비교적 명확하게 드러난다.

넘치는 기쁨과 소망을 안고
따스하게 보낸 날들

파고드는 외로움과 스며드는 슬픔 속에
차갑게 보낸 날들

그런 날들의
총화(總和)인 것 같다.

「삶」 전문

시인은 이 작품에서 삶이란 양면성을 갖고 있다고 했다. "넘치는 기쁨과 소망을 안고/따스하게 보낸 날들"이 있는가 하면 "파고드는 외로움과 스며드는 슬픔 속에/차갑게 보낸 날들"도 있다고 보는 것인데, 여기서 '따스함'이란 삶을 영위해나가는 데 있어 긍정적인 부분을, '차가움'이란 그 반대의 부분을 말한다.

그런데 「숲속 그림자」에서의 감각은 「삶」과는 좀 다른 이미지로 의미화된다. 「삶」과는 감각이 정반대로 구현되는 까닭이다. 여기서 '음산함', 곧 '차가움'이란 짙은 음영이며 "냉랭한 듯 차분한 분위기"를 표상하는 감각이다. 서정적 자아는 "환한 밝음보다 서늘한 그림자가/마음에 다가올 때가 있다"라고 말한다. 이유는 다른 데 있는 게 아니라 그림자가 있는 곳에는 "가늘게 흐르는 물"이 있는데, 그 물은 내게 기쁨을 주기 때문이라고 한다.

시인에게 감각은 이렇듯 다양하게 변주된다. 비슷한 감각이라고 해도 시인의 정서에 따라 혹은 맥락에 따라 다르게 의미화되는 까닭이다. 하지만 그것이 어떤 포오즈를 취하든 간에 중요한 것은 시인이 감각을 이번 시집의 전략적 의장으로 구사하고 있다는 것이고, 그러한 의장한 속에서 삶의 진리, 인생의 진리를 유효적절하게 읽어내고 있다는 점일 것이다.

인간들이 종종 맹랑한 짓을 하여
모습이 바뀌기도 하고
몰골이 흉하고 처참해질 때도 있지만
인간에게 나쁜 마음을 웅크린 산은 없으리라

인간에게 어떤 낭패를 당하더라도
내색 않고 묵묵히 버텨내면서
여전히 인간에게 무수한 것들을 내어준다

어쩔 수 없는 쓸쓸함이 자신을 덮고
공허가 골짜기마다 가득 찰 때도 있겠지만
그때그때의 깊은 호흡으로
산은 여전히 인간에게 의연함을 보여준다

골이 깊고 험준한 큰 산 뿐만 아니라
인간의 편의대로 이곳저곳에 손을 댄
도회지 주변의 작은 산이라도
산은 진솔한 산의 향기가 있고

산이 본래 지닌 산다움이 있다.

「인간과 산」전문

　인용시는 인간과 산의 관계가 이른바 감각을 통해 구분되고 있는 작품이다. 산에는 "진솔한 향기"가 있다고 보는 것인데, 그렇다면, 인간에게는 산의 그러한 "진솔한 향기"가 없다는 뜻이 되기도 한다. 실제로 산은 여유가 있고 마음이 넓기에 인간에게 모든 것을 내어준다고 하는데, 이 말의 내포는 인간에게는 그러한 정서가 없다는 뜻도 된다.

　향기는 인간의 이성을 마취시킨다. 이성이 무감각해진다는 것은 그것의 기능이 사라진다는 뜻이고, 그럴 경우 현존의 어려움이나 실존의 무게와 같은 것들은 대부분 무화되기에 이르른다. 인간이 세계에 내던져진 존재라거나 원죄를 가진 존재, 그리고 근대가 주는 암울한 단면에 노출된 존재라고 하는 것이야말로 이성의 부조리한 작용과 분리하기 어려운 부분이다. 이런 이성을 마비시키고, 그 너머에 억압되어 있는 본능의 영역을 일깨우는 일이야말로 존재의 불구성과 현존의 '납덩어리'로부터 벗어나게 하는 지름길이 될 것이다. 시인은 그러한 지대로 가는 길, 다시 말해 유토피아로 가는 길에 감각을 동원하여 서정의 완결을 이루고자 한다. 감각이 주는 황홀한 축제를 통해서 이성의 전능을 무너뜨리고 잠들어 있던 무의식과 본능을 일깨우려 한다.

　무딘 육체와 죽어있는 정신을 일깨우는 데 있어서 감각만큼 좋은 기제도 없을 것이다. 뿐만 아니라 감각은 경험을 일깨우고 그것이 갖고 있는 공통의 지대를 환기시킴으로써 동일성을 회복시키는 데에도 좋은 매개 역할을 한다. 시인이 아름다웠던 유년, 동일성이 파괴되지 않았던 유년으로의 여행을 떠나는 것도, 자연이 매개된 "順理가 영원한 세상의 原理

이기를 갈망하는 것"(「순리」)도 향기와 같은 감각의 작용과 깊은 관계가 있다. 말하자면 이번 시집에서 감각이란 알파와 오메가였다고 할 수 있을 것이다.

(박영욱, 『부암동빵집』 해설, 동행문학, 2025)

고향의 일상에서 걸러진 영원
– 조수일의 『먹갈치의 은빛 유려한 칼춤을 보아요』

1. 미메시스적 응시

조수일은 비교적 짧은 문단 경력에도 불구하고 화려한 조명을 받은 시인이다. 2017년 『열린시학』을 통해 공식 등단하기 이전부터 시인은 송수권 문학상 신인을 받는가 하면, 수주문학상이라든가 한국해양문학상 대상도 수상했기 때문이다. 그 수상의 행렬이 진행되는 동안 시인은 『모과를 지나는 구름의 시간』(시산맥, 2022)을 상재했고, 이번에는 『먹갈치의 은빛 유려한 칼춤을 보아요』라는 제사(題詞)로 또 하나의 시집을 펴내려 하고 있다. 이런 일련의 과정은 작품에 대한 문학성과 더불어 시에 대한 열정으로 설명될 수 있을 것이다.

실제로 시인의 작품을 읽어보면 금방 알 수 있는 것처럼 시인은 뛰어난 언어 구사를 보이고 있거니와, 시의 내용을 구성하는 음역들 또한 탄탄히 구성되어 있다. 여기서 언어 구사의 현란함이란 비유의 참신함을 말하는 것인데, 비유가 관습이나 사은유의 틀을 벗어나게 되면 대부분

실험적 속성을 갖게 되는 것이 일반적이다. 하지만 조수일의 작품에서 언어의 실험성이나 전위성은 거의 발견되지 않는데, 실상 시인은 시어의 파격성과 거리를 두면서 언어의 새로움을 구축하고 있는데, 이런 의장이야말로 시인의 고유한 특징적 단면이 될 것이다.

언어의 조탁을 통해서 서정의 기둥을 만들어나가는 시인은 기둥의 여백을 채워나가는 데 있어서도 득의의 영역을 보여준다. 시인은 작품의 내용과 형식에서도 자신만의 영역을 구축해나가는데, 이는 소재나 내용의 측면에서 독특한 질료를 형성해나간다. 시인의 시에서 드러나는 소재의 파편들은 편재되어 있고 흩어져 있다. 이는 그가 만들어내는 소재들이 어느 특정 영역에 한정되지 않고 보편화되어 있다는 것을 의미하는데, 이런 정서는「동적골 다님길에서」라는 작품을 보면 금방 확인된다.

    동적골 다님길이란 푯말이다
    출랑거리는 동사가 의연한 이름씨가 되어 입갑판으로 선 언어의 발랄
이다
    손풍금 소리가 들려날 듯
    계곡물은 봄인양 깨어나 맑은 민낯으로 흐르고
    군데군데 얼룩진 눈물자국처럼 하얗게 남은 잔설이 애잔하다
    소나무와 서어나무가 껴안고 하늘로 길을 냈다는 연리지 푯말이 있고
    멧돼지 출몰 지역이라는 문구도 있다
    간절한 염원과 기원을 얹어 쌓았을 돌탑들이 애틋한 연민으로 멀뚱히
서 있고
    채 거둬들이지 못한 채마들이 눈 속에 묻혀 수인사를 건네 온다
    아직 녹지 않는 둘레길은 반짝이는 빙판이다
    눈길만 골라 딛으며 다님길을 걷는다

다니면 걷는 길이 된다는 명제 같다
흘러흘러 지류를 이루며 벌판을 달리며 순회할 물의 여정을 생각한다
계절을 짊어지고 흘러갈 물의 방식과 일대기
한 방향으로만 집약적인 저 몰두를 보며
보이는 모든 것에서 시의 근원을 찾으려 기를 쓰는 즐거운 탐닉과 탐독
을 생각한다
슬그머니 떠난 기억처럼 앙상히 얼어 붙은 수국동산을 지나
편백나무 등걸에 세들어 사는 초록 이끼마저도 애틋해 어루만져지는
그리운 것들의 점성을 지닌 무등산 자락 동적골 다님길,
에덴도 달마도 그림자도 자꾸만 동쪽으로 쌓여 가는 연민이었다
그리운 쪽으로 마음이 쏠리는 다님길이었다

「동적골 다님길에서」전문

이 작품은 고향의 한 자락을 소재화한 작품이긴 하지만 시인의 시론이 무엇인지를 드러내고 있는 시라는 점에서 의미가 있다. 시인이 시를 만들어내는 이유는 분명하다. "보이는 모든 것에서 시의 근원을 찾으려 기를 쓰는 즐거운 탐닉과 탐독을 생각한다"는데 있다고 보는 것인데, 이는 시인에게 시의 근원을 제공하는 것들, 시의 씨앗이 되는 것들이 어느 한쪽에 편중되어 있지 않다는 것을 말해준다. 그러니까 자신의 시야에 들어오는 모든 것들은 다 시의 소재, 곧 시의 근원이 될 수 있다는 뜻이 된다. 이는 시인의 작품에서 어떤 전략적인 소재가 존재한다는 것을 의미하는데, 시에 대한 이런 작시법은 분명 기왕의 서정시들과는 그 결을 달리 하는 부분이라 할 수 있다.

흔히 많은 시인들이 자신의 정서나 세계관이 무엇인가를 드러내기 위해서 주로 구사하는 방법적 의장 가운데 하나가 전략적인 소재나 이미지

를 소재화하는 일이다. 이런 수법이야말로 시인이 지금 갖고 있는 주된 관심이 무엇이고 세상을 이해하는 층위가 무엇인지를 대번에 일러주는 지름길이 된다. 하지만 조수일 시인은 기왕의 시인들이 펼쳐보였던 그러한 서정의 전략과는 거리가 있다. 그는 자신의 시야에 들어오는 모든 것들을 파노라마적인 시선으로 옮겨다니면서 이를 모두 서정의 이름으로 불러오고 있기 때문이다. 이런 수법은 실제로 「동적골 다님길에서」도 잘 드러나 있는데, 지금 서정적 자아는 '동적골'이라는 공간에서 시선을 줌인 아웃(zoom in-out)하면서 모든 대상들을 가급적 포착해내고 있다. 그런 다음 그 각각의 사물에 서정의 물길을 흘려보내면서 저마다의 고유한 가치평가를 시도한다. 시인은 이러한 과정을 "즐거운 탐닉과 탐독"이라고 했거니와 시인의 시쓰기는 이렇듯 미메시스의 수법을 통해서 그의 시선에 포착된 각각의 사물과 대상에 의미를 부여하는 것에 놓여 있다.

그리고 다른 하나는 세상을 응시하는 자세, 곧 세계관의 문제이다. 소재가 그러한 것처럼 이번 시집에서 드러나는 세상에 대한 시선 또한 지극히 다층적인 것으로 표명된다. 하지만 그러한 층계들을 떠받치고 있는 근본 지렛대가 있는데, 그것은 다름 아닌 사회의 불온성들에 대한 자각이다.

> 시, 시는 시시한 것이 시야
> 그 시시한 시답지 않는 시를 쓰겠다고
> 평생을 매달리는 사람이 시인인 것이고
> 작고 보잘것없는 시는 말일세,
> 으리으리 장엄해 보이는 정치나 경제가
> 힘을 잃어 죽음과 폐허일 때

그때 꽃을 피우고 생명을 틔우는 것이 시 한 편이란 말일세

가장 최후적이고 말지 그 시시한 시가 말일세

그때 위력을 발휘하는 태풍의 눈 같은 저력이 시의 힘이라네

작고 시시하나 시답지 않으나 우주적이게 위대하고 말지

(중략)

그 시시한 시답지 않는 시 한 줄을 얻겠다고

돋보기 걸치고 밤 깊도록 꿈뻑이고 앉은 나는

눈꺼풀에 얹힌 무거운 어둠을 떨쳐 내며

여전히 시인이고자 돌멩이처럼 진흙탕을 구르며

시나브로 작부 같은 독종으로 진화 중일까

「어느 무명 시인의 시론」 부분

서정적 자아는 시를 두고 "시시한 것이라고 한다". 그리고 그 "시시한 시답지 않는 시를 쓰겠다고/평생을 매달리는 사람이 시인"이라고도 폄하한다. 하지만 이런 전제는 다음에 이르면 전연 다른 것으로 치환, 전복된다. "으리으리 장엄해 보이는 정치나 경제가/힘을 잃어 죽음과 폐허일 때/그때 꽃을 피우고 생명을 틔우는 것이 시 한편이란 말일세"로 전복되는 까닭이다. 이런 결론에 이르게 되면, 시는 "시시한 것이고", "시인은 시답지 않은 것을 쓰는" 사람이라는 말은 그 숨은 의도가 표출되는 통쾌한 역설임을 알게 된다.

이 작품은 시에 대한, 그리고 시인에 대한 정의이기에 시인의 작시법, 혹은 시론시라고 해도 무방하다. 시인이 이해하는 시란, 혹은 시를 만들어내는 세계관이란 순수 서정시의 영역과는 거리가 있어 보인다. 여기서 순수라고 하는 것은 형식적 의장보다는 내용적 국면을 말하는 것인데, 시인이 시를 만들어내는 기본 틀이랄까 세계관은 정치나 경제가 힘을 잃

어 죽음과 폐허일 때와 깊은 관련이 있다. 이 의미는 시인의 시선이 부채 살처럼 다양하게 펼쳐지지만, 사회의 불온한 면들을 들춰내고, 이에 대한 가치관을 올곧이 드러내고자 하는 데 집중되고 있음을 알 수 있게 된다.

2. '나'란 존재는 무엇인가

이번에 상재되는 조수일 시인의 시들은 여러 갈래의 주제의식으로 뻗어나가고 있다. 그의 시들이 여러 서정의 샘 속에 뿌리를 박고 있다는 것은 우선, 그의 작시법과 분리하기 어려운 것이다. 시인은 자신의 시가 만들어지는 방법적 의장 가운데 하나를 '보이는 모든 것에서' 찾고 있다고 했는데, 대상을 향하는 시선의 다양성이 그의 시의 소재를 다변화하게 한 근본 원인 가운데 하나라고 할 수 있다. 시인의 시가 펼쳐지는 무대가 시공을 초월하여 다양하게 만들어지는 것도 이와 밀접한 관련이 있는데 (가령, 이를 대표하는 작품이 고대 이집트 사회를 공간적 배경으로 하고 있는 「카무트」, 몰디브의 공해 고기를 소재로한 「자이언트 트래발리」 등 등에서 이를 확인할 수 있다.), 그럼에도 그 줄기를 두 가지로 계통화할 수 있다면, 존재에 관한 것, 그리고 고향에 대한 것들을 서정화한 것으로 분류할 수 있을 것이다.

이 두 가지 흐름 가운데 그의 시세계의 본질은 무엇보다 자아의 문제에 대한 것이라 할 수 있다. 실상 존재론적인 문제나 실존의 고통에 관한 주제들은 이 시인만의 고유한 영역은 아니다. 이는 대부분의 시인들, 아니 지상에 피투된 존재라면 누구나 할 수 있는 고민의 지대들이기 때문이다. 그렇기에 시인이 존재에 관한 질문들을 던졌다고 해서 이를 두고 보편의 영역에 갇혀있다거나 그리하여 그의 시에서 어떤 고유한 지대를 감각할 수 없다고 이해하는 것은 지나친 단견이라 할 수 있다.

> 야행성이었다
> 달이 뜬 후에야 낡은 통통배를 밀고 바다로 향했다
> 대낮엔 모래 틈이나 펄 바닥에 엎드려
> 밤을 기다리는 갈치를 닮았다
> 딱 한 번 흙탕물에 발이 빠졌을 뿐인데
> 당신의 얼룩은 평생을 따라붙었다
> 어둠이 더 편한 밑바닥의 생
> 북항의 밤은 늘 멀리서 찬란하였다
> 날렵한 지느러미에 주눅 든 새끼들을 싣고
> 밤하늘의 유성을 따라가고 싶을 때도 있었을까
> 은빛의 유려한 칼춤으로
> 자신의 바다에서
> 단 한번도 刀漁가 되어본 적이 없는 아버지,
> 갈라터진 엄마의 울음이 뻘밭에 뿌려지던 날
> 마지막 실존이었던 銀粉마저 다 털려
> 유영의 꿈을 접었던
> 평생 들이켠 바다를 다 게워내느라 갑판 위가 흥건했다
> 짠물을 다 마시고도 채우지 못한 허기
> 삶을 지탱하는 힘이 어쩌면
> 꿈을 좇는 허영인지도 모른다
> 바다의 깊이를 가늠하지 못한 갈치 떼
> 가쁜 숨 몰아쉬며

눈먼 만삭의 어둠 속에서 습관처럼
살점 저며 주고 뼈만 남은 먹갈치 한 마리,
또 한 번 서툰 몸짓으로 비상을 꿈꾼다

「먹갈치」 전문

시집의 제목이 『먹갈치의 은빛 유려한 칼춤을 보아요』라고 했으니 「먹갈치」는 시집의 주제랄까 시인의 정신적 구조가 무엇인지를 일러주는 본보기가 되는 시이다. 먹갈치는 일단 자아의 은유라고 이해되는데, 먹갈치의 일반적인 속성이 그대로 자아에게 전이되어 나타나는 까닭이다. 가령, 야행성이었다는 것, 대낮에 모래 톱이나 펄 바닥에 엎드려 있다는 것, 그리고 밤을 기다리고 있다는 것 등등이 먹갈치의 생리적 특성이라고 한다면, 이는 곧 서정적 자아의 모습으로 겹쳐진다.

그런데 여기서 서정적 자아의 존재성을 드러내는 말은 아마도 '얼룩'에서 찾을 수 있을 것으로 보인다. "딱 한 번 흑탕물에 발이 빠졌을 뿐인데/당신의 얼룩은 평생을 따라붙었다"에서 이를 확인할 수 있는데, 여기서 '딱 한 번 흑탕물에 빠졌'다는 것은 여러 다양한 의미론적 층위를 갖고 있다. 그것은 유토피아를 상실하게 한 원죄를 말하는 것일 수도 있고, 출생 외상일 수도 있으며, 세상에 피투된 존재인 실존의 고통을 의미하는 것일 수도 있기 때문이다. 아니면 시인 고유의 생리적 한계나 그만의 고유한 흠결을 의미할 수도 있을 것이다. 하지만 그것이 어떠한 것이든 간에 중요한 것은 그것이 자아의 현존을 규정하는 절대적인 것으로 자리잡았다는 사실이다.

그리고 두 번째는 그러한 실존의 한계가 이후 시인의 정신 세계의 한 자락으로 자리잡았다는 사실이다. 서정적 자아는 이를 두고 "삶을 지탱하는 힘이 어쩌면/꿈을 쫓는 허영인지도 모른다"고 전제하고 있는데, 실상 이 부분도 인간에 대한 본질론과 분리하기 어려운 것이기에 원죄나 출생외상, 피투성과 밀접한 관련이 있다. 말하자면 인간은 욕망하는 존재라는 것, 그러한 욕망이야말로 인간의 본질론이라는 것인데, 서정적 자아도 여기서 결코 자유롭지 않았다는 것이 이 작품의 주제라 할 수 있다.

길 위에서 길을 잃었네
가까워질수록 마음이 도망을 치는 곤혹이었네
포충사 푯말을 지날 무렵
어스름이 몰려오고
폭넓은 도로변 가로등 일순, 환히 돋아났네

돋을까? 당신도?
얼얼해져 답 없는 반문을 홀로 중얼거렸네
돋는다는 것은 켜진다는 어원일 텐데
왜 까닭 없는 통증이 일어서는지
먼 마음 하나가 돋아나 주길
어느 골목을 돌아 나오다 아프게, 빌기도 했을까
속도를 잃고 휘청거린 것은 길이었는지, 나였는지

생각이 차단되는 터널을 지나고
은빛 지느러미 떼, 출렁이는 비닐하우스 군락을 지나고
차창 밖 멀리 엎드린 광이리 마을의 불빛들
하나둘, 돋아나는 나였네

슬픔의 진원을 등지고
돌아갈 곳을 찾아 두리번거려지는
나의 귀소歸巢는 어디일는지

슬픔이 돋고 뿌리가 돋고 먼 산이 돋고 오소소 떠는 나뭇가지에 얹힌 저
녁이 돋고
당신이 돋고 내가 돋고 이윽고 참새 같은 눈물이 돋는,

문득, 잊고 산 안부가 궁금해지는
아픈 저녁이 돋고 있었네

「돋는다를 목도」 전문

　"삶을 지탱하는 힘이 어쩌면 꿈을 쫓는 허영"인지도 모른다고 서정적
자아는 말했지만, 그렇다고 해서 그 스스로가 내성과 같은 윤리의 문제
에 침잠하거나 성찰의 담론을 꾸준히 던진 것은 아니다. 시인의 작품들
은 도덕과 같은 내성의 정서에서 한걸음 비껴서 있던 것인데, 그렇다고
해서 자아가 이런 존재론적 한계에 대해 완전히 외면한 것도 아니다.「돋
는다를 목도」에서 이런 단면들이 조심스럽게 제기되어 있기 때문이다.
　「돋는다를 목도」는 현존의 어려움에 대한 자아의 고백이 직접적으로
드러나 있다는 점에서 의미가 있다. 이 작품의 특징은 우선 감각적인 것
에서 찾을 수 있다. 이를 단적으로 드러내고 있는 담론이 '돋는다'이다.
서정적 자아는 '돋는다'라는 것은 위로 솟구친다는 의미를 갖고 있다고
본다. 하지만 이 담론이 여기서 그런 단일한 음역을 갖고 잇는 것은 아니
다. 서정적 자아는 '돋는다'를 '켜진다'라는 어원으로 일차적으로 해석하
고 있지만, 이는 어디까지나 사전적인 의미에서 그러할 뿐, 작품 내적으

로 볼 때는 다양한 의미론적 층위를 갖고 있기 때문이다. 가령, "슬픔이 돋고 뿌리가 돋고 먼 산이 돋고 오소소 떠는 나뭇가지에 얹힌 저녁이 돋고"와 같은 물리적인 영역도 있지만, "당신이 돋고 내가 돋고"와 같은 형이상학의 영역도 있는 까닭이다.

하지만 이 작품에서 이 담론이 가장 표나게 도드라지는 부분은 "차창 밖 멀리 엎드린 광이리 마을의 불빛들/하나둘, 돋아나는 나였네"라는 부분일 것이다. 표면적인 차원에서는 불이 밝혀진다는 뜻을 갖고 있지만, 그 이면적으로는 서정적 자아의 존재론적 국면을 표명하는 뜻을 갖고 있기 때문이다. 그러한 단면을 가장 잘 보여주는 것이 "나의 귀소는 어디일는지"이다. 지금 서정적 자아는 십자로에 있고, 거기서 나아갈 방향을 상실한 것처럼 보인다. 이는 "삶을 지탱하는 것이 꿈을 쫓는 허황"이라는 사유와는 분명 다른 부분이다. 꿈을 쫓는 허황이 있다면, "나의 귀소는 어디일는지"라고 굳이 물을 필요는 없기 때문이다. 욕망이 있다는 것은 전진할 수 있는 힘이 남아있다는 뜻이지만, 이제 그에게는 그러한 여력이 없어 보인다. "생장점의 한계처럼 나도 푹, 시들었을까"(「쇠락을 읽다」) 하는 자괴감이 욕망의 뜨거운 항해를 막고 있었기 때문이다.

자아의 전진은 "꿈을 쫓는 허영"의 상실에서, 그리고 "생장점이 임계점에 도달"함으로써 일단 멈춘 것으로 이해된다. 이 멈춤이 다시 움직일 수 있게 하는 힘에는 어떤 것이 있을까. 실상 이 에네르기야말로 이번 시집의 소재이자 주제일 터인데, 시인의 발걸음이 향한 곳은 아마도 근원과 같은 원형의 지대였던 것으로 보인다. 다시 말해 자아의 생물학적인 공간이자 정신적인 공간, 바로 고향이었던 것으로 보인다.

3. 신귀거래사

전진하는 자아가 멈출 때, 가장 먼저 도달할 수 있는 정서란 좌절감 내지는 허무주의의 감각일 것이다. 그리고 이런 퇴행적 정서와 달리 그 상대적인 자리에 놓인 정서 역시 또 하나의 대안으로 생각해볼 수도 있을 것이다. 그러한 대안 가운데 대표적인 것이 근원에 바탕을 둔 모성적인 상상력일 것이다. 나아갈 방향을 상실한 사람이나 파편화된 자아가 가장 먼저 기대는 것이 이 모성적인 것과 관련되어 있기 때문이다. 30년대 대표시인이었던 정지용이 자연에 기댄 것도 이런 맥락과 분리하기 어려운 것이고, 청록파의 세계관 또한 이와 밀접한 관련이 있기 때문이다. 이는 서정주의 경우에도 마찬가지인데, 잘 알려진 대로 그는 자신의 파편화된 정서를 치유하기 위해 '질마재'라는 고향을 서정화했기 때문이다. 그것이 바로 일상 속에서 찾은 영원의 세계였다.

시인이 "나의 귀소는 어디"(「돋는다를 목도」)를 묻는 것은 "딱 한 번 흑탕물에 발이 빠졌을 뿐인데/당신의 얼룩은 평생을 따라붙었다"(「먹갈치」)와 분리하기 어려운 것이다. 그리하여 자아가 안주해야할 곳, 얼룩을 지워야할 곳에 대한 그리움의 정서가 당연히 표명될 수밖에 없는데, 이와 관련하여 이번 시집에서 가장 주목의 대상이 되는 시가 「신귀거래사」이다.

매일 달이 뜬다는 매월동을 지나요
길가 전평제 연방죽이 꽃을 피워 손짓을 해요
진흙뻘에서 금방이라도 발을 빼내며 수인사를 건네올 듯 방긋거려요
해안선을 닮은 듯 휘어진 국도가 펼쳐져요

달뜬 내 발길을 제어하느라
자꾸 커다란 붉은 눈이 날 향해 깜빡거려요
건너편엔 꽃과 유실수들이 명찰을 달고
간택을 기다리는 듯 다소곳한 묘목상이 보여요
주유소를 지나면
들판 중심에 어질 머릴 앓듯 아파트가 서 있지요
온통 은갈치 떼 뛰노는 하우스 군락인 대촌리엔
갖가지 채소들이 풋내를 풍기내느라 또 부산스럽지요
혼자 읊어보는 상상력의 증폭 점인 광이리엔
아마 고대 마한 시대 어디쯤
이리 떼가 뛰노는 서식지가 아니었는지
수천 년 거기 있어온 地名은 말이 없고
몽상가인 내 몸집만 자꾸 부풀어 가요
사거리 우측엔 고즈넉이 드들강 강물이 흐르고
군데군데 어깨를 맞댄 물풀들이 섬처럼 一家를 이루고 살지요

산포 들을 지나고 언덕배기에 오르면 금빛 모래알이 흐른다는 금천 물
길을 지나면
비단을 휘두른 아름다운 나의 고향 목사골로 접어들지요
벚꽃나무가 사열중인 강변 도로를 달리면
아, 어쩌면 평화로이 누운 나의 마을이 보여 와요

「신귀거래사」전문

고향이나 자연으로 되돌아간다는 주제의식을 담고 있는 「귀거래사」
는 본디 도연명의 작품이다. 그는 관직을 버리고 떠나면서 이 작품을 읊
었는데, 노장 사상의 영향을 받아 전원에서 자연과 함께 지내는 삶의 아

름다움을 노래했다. 이런 맥락에서 보면, 시인의 「신귀거래사」도 도연명의 그것과 하등 다를 것이 없다. 하지만 관직을 버린 도연명과 달리 시인은 관직과 무관했거니와 또 자연과 더불어 살고자 한 것이 아니라 고향과 더불어 살고자 했다는 점에서 구별된다.

「신귀거래사」에서 드러난 바와 같이 지금 시적 자아는 고향을 떠난 자리에서 삶을 영위하다가 다시금 고향으로 되돌아가는 도정에 놓여 있다. 그 과정에서 시인의 시선에 들어온 고향의 모습이란 한결같이 사랑스럽고 자연친화적이며, 자아와 적극 소통하는 관계에 놓여 있다. 시인은 자신의 시선에 들어온 모든 것이 시의 소재로 된다고 했는데, 이런 의장은 이 작품에서도 예외가 아니다. 디테일에 대한 관심과 그로부터 형성되는 탁월한 미메시스가 있기에 고향의 세세한 모습이 이렇게 서정화되었을 것이다.

하지만 고향은 시인에게 늘상 긍정적으로 보이는 지대가 아니었다. 「신귀거래사」와 같은 고향의 모습도 있었지만, 그와 반대되는 세계 또한 엄연히 존재하고 있었기 때문이다. 고향이란 안온하고, 조화로운 것이어서 파편화된 자아에게 완결성이나 안정감을 주어야 함에도 불구하고 서정적 자아에게는 예외적으로 다가오는 고향의 모습이 제법 많이 존재했다. 시인의 시선에 다가오는 것들이 모두 시로 서정화할 수 있다는 것이 시인의 작가정신이었기에 고향의 긍정적인 모습만이 아니라 현대사의 불온한 단면들을 간직한 고향의 모습 또한 작품 속에 틈입하여 들어오는 것은 어쩌면 당연한 수순이라 할 수 있을 것이다.

천변 따라 연둣빛 버들잎은 나부끼고 있었다
창밖으로 스크럼을 짠 대학생들이 몰려왔다 가기를 여러 날,

가방을 책상에 부리기도 전에 닭 쫓기듯 쫓겨난 아침이었다

머리칼도 보이지 않게 꼭꼭 숨으라는 선생님의 험악한 우격다짐,

교문이 닫히는 둔중한 소리는 난생처음 듣는 황폐한 철시였다

집어 삼킬 듯 시커먼 구름이

플레어스커트 자락을 줄곧 뒤따라왔다

집으로 돌아가는 길은

바닥을 울리던 철심 박힌 군홧발 소리에 식은땀이 흘렀다

해를 등지듯 학교를 등진 그해 봄날은

마당 끝 장독대 조각조각 피어오르는 아지랑이처럼 지리했다

대문 밖 출입이 금지당한 그해 오월,

엄마 몰래 조각난 햇살이 내려앉는 마룻바닥에 교과서를 베개 삼아 누
우면

지축을 울리던 총성이 이명처럼 들려오곤 했다

다시 교실로 돌아갔을 때

책상 하나가 흔적 없이 치워지고 없었다

시작과 끝을 알리는 종소리는 빈틈없이 울렸다

겁먹은 얼굴들이 잠깐씩 얽혀들곤 했지만

발설해서는 안 되는 금기처럼 누구도 안부를 묻진 않았다

교실 앞 수돗가 터질 듯 피어나던

넝쿨장미의 쑥 내민 붉은 혀,

꾹 다물어 핏물 고인 갈래머리들의 유약한 분노였고 분출이었다

세상을 깨우쳐 가려던 우린, 고1이었다

「오월의 넝쿨장미」 전문

이 작품은 1980년 5월의 광주 민주항쟁을 묘사한 시이다. 작품의 말미
에 "세상을 깨우쳐 가려던 우린, 고1이었다"라는 부분에서 알 수 있는 것

처럼, 이 사건은 작가가 직접 체험한 영역을 서정화하고 있다. 그런데 과거 역사에 대한 서정화 작업은 여기서 그치지 않고 시인이 체험하지 않은 지대에 이르기까지 계속 뻗어나간다. 빨치산 후예들의 삶을 담은 「정령치」가 그러하고, 의병의 비극적 삶을 다룬 「만의총」이 또한 그러하다.

말하자면 고향은 평화라든가 조화와 같은 긍정적인 감수성만이 있는 곳이 아니고 그 너머의 세계도 켜켜이 쌓여 있는 곳으로 기억되고 있는 것이다. 역사의 부정적인 흐름들이 고향이라고 해서 비껴나갈 수 있는 것이 아니기에 그 불온한 파편들이 고향의 구석구석에 뒬 수밖에 없었던 것이고, 자아는 자기의 시선에 들어오는 대로 그 파편들을 꼭 붙들고자 했던 것이다. 그럼에도 불구하고 고향은 부정적인 것보다는 긍정적인 아우라로 작동하고 있었다.

한 번쯤 고인다면 그게 당신이면 좋겠다고,

터널을 지나자 희미한 맥박처럼 들려오는 소리
시들었던 귀가 열린다
산은 어둠을 입고 잠이 들었는지 고요하고
몸빛 검은 양쪽 산을 끼고 얼마를 달렸을까
다시 변주곡처럼 들려나는
울창한 개굴개굴
각자의 슬픔인 듯,
종족의 슬픔인 듯,
밥물처럼 들끓어
깜깜한 여름밤을 다 떠메고 갈 듯 맹렬한 저 그악
흰 이마에 고인 단단한 어둠이 다 지워진다

　　늘 둥근 고요인 당신에게 가 닿고 싶었던, 숨겨지지 않아 안달하는 한나
절 그리움 같은
　　모습은 없고 열망만을 밤하늘 가득 쏘아 올리는 밀집에
　　발목이 묶인 듯 차를 세우고
　　논둑에 기대어
　　긴 당신을 듣는다

　　희부연 무논 가득 얼비추는 가로등만 졸린 듯 껌뻑이고
　　시름에 잠긴 먼 하늘도
　　당신도,
　　말이 없다

「고이다」 전문

　작품의 배경이 고향을 직접 언표하고 있진 않지만, 농촌의 일상을 묘사하고 있기에 「신귀거래사」의 연장선에 놓여 있는 작품이라고 이해해도 좋은 경우이다. 이 작품의 특징 역시 무엇보다 감각적인 것에서 찾아진다. 그러한 효과를 드러내는 매개는 개구리의 울음 소리이다. 서정적 자아는 개구리의 울음 속에 무조건 육박해 들어감으로써 그와 하나되는 서정적 황홀의 경지에 들어서게 된다. 이런 일체화야말로 나와 너의 구분이 없는 극적 순간, 서정적 순간이 아닐까 한다.

4. 소소한 바람, 그렇지만 위대한 서정

고향은 흔히 일상 너머의 세계로 이해된다. 그 초월의 지대란 다름아

닌 영원의 세계일 것이다. 인간이 영원을 그리워하는 이유는 자명하다. 스스로 조율해나가는 근대인의 자율성이 갖는 한계와 그에 따른 불안의식 때문이다. 그래서 존재론적 완성이나 피투된 실존의 한계를 벗어나기 위해 무언가 변치않는 것들, 항구적인 것들에 매달리게 된다.

시인이 자신의 귀소할 공간이 어디에 있는 것인가를 묻는 것도 이 영원의 감각과 관련이 깊은 것이고, 폐허의 늪지대로부터 벗어나고자 하는 것도 마찬가지의 경우이다. 그러한 의도가 있었기에 서정적 자아는 「신귀거래사」를 쓰게 된 것이다.

고향이란 파편화된 사유를 치유하는 지대라고 했거니와 그러기 위해서 가장 필요한 것은 자아라는 고유성 내지 단일성으로부터 벗어나야 한다. 자아와 대상이 하나로 합일될 때, 비로소 자아의 완결성도 이루어질 수 있는 것이고, 또 영원의 정서도 얻을 수 있기 때문이다. 이와 관련하여 시인의 이번 시집에서 가장 주목해서 보아야할 부분이 자아와 대상 사이의 거리를 좁히는 의장들이다. 「고이다」에서 드러난 것처럼, 자아와 대상 사이에 놓인 거리를 좁히기 위해서 시인이 의욕적으로 감행한 의장이 감각적 이미저리이거니와 '고이다'는 그러한 의장 가운데 하나이다. 하나가 되기 위한 여정을 위해서는 분리가 있어서는 곤란하다. '고인다'는 것은 합쳐진다는 뜻인데, 그렇다면, 이 작품에서 그러한 행위는 어떻게 가능한 것인가. 여기서 서정적 자아는 "한번쯤 고인다면 그게 당신이면 좋겠다고"했거니와 고인다는 것은 곧 당신과 하나되는 상태를 말한다.

이번 시집에서 이렇게 하나되는 감각의 파장들은 여러 담론의 층위들을 통해서 이루어지는데, 가령, '합치다'를 통해서 수태 가능한 여인으로 거듭 태어나는 것이나(「통정 마을」), '스미다'를 통해서 "문득 당신이 되는 일"(「스미다」) 등이 여기에 속한다. 하나의 동일체로 나아가기 위한

이런 행위들은 「느러지곡강에서」라는 작품에서 가장 극적으로 드러나게
된다.

담양의 용추봉이 발원지인 영산강은

드넓은 나주평야를 적시며 흐르다 넓어진 강폭으로 유속이 느려져 속
도를 잃고

소낙비가 내려도 뛸줄 모른다는 조선 양반님 같은 천하태평 걸음새 한
량으로

옆구리 끼고 거느려 온 흙이며 모래며 식솔들,힘에 부친 듯

예, 곡강에 이르러 한 호흡 가다듬고 심호흡을 하였다네

재빠르지 못하고 늘 부진아로 늦됨을 애태우며 숨 가쁘게 달려온 나를
부려놓고

느릿느릿 느린 뒷짐 진 선비의 한량스럼을 배워

느리고 느린 느러지 유속이고 싶네

세월이 퇴적되고 쌓이면 나도 느러지 같은 갸륵한 어떤 형상을 이뤄

두고두고 아껴가며 읽는 고전이 될는지

버리지 못하고 끌어온 슬픔의 잉여 퇴적물은 기필코 춤추는 뮤즈의 흰
발목 미라클이고 말,

느러지 전망대에 서서, 휘돌아 가는 천년의 영산강에 기대어

느린 적멸로 현묘한 버뮤다를 이루고야 말 창세의 기원을 꿈꾸는 강줄
기처럼 나는,

영산강의 태연자약을 베껴 입을 테니, 느림의 미학으로도 낱낱이 아름
다운 느러지의 오후여,

*느러지곡강:영산강의 비경, 나주시 동강면의 한반도 모형

「느러지곡강에서」 전문

느러지곡강이란 영산강의 비경 가운데 하나인데, 나주시 동강면의 한반도 모형을 하고 있다고 한다. 시인이 이곳 출신이니 '느러지곡강'은 곧 시인의 고향과 겹쳐진다. 영산강은 드넓은 나주 평야를 적시며 흐르다 넓어진 강폭에 이르러서는 유속히 느려져 속도를 잃고 천천히 흐른다고 한다. 여기서 강은 한 호흡을 가다듬고 심호흡을 했다는 것이고, 그 호흡을 통해서 한반도 모형이라는 비경을 만들었다는 것이다.

그런데 심호흡을 하는 영산강은 곧 서정적 자아 자신으로 스며들게 된다. "재빠르지 못하고 늘 부진아로 늦됨을 애태우며 숨 가쁘게 달려온 나를 부려놓고"에서 알 수 있는 것처럼, 자아는 곧 영산강의 일부로 스며들어가는 것이다. 이런 동일화 전략은 작품의 마지막 부분에서도 드러나는데, "영산강의 태연자약을 베껴 입을테니"가 그러한데, 베껴 입는다는 것은 곧 하나의 동일체가 되는 과정, 스며드는 일이 된다.

흙과 돌이 구르는 흙마당을 갖고 싶네
오래오래 해가 들이치는 곳에
모양 고운 돌들로 기단을 쌓아 올리고
그 옛날 할머니와 어머니가 품어 키우던
장독대를 갖고 싶네
돌 틈새 형형색색 깨알 같은 꽃들을 심어
사철 꽃피고 지는
마음의 곳간을 들이고 싶네
졸음이 쏟아질 것 같은 볕 좋은 날
각기 이름 붙여진 항아리들 뚜껑 열어
햇살이며 바람이 노닐다 가는
환한 동편을 열어 놓고 말겠네

그 곁 나도 키 작은 한 철 채송화로 기대어 앉아

한 나절 젖은 몸 말리며

무르익은 청춘의 한 소절을 호명해 내어

서럽도록 어깰 떠는 꽃이파리 오후이고 싶네

그러다 어느 날

손닿지 않는 곳 누군가가 쓸쓸히 그리울때면

그 옛날 할머니, 어머니처럼

허리 굽혀 항아리를 닦고 또 닦겠네

이마의 땀방울 훔치며

잘 사느냐고, 어룽지는 혼잣말의 안부를 건네며

향기롭게 익어가는 저물녘 발효를 몸에 들이고 싶네

유물로 남은 숨 쉬는 항아리처럼 깊어지고

깊어지고 말겠네

지나간 별빛들이 발효되는 독에 기대어

선잠 깬 눈물들이 익어가는 시간

달빛에 깊어지는 숨소리를

둥글어진 품 안으로 고스란히 품고도 싶었지

하, 들이고도 싶었지

「소소한 바램」 전문

　제목이 '소소한 바램'이라고 했지만, '위대한 서정의 바람'이라고 해도 좋을 듯하다. 이 작품을 이끌어가는 힘도 이른바 스며들기, 혹은 합치기이다. 지금 자아는 "흙과 돌이 구르는 흙마당을 갖고 싶다고 하고 해가 들어오는 곳에 모래기단을 쌓아 올리고 그 옛날 할머니와 어머니가 품어 키우던 장독대를 갖고 싶다"고 한다. 여기서 갖고 싶다고 하는 것은 소유의 욕망이기도 하지만, 자아의 전일성을 유지하고 싶은 욕망이기도 하다. 할머니가 어머니가 키우던 장독대를 갖고 싶다는 자아의 바람은 곧 그 대상과 자아가 하나로 되는 의장이기 때문이다.

모성적 상상력에 기반한, 고향에 대한 자아의 소유욕은 실질적인 공간뿐만 아니라 "사철 꽃피고 지는 마음의 곳간"에 이르는 형이상학적인 공간에까지 확대되기에 이르른다. 뿐만 아니라 "향기롭게 익어가는 저물녘 발효를 몸에 들이고 싶은"은 후각적 동일성으로까지 심화되기도 한다. 그러니까 자아는 '스미고', '들이고', '고이는' 감각적 행위를 통해서 대상과의 거리 좁히기에 나서는 것이고, 그 좁힘의 결과 대상과 하나가 되는 완벽한 동일체로 거듭 태어나 고자 하는 것이다.

고향은 시인에게 정서적 동일체를 가져다주는 거멀못과 같은 기능을 한다. 자아는 그러한 고향에 '스미고', '들어가'는 행위를 통해서 대상과 하나가 되고자 한다. 자아가 이렇게 하는 이유는 분명하다. 대상과 하나로 겹쳐질 때, 대립이나 파편화된 정서는 사라지고 서정적 동일성을 만들어낼 수 있다고 믿기 때문이다. 그러기 위해 서정적 자아는 '스미고', '들이는' 감각적 행위 뿐만 아니라 고향이 내포하고 있는 고유의 정서를 있는 그대로 자아에게 가져오고자 한다. 거기에는 가난을 승화하고자 했던 민담도(「돌독」) 있고, 영원한 사랑으로 나아가는 설화도 있다(「연리목」). 민담이나 설화가 영원의 영역이고 보면, 이런 시도는 '스미고', '고이는' 행위의 연장선에 놓여 있는 것이라 할 수 있다.

고향은 시인에게 자신이 태어난 생리적인 고향에서 그치는 것이 아니다. 그의 고향에는 피투된 존재의 한계를 초월시키는 역능이 있고, 파편화된 정서를 일체화시키는 매개도 있다. 시인은 그러한 고향과 어떻게든 하나가 됨으로써 실존의 한계, 혹은 존재론적 불구성을 뛰어넘고자 했다. 시인에게 고향이란 일상에서 걸러진 영원이었고, 시인은 그러한 고향을 자기화함으로써 그 자신만이 그려내는 영원의 세계로 들어가고자 했던 것이다.

(조수일, 『먹갈치의 은빛 유려한 칼춤을 보아요』 해설, 천년의 시작, 2025)

자아를 찾는 길과 나아갈 길
– 오봉옥의 『나비도둑』

1. 심아기(尋我記)로서의 글쓰기

오봉옥은 예전의 정의대로라면 386세대이고, 지금의 시점으로 보면 686세대이다. 나이가 60이고, 80년대 학번, 그리고 1960년대 출생한 사람들을 통칭해서 이렇게 부르른 것이다. 이들 세대를 두고 이렇게 규정 짓는 것에는 분명한 이유가 있다. 무엇보다 이들이 군부 통치의 희생자라는 것과, 이 폭압의 정치에 대해 거칠게 저항한 세대라는 점이다.

이런 시대적 의무는 시인 오봉옥에게도 예외적인 것이 아니었다. 그는 80년대 저항 문인들의 산실이었던 『창작과 비평』을 통해서 등단했거니와 이를 토대로 이 시대 정신을 대변하는 작품들을 많이 썼기 때문이다. 그 가운데 하나가 자신의 고향 근처에서 벌어진, 1946년 미군에 의해 저질러진 화순 탄광 학살 사건과, 이를 계기로 입산하여 빨치산이 되었던 사람들의 삶을 다룬 『지리산 갈대꽃』(1988)이다. 그리고 그 일 년 뒤에는 이곳 탄광 노동자들의 저항을 담은 『붉은 산 검은피』를 상재하기도 했다.

　이후 그는 대학원에 진학하여 학자의 길로 들어서면서 '김수영의 시'라든가 '시조' 등을 연구하기도 했고, 동화적 상상력에 바탕을 둔 『서울에 온 어린 왕자』(1994)를 쓰기도 했다. 뿐만 아니라 근래에는 시대의 아이콘으로 자리한 웹툰 등에 관심을 두면서 이에 기반을 둔 『달리지 馬』(2024)를 펴내기도 했다. 특히 후자는 웹툰과 시의 만남이라는, 포스트모던적 의장을 도입함으로써 오봉옥은 시의 내용이나 형식적인 측면에서 영낙없는 다원주의자의 면모를 보여주게 된다.

　이런 여러 시정신을 거친 다음 이번에 시집 『나비 도둑』을 상재하는데 이르르게 되었다. 제목의 한쪽에 "등단 40주년 기념 오봉옥의 신작 시집"이라는 레테르가 붙어 있는 것으로 보아 이 시집은 시인이 써 온 서정시의 역사에서 기념비적 작품집인 것처럼 보인다.

　첫 시집이었던 『지리산 갈대꽃』 이후 오봉옥 시인의 시적 특성은 쉽게, 그리고 편하게 읽힌다는 점이다. 하기사 대중으로 가급적 한걸음 더 들어가야 하는 것이 민중시의 특성인 까닭에 기교라든가 언어 유희와 같은, 시를 난해하게 만드는 기법들은 가급적 피해야 했을 것이다. 이런 시적 의장은 이번 시집에서도 예외가 아니다. 그가 말하고자 하는 의도와 전달의 메시지들이 초기 시집 못지 않게 분명한 음성으로 읽는 독자에게 다가오기 때문이다.

　『나비 도둑』은 『지리산 갈대꽃』 이후 약 40여년이라는 시간적 간극에도 불구하고 시정신을 만들어내는 서정의 샘들이 어느 정도 연결되고 있는 것처럼 보인다. 그 샘이란 다름 아닌 '타자에 대한 관심과 사랑의 정서'이다. 초기에 타자를 위한 삶이 시인으로 하여금 민중성이라는 거대한 서사를 만들게 했는데, 이런 감각은 『나비 도둑』에 이르러서도 전혀 바꾸지 않고 있는 것이다. 그만큼 시인은 40여년이란 오랜 세월에 이르러서도 타자에 대한 관심과 사랑, 이해는 크나큰 심연이 되어 시정신의 내부에 면면히 흐르고 있었던 것이다.

물론 그렇게 도도히 흘러가는 흐름이 과거와 현재를 경과하면서 동일한 겹으로 겹쳐져 오버랩되는 것은 아니다. 시정신이란 결코 고정된 것이 아니거니와 이런 유동성이야말로 시인의 정서 형성과 그 전개에 있어 늘상 바뀌는 것이기 때문이다. 초기에 보여주었던 시인의 민중성은 민중들의 응집된 힘과 그에 대한 예찬의 정서가 주를 이루었고, 자신의 정서 또한 그 아우라 속에 갇혀있는 형국이었다. 말하자면 이때의 민중성은 곧 타자의 것이면서 자아의 것이기도 했던 것이다. 그러한 민중성들이 모여서 불온한 세력들과 대결하는 힘으로 구현된 것, 그것이 초기 오봉옥 시인이 펼쳐보였던 민중성의 요체였다.

하지만 『나비 도둑』에서의 민중성에서는 그 결합의 정도가 과거의 그것과 동일한 것이라고는 할 수 없을 것이다. 민중성은 존재하되 자아를 포회하던 거대 민중성은 사라지고 없을뿐더러 그 당연한 수순대로 불온한 세력과의 대결 의식 또한 사상된 상태이다. 이는 거대 권력의 상실과 분리하기 어려운 것이거니와 그만큼 세상의 불온한 권력은 더 이상 유효한 담론이 되지 못하고 있는 것이다. 유적 연대성을 만들어내기 어려운 소소한 민중성만 남은 것인데, 여기서 시적 자아가 할 수 있는 것은 그러한 민중성에 대한 짝사랑 정도일 것이다. 이는 과거의 민중성을 복원하겠다는 것이 아니라 그 혼자만의 민중성을 향한 거룩한 순례 혹은 드러냄이라고 하는 편이 옳을 것이다.

민중성은 타자에 대한 배려라든가 사랑없이는 불가능하다. 비록 여러 자의식들이 대오를 갖추고 하나의 공통된 대상을 향해 저항하던 거대한 지축은 사라졌을지라도 시인은 그 애틋한 정서나마 소박하게 계속 간직

해나가고 싶었던 것이다. 하지만 의지가 있다고 해서 이런 자의식적인
결단이 쉽게 그리고 곧바로 이루어지는 것은 아니다. 여러 무리와 집단
으로부터 떨어져나온 단독자가 곧바로 자신의 나아갈 길을 발견하고 나
아가는 것은 결코 쉬운 일이 아니기 때문이다.

물의 도시 베네치아에 가서
배를 타지 않고 떠날 수는 없는 일.
우리는 용 무늬가 새겨진 곤돌라에 오른다.

용맹한 전사 테오도르가 뱃머리에 우뚝 서서 길을 연다.
출렁이는 물결 따라 테오도르의 몸이 활처럼 휜다.
깜짝 놀라 위험하지 않으냐고 물었더니
당신들 살아온 인생보다야 더 흔들리겠냐며 빙긋이 웃는다.

나는 생각한다.
수배자 신세로 전국을 떠돌고,
시를 써서 감옥에도 갔던 나의 삶—
곤돌라와 다를 게 없다.

베네치아의 물길을 따라
곤돌라가 천천히, 아주 천천히 미끄러진다.
모든 것이 물에 비친 듯
이 도시의 시간은 느리게 흐른다.

빠르기만 했던 일상에서 잠시 빠져나와

숨을 고르고,

고요한 물 위를 유영하며

내 삶의 방향을 가늠해본다.

나는 지금

어디로 가고 있는가.

「곤돌라인생-西方尋我記6」 전문

지금 시적 자아는 서방, 구체적으로는 이태리 여행 중에 있다. 시인은
아마도 이 여행에 여러 가지 존재론적 의미를 부여하고 싶었던 것처럼
보인다. 여행이란 단순한 유희가 아니라 해방이며, 경우에 따라서는 새
로운 지대로 향하는 인식적 전환이라는 점에서 볼 때, 시인의 이런 사유
는 자신의 의식 형성에 있어 매우 의미 있었던 것으로 보인다. 시인도 이
점을 굳이 부정하지 않는다. 부제를 자신만의 독특한 조어(造語)로 '尋
我記', 곧 나를 찾는 기록이라고 말하고 있기 때문이다. 다시 말해 서방의
여행을 통해서 나를 찾고자 한 것인데, 그것이 「西方尋我記」의 연작시가
갖고 있는 의의일 것이다.

지금 서정적 자아가 타고 있는 곤돌라는 두 가지 방향성을 갖고 있다.
하나는 목표가 분명한 방향 감각이고, 다른 하나는 그렇지 않은 감각이
다. 전자는 "용맹한 전사 테오도로가 뱃머리에 우뚝 서서 길을 여는" 곤
돌라의 방향이고, 후자는 "지금 어디로 가고 있는지" 잘 모르는 시적 자
아의 방향이다.

나아갈 방향을 모른다는 것은 목표 의식의 부재와 분리하기 어렵다.
하지만 여기서 드러난 바와 같이 시인의 삶이 언제나 혼돈 속에 있었던

것은 아니다. 과거 한때, "수배자 신세로 전국을 떠돌고/시를 써서 감옥에도 갔던 나의 삶도" 있었기 때문이다. 민중성을 등에 진 거대한 흐름이나 연대 의식에 자아가 함께 할 때에는 '용맹한 전사 테오도로'가 저어가는 곤돌라와 같은 것이지 않았을까. 하지만 지금 시인에게 남아 있는 것은 과거의 그러한 연대성이랄까 민중성은 사라진 지 오래이다. 중심이었던, 아니 중심이고자 했던 회오리의 무대에서 튕겨져 나왔을 때, 그가 나아갈 수 있었던 곳이란 전혀 알 수가 없는 지대였다. 그 의문의 덫이 만들어놓은 것이 "나는 지금 어디로 가고 있는가"라는 자문의 형태로 나타난 것이 아닌가. 실상 현존에 대한 피난처로서 "불쌍한 울엄니에게나 가야하나"(「판테온 신전=西方尋我記1)라고 묻는 것 또한 이 감각과 분리하기 어려운 것이다.

2. 내성이라는 윤리

서정적 자아가 도달할 분명한 목표가 있을 때, 자아는 그곳을 향해 전진하면 그만이었다. 다른 사유나 샛길이란 전혀 필요하지 않은 것인데, 시인의 초기 시들이 힘찬 남성성에 기대어 자신만만한 목소리로 울려퍼져 나간 것은 이 때문이었다. 하지만 지금은 싸워야할 목표도 이루어나가야 할 목적도 분명하지 않은 현실이 되었다. 그렇다고 시인의 현존을 둘러싼 환경이 유토피아라는 구경적 지점에 놓인 것도 아니었다. 우리가 사는 세상은 여전히 서로의 이득을 위해서 "좋은 자리를 차지하기 위해 으르렁거리고"(「우리가 사는 세상」) 있기 때문이다.

지금 자아 주변에서 벌어지고 있는 갈등은 거대 권력의 횡포에 의해서 저질러지는 것이 아니다. 한때 우리를 유폐적 감옥의 상황으로 몰아왔던 거대 서사의 시대는 지나갔다. 지금의 것들은 인간이라면 누구나 갖고 있는, 아니 가질 수밖에 없는 근원적 욕망에 의해 빚어지는 갈등이다. 여기서 서정적 자아의 사유가 새롭게 자라나는 인식성이 놓이게 된다.

말의 등에 올라탄 지 오래다
피부가 문드러져도, 눈에 모래가 들어가도
나는 달렸다

질주를 멈추는 순간 낙오자가 된다
낙오자는 고독한 섬이 되어
누군가의 먹잇감으로 사라진다
그게 바로 세렝게티의 법칙,
이 세상의 비정한 진실이다

나는 사라지지 않으려
앞만 보고 달렸다
말 등에서 내려와야 하는데
발길이 도무지 떨어지지 않는다
달릴 이유는 사라졌고
남은 건 달리던 습관뿐이다

어디서부터 잘못된 걸까
영혼을 잃고 무모하게 달린 탓이다
성난 호랑이의 등에 올라탄 것처럼

뒤돌아보는 법을 잊은 탓이다

이제 질주는 끝났다
나는 내 안에서 말을 걷게 해야 한다
마음 깊숙한 들판에서
말이 조용히 풀을 뜯고
숨을 고를 수 있도록
「말은 이제 내 안을 걷는다」 전문

말은 흔히 앞으로만 나가는 존재로 알려져 있다. 특히 채찍에 담긴 인간의 욕망이 엉덩이에 묻게 되면, 말은 더더욱 뒤를 돌아보지 않고 앞으로만 달려나간다. 그렇다면, 무엇이 시인으로 하여금 말을 추동하는 채찍이 되게 한 것일까. 여기에는 적어도 두 가지 감각이 내재해 있었던 것으로 보인다. 하나는 대외적인 것이고, 다른 하나는 내재적인 요건이다.

『지리산 갈대꽃』 등의 시편에서 알 수 있는 것처럼, 초기 민중에 대한 시인의 사랑은 일방적인 것이었다. 그들의 처지와 아픔에 공감하면서 그는 그들의 심연 속으로 깊이 들어갔다. 아니 그저 자연스럽게 흘러가는 피동성이 아니라 적극적인 능동성을 갖고 앞으로 육박해들어간 것이다. 그런데 거대 서사가 무너지면서 시인의 능동적 포오즈는 심한 손상을 입게 된다. 그러한 상처가 그로 하여금 앞으로만 전진하게 했던 발걸음을 멈칫거리게 만들었다.

그리고 다른 하나는 내적인 요건에서 그 채찍의 근거가 찾아진다는 사실이다. 작품을 읽어보면 알 수 있는 것처럼, 그 근저에 놓인 것이 "세렝게티의 법칙, 이 세상의 비정한 진실"이다. 말하자면 지금의 현존을 지배하는 양육강식의 논리이다. 서정적 자아는 이 현장에서 살아남기 위해 그저 "앞으로만 달려나갔다". 경쟁자를 이겨야만 최후의 승자로 대접받는 현실에 적응하기 위해서이다. 이런 저돌성 앞에 어떤 멈춤이나 과거로 회귀하는 힘들이 자아 내부로 틈입해 들어올 여지는 없었을 것이다. 시인의 표현대로 "영혼을 잃고 무모하게 달린 것"이며, "성난 호랑이의 등에 올라탄 것처럼/뒤돌아보는 법을 잊은 탓"이다.

『나비 도둑』에는 지금껏 펼쳐보인 자아의 거침없는 질주, 저돌성에 대한 참회의 정서가 담겨있다. 시인이 이 시집의 부제로 '등단 40주년 기념'이라고 한 것은 이와 밀접한 관련이 있었던 것은 아닐까. 시인은 지금의 현존에서 과거와 다른 무엇인가를 알리고 싶었던 것이고, 그의 시들이 새로운 인식성에 기초하고 있음을 드러내고자 했던 것은 아닐까.

질주를 멈추고 "말이 조용히 풀을 뜯고/숨을 고를 수 있도록" 한다는 것은 저멀리 미래에 그의 시선이 놓여진 상태로는 불가능하다. 그러한 까닭에 그의 눈꺼풀은 그 원근법적 전망을 갖지 못하도록 그의 눈동자를 덮기 시작했다. 말하자면 그의 시선이 닿아있는 것은 미래가 아니라 현재이며, 눈 위가 아니라 눈 아래 부분이다. 거기서 시인은 자신의 현존을 발견하고, 그것이 어떤 형상을 취해야 하며, 이를 토대로 무엇을 해야하는 것인지를 모색하기에 이르른다.

정년을 앞두고 찾은 로마에서
수천 년 유적보다 눈길을 끈 건
거리마다 빼곡히 선 경차들이었다.

성냥갑처럼 작다고 무시했던

그 작은 차들이 도로 위를 씽씽 달리며
이 도시의 심장처럼 펄떡거리는데
이 나라가 새삼 달리 보였다.

차 바꿀 때 체면도 있으니
중형차나 한 대 뽑을까 한 나 자신이
문득 부끄러워지는 순간이었다.
「경차의 나라-西方尋我記7」 전문

　자신의 현존이 무엇이고, 나아갈 방향이 어디인지에 대해 고민하는 자아의 노력은 여행을 통해서 계속 이루어진다. 인용시도 그 하나인데, 비록 소품에 가까운 소박한 시이긴 하지만, 이 작품의 내포는 결코 만만한 것이 아니다. 특히 연작시 「西方尋我記」의 맥락에서 보면 더욱 그러한데, 여기에는 시를 쓰는 시인의 자세도 있고(「어용 작가의 사진 한 장-西方尋我記7」), 자연을 경외하는 생태시적인 특성을 드러내 보인 시도 있다(「플라타너스 천국-西方尋我記9」). 모두 인간의 욕망에 대해 경계하고 있는 시들 뿐이기 때문이다.

　이런 정서는 「경차의 나라」도 마찬가지의 경우이다. 현대 사회에서 자동차란 생활필수품이면서 다른 한편으로는 인간의 욕망을 상징한다고 알려져 있다. 하지만 우리 사회의 경우 전자보다는 후자의 경우가 더 정합적으로 받여들여지는 것이 일반적 현실이다. 시인이 응시하는 것도 이 부분이다. 그 또한 욕망하는 기계의 노예로부터 자유롭지 않은 자아를 발견하고 있는 것이다.

　무조건 달려나가는 말에서 내려 시인은 이제 걸어가려 한다. 아니 경우에 따라서는 앞으로가 아니라 현재에 머물거나 오히려 과거의 뒤안길로 되돌아가려고도 한다. 그리하여 시인은 거기서 생을 반추하고, 참과 거짓을 구분하고자 하며, 무엇이 궁극의 진리였던가를 모색하고자 한다. 그 자리에서 시인은 보편 다수의 응집된 문제점 보다는 자기에만 내재된 문제점이 무엇인지를 알고자 한다. 이제 그의 시들은 거대 서사보다는 작은 서사에 서정의 밀도를 응축시키려 드는 것이다.

3. 자아 너머의 자연이라는 서사

『나비 도둑』은 내성이라는 측면에 보다 깊은 관심을 두고 서정의 밀도를 축적시켜나가는 시집이다. 이제 시인의 시들에서 민중들의 거대한 음성, 숭고한 주제를 더 이상 듣거나 보는 것은 어려운 일이다. 이는 지금 이곳이 더 이상 저 암울했던 1980년대가 아니거니와 거대 권력에 의해 대규모의 민중성이 훼손되는 현장도 아닌 것과 밀접한 관련이 있다. 이런 거대 서사가 무너진 자리에서 시인은 이제 새로운 서정의 물결을 흘러보내려 한다. 그것이 자아 주변의 것들, 곧 내성이나 윤리와 같은 문제들이었다. 실상 시인의 이번 시집에서 이런 감각은 아마도 가장 전략적인 주제 의식 가운데 하나일 것이다. 이런 일련의 시편들이 한때 거대 서사에 서정의 힘을 응결시켰던 시인의 정서일까라고 의심이 들 정도로 파격적인 것이 사실이다.

문학은 사회적 상동성을 갖고 있다. 사회의 필연적 욕구가 문학을, 시를 생산해낸다. 그것은 사회적 흐름에 예민한 시인들도 그러하지만, 그렇지 않은 경우에도 대부분 이 제약에서 벗어나지 못한다. 문학의 자율

성을 아무리 강조해봤자 그 의장 역시 사회의 구속력으로부터 벗어나는
것이 아니기 때문이다.

소소한 일상에 대해 깊은 이해를 펼쳐보인 시인이 이번 시집에서 가장
관심을 표명한 것이 내성과 같은 윤리 의식이라고 했거니와 이와 비례된
감각은 곧 자연과의 상관관계에서 나타난다. 어쩌면 내성을 문제 삼을
때 그 상대적인 자리에서 부각될 수밖에 없는 것이 자연이라는 점에서
보면, 이런 조응 관계는 지극히 당연한 것이라 할 수 있다.

스위스의 한적한 농촌 마을을 걷는데
초저녁인데도 가로등이 모두 꺼져 있어
앞이 도통 보이질 않았다.

"여기선 왜 가로등을 켜지 않나요?"
"가로등을 켜두면
나무나 풀들이 쉴 수가 없어서
스트레스를 받게 되거든요.
밤새 불을 켜두면, 당신은 잠이 오겠어요?"

그 말을 듣는 순간
낯이 화끈 달아올랐다.
나는 왜 한 번도
그런 생각을 하지 못하고 살아왔을까.

그동안 나는
얼마나 자연을 배려하며 살아왔을까.

누군가는

풀잎 하나에도 한울이 깃들어 있으니

모시는 마음으로 살아야 한다고 말하는데

나는 왜 나만을 생각하며

한사코 밤길을 걷고자 하였는지.

나는 그동안 얼마나 많은

풀잎들의 밤을 깨워왔을 것인지.

「가로등을 끄는 이유-西方尋我記5」 전문

　이 작품에 이르게 되면, 오봉옥 시인은 영락없는 생태주의자, 혹은 모더니스트이다. 그것은 인간의 생존 환경을 다루고 있다는 점에서 그러한데, 자연에 대한 기술적 지배는 근대 이후 가장 심각한 생태론적 위기였다. 그 한 켠을 차지하고 있었던 것이 무한히 확장하는 인간의 욕망이었다.

　중세 이후 신이 사라진 시대, 곧 과학 문명이 자리하면서부터 인간의 욕망은 더욱 강렬해지기 시작했다고 알려져 있다. 그냥 자연스럽게 생겨나서 생태 공간의 한 축을 차지한 것이 아니라 중심으로 자리잡게 된 것이다. 이런 흐름은 시적 자아에게도 예외가 아니었다. 그는 거기서 자신의 자리를 굳건히 지켜왔거니와 타자들의 조건이나 위상에 대해서는 거의 고민한 적이 없다. 자신만을 위해서 주변의 환경들은 존재한다고 믿었기 때문이다. 하지만 서방의 여행을 통해서 그의 사유들은 새로운 단계를 맞이하게 된다. 나 이외의 타자가 존재하고 있다는 것, 그리고 그 타자란 자아 못지 않게 중요한 것이라는 사실을 발견하게 된 것이다.

이제 시인의 시선에는 다수화된 타자들이 보이는 것이 아니라 소수의 타자만이 보인다. 그 소수의 타자란 어떤 연대감으로 뭉쳐진 강고한 대오가 아니라 무리로부터 떨어져 나온 작은 개체내지는 사물이다. 그 물상들은 떨어져 있거나 분리되어 있기에 힘이 있는 것이 아니기에 애쳐로운 정서를 자아내게 된다. 그리고 그들은 경우에 따라서는 인간에 의해 희생된 대상들이기도 하다. 인용시의 '가로등'에 의해 밀려난 '풀'의 경우가 바로 그러하다. 그의 시들은 이제 인간과 인간의 대립보다는 인간과 인간 이외의 것들의 대결로 모아지게 된다.

꽃들이 엉덩이가 뜨거워서
이사를 하기로 했다

새들이 공기가 나빠서
이사를 하기로 했다

어디로 가느냐 물었다
꽃과 새가 말했다

너희들이 없는 곳으로 간다
「이사」 전문

이 작품의 소재는 '꽃'과 '새'이다. 지금 이들은 보다 나은 환경을 찾아서 이사를 하려한다. 그 주변 환경을 점유하고 있던 인간들은 이들의 이사 이유가 궁금해진다. 그래서 "어디로 가느냐"고 물었는데, 의외의 대답이 돌아왔다. "너희들이 없는 곳으로 간다"고 했기 때문이다. 이는 자연과 인간의 공존이 어렵다는 말을 해주고 있거니와 소월의 「산유화」가 연상되는 대목이기도 하다. 인간이란 영원을 잃은 주체, 그리하여 자연과 영원히 합일될 수 없는 존재임을 소월은 「산유화」에서 '저만치'라는 담론으로 표현한 바 있는데, 오봉옥 시인은 그러한 감각을 "너희들이 없는 곳"이라고 단정적으로 말하고 있다. 이런 무매개성, 혹은 직접성이야말로 자연이 인간에게 주는 경고일 것이다.

이 작품에서 "엉덩이가 뜨겁다"거나 "공기가 나빠서"가 주는 함의는 인간의 욕망과 불가분하게 결합되어 있는 것들이다. 거침없이 팽창하는 인간의 욕망이 만들어낸 부정적인 결과가 생태론적 위기를 불러왔다. 따라서 현재의 생태 환경을 개선하기 위해서는 인간의 욕망을 제어하지 않고서는 불가능한 현실이 되었다.

소수자를 위한 시선과 작은 자아 속에 내재된 겸손한 자세가 「이사」를 만들어냈거니와 시인은 이 내성을 바탕으로 인간 위주의 삶이 가져온 비극적 결과가 무엇인지 말하고자 했다. 그리고 보다 나은 삶의 개선을 위해서는 인간 자신의 반성적 국면 없이는 불가능하다고 이해하고 있다.

4. 사랑을 향한 지극 정성의 감각

『나비 도둑』을 지배하는 정서는 기대 담론을 향한 열정이 아니다. 그렇다고 해서 대상을, 타자를 향한 시인의 열정이 축소되었거나 무화되었다고 보는 것은 어려운 일이다. 시인은 지금 이곳에서 주어지는, 혹은 느껴지는 것들에 대해 성실히 답하고자 할 뿐이다. 실상, 타자들의 삶에 대한 이해와, 그들의 부조리한 삶의 조건을 개선하기 위한 노력이란 애틋함이라든가 성실성없이는 불가능하다. 초기 시집 이후 그의 시들이 타자들에 대해 단 한순간도 시선을 떼지 못한 것은 이 때문이다.

다만 그러한 지극 정성의 시선이란 한결같은 것은 아니다. 시대는 현실에 대해 저항했던 주체들의 열정으로 말미암아 많은 부분 올바른 방향으로 개선되어 왔기 때문이다. 그래서 과거의 모형이 현재의 모형에 그대로 들어맞는다고 할 수는 없을 것이다. 하지만 오봉옥의 시에서 어떤 단절이 내재해있다고 과감히 선언하는 것은 어려운 일이다. 그의 시들에는 변하지 않는 심연이 도도히 흐르고 있는 까닭이다. 그것이 타자들에 대한 가이없는 사랑이다.

실제로 이번 시집에서 가장 전략적인 주제나 소재로 사랑이 등장하는 것은 결코 우연한 일이 아니다. 어쩌면 사랑은 그의 초기시와 『나비 도둑』을 하나의 무대로 연결시키는 거멀못과 같은 것이라는 점에서 주목을 요한다. 이 시집에는 다양한 형태의 사랑이 등장한다. 부모의 사랑이 있는가 하면(「아버지의 목마」과 「열무쌈」), 이성에 대한 첫사랑의 감각도 있다(「비애증(飛愛症)」). 뿐만 아니라 모든 대상을 아우르는 관념적 사랑도 있는데, 이를 대표하는 시가 「사랑이라는 등불」이다.

악마가 깊은 고민에 빠졌대
어떻게 하면 이 세상을 한순간에 끝낼 수 있을까?

전쟁의 불씨를 지펴볼까
알 수 없는 병균을 다시 퍼뜨려볼까
사람들이 숨 쉴 수 없게 기후를 뒤바꿔볼까

악마는 고민 끝에 결심했대
사랑이라는 등불을 꺼버리기로

탁!

사랑의 등불이 꺼지자
세상은 순식간에 암흑 속에 잠겼대
별빛조차 닿지 않는 깊은 어둠

그때 사람들은 비로소 깨달았대
사랑이라는 등불보다 더 밝은 빛은
이 세상 그 어디에도 없다는 사실을
「사랑이라는 등불」 전문

이 시를 지배하는 의장은 아이러니이다. 지금 서정적 자아는 "어떻게 하면 이 세상을 한순간에 끝낼 수 있을까?"하고 고민하게 된다. 그 비극적 결론에 이르기 위해서라면, 건강한 자아 혹은 선한 자아로는 불가능하다. 그래서 서정적 자아는 일시적이나마 '악마'가 되기로 한다. 그 목적을 달성하기 위해 "전쟁의 불씨를 지펴볼까" 고민하기도 하고, "알 수 없는 병균을 다시 퍼뜨려볼까" 모색하기도 한다. 아니면 "사람들이 숨을 쉴 수 없게 기후를 뒤바꿔볼까"하는 끔찍한 상상력을 해보기도 한다.

하지만 시적 자아는 이런 의장으로 이 세상을 한순간에 무너뜨리는 것이 불가능함을 알게 된다. 그래서 서정적 자아가 내린 결론은 "사랑이라는 등불을 꺼버리기로" 한다. 결과는 적중이었다. "사랑의 등불이 꺼지자/세상은 순식간에 암흑 속에 잠기게" 되었기 때문이다. 이는 분명 사랑이 갖고 있는 의미를 새롭게 환기시키기 위한 일종의 아이러니에 해당한다. 아이러니란 표면적 사실과 이면적 사실이 상위될 때, 그 틈을 비집고 숨겨진 진실이 드러날 때 극적 효과가 나타난다. 시인이 의도한 것도 이 부분이다. 사랑의 소멸을 통해서 그것이 얼마나 중요한 것인지를 알리고자 한 것이다.

시인이 이번 시집에서 아마도 가장 강조하고 싶었던 것도 이 부분이었을 것이다. 그의 초기 시들이 민중적 상상력에 놓여 있는 것이라 했거니와 실상 민중성은 이타성 없이는 성립하기 어려운 것이다. 타자에 대한 사랑이 만들어낸 것이 민중성이기 때문이다. 시인은 이 민중성을 초기 이후부터 계속 실천하고 싶었고, 그 열정은 지금의 경우에 이르러서도 결코 변하지 않고 있었다. 민중성에 대한 애정이 소소한 일상의 사물들에까지 뻗어나온 것, 그것이 시인의 사랑 의식일 것이다. 시인은 그러한 사랑에 이르기 위해 자신을 최대한 드러내지 않아야 했다. 전라도 사투리에 기대어 펼쳐보인 「기울긴 허는디」가 이를 대표한다. 뿐만 아니라 돌출된 자아 또한 가급적 노출되어서는 안 되고, 욕망 또한 최대한 축소되어야 했다. 이런 감각이 표명된 시가 「훔치다」이다. 이 세상에 내 것이란 없다는 것인데, 실상 "수억 년을 살아온 땅 앞에서/나는 그저 스쳐 지나가는/바람 같은, 티끌 같은 존재일 뿐"(「훔치다」)이기 때문이다. 자신을 낮추고, 욕망을 드러내지 않는 일이야말로 사랑을 실천하는 지름길일 것이다.

누나가 백일장에 나가 상을 타고 오자
아빠는 흥에 겨워 말했지요.
"아이, 좋아라. 아이, 좋아라."

전라도 출신 할머니는 옆에서,
"오메, 내 새끼!"
경상도 출신 할아버지는 옆에서,
"와, 이리 좋노."

나는 콩나물과 고사리, 고추장에
참기름을 넣고
쓱싹쓱싹 비벼 먹는 비빔밥을 좋아해서,

그리고 할아버지 할머니도
섭섭하지 않게
"오메, 와 이리 좋노."

내 사투리 비빔밥에
온 가족이
까르르 까르르 웃어대네요.

「사투리 비빔밥」 전문

'사투리'란 표준어의 반대이기에 보편 다수의 입장에서 보면, 그것은 '드러냄'의 감각으로 다가오게 된다. 이 드러냄이 고유성의 차원에서 머문다면 친밀성으로 남게 될 것이지만 갈등과 진영 논리에 지배된다면 갈등이 된다. 지금 우리의 현실이 이 모양새이다. 말하자면, 분열과 갈등의 정서를 유발하는 상징이 되고 있는데, 이는 시인이 추구해온 사랑과는 거리가 있는 담론들이다.

이 이질적 담론들이 하나의 장으로 모아질 수 있는 것은 적절한 혼합이 이루어질 때이다. 혼합도 물리적인 차원에서 그치면, 아무런 의미가 없다. 화학적 혼합을 통해서 새로운 물질이나 현상으로 탄생해야 하는 까닭이다. 이에 대한 환기는 "오매, 와 이리 좋노"로 구현되는데, 이런 경지에 이르기 위해서도 꼭 필요한 것이 사랑이라고 이해한다. 드러내지 않고, 더불어 융화되는 것, 이 경지에 이르기 위해서는 사랑 없이는 불가능하기 때문이다.

오봉옥의 시들은 화순 지역의 아픔을 담은 참여시에서 시작하여 『나비 도둑』이라는 서정시에 이르렀다. 하지만 이런 변화는 시인의 시정신이 점점 작아지는 것을 의미하지 않는다. 그의 시들의 경계는 작은 지역을 넘어 반도의 넓은 지역으로 뻗어나가고 있기 때문이다. 뿐만 아니라 억압받았던 주체들에 대한 민중성이 개별화된 주체성으로 그 외연이 넓혀지기도 한다. 그 추동의 매개가 된 것이 이번 시집의 전략적 주제인 사랑 의식이었다. 그 정서를 고양시키기 위해서 시인은 "자아란 무엇인가"를 고민하게 되었고 이를 통해서 내성이라는 윤리를 수용하고 욕망을 억제하고자 했다. 내성이라는 윤리와 욕망의 억제가 만들어낸 것이 바로 사랑이었던 것이다.

(오봉옥, 『나비도둑』 해설, 천년의 시작, 2025)

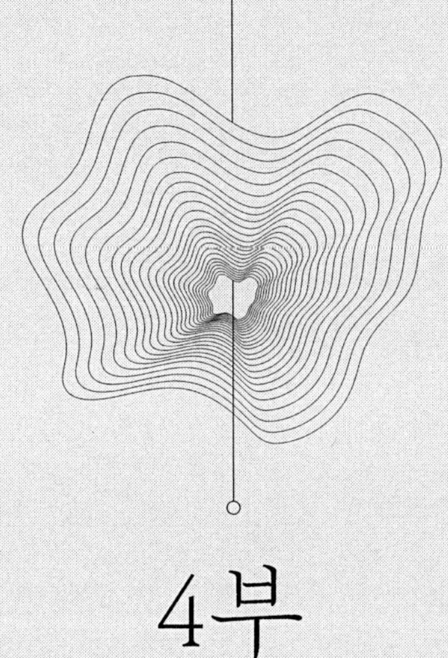

4부

비평가와 시인의 운명적인 만남
─김재홍의『멸치공화국의 현상학-김미숙의 시세계』

이 책은 비평가과 시인의 운명적인 만남에 대한 기록이다. 김재홍 비평가와 김미숙 시인의 만남인데, 그 만남의 장은 서정시라는 무대에서 이루어졌다. 김미숙 시인은 김재홍 비평가를 알기 이전에는 자신 속에 내재한 문학적 감수성과 자질이 무엇인지 알 수가 없었다. 무언가 형상을 갖지 못한 미정형의 상태에서 치열한 욕망만을 배태한 채 수면 아래 잠재되어 있었을 뿐이다. 그런데 저 멀리 아득한 곳에 잠재해 있던 시인의 서정의 샘들은 김재홍 비평가를 만나면서 비로소 수면 위로 떠오르기 시작했다. 그 욕망이 언어의 입을 입으면서 아름다운 무지개로 발전하면서 김미숙은 비로소 시인이라는 길을 걷게 된다. 그들의 운명적인 만남은 1992년『시와 시학』이 주최한 해변 시인학교에서인데, 그곳은 통영에 있는 수국작가촌이다. 시인은 이때의 만남을 이렇게 회상하고 있다.

1992년 여름은 내가 문학의 길 위에서갈 길을 몰라 방황하고 있을 때 김재홍이라는 젊고 패기 넘치는 평론가분을 만난 때이다. 그 당시 나는

『시와 시학』이라는 시 전문 잡지를 창간하여 발간해 오던 김재홍 교수님께서 내가 살던 마산에서 가까운 통영에서 '수국, 해변시인학교'를 개최한다는 신문기사를 읽었다. 당시 나는 마산의 한 문학동인에 가입하여 시를 공부하고 있었지만, 시에 대한 좀 더 본격적으로 배워 보고자 하는 문학 본연에 대한 갈증으로 애타 할 때였다. 이러한 시기에 수국에서 해변시인학교가 열린다는 소식은 내 문학의 길에 불을 밝혀주는 것 같이 희망이 보였던 것이다.(중략)

나는 단 한 치의 주저함도 없이 '수국, 해변시인학교'에 무조건 참여했다. 통영 '수국작가촌'에서는 예술인과 독자 1백여 명이 참가해 문학에 대한 열기를 돋웠다. 그 모습을 보면서, 문학에 대한 갈증을 느끼는 이가 나뿐이 아니라는 생각에 동질감을 느끼며 함께 듣는 김재홍 교수님의 창작 강의는 목마름을 적셔주는 한바탕 소나기나 다름없었다.

김미숙,「수국에서 만난 시」

김재홍 비평가와의 만남이란 시인 자신이 그동안 느껴왔던 서정적 갈등을 해소시켜주는 소나기와 같았다는 것, 이로부터 그동안 닫혀있던 문학에 대한, 시에 대한 문이 비로소 열리기 시작했다는 것이다. 삶을 살아가면서 훌륭한 스승을 만난다는 것은 특정 개인에게는 행운과도 같은 일이다. 뿐만 아니라 그러한 만남이란 스승에게나 제자에게나 모두 영광스러운 일이기도 하다. 말하자면, 훌륭한 만남이란 수직의 관계에서 이루어지는 것이 아니라 수평의 관계에서 이루어지며, 그 수평적 관계야말로 스승에게나 제자에게나 서로 윈윈하는 일이 된다. 그러한 사례는 동서고금을 통해서 얼마든지 발견된다. 일찍이 공자에게는 자공이나 안회같은 훌륭한 제자가 있었거니와 공자가 역사에 길이 그 이름을 새길 수 있었던 것은 자신의 학문적 성과뿐만 아니라 좋은 제자들이 있었기에 가능했다. 그러니까 스승이 훌륭하면 제자 또한 그러한 것이며, 제자가 높은 수준에 오르게 되면 스승 또한 그렇게 되는 이치이다. 김재홍 비평가가 좋은 스승이었기에 문단에 이름이 높았거니와 김미숙 시인 또한 좋은 제자였기에 스승과 더불어 문단의 높은 위치에 이름을 올려놓은 것이다.

이 책은 김재홍 비평가가 김미숙 시인이 상재한 시집 가운데 5권을 해설, 비평한 글을 엮은 것이다. 그러한 까닭에 이 책은 두 가지 면에서 그 시사적 의의가 있는 것이라 할 수 있는데, 하나는 서정시에 대한 김재홍 비평가의 문학관이고, 다른 하나는 김미숙 시인이 응시하는 서정의 세계에 관한 것이다. 우선 김재홍 비평가가 평소 지녔던 비평관의 한 단면을 살펴 보자.

> 산다는 일은 나를 알고, 이기고, 살아내면서 스스로를 구원하려는 몸부림의 과정이 아닌가 한다. 시 역시 나를 알고, 이겨내며, 나를 살아내기 위한 자아실현의 과정이자 자기구원을 향한 구도와 순례의 역정 그것에 해당한다. 그러기에 시는 나이며 '님'이고, 그런 뜻에서 나의 삶이고 나 자체인 것이다.
>
> 김재홍, 『생명 · 사랑 · 평등의 시학 탐구』, 서정시학, 2014.

시가 자기 수양의 한 과정이고, 그리고 그 정점에 도달하는 도정이 숙명적 과제로 다가올 때, 시가 '님'의 경지에 오른다는 것이 김재홍의 비평관이다. 서정시는 김재홍 비평가에게 단순히 여가의 대상도 혹은 흔히 서정시하면 떠오르는 정서 순화라는 낭만적 대상도 아니라는 사실이다. 그 자신이 이루어내야 할 절대지, 곧 구경의 형식인 까닭이다. 그래서 시는 자연스럽게 그가 다가가야만 할 대상이면서 또한 영원히 추구해야할

‘님’과 같은 것이 된다.

　이런 맥락에서 시는 김재홍 비평가에게 절대선인 ‘님’에 이르는 수단 내지 도구라 할 수 있다. 그러니까 시란 자기 수양의 한 방법적 의장이 되는 셈이다. 이런 감각은 ‘김미숙의 시집’에 대한 전반적인 해석을 다룬 이 책에서도 그대로 유지된다.

> 　김 시인이 인간답게 잘 살아가기 위해 택한 방법은 바로 제대로 된 시쓰기이다. 시는 거짓말을 못한다는 것을 간파했기 때문일 것이다. 아무리 숨기려 해도 시에는 그 시를 쓴 사람 마음의 지형도가 고스란히 드러나 있기 마련이다. 사물을 향한 시인의 온기와 냉기, 그리고 희로애락 애오욕 감정의 넘나듦이 적나라하게 드러나 있다는 말이 되겠다. 따라서 시를 쓴다는 것은 자신의 감정과 생각을 만천하가 공유해도 좋다는 어느 정도 자기 희생을 감내해야 한다. 자신의 알몸뚱이 내면을 독자들에게 보여 주겠다는 과단성 있는 용기를 가진 자만이 시를 쓸 수 있을 것이다.
>
> 　　　　　　　　　　　　　　　김재홍, 「삶과 시, 자유의 길, 평등의 길」

　김재홍 비평가는 김미숙 시인의 작품을 분석하면서 자신의 문학관을 고스란히 드러낸다. “시인에게 시를 쓰는 행위는 곧 자신을 탐구하는 일이고, 인간을 깊이 있게 이해하려는 일”이라고 했는데, 이는 시인에게 주는 말이기도 하지만 그 스스로에게도 던지는 말이기 때문이다. 말하자면 시를 연구하고 비평하는 일은 자아를 이해하고 타자를 이해하는 동시적인 일이 되는 것이다. 이는 김미숙 시인이 말하는, 서정시란 내성의 한 과정이라는 것과 동일한 맥락이라 할 수 있다.

　시를 공부하는 것은 내성을 향하는 길이라는 인식과 더불어 김재홍 비평의 또 다른 특징은 관념적, 주관적이기만 한 문학 연구를 좀 더 과학적인 차원으로 올려 놓는 일이었다. 그는 일찍이 자신이 공부를 시작하던 학창시절에 유행하던 신비평을 소개받은 바 있다. 그는 서정시에 쓰인 언어의 객관적 배열에 관심을 두었고, 이를 토대로 과학적 시학의 정립을 시도한 신비평에 대해 깊은 관심을 보였다. 그런 다음 이 방법적 의장을 시정시에 대입하려고 끊임없이 노력해 왔다. 그는 비평을 주관이라는 관념 속에 가두지 않고, 객관이라는 과학 정신을 늘상 강조해온 것도 이 때문이다. 이런 방법적 의장을 바탕으로 그는 김미숙 시인의 작품 세계를 분석, 정리했다. 이 스펙트럼을 통해서 얻어진 김미숙 시의 특징들을 포착해내었는데, 그것은 다름 아닌 내부로부터 밖으로 확장되는, 부채살처럼 뻗어나가는 서정의 음역에 대한 발견이었다.

실상 김미숙 시인이 초기에 관심을 두었던 영역은 외부보다는 내부로 향해진 것들이었다. 그리고 그 중심에 놓여 있던 정서가 사랑이었다. 사랑은 이기적인 것이기도 하지만 이타적인 것이기도 하다. 특히 그것이 이타적일 때 주는 교훈적 효과란 매우 크게 울려퍼지게 되는 것이 지금까지의 상례였다. 하지만 이런 긍정성에도 불구하고 사랑이라는 정서는 관념이나 주관과 같은 비과학적 정서들이 스며들 개연성이 무척 큰 경우이다. 김미숙 시인은 사랑이 갖고 있는 이런 한계를 알고 있었거니와 이를 초월하기 위해서 그리움의 정서를 중층시켜 왔다. 시인의 시들에서 서정적 긴장감이 형성되는 부분도 이 지점이다.

이런 중층적인 정서에 대해 김재홍은 예리하게 짚어내고 있었다. 첫 시집 이후 김미숙 시인의 시들이 사랑이라는 관념에서 벗어나와 점점 현실 속으로 뚜벅 뚜벅 걸어들어가게 된 사실을 이해하고 있었던 까닭이다. 물론 김미숙 시인의 시세계가 무매개적으로 현실 속에 육박해들어간 것은 아니다. 그 중간 단계를 설정해 두었는데, 두 번째 시집 『눈물, 녹슬다』에서 펼쳐보인 고립자 의식이 바로 그러하다. 여기서 시인이 펼쳐보인 서정의 음역은 주로 '단독자'의 관념이나 '존재론'에 관한 것들이다. 김미숙 시인의 시가 이렇게 변모되고 있음을 김재홍 비평가는 예리하게 포착해내었다. 그러니까 시인의 작품들이 사랑이라는 막연한 관념을 벗어던지고 비로소 생활과 관련된 것들, 그 속에서 어쩔 수 없이 형성될 수밖에 없는 존재의 문제들에 대해 관심을 갖기 시작하고 있음을 이해하고 있었던 까닭이다.

이를 기점으로 김미숙 시인은 여러 정서의 물결들을 언어 속에 담아내기 시작했다. 가령, 『탁발승과 야바위꾼』, 『친까 장의사 개업했다』, 『멸치공화국』에서 김미숙 시인은 죽음이라는 한계 의식에 대해 깊이 천착해 들어가는가 하면, 문명의 폐해에서 오는 여러 병리적인 현상들에 대해서도 서정화하기 시작한 것이다. 이런 과정을 통해서 시인의 시들 속에 내포되는 서정의 폭은 더욱 넓고 깊어지게 되는데, 김재홍 비평가는 시인의 작품 속에서 펼쳐지는 이런 서정의 확대 현상을 계속 주목하게 된다. 이는 평소 과학적, 객관적인 관점으로 비평을 해온 김재홍 비평가의 혜안이 낳은 결과라 할 수 있다.

서정시는 일언칭 자기 고백의 장르이다. 밖으로만 향하는 서정의 시선도 궁극에는 안으로 회귀하는 경우가 대부분이다. 그리하여 이기적인 사회라든가 문명의 폭력 등에 대한 항의를 열심히 해도 궁극에는 자신의 문제로 귀결될 수밖에 없다. 자기를 드러내는 것이 아니라 숨기는 것, 욕망의 무한한 발산이 아니라 가급적 축소하는 것, 혹은 자기 중심이 아니라 타자를 배려하는 것 등등의 사유가 내성이라는 이름 속에 회귀할 수밖에 없는 것은 당연한 귀결이라 할 수 있다. 이런 감각은 시인뿐 아니라 비평가인 김재홍에게도 마찬가지로 다가오는 문제였다. 김재홍 비평가가 비평의 목적을 자기 수양에 두고, 이를 오도(悟道)의 과정으로 이해한 것은 이 때문이다. 여기서 시인 김미숙과 비평가 김재홍이 다시 만날 수밖에 없는 필연성이 놓이게 된다. 일찍이 김재홍 비평가는 김미숙 시인의 대표작 가운데 하나인「오어사」를 분석하는 자리에서 이렇게 말한 바 있는데, 이는 비평가와 시인이 서로 분리될 수 없는, 시를 매개로 절대 공유지대를 형성하고 있었음을 알게 되는 지점이라는 점에서 그 의미가 있는 것이었다.

> 겨울강처럼 깊어지고 싶을 때
> 간다
> 동박새 깃털처럼 가벼워지고 싶을 때
> 간다
>
> 날 저물어 돌아갈 채비를 하는
> 마른가지 위 나뭇잎처럼
>
> 거센 바람에도 허리 굽히지 않는
> 키작은 관목의 덤불처럼
> 가슴시린 날이면
> 날마다 간다
>
> 마음 낮추러
> 몸을 비우러
> 오어사 그곳으로
>
> 김미숙,「오어사」 전문

이 시를 두고 김재홍은 이렇게 분석한 바 있다. 이는 김미숙 시에 대한 분석적 비평의 수준을 넘어 김재홍 자신의 문학관과 겹쳐진다는 점에서 주목을 요한다.

"겨울강처럼 깊어지고 싶을 때
간다
동박새처럼 가벼워지고 싶을 때
간다

마음 낮추러
몸을 비우러
오어사 그곳으로"

와 같이 가볍고 투명한 정신세계, 자유에의 길을 갈망하고 지향하는 것이다. 끊임없이 탐욕에 때묻고 성냄과 어리석음에 찌들어서 무겁고 칙칙하게 살아갈 수밖에 없는 현실적 삶, 일상적 삶에서 마음 비우고 마음 낮춤으로써 마침내 정신적인 삶의 고양, 투명한 자유에의 길에 도달하고자 하는 갈망을 드러내고 있는 것이다. 그러기에 마침내 사랑도, 삶도 모두가 가벼워져서 스스로 자유로워지는 그러한 극복과 초월을 갈망하게 된다.

김재홍, 「사랑 탐구 또는 자아의 발견」

서정시가 시인 김미숙에게 정신적인 삶의 고양, 투명한 자유에의 길이었다면, 이런 감각은 비평가 김재홍에게도 동일하게 다가오는 정서였다. 시를 읽고 그로부터 깨달음의 경지에 이르는 것, 그리하여 자기 완성을 이루고자 했던 것, 그것이 오도를 향한 김재홍 비평의 요체였기 때문이다. 이는 시쓰기를 통해서 절대 선과 자유 의지를 노래하고자 했던 시인 김미숙에게도 동일하게 다가오는 문제의식이었다.

이렇듯 시인 김미숙과 비평가 김재홍은 내성으로서의 서정시라는 무대에서 함께 만났고, 거기서 서정시가 나아가야할 길에 대해 의기 투합했다. 그 길이란 스스로를 낮추고, 타자를 배려하며, 그러한 과정을 사랑으로 감싸고 이해하는 것이었다. 이런 정서가 가능할 수 있었던 것은 마음을 비우고 스스로를 낮춤으로써 마침내 정신적인 삶의 고양을 이루고자했던 내성의 정신 없이는 불가능했다. 이들은 비평가로서, 시인으로서 이 부분을 함께 공유하고 있었다.

삶을 살아가다 보면, 인생의 고비에서 여러 인연을 만나게 된다. 그 만남이 때론 긍정적이고, 때론 부정적인 경우도 있을 것이다. 하지만 그것이 긍정적일 때, 그 만남은 한 사람의 인생에서 절대적인 경험과 가치 체계로 남아 있게 될 것이다. 그러한 만남 가운데 잊을 수 없는 가치로 남아 있는 사례는 매우 많다. 그 또 하나의 예가 비평가 김재홍과 시인 김미숙의 만남이었다. 인생에서의 만남이 영원할 순 없지만, 문학이라는 영역, 예술이라는 영역에서의 만남은 결코 일회적이고 순간적으로 끝나지 않는다. 오직 예술의 영역에서만 그러한 만남이 가능한데, "인생의 짧고 예술은 길다"라는 경구도 이를 말해주는 대표적인 반증이라 할 수 있다. 비평가 김재홍과 시인 김미숙이 서정시라는 무대에서 항상적이며 영원히 기억되며, 그 만남이 귀한 시사적 가치로 남아있길 기대해본다.

(김재홍, 『멸치공화국의 현상학–김미숙의 시세계』 해설, 동행문학, 2025)

님을 향한 과정으로서의 주체
– 한용운의 『님의 침묵』

1. 님의 다층적 의미

만해 한용운 1879년 충남 홍성에서 태어났다. 그는 일찍부터 민족의식에 눈을 떠 활발한 사회 참여 활동을 벌였는데, 1896년 동학 운동이 발발하자 여기에 가담하기도 했고, 창의대장 민종식의 막료가 되기도 했다. 하지만 이 운동이 실패한 다음, 승려가 되어 설악산 백담사, 오세암으로 들어가 수양 생활을 했다. 이후 금강산 건봉사에서 여러 학승들을 가르치면서 이들로 하여금 민족 의식을 고취시키는 교사가 되기도 했다.

한용운 문학가이기에 앞서 승려였고, 독립운동가였다. 그는 잘 알려진 대로 1919년 3.1운동 때 33인 민족 대표의 일원으로 활동했고 〈기미독립선언서〉 끝부분에 붙어 있는 공약 3장을 작성했다. 하지만 그의 중심 활동은 무엇보다 문학자의 역할에서 찾아야 할 것으로 보인다. 그는 1926

년 『님의 침묵』[1]을 상재함으로써 소월의 『진달래꽃』 이후 두 번째 의미 있는 개인 창작 시집을 낸 주인공이 되었기 때문이다.

물론 만해의 문학 활동은 『님의 침묵』에서 커다란 빛을 발휘했지만, 이 이전에 그는 종교적 성향이 강한 잡지였던 『유심』의 창간에서 그 의미를 찾을 수 있다. 『유심』은 1918년 9월에 간행되기 시작했고, 만해는 이 잡지의 편집인과 발행인 역할을 수행했다.[2] 어떻든 이 시기 뚜렷한 문단활동을 하지 않은 만해에게 있어서 『유심』은 그 나름의 작품을 발표할 수 있는 공간이 되었다. 만해는 『유심』 1호에 작품 「심」을 발표함으로써 이 잡지가 순수 종교 잡지가 아닌 종합잡지임을 보여주었다. 뿐만 아니라 이 잡지에는 매호마다 현상공모를 광고했는데, 그 장르들이란 보통문, 단편소설, 신체시가, 한시 등을 두루 망라하는 것이었다[3]. 이런 일련의 사실에서 알 수 있듯이 『유심』은 최남선이 창간한 최초의 종합잡지 『소년』과 『청춘』 이후 종합잡지의 명맥을 이었다는 점에서 그 의미가 있는 것이었다.

만해 시의 핵심은 『님의 침묵』이라는 시집의 제목에서 알 수 있는 것처럼, '님'에 있다. 그 동안 만해의 님에 대한 의미와 그 실체는 다양한 각도에서 탐색되었다. 그가 승려임을 고려하여 부타나 절대자로 이해되기도 했고, 독립운동가이기에 만해가 사유한 님이 조국으로 음역되기도 했다. 더 나아가 님에 대한 자학적 관점을 드러내 보인다는 점에서 그 님이 이성적인 것으로 해석되기도 했다.

그리고 님에 대한 이런 상징성과 더불어 시간 구성상 님이 매우 복합

---

1) 회동서관, 1926.
2) 『유심』은 3호를 내고 더 이상 간행되지 않았다.
3) 조남현, 『한국잡지 사상사』, 서울대 출판부, 2012, p.171.

적인 성격을 갖는 것이라고도 탐색되었다. 이는 이 시기 님을 노래한 시인들과의 대비 속에서 얻어지는데, 소월이 탐색한 님의 실체를 이해하게 되면, 만해의 님은 더 확실한 구체성이랄까 정체성을 갖게 된다. 소월에게의 님이 언제나 과거적인 시간성에서 구성된다면, 만해의 님은 과거와 현재, 그리고 미래 속에서 구현되는 까닭이다.

님에 대한 이러한 해석들은 그 나름의 장점을 갖고 있다. 그러나 서정시가 일인칭의 고백의 장르이고, 그 과정을 통해 자아를 탐색하고, 성찰하는 장르임을 고려하면, 님이 이타적인 성향에만 갇혀 있지 않게 된다. 말하자면 님은 자아 수양이나 성찰과 같은 수단으로 기능할 수 있다는 뜻이 된다. 님을 이렇게 해석할 수 있다면, 만해의 추구한 님의 의미는 지극히 반이타적인 성격을 갖게 된다.

2. 수양의 도구로서의 님

1920년대는 흔히 님의 시대, 혹은 님을 상실한 시대라고 알려져 왔다. 이렇게 규정한 근거는 3.1운동의 실패와 맞물려 있는 것인데, 이런 입론에 서게 되면, '님'이란 곧 국권이 된다. 국권을 상실한 것이 1910년인데, 어째서 이 시기에 이르러 님을 상실한 시대, 곧 국권을 상실한 시대로 규정하는 것일까. 그것은 국권의 상실이 알게 모르게 은밀히, 그렇지만 치밀하게 진행된 탓도 있고, 그러한 국권을 회복하기 위한 시도로서 거국적으로 일어난 3.1운동이 크게 작용했기 때문일 것이다.

말하자면 3.1운동은 기대와 가능성의 차원에서 시도되었고, 그러한 목표가 분명 이루어질 수 있을 것이라 믿어졌는데, 잘 알려진대로 결과는 실패였고, 그러한 실패의 낙수 효과는 엄청난 좌절감을 안겨주기에 충분한 것이었다. 그러한 좌절감은 국권의 회복이 쉽게 이루어질 수 없다는 심리적 억압으로 작용하게 되었다. 어떻든 이 실패가 국권의 상실이 무엇인지를 각인시켰고, 그 결과 이 시기를 "님을 상실한 시대"로 규정하게끔 만들었던 것이다.

1920년대를 이렇게 규정할 때, 이에 걸맞은 서정 혹은 시대정신을 보여준 시인들은 잘 알려진 대로 민요조 서정시인들이다. 주요한, 홍사용, 김억, 김소월, 김동환이 그들인데, 이들은 자신의 시세계에서 직접적, 혹은 간접적인 표명으로 님을 형상화하기 시작했다. 그러한 님이란 대개 국권이나 조국 등으로 해석될 수 있고, 경우에 따라서는 사랑하는 대상으로 구현되기도 했다. 하지만 이 시기를 "님을 상실한 시대"라고 규정할 경우 이에 가장 합당한 시인은 아마도 만해 한용운일 것이다. 그가 펼쳐보인 유일한 시집이 『님이 침묵』이거니와, 이 시집에 담겨있는 대부분의 시들 또한 '님'으로 되어 있기 때문이다. 말하자면, 1920년대 '님'을 대표하는 시인은 만해 한용운이라 해도 과언이 아닐 정도로 그의 시에서 님은 전략적인 소재나 주제로 나타나고 있었다.

그렇다면, 만해에게 있어 님이란 구체적으로 누구일까. 이 물음이야말로 만해 시의 의미랄까 의의가 무엇인지를 드러낼 터인데, 먼저 그것은 흔히 이해되어 온 것처럼 조국으로 생각할 수 있을 것이다. 그리고 그가 승려 신분임을 감안하면, 님은 절대자나 부처가 될 수도 있다. 뿐만 아니라 님은 이성간에 흔히 관계되는 담론임을 감안하면 사랑하는 사람도 되는 것 또한 자연스럽기도 하다. 말하자면 만해의 님은 이 시기의 다른 시인들이 구현했던 님보다 다층성을 갖는 경우라 할 수 있다[4]. 만해 시에 드러나는 그러한 님의 단면은 다음의 작품에서도 확인할 수 있다.

> 님만 님이 아니라, 기룬 것은 다 님이다. 중생이 석가의 님이라면, 철학은 칸트의 님이다. 薔薇花의 님이 봄비라면 마시니의 님은 이태리다. 님은 내가 사랑할 뿐 아니라 나를 사랑하나니라. 연애가 자유라면 님도 자유일 것이다. 그러나 너희는 이름 좋은 자유에 알뜰한 구속을 받지 않느냐. 너에게도 님이 있느냐. 있다면 님이 아니라 너의 그림자 아니라. 나는 해 저문 벌판에서 돌아가는 길을 잃고 헤매는 어린 양이 기루어서 이 시를 쓴다.

「군말」 전문

만해에게 님은 그리움의 대상이다. 그러니까 자신이 그리워하는 모든 것은 님이 될 수 있다는 뜻인데, 그의 논리는 이러하다. 가령 "철학은 칸트의 님이다. 장미화의 님이 봄비라면 마시니의 님은 이태리다"에서 알 수 있듯이 대상마다 님은 다를 수 있지만, 그리워한다는 점에서 님은 모두에게 동일하다는 것이다. 이런 맥락에서 만해에게 님이란 일단 그리움의 대상임을 알 수 있게 된다.

그리워하는 것이 모두 님이 된다고 한다면, 만해가 구상하고 있는 님은 대단히 추상화되어 있다고 할 수 있다. 추상화란 구체성을 거부한다. 구체성이 없는 대상이란 모호성을 전제하는 것이고, 이런 환경에서 어떤 의미를 추출해내는 것은 쉬운 일이 아니다.

---

4) 소월이나 김억, 혹은 파인의 님은 이성이나 조국 정도로 이해될 수 있는 반면, 절대자나 종교적인 의미로 음역되지는 않는다. 따라서 만해의 님보다는 비교적 단순한 면을 갖고 있다고 할 수 있다.

그럼에도 불구하고 만해는 그리워하는 것이 분명 있었고, 그것이 님이라는 실체로 드러나 있었다. 그렇다면 만해가 그리워하는 님이란 구체적으로 무엇인가. 우선 그에게 님이란 「군말」에서 드러난 것처럼, 단순한 어느 하나의 층위로만 나타난 것이 아니라는 사실에 주목할 필요가 있다. 만해 시에 나타난 님의 다층성은 의미론적인 층위에서만 드러나는 것은 아니다. 앞서 지적한 것처럼, 시간적인 측면에서도 그것의 여러 층위는 드러나는데, 이를 잘 보여주는 작품이 그의 대표시 가운데 하나인 「님의 침묵」이다.

님은 갔습니다. 아아, 사랑하는 님은 갔습니다

푸른 산빛을 깨치고 단풍나무 숲을 향하여 난 작은 길을 걸어서 차마 떨치고 갔습니다

황금의 꽃같이 굳고 빛나던 옛 맹세는 차디찬 티끌이 되어서 한숨의 미풍에 날아갔습니다

날카로운 첫키스의 추억은 나의 운명의 지침을 돌려놓고 뒷걸음쳐서 사라졌습니다

나는 향기로운 님의 말소리에 귀먹고 꽃다운 님의 얼굴에 눈멀었습니다.

사랑도 사람의 일이라 만날 때에 미리 떠날 것을 염려하고 경계하지 아니한 것은 아니지만, 이별은 뜻밖의 일이 되고 놀란 가슴은 새로운 슬픔에 터집니다

그러나 이별은 쓸데없는 눈물의 원천을 만들고 마는 것은, 스스로 사랑을 깨치는 것인 줄 아는 까닭에, 걷잡을 수 없는 슬픔의 힘을 옮겨서 새 희망의 정수박이에 들어부었습니다

우리는 만날 때에 떠날 것을 염려하는 것과 같이 떠날 때에 다시 만날

것을 믿습니다

아아, 님은 갔지마는 나는 님을 보내지 아니하였습니다

제 곡조를 못 이기는 사랑의 노래는 님의 침묵을 휩싸고 돕니다

「님의 침묵」 전문

이 작품은 시집의 제목이 된 시이거니와 그러한 까닭에 만해 시에 있어서 님의 실체가 무엇인지 일러주는 근거가 된다고 할 수 있을 것이다. 우선, 만해는 이 작품의 첫 행에서 "님은 갔습니다. 아아 사랑하는 나의 님은 갔습니다"라고 했는데, 표면적으로 보면, 그의 님은 시간구성상 과거적인 성격을 갖고 있다. 님의 과거의 현실 속에서만 존재한다는 측면에서 보면 만해의 님은 소월의 그것과 하등 다를 바가 없다. 하지만 만해의 님은 과거적인 데서만 머무는 것이 아니라 현재적인 님이기도 하고, 또 미래적인 님이 라는 점에서 소월의 그것과 구별된다.

소월에게 있어서 님이란 "나보기가 역겨워 가신 님"(「진달래꽃」)이다. 그러니까 현재가 아니라 과거 속에서 존재하는 님이 된다. 「님의 침묵」에서도 님의 그러한 시간성은 소월의 작품에서와 마찬가지로 존재하게 된다. 그것을 잘 보여주는 것이 이 작품의 1연이다. 여기서 서정적 자아는 "님은 갔습니다. 아아, 사랑하는 님은 갔습니다"라고 말하고 있기 때문이다. 떠나갔기에 작품 속에 구현된 님은 일단 과거적인 속성을 갖고 있다.

하지만 곧바로 반전이 일어난다. 그러한 단면을 보여주는 것이 "우리는 만날 때에 떠날 것을 염려하는 것과 같이, 떠날 때에 다시 만날 것을 믿습니다"라고 하는 부분이다. 이는 불교적인 층위에서 보면, "會者定離 去者必返"의 사상과 분리하기 어려운 것인데, "會者定離 去者必返"의 사상은 시간구성상 원의 세계이다. 떠난 님은 과거이지만, 그렇게 떠나간

님, 곧 간자는 다시 만나게 되어 있다는 것이다. 그것이 "會者定離 去者 必返"이 갖고 있는 함의이다. 그러니까 만해에게 님은 과거, 현재, 미래의 님이라는 다층성을 갖게 되는 것이다[5].

만해의 시에서 가장 주목해서 보아야 할 부분이 바로 여기에 있다. 그에게 님은 어느 한 순간의 그리움으로 형성되는 님이 아니다. 계속 그리워하고 그리하여 추구해야 하는 님이었던 것이다. 서정적 자아가 이렇게 계속 추구해야 하거나 탐색해야 한다는 것은 무슨 의미일까. 인간은 존재론적인 관점에서 불구의 존재이다. 그것은 종교적인 관점이나 심리학적인 관점, 그리고 실존적인 관념에서도 마찬가지이다. 그러한 까닭에 인간은 존재론적인 완성을 위해 계속 노력해야 한다. 존재의 완성을 향한 끊임없는 탐색이야말로 인간의 숙명인 것이다. 무언가 결손된 것을 충만시키기 위한 도정이 인간에게는 하나의 숙명으로 자리하고 있는 것이다.

부족한 부분을 채우기 위한 노력이 인간의 숙명이라면, 그것은 곧 결손된 부분을 채우고 불구화된 인식을 완성시켜주는 것은 오직 영원의 감각에서만 가능할 것이다. 이럴 경우 님은 만해에게 새로운 의미로 다가오게 된다.

만해에게 님은 원환론적인 것인데, 일반적인 의미에서 원은 영원을 상징한다. 따라서 만해에게 님은 일시적, 혹은 순간적인 차원에서 머무는 님이 아니라 영원의 님이다. 그러한 님이기에 "아아 님은 갔지마는 나는 님을 보내지 아니하였습니다"라는 인식이 가능해지는 것이다. 그러니까 여기서의 님은 영원의 님이었던 것이다. 만해의 님들은 조국이나 부타,

---

5) 조동일, 「김소월, 이상화, 한용운의 님」, 『문학과지성』 24, 1976.5.

혹은 사랑하는 사람이기도 하지만, 이렇듯 님은 그리운 대상이며, 원으로 표상되는 영원에 가까운 개념이라 할 수 있다.

3. 영원과 이상의 길항관계

만해의 작품에서 "있어야 할 님"과, "떠나가려는 님" 사이에서 형성된 자리, 그 지대에 서정적 자아의 의식이 존재하는데, 그 의식을 추동하는 것이 님의 역할이다. 이는 존재론적 불구성에 놓인 존재가 그 한계를 넘어서기 위해 끊임없는 서정의 정열을 노출하는 일과 비견되는 부분이다. 말하자면 만해에게 있어 님이란 존재론적 완성을 위한 절대 목표 가운데 하나라고 할 수 있다.

그러니까 님은 수양을 향한 일종의 매개항인데, 실상 님이 있어야 자아가 있고, 님이 없으면 자아란 존재는 의미가 없어진다는 뜻과도 같은 것이다. 존재론적 한계에 놓인 인간이 그러한 한계를 극복하기 위해 노력하는 것처럼, 만해에게 님은 자신의 한계랄까 불구성을 극복하기 위한 수단이었다는 전제가 가능하다. 존재 완성을 향한 길, 그 도정에 놓여 있었던 것이 만해 시에서의 님이었던 것인데, 그 자신의 존재, 곧 현존이 무엇인지를 이해하는 길의 한가운데에 님이 존재하고 있었던 것이다.

남들은 님을 생각한다지만
나는 님을 잊고저 하여요
잊고저 할수록 생각히기로
행여 잊힐까 하고 생각하여 보았습니다.

잊으려면 생각하고
생각하면 잊히지 아니하니
잊도 말고 생각도 말아볼까요
잊든지 생각든지 내버려두어볼까요.
그러나 그리도 아니 되고
끊임없는 생각생각에 님뿐인데 어찌하여요.
「나는 잊고저」 부분

만해에게 있어, 아니 서정적 주체에게 있어 존재의 의미란 무엇일까. 그리고 그러한 존재에게 어떤 완결성을 부여한다는 것은 어떤 의미일까. 서정적 자아에게 존재를 부여하는 것은 타자가 있을 경우에 비로소 뚜렷이 각인된다. 말하자면 타자성을 통해 자아의 정체성이 무엇인지를 구현하는 방식인 셈이다. 이런 전제가 가능하다면 만해에게 있어서의 타자성이란 곧 무엇일까. 그것은 인용시에 나타난 것처럼 '님'이다.

이 작품에서 님은 우선 "잊고자 하는 대상"이다. 남들은 "님을 생각한다지만" 시적 자아에게는 그 반대의 위치에 놓인다. 하지만 잊는다고 해서 님이 서정적 자아에게서 흔적조차 없이 사라지는 것은 아니다. 님으로부터 멀어지고자 하는 여러 사유의 실타래들을 풀어보지만, 그럴수록 님이란 존재는 더욱 서정적 자아에게 다가오는 까닭이다. 그러니까 이는 시적 역설에 해당한다고 할 수 있다.

따라서 님과 서정적 자아의 관계는 떼어놓으려야 떼어 낼 수 없는 관계로 남아있다. 그런저런 관계가 아니라 아주 굳건히 결합되어 있는 상태로 남아있기 때문이다[6]. 그러니 잊을 수가 없는 것이다. 잊고자 하는

---

6) 대부분의 연구자들은 이런 면에 주목하여 만해의 시를 역설의 구조로 보았다. 김재홍,

행위가 있다면 자아가 괴로워지는데, 이런 정서가 가능해지는 것은 님이 서정적 자아에게 또 다른 무엇, 곧 분리 불가능한 이타적 존재이기 때문에 그러하다.

여기서 님은 만해에게 존재를 규정하는 절대적인 잣대임을 알 수 있다. 만약 님과 자아가 하나의 온전한 결합체로 거듭 태어날 수 있다면, 서정적 자아의 고민은 더 이상 진행되지 않을 것이다. 하지만 그러한 정점에 도달하는 것은 불가능한 일이다. 그것은 존재 완성을 향한 길이 결코 완성될 수 없는 것과 비슷한 경우이다. 다가가지만 결코 다가갈 수 없는 존재, 그것이 님이라는 존재이다. 그렇다고 해서 그 도정을 포기하는 것은 어려운 일이다. 그에게 다가가는 일이야말로 인간의 숙명과도 같은 일이기 때문이다.

하지만 이런 관계는 단속적인 것이 아니다. 꾸준히, 아니 계속 되어야 한다. 그렇게 지속되어야 하는 이유는 간단하다. 님이란 영원의 존재이고, 시적 자아는 자신의 불구화된 부분을 벌충할 수 있는 매개가 되기 때문이다. 따라서 그러한 님은 일회적, 순간적으로 존재하지 않거니와 어떠한 희생을 치루더라도 다가가야 할 대상이 된다.

　　나는 나루ㅅ배
　　당신은 行人

　　당신은 흙발로 나를 짓밟읍니다
　　나는 당신을안ㅅ고 물을 건너갑니다
　　나는 당신을 안으면 깁흐나 엿흐나 급한여울이나 건너갑니다

『만해 한용운 문학 연구』, 일지사, 1982.

만일 당신이 아니오시면 나는 바람을쐬고 눈비를마지며 밤에서낫까지
당신을기다리고 있습니다
　당신은 물만건느면 나를 돌아 보지도안코 가십니다 그려
　그러나 당신이 언제든지 오실줄만은 아러요
　나는 당신을 기다리면서 날마다날마다 낡어갑니다

　나는 나루ㅅ배
　당신은 行人

「나룻배와 행인」전문

　주체에게 하나의 자율성이랄까 고유성을 수여하는 매개로서의 님은
서정적 자아에게 결코 잊혀지지 않는 대상이다. 잊으려 하면 할수록 더
욱 그것은 자아에게 다가오기 때문이다. 그 결과 이 님은 다른 한편으로
무한히 기다려야 하는 대상이 된다.

　그러한 기다림의 정서를 잘 보여주는 시가 「나룻배와 행인」이다. 이 작
품은 자학적인 특성으로 말미암아 님이 이성적인 것일 수 있다는 감각으
로 흔히 수용된 시이다. 매저키즘적인 본능이야말로 이성적인 관계에서
가장 요구되는 정서이기 때문이다[7].

　하지만 이 작품을 이성적인 차원에서 설명하는 것도 가능하지만, 무엇
보다 중요한 것은 기다림의 정서로 받아들여져야 한다는 사실이다. 그러
한 기다림은 두 가지 감각을 요구한다. 하나는 만해 시의 주요한 특성 가
운데 하나인 기다림의 정서이다. 님을 향한 발걸음, 존재 완성을 위한 도
정이 서정적 자아에 의해 적극적, 혹은 정열적으로 드러나 있진 않지만

---

7) 오세영, 「침묵하는 님의 역설」, 『국어국문학』, 1974.12.

'나룻배'로 의인화된 자아의 적극적인 기다림의 정서야말로 만해의 시에서 님이 어떤 역할을 하는 것인지 잘 일러주기 때문이다. 님은 저 멀리 있지만 서정적 자아는 그러한 님의 존재를 포기하지 않거니와 이를 적극적으로 기다린다. 그러한 기다림의 정서가 만해의 주체성이라 할 수 있다.

두 번째는 기다림의 저변을 형성하고 있는 매저키즘의 감각이다. 이 감각은 자기 희생이 없이는 불가능한 정서이다. 희생이 필요할만큼 님에 대한 기다림은 절대적이다. 그러한 절대성은 존재의 한계를 초월하기 위해서는 당연히 필요한 것이다.

「나룻배와 행인」은 기다림과 그러한 성서가 자기 희생의 정서와 맞물려서 직조된 작품이다. 서정적 자아가 그렇게 해야하는 이유는 분명하다. 그러한 도정이야말로 수양이고, 영원으로 나아가는 길이기 때문이다. 그러니까 서정적 자아는 탐색의 주체이고, 과정으로서의 주체가 된다. 그러한 의식을 끊임없이 표명하고 있다는 것이 이 작품의 중요 함의이다. 그리고 그러한 주체 의식을 가장 잘 보여주는 시가 「선사의 설법」이다.

나는 선사의 설법을 들었습니다.
"너는 사랑의 쇠사슬에 묶여서 고통을 받지 말고 사랑의 줄을 끊어라.
그러면 너의 마음이 즐거우리라"고 선사는 큰소리로 말하였습니다.
그 선사는 어지간히 어리석습니다.
사랑의 줄에 묶인 것이 아프기는 아프지만, 사랑의 줄을 끊으면 죽는 것
보다도 더 아픈 줄을 모르는 말입니다.
사랑의 속박은 단단히 얽어매는 것이 풀어주는 것입니다.
그러므로 대해탈은 속박에서 얻는 것입니다.

님이여, 나를 얽은 님의 사랑의 줄이 약할까 봐서, 나의 님을 사랑하는
줄을 곱들였습니다.

「禪師의 說法」 전문

서정적 자아의 자율성이랄까 고유성과 관련하여 가장 많이 언급되는
작품이 「선사의 설법」이다. 이 작품은 선사와 서정적 자아 사이의 대화로
구성되어 있는데, 먼저 선사는 자아에게 "너는 사랑의 쇠사슬에 묶여서
고통을 받지 말고, 사랑의 줄을 끊어라, 그러면 너의 마음이 즐거우리라"
고 말한다. 말하자면 사랑이란 존재론적 완성을 향해 나아가는 자아에게
있어 절대적인 장애물이 된다는 것이다. 여기서 선사가 말하는 사랑 또
한 님의 의미만큼 다층적이다. 그것은 이성에 대한 사랑일 수도 있고, 절
대자나 조국에 대한 사랑일 수도 있고, 보다 근원적인 감각으로 보면, 욕
망과 같은 것일 수도 있기 때문이다[8]. 주체 완성을 향한 과정정으로서의
님의 의미가 여기서는 사랑으로 구현되고 있는 것이다.

하지만 선사의 이런 경고에 대해 서정적 자아는 선사의 말이 매우 어
리석은 것이라고 단언하게 된다. "사랑의 줄에 묶인 것이 아프기는 아프
지만, 사랑의 줄을 끊으면 죽는 것보다도 더 아픈 줄을 모르는 말"이기 때
문이라는 것이다. 그 연장선에서 서정적 자아는 "大解脫은 속박에서 얻
는 것"이라고 단호히 말한다. 말하자면 속박이 있어야, 혹은 사랑이 있어
야 비로소 불교의 최고 경지 가운데 하나인 대해탈이 가능하리라고 보는
것이다. 해탈은 어떤 구속감이 있어야 하고, 이를 바탕으로 수양 등의 과
정을 통해서 이루어진다고 하는 것이다.

---

8) 김재홍, 『만해 한용운 문학 연구』, 참조.

이 작품을 이끌어가는 핵심 기제는 사랑이고, 그것이 있어야 비로소 해탈에 도달할 수 있다고 이해하고 있다. 이를 바꿔 말하면, 과정이 있어야 비로소 수양이 있는 것이고, 그것이야말로 인간이라는 존재가 가능할 수 있다는 것이다. 이런 의미에서 사랑은 님의 또 다른 구현이라는 사실을 알게 된다. 사랑이 있어야 해탈이 가능하다는 것인데, 그 중간 매개항으로 자리하고 있는 것이 여타의 시들과 마찬가지로 주체이다. 그러니까 만해에게 있어서 사랑이나 욕망은 수양의 주체, 과정으로서의 주체가 가져야할 수단이었던 것이다. 사랑 등의 정서가 님의 또다른 실체일 수 있다는 근거는 여기서 비롯된다.

만해에게 있어 주체는 완성된 것이 아니다. 그것은 만들어가는 과정에 놓여 있으며, 이런 맥락에서 주체는 과정으로서의 진행 과정에 놓여 있는 것이라 할 수 있다. 그러니까 만해의 주체는 미완성이며, 열려있는 것이고, 거기에 어떤 모양을 채색할 것인가는 전적으로 수양을 하는 자아 스스로의 몫이 될 것이다.

이별은 미의 창조입니다.
이별의 미는 아침의 바탕(質) 없는 황금과 밤의 올 없는 검은 비단과 죽음 없는 영원의 생명과 시들지 않는 하늘의 푸른 꽃에도 없습니다.
님이여, 이별이 아니면 나는 눈물에서 죽었다가 웃음에서 다시 살아날 수가 없습니다. 오오, 이별이여.
미는 이별의 창조입니다.

「이별은 미의 창조」 전문

이별이란 완성이 아닐뿐더러 최후의 결말도 아니라고 이해한다. 이별을 흔히 종결이라고 사유하는 시각과 현저히 다른 것인데, 만해에게 이별이란 「선사의 설법」에서 보여준 사랑의 정서와 동일한 시간성을 갖는 것이라 할 수 있다. 이별 또한 과정으로서의 주체를 만드는 매개이기 때문에 그러한 것인데, 서정적 자아가 "이별이 아니면, 나는 눈물에서 죽었다가 웃음에서 다시 살아날 수가 없습니다"라고 한 것도 이와 밀접한 관련이 있다. '이별'이란 끝이 아니라 '눈물'과 '웃음'을 생산하는 또 다른 매개이기 때문이다.

만해에게 있어 님이란 주체를 만드는 매개이다. 그것은 여러 층위에서 의미를 내포한 다층성을 갖고 있으며, 서정적 자아가 도달해야할 이상이기도 하다. 그렇기에 서정적 자아와 님과의 관계는 수직적이라든가 수평적 관계에 놓여 있는, 그런 관계가 아니다. 오직 자아의 현존을 만드는 대상일 뿐이다. 자아는 그것의 존재에 의해 만들어지는 존재일 뿐이다. 과정으로서의 주체를 만드는 대상인 셈인데, 따라서 님은 저멀리서 자아를 부를 뿐 결코 합일되는 과정을 거치지 않는다.

님의 그러한 성격들은 만해의 시에서 '이별'이라든가 '사랑', 혹은 '욕망' 등으로 다양하게 변주되어 나타난다. 이런 요소들이 있기에 해탈로 가는 길이 있고, 존재를 완성하고자 하는 길이 있을 것이다. 다만 그러한 길은 주어져 있는 것이 아니라 자아가 계속 만들어나가야 하는 것이다. 만해 시에서의 서정적 자아는 오직 과정으로서의 주체만이다. 그리고 그것을 가능게 한 매개란 님이었다. 님을 통한 자아의 완성을 추구한 것, 그것이 만해 시의 요체라 할 수 있다.

4. 존재 완성의 매개로서의 님

『님의 침묵』의 전략적 소재는 님이고, 그러한 님에 대한 탐색이 이 시집의 주제이다. 그동안 만해의 님은 여러 층위로 탐색되어 왔다. 그가 승려라는 신분을 염두에 두고 님을 부타로 이해한 바 있고, 독립운동가로 활동한 배경과 연결시켜 님을 조국으로 이해한 바도 있다. 뿐만 아니라 그가 추구한 님과 이에 응전하는 서정적 자아가 일방적인 관계, 곧 자아의 자학적 관계로 설정되어 있다는 점에서 이성적인 님으로 판단하기도 했다.

뿐만 아니라 불교의 인연설이나 교리에 바탕을 두고 님을 시간적 속성으로 해석한 경우도 있다. 만해의 시에서 드러나는 님이 과거적이고 현재적이며 또한 미래적이라는 점에 착목하여 이 시기 다른 어느 시인보다도 님을 복합적으로 이해한 것이다. 이 시기 대부분의 시인들은 님을 과거성으로만 이해하고 있었다[9]. 실제로 『님의 침묵』에서 이런 한 속성들이 모두 드러나고 있는 까닭에 님에 대한 이러한 판단들이 전혀 잘못된 것이라고는 할 수 없을 것이다.

하지만 만해에게 있어 님은 단순히 그리워하거나 자기화해야하는 존재가 아니다. 그것은 자아에게 결손된 부분을 충족시키고, 이를 바탕으로 존재론적인 전환을 꾀하는 존재이다. 그러니까 만해에게 있어 님이란 주체를 만드는 매개가 된다. 이런 함의를 갖고 있는 님의 의미는 여러 층위를 갖고 있다. 그러한 의미 가운데 특히 주목할 부분은 님이 일종의 영

---

9) 물론 이상화 「나의 침실로」를 비롯한 일련의 시에서 님을 주로 미래적인 존재로 수용한 사례가 있긴 하다. 하지만 이 시기 대부분의 시인들은 님을 떠나간 님, 곧 과거적 존재로 이해하고 있었다.

원과 밀접한 관련을 맺고 있다는 사실이다.

　이런 감각은 그의 대표시 가운데 하나인 「님의 침묵」에서 확인할 수 있다. "우리는 만날 때에 떠날 것을 염려하는 것과 같이, 떠날 때에 다시 만날 것을 믿습니다"라고 하는 부분이다. 이는 불교의 교리에서 보면, "會者定離 去者必返"의 사상과 분리하기 어려운 것인데, "會者定離 去者必返"은 시간구성상 원의 세계이다. 떠난 님은 과거이지만, 그렇게 떠나간 님은 미래의 어느 날 다시 만나게 되어 있다는 것이 이 구절의 핵심 내용이다. 과거와 현재, 그리고 미래가 하나의 원을 구성하고 있는 것이다. 원이란 영원을 대표한다. 그러한 까닭에 만해가 님을 그리워한다는 것은 곧 영원에 대한 추구와 밀접한 관련이 있는 것이다.

　만해는 님의 다양성이나 복합성, 궁극에는 그것이 갖고 있는 영원 사상을 통해서 서정적 자아가 도달해야할 이상으로 이해하고 있었던 것이다. 그러한 까닭에 서정적 자아와 님과의 관계는 수직적이라든가 수평적 관계 속에서 탐색되지 않는다. 오직 자아의 현존을 만드는 대상으로 존재할 뿐이다. 자아는 그것의 존재에 의해 만들어지는 존재이고, 그 완전성, 곧 영원의 정신을 수용하고자 했다. 님은 자아에게 과정으로서의 주체를 만드는 대상이다. 그것은 다름아닌 곧 영원의 감각이다.

(한용운, 『님의 침묵』 해설, 2025)

현상과 존재를 향한 산책자의 여정
– 박찬일의『기쁨의 총회』

『기쁨의 총회』는 박찬일의 10번째 시집이다. 등단 이후 이렇게 많은 시집을 냈다는 것은 시에 대한 시인의 열정 없이는 불가능한 일이다. 실제로 시인은 시집 외에도 여러 권의 시론집과 연구서를 상재한 바 있는데 이 또한 시와 문학에 대한 시인의 관심도를 말해주는 것이라 할 수 있다. 언어로 자신의 생각을 많이 표백했다는 것은 그만큼 시인의 정서 속에 놓여진 사유의 층위가 크고 높게 쌓여 있음을 말해준다. 이는『기쁨의 총회』에 담겨있는 시편들을 무작위로 들춰보아도 알 수 있다. 각각의 시편을 들여다보면 거기에 녹아있는 정서 층들이 얼마나 촘촘하게 쌓여 있는 지를 금방 알 수 있기 때문이다. 시인은 흔히 말하는 사색가이다. 그렇다면 그는 무엇을 이렇게 진지하게 사색한단 말인가, 다시 말해 자신의 정서 속에 깊이 쌓아놓은 사유와 그것을 펼쳐보이는 담론의 실체들이란 무엇이란 말인가.

시인은 무엇인가를 응시하고, 또 그러한 투시 속에서 대상들 속에 포진되어 있는 현상들 하나하나에 대해 사색해 들어간다. 그런 면에서 그는 1930년대 박태원이 시도했던 산책자와 같은 모습을 보여준다. 박태원은 현대란 무엇이고, 그 속에 구현된 일상성을 이해하기 위해 거리로 나갔고, 거기서 다가오는 우연들에 대해 의미를 부여하고자 했다. 보다 정확하게는 현대성의 원리가 작동하는 방식들을 산책자의 입장에서 이해하고자 한 것이다.

무엇을 탐색하고자 하는 측면에서 보면, 박찬일도 분명 박태원과 비슷한 행보를 보여주고 있다. 하지만 탐구하는 방식이랄까 대상을 응시하는 방향은 전혀 다르다. 박태원의 산책자와 박찬일의 그것은 엄격히 구분되는 까닭이다. 우선, 박찬일은 자아 외부에 놓여 있는 거대 담론에 대해서는 거리를 둔다. 그가 관심을 갖고 탐색하고자 하는 것은 존재 내부의 것들이다. 거대 담론과 상대적인 자리에 놓인 작은 담론에 대한 관심이라고 하는 편이 옳을 지도 모른다. 시인은 바깥 너머의 세계를 알고자 하기보다는 그 안쪽의 세계를 알고자 한다. 바깥 너머란 커다란 서사 구조를 갖고 있거니와 일정한 규칙성을 갖고 있는 세계이다. 규칙이나 원리가 엄연히 존재하는 곳에 미세한 의식은 작동하거나 감지되지 않는다. 시인이 형식이나 우주와 같은 집단의 원리나 규칙에 대해 일정한 거리를 두는 것도 이와 밀접한 관련이 있다.

사랑하는 것이 대단하고 속이지 않는 것이 대단하다.
둘이 대단하다
사랑하는 것을 속이지 않은 것이 대단하다

사랑이 뭔가
속이지 않는 것이 뭔가

사랑 없이 떠난다.
속이지 않는 것을 모른다.

단 한 번의 기회였으나 너무 늦은 거다, 사랑 없이 속이지 않는 것을 모른채, 용서하라.

내 양자量子 들을 용서하소서.--양자들은 관심이 없다.-
사랑 없는 것에, 속이는 것에 관심이 없다--

뻔하다. 사랑에 관심없는 것이 자연自然이고, 속이는 것에 관심 없는 自然이다.

「사랑에 대하여」 전문

이 작품은 박찬일의 시세계를 이해할 수 있는 준거틀이 된다는 점에서 주목을 요한다. 먼저 서정적 자아가 주목하는 것은 사랑이라는 감수성이다. 자아는 "사랑하는 것이 대단하고 속이지 않는 것이 대단하다"고 전제한 다음 "둘이 대단하다"고 하며 자신만의 고유한 사유를 확장시켜나간다. 사랑은 실존의 몫이다. 그러한 까닭에 거기에는 다양한 감정의 파동이 있을 수 있고, 이를 감각하는 주체들 또한 다양화될 수 있다. 이런 것이 가능할 수 있는 것은 사랑이 어떤 원리나 규칙에 의해 작동되는 감수성이 아니기 때문이다.

반면 사랑 너머에 존재하는 영역은 이 작품에서 물질의 최소 단위인 양자와 자연이라는 음역으로 구현된다. 어쩌면 시인이 말하고자 했던 부분은 이와 밀접한 관련이 있는 것인지도 모른다. 우선 시인이 주목한 것은 양자의 세계이다. 양자는 정서의 파동이 흘러들어갈 만큼의 여백도 존재하지 않는 작은 단위에 불과하다. 그러니까 그것은 고정된 어떤 것, 석화된 어떤 것으로 인식되거니와 일종의 규칙성을 갖고 있다고 보아도 무방한 경우이다. 그 연장선에서 자연 또한 마찬가지의 감각으로 다가온다. 자연이란 흔히 섭리나 이법과 같은 형이상의 영역이다. 섭리나 이법은 규칙이나 원리에 가까운 경우이다. 그러니까 미세한 감동의 파문으로 이 영역을 넘기란 쉽지 않은 자리이다.

자연을 이렇게 의미화하는 것은 매우 독특하고 시인만이 갖고 있는 득의의 영역이 아닐 수 없는데, 자연을 서정화한 대부분의 시인들의 경우 자연이란 여러 이질적인 정서들을 하나로 통일시키는 매개로 인유되어 왔기 때문이다. 하지만 시인에게 자연이란 그저 통일성이라든가 규칙성, 혹은 단순한 형식에 불과할 뿐이다. 이런 견고한 원리에 다채로운 사유들이 비집고 들어갈 틈이란 존재하지 않는다. 그래서 현상의 다양한 파동에 관심이 있는 시인의 정서에 그것은 쉽게 틈입해 들어오지 못한다.

여기서 알 수 있는 것처럼, 시인이 관심을 갖고 있는 것은 뿌리가 아니고 줄기이며, 본질이 아니고 현상이다. 현상이란 절대 무변의 공간이 아니고 부유하는 지대이며, 다양한 지대에 뿌리를 두고 있는 정서의 촉수들이 들어갈 여백을 무한히 제공해준다. 그 여백 속에서 서정적 자아는 사유의 아름다운 놀이를 펼쳐나가기 시작한다. 이러한 놀이가 서정적 자아로 하여금 현상을 탐구하고자 하는, 호기심 많은 산책자로 변신하게끔 만든다. 말하자면 시인은 현상을 탐색하는 자, 실존을 탐색하는 자, 궁극에는 현존에 대한 치열한 산책자가 된다.

예술가 인간은 귀가하지 않는 자 길을 잃는 자 돌아가고 싶어도 너무 멀리 온 자, 많은 길이 멈추면

다시 집을 짓고. 다시 떠나는 자 돌아갈 길을 영영 잊은자
행성이 집인 자 영원한 집이 아니라, 영원한 행성이 아니어도
다시 집을 짓는 자 다시 사랑하고 다시 목메어 사랑하고
시간 맞춰 노년 장년 청년 유년 다시 떠나는 자

「제로에 도달한 예술가」 부분

시인의 표현에 의하면 "예술가란 귀가하지 않는 자이자 길을 잃는 자"이다. 뿐만 아니라 "돌아가고 싶어도 너무 멀리 온 자"이기도 하다. 말하자면 생리적으로 정주하지 못하는 자가 예술가라는 뜻인데, 만약 그가 어느 한 곳에 정주한다면 대상에 대한 사색은 더 이상 이루어지지 않는다고 본다. 즉 존재라든가 현상에 대해 탐색하고자 하는 산책자로서의 임무가 끝난다고 이해하는 것이다.

그러한 까닭에 내면에 대한 산책, 그 심연에 대한 여행은 어느 한순간도 정지되지 않는다. 아니 계속 탐색되어야 하는 것이다. 그것이 서정적 자아의 존재의의이고, 시인이 시를 쓰는 이유이기도 하다. 그러한 까닭에 서정적 자아는 원리나 규칙이 아니라 그 너머의 세계가 있는 곳, 현상이 있는 곳이라면 어디든 가야 한다. 그것이 바위든 혹은 나무 위가 되었든 간에 그 공간이 중요한 것이 아니다. 심지어 그곳이 지구 너머의 세계, 곧 행성이라고 해도 가야 한다. 그렇게 가야만 하는 운명을 갖고 태어난 것, 그것이 존재를 향한 산책자의 운명, 서정적 자아의 운명인 것이다.

미련이 많은 자들이 밤새 꿈꾸는 것을 단도직입적으로 말하자
뿌리로의 돌진이다.--본질로 바로 가면 본질이 끝나고 글쓰기가 끝난다.

「잠과 밤과 꿈의 동시성」 부분

산책자에게 근원은 환영받는 지대, 혹은 매혹의 지대가 아니다. 근원이란 본질이고 뿌리이기에 어떤 원리가 작동하는 곳이다. 형식이나 규칙이 상존하는 지대에 정서의 여백이 자리할 공간이란 지극히 협소하다. 따라서 현상을 탐색하는 여행이 허용되지 않을 것이라는 사실은 뻔한 일이다. 그래서 서정적 자아가 이 벽앞에 절망하는 것은 지극히 당연하거니와 다음과 같이 말하는 것은 의미심장한 경우라 할 수 있다. "본질로 바로 가면 본질이 끝나고 글쓰기가 끝난다"고 말이다. 본질에 이른다는 것은 규칙을 이해한다는 것이고, 신화의 영역으로 들어간다는 의미이다. 신화란 빈틈없는 코스모스이거니와 여기서 부채살처럼 퍼져나가는 사유의 파장이 만들어지는 것은 불가능하다. 만약 서정적 자아가 이 영역에 대해 거침없이 때론 어렵게 도달하는 순간 아마도 현상에 대한 사유의 여행은 끝나게 된다. 말하자면 현상에 대한 산책자로서의 임무가 종결하게 되는 것이다.

여기에 이르는 것은 현상에 대한 신성한 탐색의 여행을 떠나는 산책자에게는 지극히 위험한 일이다. 위험하다는 것은 글쓰기가 더 이상 이루어질 수 없다는 점과 관련되거니와 이럴 경우 시인에게 서정시의 운명은 종말을 고하게 될 것이다. 사유의 신성한 여행을 하는 서정적 자아에게 종결이라든가 완결이란 말은 성립될 수 없는 까닭이다.

앞에 중풍환자와 중풍환자를 부축하는 두 사람이 걸어간다.
따라잡아야 할까 천천히 걸어야 할까?
비가 오고 있다. 우산을 쓰고 있다

비가 그치고 있다 두 사람 중 하나가 우산을 벗는다; 비가 그쳤다 또 한

사람도 우산을 벗는다 우산을 벗을까 말까

우습다 할지 모르나(혹은 우스울지 모르나) 진화의 정점이 아닐까 생각
한다; 문명의 마지막이라고 생각한다

중풍환자를 따라잡을까 따라잡을까 고민하는 것 우산을 따라서 접을까
말까 고민하는 것. 따라잡지 못하는 것 비가 그쳐도 우산을 접지 못하는
것이 이상하지 않다는 것 이상한 사람들이 아니라는 것.

「최종 단계에 대하여」 전문

최종이라든가 완결은 서정적 자아에게 정합성이 있는 단어, 의미있는
단어가 아니다. 서정적 자아가 말하는 최종이란 우리가 이해하는 담론과
는 다른 차원에 놓인다. 최종은 우리에게 마지막을 의미하지만 시인의
경우에 그것은 시작의 단계일 수 있기 때문이다. 지금 자아 앞에는 두 명
의 현존이 있다. 아픈 환자와 이를 부축하는 사람이다. 이런 조합이 거침
없이 전진하고자 하는 서정적 자아에게는 더딘 행보로 느껴질 수밖에 없
다. 그래서 앞서 나갈까 혹은 뒤에 따라 갈까 하는 망설임을 하게 된다.
서정적 자아는 이런 주저함을 "이상하지 않다는 것", "이상한 사람들이
아니라는 것"이라고 단호하게 말한다. 그것은 그저 모색이자 방황이거니
와 결코 최종 단계가 아니기 때문이라는 것이다. 그리고 궁극에는 이 도
정이란 또 다른 시작일 수 있다고 이해한다. 그 하나의 사례를 제공하는
것이 이 시집의 주제어 가운데 하나를 포회하고 있는 「기쁨에 대하여」이
다.

어느 행성의 암석에 박힌 말, 기쁨만 갖고 하루종일 어떻게 사나? 슬픔
만 갖고는 살 수 있어도 기쁨만으로는 살 수 없어:

기쁨 다음에 찰나랄 것도 없이 비애가 덮치기에 기쁨이 총회를 개최하
지 않는 걸까
　기쁨의 총회에 초대받지 못한다. 초대받더라도 갔을까.
　아 기쁨의 총회가 없어진 지 오래 너는 왜 그러나

　기쁨을 축하지 않은 것은 오만이다. 눈발을 걷는 저 사내의 힘찬 팔에
휘둘리지 않으면 기만이다

　기쁨의 총회는 열리지 않는다. 눈발을 힘차게 걷는 저 사내도 곧 보이지
않는다 기쁨은 없다, 혹시 지나가버렸는지 모른다.
　한 번만 한 번만 기쁨이 오면 다시는 놓지 않으리라. 수없이 결정 결정
했어도 너는 기쁨을 차버리고 비애로 갔네. 비애가 너의 집이다.
　기분이 전부일지 모르고 하나일지 모르는 어느 행성의 어느 일지日誌
에 적힌 말; 나는 기쁨을 마다하고 슬픔으로 갔다. 하루종일 슬프다
「기쁨에 대하여」전문

서정적 자아의 입장에서 보면, 기쁨이란 마지막 단계가 아니다. 그것
은 또 다른 정서가 예비되는 중간 단계이기 때문이다. 완결되지 않은 단
계이기에, 그리고 종결되는 단계가 아니기에 '기쁨의 총회'가 열리지 않
는 것은 당연하거니와 서정적 자아 또한 '기쁨의 총회'에 초대받지 못한
존재가 된다.
　시인은 현상에 대한 사색가이자 탐구자, 혹은 산책자이다. 그렇기에

하나의 개념이나 현상에 머물지 못할 뿐만 아니라 어떤 규칙이라든가 원리에 대해서도 거부감을 갖고 있다. 이런 단면이 그로 하여금 어떤 주어진 형식으로부터 거리를 두게 하고(「형식에 대하여2」), 경우에 따라서는 자아를 허무주의(「21세기 허무주의」)로 고립시키기도 한다. 하지만 자신을 허무주의자로 가두거나 혹은 타자를 이렇게 규정하는 것 역시 궁극에는 또 다른 형식이 될 위험성이 있다. 시인의 입장에서 보면 이런 감각이야말로 가장 경계하는 부분이다.

시인은 사색 속에서 자신의 존재를 드러내 보이고, 그 도정에서 존재 너머의 다양한 현상들에 대해 설명하려고 든다. 하지만 이런 과정에서 어떤 결론에 이르지는 않는다. 시인은 현상 속에서 또 따른 현상을 볼 뿐이다. 그러한 까닭에 현상 너머의 있을지도 모르는 본질, 혹은 결론에 대해서는 결코 관심이 없다. 아름다운 사색가, 과정으로서의 주체로 유동하고 있는 것, 그것이 그의 서정의 핵심이다. 만약 본질에 도달하게 된다면, 그 순간 그의 예술성은 제로의 지점에 이르게 된다.

(박찬일,『기쁨의 총회』,『예술가』, 2024 겨울)

현실과 자아 사이의 두 가지 길항
– 나금숙의 『사과나무 아래서 그대는 나를 깨웠네』,
윤중목의 『화방사꼬마』(천년의 시작)

1. 두 지점의 경계, 그리고 하나되기-나금숙, 『사과나무 아래서 그대는 나를 깨웠네』

나금숙 시인의 『사과나무 아래서 그대는 나를 깨웠네』는 시인의 세 번째 시집이다. 2000년 『현대 시학』으로 등단후 『그 나무 아래로』와 『레일라 바래다주기』를 상재한 후 무려 14년만의 일이다. 이런 시간의 편차는 시인의 신중함에서 온 것으로 이해할 수도 있고, 시정신의 방황에서 찾을 수도 있을 것이며, 작가의 생리적인 특성과 관계되는 것일 수도 있다. 이런 복합성이야말로 시의 맥락에 쉽게 닿지 못하게 하는 원인이 아니었을까.

하지만 몇 번의 숙독과 담론에 대한 자세한 관찰은 독자의 의식 속에 편재되었던 복잡성을 단순화시켜주었다. 그것은 시의 단순성을 말하는 것이 아니고 작품 속에 전개되고 있는 사유의 단일성과 가까운 것이었다. 나금숙 시인이 의도하는 서정적 의장과 그 시정신은 무엇보다 경계

허물기에서 찾아진다. 경계란 구분이고 하나의 지대와 다른 지대의 소통을 가로막는 벽과 같은 것이다. 그렇기에 그것은 물리적 소통이나 정신적 흐름을 더 이상 진행시키지 않는다. 이에 대한 뚜렷한 자의식이 시인의 서정을 이끄는 역동성이거니와 시인은 이를 추동하기 위해 서정의 열정을 여과없이 투영시키고자 했다.

모란에 갔다
짐승 태우는 냄새 같기도 하고
살점 말리는 바람 내음 같은 것이 흘러오는
모란에 가서 누었다
희게 흐르는 물베개를 베고
습지 아래로 연뿌리 숙성하는 소리를 들을 때
벽 너머 눈썹 검은 청년은 알몸으로 목을 매었다
빈방엔 엎질러진 물잔, 물에 젖은 유서는
백 년 나무로 환원되고 있었다
휘이 휘이 여기서는 서로가 벽을 뚫고 지나가려 한다
서로의 몸속으로 스며들었다 나온다
어른이 아이가 되기도 하고
여자가 남자가 되기도 한다
한낮 같은 세상을 툭 꺼 버리지 말고
그냥 들고 나지 그랬나
무덤들 사이에 아이처럼 누어
어른임을 견딜 때,
궁창의 푸른 갈비뼈 틈에서 솟는 악기 소리
먹먹한 귓속에 신성을 쏟아붓는다

슬픔이 밀창을 열고
개다리소반에 만산홍엽을 내오는 곳
모란에 가서 잤다
오색등 그늘 밑에서 잤다
내력들이 참 많이 지나가는 곳에서
사람의 아들, 그의 불수의근을 베고 잤다
「모란」 전문

　지금 시인 앞에 놓인 경계는 실존과 죽음 사이에 놓인 구분이다. 시집을 여는 첫 작품이 「모란」인 것도 이런 의도가 밀도있게 깔려있는 것, 곧 계산된 의장의 하나로 선택된 것이 아니었을까. '모란'은 공원묘지의 하나에 불과할 수 있지만, 여타의 그것과 동일한 것은 아니다. 이 묘지의 주인공은 저마다의 사연을 갖고 있는데, 거대 권력에 맞서 싸운 자라든가 불의에 저항했던 자들의 무덤이라는 공통성을 갖고 있기 때문이다.

　일상에서 삶과 죽음의 세계만큼 격리된 공간은 없을 것이다. 「초혼」에서 소월이 말한 것처럼, 이승과 저승의 거리가 너무 먼 탓이다. 하지만 시인은 이승과 저승의 거리를 만들지도 않거니와 느끼지도 않는다. 그러한 까닭에 소월처럼 그 단절의 거리를 아쉬워하지도 않고 있고 또 울부짖지도 않는다. 말하자면, 죽음은 "저기 저만치 있는 것"이 아니라 "지금 여기에 있"는 것이다. 아니 보다 정확하게 말하면, 나의 삶과 죽음은 둘이 아니라 하나가 되어 있다.

　우리 시사에서 죽음의 의미를 이렇게 서정화하는 것은 매우 드문 사례이다. 그렇기에 시인이 서정화하는 죽음은 매우 남다르다. 흔히 그것은 존재론적 국면에서 수용되었는데, 가령 한계상황이나 극한 상황에 기반한 실존주의나 존재론적 한계가 갖는 어쩔 수 없는 숙명이라는 형이상학적인 국면에서 수용되어 왔다. 그런 맥락에서 시인에게 죽음이란 내적인 동기에서 의미화되는 것이 아니라 그 반대의 경우에서 생성된다고 할 수 있다. 이를테면 타자의 그것 속으로 들어가고자 하는 것, 그리하여 그것과 동일성을 유지하고자 하는 것, 그것이 이 시인만이 갖고 있는 독특한 죽음관이다.

「모란」에서 이해할 수 있는 것처럼, 시인은 타자의 죽음 속으로 가서 그것과 소통하고자 한다. "궁창의 푸른 갈비뼈 틈에서 솟는 악기 소리"를 듣는가 하면, "죽음의 불수의근을 베고 자고자" 하기도 한다. 이 지점이란 이승의 실존과 저승의 죽음이 하나되는 순간이다. 이 순간을 영접하기 위해서 서정적 자아는 온갖 사연많은 주검들이 모여있는 '모란'으로 가는 것이다.

하지만 실존적 자아가 죽음이라는 세계와 하나가 되는 것은 결코 쉬운 일이 아니다. 구분이 너무 뚜렷한 까닭이다. 그래서 서정적 자아는 이 현실의 문에서 잠깐 주춤하면서 다음과 같은 질문을 계속 던지게 되는데, 이는 매우 자연스러운 일이다. "이중교배란 것이 정말 가능한가"라고 말이다(「수선화」). 이런 의혹이랄까 의심이 일어나는 것은 당연한 수순이다. 서정적 자아에게도 확신할 수 없는 삶과 미지의 죽음 사이에 놓인 물리적, 관념적 거리는 넓고 크기 때문이다. 그럼에도 서정의 정열은 포기되거나 좌절되지 않는다. 이런 감각이야말로 이번 시집이 추구하는 전략적 주제일 것이다.

　알 수 없는 문을 지나
　들어가 봤다

문은 등 뒤에서 곧 사라졌다
안개 자욱한 실 같은 길이 이어졌다
햇살이 어디선가 비추고
호수는 거울같이 무섭다
그래
여긴 누군가의 내장 같아
그 내부는 분명 어디서부턴가 썩었을 텐데
그래서 어디서부턴가 잘라 냈을 텐데
둘이 하나가 되기로 했다고
청첩장에 쓰고는
그 방법은 몰라
어디야 어디
네가 열리는 곳 내가 열리는 곳
되돌아 나갈 길도 없고
네 속은 밖에서 쳐다볼 때보다 더욱 캄캄하다
결혼보다 더 캄캄하다
내비도 없이
한 발 내딛을 때마다
상처가 풍기는 비 오는 저녁 같은 냄새
축축함과 애잔함

몸 개그가 있다면 몸 슬픔도 있지
몸에 축적되어 몸이 먼저 아는 슬픔
5월 광주라거나 4월 안산, 우크라이나
듣기만 해도 우리 몸이 먼저 반응한다
공동의 슬픔

　　모여라 슬픔
　　가만 두어도 이미 몸이 된
　　우리들 슬픔
　　피해자만 남은 슬픔 속에서 돌아 나올 길을 잃었다
「모여라 슬픔」 전문

　이 작품에 이르면, 서정적 자아가 왜 죽음과의 거리를 좁히고자 하는지 그 의도의 일단이 드러나게 된다. 제목에서 드러나 있는 바와 같이 '하나된 슬픔'이라는 공유의 지대를 만들고 싶었던 것이다. 이 작품의 주된 소재 역시 죽음인데, 실상 지금 서정적 자아는 죽은 육신 속으로 들어가고자 한다. 이런 정서가 때로는 괴기스러움으로 연결되기도 하지만, 다른 한편으로는 불온한 현실이 가져다 준 죽음을 이해하는 수준과 관련되기도 한다. 자아가 감각하고 싶은 것은 물론 후자의 지대일 것이다.

　시인이 현현하는 죽음이란 건강한 것이 아니다. 그것은 부당한 현실, 불온한 권력에 맞서다 얻은 결과에 가까워보이는 까닭이다. 작품의 표현대로라면, "몸 슬픔"이다. 육체 속에 구현된 부당한 죽음을 느끼기 위해서는 자아와 그들 사이의 완전한 포개짐이 없이는 불가능하다. 서정적 자아가 죽음이라는 세계, 그 차가운 육신을 감각적으로 느끼려 하는 것은 이 때문이다. "몸에 축적되어 몸이 먼저 아는 슬픔"을 느끼고 싶은 까닭이다. 그러면 현실에서 들려오는, 기억의 저편에 남아있는, 그리하여 무의식의 한켠을 자리하고 있던 억울한 인생들에 대해 전일적, 전면적 육체로 감각할 수 있을 것이다. 시인의 시들이 이미지즘에 기반한 것은 아니지만 이미지즘의 시로 읽히는 것, 다시 말해 감각적 이미저리의 시로 다가오는 것은 이 때문이다.

실존과 죽음이 하나였던 것처럼, 시인의 작품 세계에서 경계란 따로 존재하지 않는다. 그래서 자아와 타자, 혹은 대상과 또 다른 대상은 궁극적으로 하나일지 모른다. "지금 나는 노루를 잡자는 사냥꾼이지만 전쟁에서는 그 반대였을지도 모른다" 사유도 이런 맥락에서 나온 것이다(「사냥꾼」). 마치 메비우스의 띠처럼 처음과 끝은 동일한 것이었다고 인식하는 것이다.

이처럼 나금숙 시인의 시세계에서 '나'와 '타자'는 절대적으로 구분되지 않는다. 시인은 그 경계 너머의 지대에서 하나의 공간을 찾아내고, 거기서 동일화된 물상, '한몸'으로 거듭 태어나고자 한다. 그 한 자락을 차지하고 있었던 것, 상대편에 놓여 있었던 것이 죽음이다. 시인의 작품에서 죽음이란 타자만의 것이 아니고 나의 것이기도 하다. 그런 공유지대 속에서 타자의 죽음은 나의 것이 된다.

죽음이라는 시공성을 넘는 자리에서 형성된 시인의 감각은 이를 기반으로 또 다른 공유지대를 만들어나간다. 그것이 이번 시집의 두 번째 전략적 주제이거니와 이는 현실에서의 경계허물기이다. 죽음이라는 관념의 지대를 벗어나 일상성으로 복귀하는 지점이 바로 이 영역이다.

잡초 뿌리마다 금이 따라 올라온다 해서 빼앗겼던 땅
앉은 소와 먼눈과 붉은 구름이, 점박이 꼬리와 무딘 칼이
다시 돌아와 운다
들소와 사람들을 살육하는 아우성과 피 냄새가
골짜기와 평원에 가득할 때
가장 오래 살아남는 땅과 나무들은 의아하다
버들가지와 높이 자란 풀들,

흰 영양과 갈까마귀들도 의아하다
올리브와 무화과와 들포도 나무도 의아하다

우리들은 아무도 짓밟거나 짓밟힐 마음이 없다
기름을 내고 실과를 맺으면 그뿐,
가시풀 뒤엉킨 마른 강을 건너온 들짐승이
포도 열매로 목을 축이면 즐거울 뿐,
사람들은 우리보다 짧은 생을 살면서
어울려 사는 법을 모른다고

밟혀도 일어서는 힘센 영혼
힘센 정령들이
햇볕 따뜻한 들판에서
슬프고도 고요한 춤을 춘다
흰 나방 떼처럼
공기 속에 끝없이 자취를 낸다
춤이 무기이고 제의인 땅에서
　　　　　　　　　「운 디드니, 광주」 전문

　이 시를 지배하는 감각은 원시적 상상력이다. 하지만 신화 속에 갇혀서 일상의 영역을 회피하는 것은 아니다. 욕망에 물든 인간들과 그 상재적인 자리에 놓인 인디언의 삶이 대비되면서 그 윤리적 가치를 되묻고 있기 때문이다. 인간의 비윤리성은 원시적 공동체 속에서 유토피아를 구현하고 있던 인디언들의 삶을 처절하게 무너뜨렸거니와 이제 그 황폐환 공간에서 그들이 다시 지금 이곳의 현실, 추억의 공간을 되돌아보게 된다.

이런 회고의 과정에서 인간과 인디언적 삶과 환경이 윤리적 교훈으로 대비된다. "우리들은 아무도 짓밟거나 짓밟힐 마음이 없다/기름을 내고 실과를 맺으면 그뿐"이거나 "가시풀 뒤엉킨 마른 강을 건너온 들짐승이/ 포도 열매로 목을 축이면 즐거울 뿐", 이 외의 다른 어떤 비윤리적 욕망도 없었다는 사유의 표백이다. 반면, "사람들은 우리보다 짧은 생을 살면서/ 어울려 사는 법을 모른다"고 질타한다. 자연과 인간의 삶은 구분되는 것이 아니었지만, 욕망에 물든 인간이 이들 사이의 구분을 만들고 불모의 땅이 되게끔 했다는 것, 이것이 이 작품의 내포이다. 곧 인간과 자연의 경계나 구분을 초월하는 것, 그것이 이번 시집의 두 번째 경계허물기이다.

시인은 이번 시집에서 인간들 사이에 놓인 두 번의 경계를 넘어서고자 했다. 하나가 삶과 죽음의 경계라면, 다른 하나는 인간과 자연의 경계였다. 그는 이 경계를 무화시켜 하나의 공유지대를 만들고자 했다. 그리하여 전자로부터는 부당한 권력에 의해서 죽은 자들의 아픔을 이해하고자 했고, 후자로부터는 불온한 인간의 욕망이 저지른 황무지적 현실에 대해 경계하고자 했다. 그러한 까닭에 죽은 자의 아픔으로 향하는 길은 시인의 내성에 보다 가까운 감각이고, 욕망에 물든 인간에 대한 경고의 목소리는 계몽에 가까운 감각이라 할 수 있다. 경계나 구분을 초월한 지대에서 서정화한 것, 그것이 이번 시집의 전략적 주제이다.

2. 전진하는 자아가 멈춘 자리, 생활의 발견–윤중목의 『화방사 꼬마』

윤중목의 『화방사꼬마』는 시인의 두 번째 시집이다. 시인의 이력을 보니 화려하다. 1989년 7편의 연작시 「그대들아」로 제2회 전태일 문학상을 수상하며 시단에 나왔는가 하면, 영화에도 깊은 관심을 갖고 있어서 이에 대한 책도 펴낸 바 있다. 또한 수필도 썼고, 비평가로도 활동했으며 각종 영화에 관한 글들도 꾸준히 써왔다. 자신의 본업이 무엇인지 모를 정도로 다방면에서 적극적으로 활동한 것이다. 우선, 그의 데뷔작이 전태일 문학상을 수상했던 것에서 알 수 있는 것처럼, 시인은 자신의 내면적인 면보다는 자아 너머의 세계에 보다 큰 관심을 가졌던 것으로 보인다. 이런 외향적인 관심, 문학적인 용어로 국한시키면 리얼리즘 성향의 시인이 이렇게 자신의 응시하는 지점을 부채살처럼 퍼져나가게 한 것은 여러 이유가 있었을 것으로 이해된다.

그 하나는 우선 작가의 성실성에서 찾아진다. 소위 문화산업에 관한 것이라면, 그의 시선에 모두 자연스럽게 들어왔다. 그에 대한 관심이 언어의 옷을 입고 표출된 것이 시인의 문화비평이다. 그리고 다른 한편으로는 세상에 대한 관심이다. 자기 너머의 세상과 거기서 펼쳐졌던 부당한 권력들이 넘실대는 현실에서 작가는 시선을 떼지 못했다. 그것이 소위 민중적 세계관에 근접한 작품을 생산케 했던 요인들이다.

하지만 지금의 현실은 이렇게 성실했던 작가에게, 그리고 세상의 불온한 현실을 당위적으로 응시했던 작가에게 이전처럼 모든 것을 허용하지 못했다. 열정은 남아있으되 자신 속에 뭉쳐있던 것들, 세상을 향하여 발언하고자 했던 것들에 대해 거침없이 토해낼 수 있는 환경은 이제 어느 정도 사라진 터였다. 이런 다양화된 현실이 예전부터 한 방향으로 전진해왔던 작가에게 요구할 수 있는 것은 무엇이었을까. 실상 이런 의문 앞에서 작가는 많은 고민을 했던 것처럼 보이는데, 그러한 고민의 흔적이 뿌려진 시집이 이번에 펴낸 『화방사꼬마』이다.

이 시집에는 여러 주제와 의장이 존재한다. 이념적인 국면에서도 그러하고 시의 의장에서도 여러 갈래로 분산되어 편입되어 있다. 뿐만 아니라 공동체로 향하는 정서와 자신의 실존을 저울질하는 의문들에 대해서도 묻고 있는 것이 이 시집의 내포이다. 그러한 관심의 다양성과 갈등이 모아져 나온 시에 대한 정의가 「나의 시론」이다.

> 내 시는 과연 어디에 닿았는가
> 진지하게 정직하게 물으라
> 겉 피부 살갗에 닿았나
> 살갗 지나 살 지나 뼈 위에는 닿았나 아니면
> 뼈까지 뚫고 내려 골수 안 깊숙이 닿았나
> 매일같이 머리가 아니라 몸뚱이에 물으라
> 오늘 내 시의 착점지대는 어디였나를
>
> 「나의 시론」 전문

지금 서정적 자아는 "내 시는 과연 어디에 닿았는가"를 묻고 있다. 그것도 아주 "진지하게 정직하게 묻고" 있는 것이다. 하지만 자신의 궁금증을 해소시켜줄 뚜렷한 정답은 예비되어 있지 않다. 그리하여 계속 묻게 되는 피이드백을 시도한다. "겉 피부 살갗에 닿았나"에서부터 시작하여 "뼈까지 뚫고 내려 골수 안 깊숙이 닿았나"에까지 이르른 것이다. 하지만 물음만이 있을 뿐 이에 대한 갈증은 해소되지 않는다. 그리하여 "오늘 내 시의 착점지대는 어디였나를" 마지막으로 자신의 시에 대한, 그리고 시론에 대한 의문의 부호를 또 다시 찍게 된다.

자신의 시에 대한 이정표, 보다 정확하게 말하면, 시에 대한 자신의 세계관이 무엇인지를 이렇게 묻는 것은 뚜렷한 창작방법이 세워져 있지 않다는 뜻이 된다. 그렇다면, 시인은 왜 이렇게 방황하는 시정신을 토로하며, 자신이 세워나가야 할 시가 무엇인지 고민하게 되었던 것일까. 그 한 가지 시사점은 1930년대의 카프 문인들에게서 찾을 수 있을 것이다. 1930년대 들어 진보 운동이 더 이상 이루어지기 어려울 때, 대부분의 카프 시인들은 이 세계관과 거리를 두기 시작했다. 하지만 자신 속에 남겨진 이념의 흔적을 완전히 지우기란 어려운 일이었고, 그 모색의 결과 현실 복귀, 곧 일상성으로의 회귀의식이었다. 그러니까 현실의 불온성에 대해 적극적으로 발언하지는 못했지만, 현실에 대한 최소한도만의 관심을 갖는 것, 그것이 바로 일상에의 복귀였던 것이다. 이런 행보들은 윤중목 시인에게도 여전히 유효한 것처럼 보인다.

나는 왜 언제나 사나이다워야 하는가
어째서 꼭 배짱 두둑해야 하고
맨 앞에 나서 용감하게만 굴어야 하나
뒤통수 긁적대고 눈도 좀 순하게 뜨고
때론 소심하니 조촘조촘하면 안 되나

슬픈 영화든 주말연속극 보다가
슬며시 눈물 훔치면 큰일나나
집에서 반려견하고 놀아 준다고
꼬마 다육이 화초 키운다고
불알이 툭, 하고 떨어지나

「생활의 발견」전문

작품의 제목을 생활의 발견이라고 했지만 보다 정확하게 말하면 자아의 발견이라고 하는 편이 옳을 것이다. 사회의 부조리와 이를 개선하기 위한 자아의 전진에는 아무런 장애도 없었다. 하지만 서정적 자아를 추동했던 환경적 요인들은 자아의 시선으로부터 사라지기 시작했다. 그 빈지대를 채운 것은 자신을 둘러싼 환경, 곧 생활에 대한 새로운 발견이었던 것이다. 이런 맥락에서 이 작품이 이번 시집에서 차지하는 비중은 결코 만만한 것이 아니다.

「생활의 발견」에 묘파된 것은 일상으로 돌아온 자아의 평범한 모습들이다. 지금까지 그저 범상한 일상을 영위해온 자아라면, 이런 일상은 전혀 어색할 것이 없다. 하지만 서정적 자아의 경우는 그런 일상적 자아와는 전연 다른 처지에 놓여 있었다. 사회적 모순이나 계층 갈등과 같은 거대 담론에 익숙했던 자아가 그것이 빠져나간 여백을 느낄 때 과연 무엇을 할 수 있었던 것일까. 그 의문에 대한 해법을 제시하고 있는 것이 바로 '생활의 발견'이었던 것이다.

하지만 자신이 거주할 생활의 공간을 발견했다고 해서 곧바로 일상이 주는 서정의 황홀이 자아를 감싸고 있는 것은 아니다. 그는 자신이 여전히 "출구없는 막장에 갇혀 버린 듯"한 착각을 느끼기도 하고, "차갑고 녹내 나는 유폐 공간"(「자화상」)속에 놓여 있는 자신을 자각하고 있었기 때문이다. 현실 속에서 다가오는 이런 비관의 정서와 이를 초월하고자 하는 정서가 갈등하고 싸우는 공간에서 '생활의 발견'들이 이루어진 것이다. 그러니까 그의 생활 시들은 갈등으로 점철될 수밖에 없는 현실에 놓여 있었다.

거대 담론으로 향하던 시인의 시선들이 생활 속으로 들어가면서 『화방사 꼬마』를 만들어냈거니와 이 시집은 환경의 변화에 따른 시선의 변이가 만들어냈다는 점에서 이전의 시집과 구분된다고 하겠다. 하지만 그러한 전환이 이전 세계와의 완전한 단절을 의미하는 것은 아니다. 생활이라는 정서가 다른 한 켠에서 여전히 그의 시선을 붙들어매고 있기 때문이다. 그래서 서정적 자아는 이태원 참사의 아픔을 다룬 「내가 죽는다니요」를 쓰기도 했고, 여순 사건을 다룬 「그리하여 대한민국 국가는 들으랴!」와 같은 긴 형식의 이야기를 쓰기도 했던 것이다.

그래서 외부로 나아가려는 서정의 정열과 폐쇄된 현실이 주는 서정의 좌절이 혼재되어 나타난 것이 『화방사 꼬마』이다. 거대 서사와 생활의 정서가 동일한 함량으로 담겨진 것이 이 시집인 것이다. 생활은 발견의 정서를 떠나서는 성립할 수 없는 것인데, 자아 주변에 놓인 일상성들이 모두 시의 소재로 등장하는 것도 이와 밀접한 관련이 있다. 거기에는 '커피 한잔'도 놓여 있고, '파블로프의 개'도 있거니와 '어머니', 'TV' 등도 있다. 말하자면 서정적 자아 주변의 모든 일상이 시의 소재로 적극적으로 침투할 수 있는 것이다. 그의 시를 읽으면, 마치 세태 소설의 한 자락 속에 갇혀 있는듯한 착각을 불러 일으키는 것도 이 때문이다.

> 경상남도 남해군 망운산 화방사에는
> 일곱 살 난 꼬마둥이가 살았더랬지.
> 송씨 성 가진 사내애였어.
> 세 살 때 아빠가 데리고서 절에 며칠 묵었는데
> 읍내에 볼일 보고 온다며 가서는 돌아오질 않았대.
> 하는 수 없이 스님들이 맡아 키웠다는군.
> 종무소 보살 말씀이 그래.
> 그 아이 어린이집 수첩에도

부모란에 '스님'이라 적혀있었고.

저녁 공양 후, 사흘째 본 내 얼굴이 익었나
수수께끼인지 스무고갠지 옆에 착 붙어 종알대더니만
아저씨 등 가렵다고 등 긁어달라네?
녀석 반죽이 좋은 건가 사람 손길이 그리운 건가,
옷 속으로 손을 넣어 스슥슥 삭삭 긁어줬지 뭐.
아 시원해!, 하며 이번에는 글쎄 배도 쓸어달래요.
반질반질 아이 피부가 감촉이 썩 괜찮더라만
공연한 인연 만들어질까 슬쩍 염려가 되고.
그때 코앞에서 빨따닥 일어나 앉으면서
녀석이 헉, 내일도 또 쓸어달라는 거야.
음 으 그래---아저씨 안 바쁘면---끝을 흐리며
내일 아침 서울로 떠난다는 말 차마 하지 못했어.

「화방사 꼬마」 전문

　'화방사'의 '꼬마'이야기는 낯선 것이 아니다. 이 이야기의 근원은 이곳 뿐만 아니라 다른 곳에서도 흔히 들을 수 있는 이야기이다. 다만 아이의 뿌리가 무엇인지에 대한 것에 차이가 있을 뿐, 그것이 함의하는 것들은 공식구와 같이 일반화되어 있다. 하지만 이런 일반화된 이야기이기에 이 작품에서 어떤 친숙성을 느끼는 것은 아니다. 문제는 이 시를 포착해내는 시인의 시선에 있다.

　이 시의 핵심은 서사성, 곧 이야기성에 있다. 생활은 사실이고 이 사실을 풀어내기 위한 의장으로 서사 형식보다 좋은 것은 없을 것이다. 작품을 읽으면서 독자는 시인이 묘사하는 이야기의 흐름 속으로 자연스럽게

스며들게 된다. 그 합일 속에서 독자는 작가가 그려낸 따스함에 매료된
다.

　윤중목 시인의 시선은 저 먼 곳이 아니라 지금 여기에 머물러 있다. 그
의 시에서 원근법적 전망의 세계는 이제 중요하지 않다. 그 연장선에서
시인은 일상 속에서 갈등하는 자아를 폭로함으로써 솔직성을 서정의 품
격으로 내세우고 있다. 전망의 부재와 진솔함이 생활 속으로 시선을 옮
겨가게 한 것이다. 시인은 거기서 우리 시대의 이야기를 찾아내고 이를
서정화하고 있다. 세상에 대한 따듯한 시선을 간직하고 있던 시인의 시
선이 생활 속에서 곰삭아서 나타난 것, 그것이 『화방사 꼬마』이다.

(『시작』, 2024 겨울)

찾/아/보/기

송 기 한

서울대학교 국문과 및 동대학원 졸
문학박사. 문학평론가
1991년 계간 『시와시학』 비평 등단
UC Berkeley 객원교수
현재 대전대학교 국어국문창작학과 교수

주요 저서로는 『1960년대 시인연구』, 『한국시의 근대성과 반근대성』, 『서정주 연구-근대인의 초상』, 『정지용과 그의 세계』, 『현대시의 정신과 미학』, 『육당 최남선 문학 연구』, 『한국 현대시의 체험과 상상력』, 『서정의 유토피아』, 『현대문학의 정신사』, 『서정의 유토피아2』, 『소월연구』, 『치유의 시학』, 『한국 근대 리얼리즘 시인 연구』, 『서정시학의 원리』, 『한국 현대 현실주의 시인 연구』, 『해방공간의 한국 시사』, 『제의의 언어들』, 『한국현대작가연구』, 『한국 근대 리얼리즘 문학사』, 『한국 근대 모더니즘 문학사』 등이 있다.

AI 시대의 문학

초 판 인 쇄 | 2026년 3월 5일
초 판 발 행 | 2026년 3월 5일

지 은 이 송기한

책 임 편 집 윤수경

발 행 처 도서출판 지식과교양
등 록 번 호 제2010-19호
주   소 서울시 강북구 삼양로 159나길18 힐파크 103호
전   화 (02) 900-4520 (대표) / 편집부 (02) 996-0041
팩   스 (02) 996-0043
전 자 우 편 kncbook@hanmail.net

ISBN 978-89-6764-221-1 93800   정가 33,000원